고은의 세계를 걷다

허무의 꽃

이경철 지음

동쪽나라

| 차 례 |

제1장: 총론

시대와 영원을 동시에 껴안는 철부지 시인

제2장 :

영점에서의 허무와 실존 그리고 서정과 순수

제3장 :

마침표 없이 내달리는 낭만적 혁명의 활력과 순정

제4장 :

민족시인에서 세계시인으로의 벅찬 삶과 시

제5장 :

벅찬 감동으로 삼천대천세계를 감응시키는 시

허무의 꽃

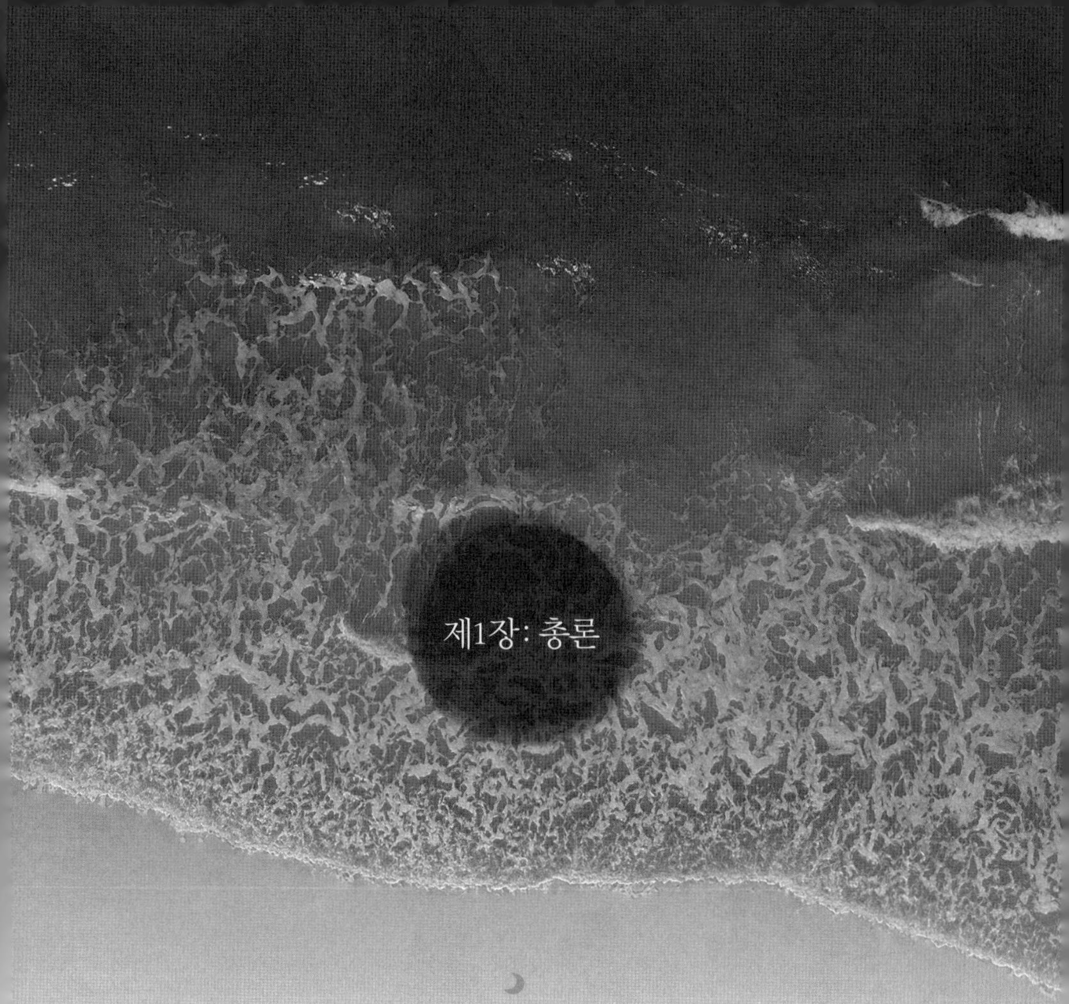

제1장: 총론

시대와 영원을 동시에 껴안는 철부지 시인

그토록 오래 바람 불었네
그토록 오래 파도쳤네
그토록 오래 달밤에 늑대 울었네
그토록 오래
하늘이 푸르렀네 푸르러 푸르러 소로 버러지로 울었네

—「회상」 전문

삼라만상 심장의 소리를
태초부터 오늘에 잇고 울리는 시인

푸르러
푸르러
푸르러
이 천 겁 푸른 하늘의 울음 밑에서
어찌 한 점 부끄러움이 없겠느냐

엄연히 한 점 부끄러움아 내 누이야

그토록 잎새 나부끼는 날들
단 하루도
너 없이 살지 못하는
하고 많은 날들 그것으로
나 여기까지 비틀거리며 오지 않았느냐

오 이승의 푸른 하늘과 나와 부끄러움과
그 언제까지나
이 지독하디 지독한 숨결로
하나 아니냐

고은 시인이 등단 50주년인 2008년 가을에 발표한 시 「한 점 부끄러움」 전문이다. 초기 시에 자주 보이던 "내 누이"가 나타나고 "나 여기까지 비틀거리며 오지 않았느냐"라는 대목에 이르면 이 시는 반세기 시의 역정, 그 정수를 보여주는 시로 읽힐 수 있다.

시적 문법으로 따지자면 이 시의 주어는 처음부터 나오는 '푸르러'라는 말이다. 한 행 한 행 행간을 두고 세 번 반복되는 '푸르러'는 가을, 휑하니 빈 하늘의 푸른색 이미지만은 아니다. '푸르러'가 반복되다 보니 의미를 잃어가며 그냥 터져 나온 숨결 같은 소리만 남는다. 이 의미 없는 소리 '푸르러'가 이 시를 이끌고 있다.

시 문맥대로 '푸르러'는 "천겁 푸른 하늘의 울음" 소리다. 나의 울음이요, 너의 울음소리다. 시인의 콤플렉스이자 에스프리인 누이의 울음이요, 하고많은 날들 천 겁의 울음이요, 단 하루의 울음이다. 이승의 푸른 하늘과 나와 부끄러움이 하나 되어 터져 나온 "지독하디 지독한 숨결"이 '푸르러'다.

행갈이로 한 행씩 내려쓴 형태에서 '푸르러'라는 소리의 혼이 마치 하늘에서 내려오는 듯 수직으로 울리고 있다. 그 소리의 혼에 들려가는 시인과 시에서 독자들이 느낄 수 있는 것도 시 가득히 울리는 소리 자체다. 그 소리들은 우리 인간들이 뭐라 형용하거나 이름 짓기 이전, 그토록 오래 푸르른 태초의 세계를 환기시킨다.

하늘에서 내린 소리를 들으며, 천 겁 푸른 하늘에 잠긴 뭇 생령과 감응하며 푸르른 울음소리를 대신 내주는 시인. 그러매 시인은 영매靈媒랄 수밖에. 의미에 주박 당하지 않는 언어, 인문적 허상이 아닌 짐승의 거친 숨결 같은 언어일 때 고은 시인의 시들은 시공時空을 넘나드는 광채를 띤다. 거기에 독하디 독한 남성적 톤과 호흡이 독자들 가슴을 직격해 들어가게 한다.

감히 말하건대 고 시인의 넓고도 깊은 시세계를 관통하며 오늘의 큰 시인으로 서게 한 건 짐승의 거친 숨결 같은 언어, 선사시대 이전의 언어다. 그런 시어들은 의미 이전에 먼저 화살이 되어 날아가 독자들의 가슴에 꽂힌다. 그런 시어들은 시대 상황이, 억겁의 시간이, 뭇 생령이, 시인의 입과 숨을 빌어 분개하고 감탄하고 우는 소리들이다.

"그토록 오래 바람 불었네// 그토록 오래 파도쳤네// 그토록 오래 달밤에 늑대 울었네// 그토록 오래// 하늘이 푸르렀네 푸르러 푸르러 소로 버러지로 울었네"

2002년에 펴낸 신작 시집 『두고 온 시』에 실린 시 「회상」 전문이다. 한 행을 한 연으로 잡은 위 시에서 굳이 주어와 술어를 따지자면 주어는 세 번이나 반복되다 네 번째는 온 채로 한 연을 차지한 "그토록 오래"로 볼 수 있다. 술어는 "푸르렀네 푸르러 푸르러"일 것이다.

'푸르러'와 '그토록 오래'가 서너 차례나 반복되다 보니 의미를 잃어가며 소리만 남은 것들이 주인 노릇을 하며 시의 뼈대를 이루고 있는 세계에 시인은 "울었네"라며 늑대와 소, 버러지 등과 한통속으로 동참하고 있다.

언어나 구절이 반복되면 운율을 얻는다. 그러나 시인의 시에 툭하면 튀어나오는 반복은 시의 필수요건인 운율이나 리듬 낳기 차원을 넘어 시인이 그 언어의 소리 자체, 소리의 혼에 들려가고 있지 않나 하는 소회를 지울 수 없게 한다.

그리하여, 한 행 한 연으로 벌어진 넓은 여백에서 '그토록 오래'라는 소리의 혼이 마치 하늘에서 내려오는 듯 수직으로 울리고, 수평으로는 '푸르러'라는 소리의 혼이 내달리며 뭇 생령의 삶과 역사를 저 아득한 태초부터 오늘에 울리게 하고 있다.

의미와 인문학에서 풀려난 선사先史의 언어

소월 형
지용 형
당신네들 어렴풋이 알았을 거요
인류 맨 처음의 언어가
아아
였던 것

블레이크 형
휠덜린 형
당신네들 어렴풋이 알고 있었을 거요
인류 맨 마지막의 언어가
아아
이리라는 것

지금 내 머리 위에서
어미 아비 없는 푸른 하늘
어미 아비 없는
아아
아아
이 막무가내의 아이들이 나에게 펄펄 내려앉고 있소
저 하늘의 마지막 손수건인가 보오

등단 50주년을 맞아 2008년에 펴낸 신작 시집 『허공』에 실린 시 「눈 내리는 날」 전문이다. 시집이 나오자 많은 평자와 매스컴이 '아아'라는 감탄사를 주어로 한 위 시를 주목했다. 등단 50주년 기념 대담에서 후배 시인도 이 시에 주목하며 "아마 '아아'라는 건 언어 이전의 언어, 의미 이전의 언어일 것 같고 좀 더 근원적인, 고향 같은 것" 아니겠느냐고 물었다.

이에 대해 시인은 "우리 이전에 생명계를 이끌어온 모든 생명체들은 언어 없이 존재해오지 않았습니까? 그 엄청난, 무한한 언어 부재의 시기를 지나 거기서 가까스로 태어난 것이 '아'라든지, '어'라든지 감탄, 공포, 아픔, 이런 것을 통해서 나온 것이 소리 기호일 텐데요. 그런 것들에서 우리 시의 비언어적 선사先史를 이어왔다는 그 까마득한 시의 고향, 거기에 한번 닿아보자는 의미"라고 답했다. 그러면서 "우리는 언어에 주박 당하고 있고, 인문적인 허상 속에 있지 않은가 생각한다"고 밝혔다.

펄펄 눈 내리는 날 하늘을 올려다보며 쓴 듯한 위 시 「눈 내리는 날」의 주어는 '아아'라는 감탄이다. 아니 눈 내리는 날 시인의 감탄이라기보다 '아아'라는 음상 그 자체가 주어다. 바로 위 "어미 아비"의 이응(ㅇ) 음이 자꾸 반복되며 낳은 음상이 '아아'다.

시인 말대로 '아아'라는 '소리 기호'는 감탄은 물론 '공포', '아픔' 등 우주 온갖 생령들의 감정이 혼재돼 막무가내로 터져 나온 것이다. 어미 아비 없이 푸른 하늘, 기댈 데 없이 허공을 떠도는 것들의 원願과 한恨이 시인의 입을 빌어 터져 나온 것이다.

네가 태어나기 전

아비 이전
어미 이전
거기에 네 옹알이

1991년 펴낸 신작 시집 『뭐냐: 고은 선시禪詩』에 실린 시 「아기」 전문이다. 우리말의 태초가 아이들 옹알이일 것이다. 뜻이 아니라 소리로, 실감으로 부모미생전父母未生前의 본질을 소통하는 언어가 옹알이 아닐 것인가. 늦게 본 외동딸을 키우며 시인은 그걸 실감했을 것이다.

위 대담에서 시인은 "내게는 오늘의 시가 제일 축복 받은 시이고 제일 좋은 시", "내 체질은 자기 작품에 대해 철저하게 무책임한 구조", "어디로 떠나지 않으면 살 수 없다"며 항상 폐허, 영점에서 새로 시작하는 신인임을 강조했다.

위 시 「눈 내리는 날」에도 드러나듯 우리 현대시를 개척한 한참 선배 시인인 김소월과 정지용을 '형'이며 '당신네'라 부르고 윌리엄 블레이크와 프리드리히 횔덜린 등 세계시사에 우뚝한 시인들을 또한 친구처럼, 후배처럼 부르고 있다. 어미 아비는 물론 선배도 몰라보는 '막무가내의 아이', 폐허, 영점의 아이처럼 시의 영향 관계를 끊으며 어디든 자유롭게 떠나며 개척하는 시인이 고은이다.

이제까지 내 세월에 흔전만전 허여된 말이 아닌
얼치기 지배의 말
얼치기 관습의 말이 아닌

몇 백 년 동안
몰래몰래

목숨 걸고 이어져온
그 금지당한 말이
참을 수 없이
내 입술 밖으로 뛰쳐나와
깜짝 놀라는 네 가슴속으로 파고드는
그 말로 말하고 싶다

사랑한다고!

근대 몇 백 년 오용 남용의 그것이 아닌
태초 불온의 말로

사랑한다고!

2011년에 펴낸 신작 시집 『내 변방은 어디 갔나』에 실린 시 「함박눈 내리는 날」 부분이다. 『내 변방은 어디 갔나』에 실린 시편들에는 인문적 허상에 주박 당하지 않은, 의미 이전의 모어母語가 유독 빛난다. 의미는 아득히 사라지고 소리만 남아 더욱 아득한 회상으로 우리 혼을 끌어당기는 선사시대 이전의 말로 돌아가려는 시편들이 많다.

이 시 「함박눈 내리는 날」에서 시인은 "금지당한 말로 말하고 싶다"며 "사랑한다" 말하고 있다. 누구나 다 말할 수 있는 "흔전만전 허여된 말", "지배와 관습의 말"이 아닌 "태초의 불온의 말"로 사랑한다 말하고 있다. 그런 말이어야 "깜짝 놀라는 네 가슴속으로" 파고들 수 있을 것이라며. 가슴속에서 터져 나온 감탄과 느낌의 말로 시를 쓰겠다는 것이다.

누구에게도
생은 두 번이 아닌 것
돌이킬 수 없는 것
강화 석모도 앞바다에
그렇게 왔다
저 크나큰 일몰에
이름 짓지 말라
무엇이라고
무엇이라고
날름거려 날름거려 이름 짓지 말라
무엇이라고
비단 짜 옷 입히지 말라

같은 시집에 실린 시 「강화에서」 부분이다. 바다로 지는 크나큰 일몰에 이름 짓지 말고 형용하지 말란다. 그런데도 이 시를 보면 일몰이 그려지고 있는 듯하다.

아니, 시인이 아니라 일몰 자체가 자신을 형용하고 있는 듯하다. 날름날름거리며 무엇이라고 말하는 듯하다. 반복된 '날름거려'와 '무엇이라고'라는 의미를 부러 지워버리는 소리로 일몰뿐 아니라 돌이킬 수 없는 생生을 날름날름 뭐라 형용하고 있는 듯하다.

2009년 1월 1일 오전 일곱 시쯤
먼 서운산 밑
앙상
앙상

이깔나무 서 있다

한 점 거짓 없었다

그러기에 새해 마수걸이로 좀 울어보았다

시집 『내 변방은 어디 갔나』에 실린 시 「새해」 전문이다. 새해 아침 산 밑에 선 이깔나무를 보고 울었다고 일기처럼 그대로 쓰고 있는 시다. 한 점 거짓이 없어서, 그러기에 울어보았다는 것이다.

그렇다면 한 점 거짓이 없는 것, 해서 시인을 울어보게 한 것은 무엇인가. 겨울 한가운데 서 있는 이깔나무의 앙상함 때문일까? 아닐 것이다. "앙상/ 앙상"이란 말, 소리 자체일 것이다. "앙상/ 앙상"은 이깔나무가 서 있는 품새를 그린 의태어이면서도 반복되며 의성어로 전화轉化한다. 시인의 귀에 홀연 들린 듯한 그 소리, 음상이 시인도 앙상 앙상 울게 한 것일 게다.

인간의 수식이 없는 언어가 "앙상/ 앙상"이란 소리고, 인간이 부여한 의미가 없는 그런 소리 자체의 세계에는 한 점 거짓이 있을 수 없다. 그런 거짓 없는 세계를 훼손치 않기 위해 시인은 울 수밖에 없을 것이다. 울음 또한 그런 거짓 없는 사실인 너와 내가 만나 공명하는 근원적 울림의 명징明澄한 사실이기에.

해서 시인은 "최초의 언어/ 아아// 최후의 언어/ 아아// 두 감탄사 사이에서 내가 오도 가도 못한다// 어미 없는 푸른 하늘이 엉엉엉 울어 옌다"(「지상에서」 전문)고 했을 것이다.

그런 신작 시집 『내 변방은 어디 갔나』를 받아보았을 때, 우선 제목부터 심상치 않았다. 그토록 확실한 목소리로 우리 시단 중심에 우뚝 선 시인이 '어디 갔나'라며 '변방'을 찾아 울어 애고 있으니. 표제 시에서 "의미가 무의미에 고개 숙이는 곳/ 두고 온 그곳"을 "내 변방" 이라며 아득한 고향, 그 선사시대를 찾고 있으니.

시공時空을 넘어
뭇 생령이 어우러진 시인

시집 『내 변방은 어디 갔나』 표지 날개에 시인의 사진 아래 실린 이력도 범상치 않다. "시인 생활 50여 년. / 시집 여럿." 단 두 줄로 짧게 끊어 쓴 그야말로 약력略歷이다. 역시 대가다운 무장무애無障無礙한 제목이며 이력이다.

"아예 내 시의 길도 이제껏 거닐어오는 길이 아닌 길이고 싶은 때가 있다. 이로부터의 길은 그러므로 그동안의 50여 년의 길을 그만두고 길의 역려逆旅에 들어서서 새로 몸 던져지기를 풍덩 치마폭 쓰고 인당수의 저승 심청으로 삼는 것이다. 온 길을 사례하고 등 돌려 갈 길을 영접하는 전생轉生의 발 내디디는 '어떤 나'이고자 하는 백일몽은 훨훨 자유롭다.

그러므로 나는 태생胎生이나 난생卵生, 습생濕生 넘어서 저만치 실안개 어리는 화신化身일 것이다. 실재와 부재의 경계를 모르는 그것이며, 구상과 추상의 담장도 없는 맨 마당의 그것. 그것도 아닌 그것."

책 끝에 실린 '시인의 말' 한 대목이다. 역려의 길에 들어서 이단을 꿈꾸며 또 '어떤 나'로 몸 바꾼 시세계가 훨훨 자유롭다. 인간은 물론 난생 습생의 동물들 그 너머서 실안개며 햇살이며 삼라만상의 실재와 부재까지 아우르며 전생하고 있다.

"먼 옛날 세습 방랑시인으로 출생. 한때 디오니소스의 친구.

BC 1125 카스피 해안에서 암말로 출생.

BC 0017 시베리아 예니세이 유역에서 인간으로 출생, 아기 무당.

1302 장소 미상未詳의 술집 주모.

1422 중앙아시아 사마르칸트 출생, 주로 행상.

1597 내몽고 출생, 목동.

1634 조선 삼지연 출생, 화전민 피리를 불었다.

1689 조선 추풍령 출생, 일자무식 나무꾼.

1770 여수 돌산도 출생, 무사승無師僧.

1847 안면도 출생, 귀머거리 머슴. 술을 너무 좋아했다."

2002년 총 38권으로 『고은 전집』을 펴내며 머리 책인 제1권에 실린 '고은 연보'에서 현생現生의 약전略傳에 앞서 밝힌 전생前生의 연보다. 옛날 옛적에 세습 방랑시인으로 출생했으며 고대 그리스 신화 속 주신酒神인 디오니소스와 친구였다고 당당히 밝히고 있다.

출생연도를 정확히 밝히며 차례로 암말, 아기 무당, 주모酒母, 낙타 대상隊商, 목동, 화전민, 나무꾼, 무사승, 술 좋아하는 귀머거리 머슴으로 태어났다고 했다. 장소도 저 카스피 해안에서 시베리아와 중앙아시아 사막을 거쳐 이곳 조선으로 차츰 좁혀진다. 이 모든 전생들이 고 시인 현생의 다양한 면모 각기의 캐릭터들을 그대로 드러내고 있다.

"사실은 내 전생 연보 역시 내 상상 속의 저널리즘에 해당합니다. 실제로 지금의 나, 아니 이 세상에 태어난 나 이전의 수많은 '나'라는 시간 속의 개체 변화를 현재의 내 실존의 외부로 삼고 싶을 때 당연히 내 현생은 전생이라는 과거의 복수複數를 펼치게 되지요. (중략)

나의 전생이나 내생은 종교적 자기 위안 때문이 아니라, 내 생명이 죽음이라는 불가피한 현재적 유한성에서 벗어나고 싶어서가 아니라, 내 의지와 상관없는, 그러나 내가 비껴갈 수 없는 현실이자 상상의 단초일 것입니다. 내 시의 시공은 지금 우리가 살고 있는 이승만으로는 채워지지 않습니다. 나는 우주의 작은 아이이고 싶습니다."

2005년에 가진 서울대 '관악초청강연'에서 그런 전생에 대한 물음에 대한 시인의 답변이다. 불교 등 종교의 구원적 의지와 상관없이 지금 현실의 '나'라는 실존적 사실로서의 전생이라는 것이다. 지금 이곳의 시공에 갇히지 않고 그 너머에서 우주 삼라만상과 한 몸으로, 복수로 어우러지는 게 우리네 실존이고 시적 상상력이며 이미지 아니던가.

> 비가 오다
> 책상 앞에 앉다
> 책상이 가만히 말하다
> 나는 일찍이 꽃이었고 잎이었다 줄기였다
> 나는 사막 저쪽 오아시스까지 뻗어간
> 땅속의 긴 뿌리였다
>
> 책상 위의 쇠토막이 말하다
> 나는 달밤에 혼자 울부짖는 늑대의 목젖이었다
>
> 비가 그치다
> 밖으로 나가다
> 흠뻑 젖은 풀이 나에게 말하다
> 나는 일찍이 너희들 인간의 희로애락이었다
> 너희들의 삶이었고 노래였다
> 너희들의 꿈속이었다

이제 내가 말하다
책상에게
쇠에게
흙에게
나는 일찍이 너였다 너였다 너였다
지금 나는 너이고 너이다

시집 『허공』에 실린 「그 속삭임」 전문이다. 지금의 나는 왜 전생이 있고 복수인지를 그대로 들여다볼 수 있는 시다. 지금 시인과 같은 시공에 함께 있는 책상과 쇠토막과 흙과 풀이 이실직고以實直告로 잘 증명해 보여주고 있지 않은가.

첫 연에서 시인이 시를 쓰고 있는 책상은 나무였다. 나무였기에 뿌리가 있고 줄기가 있고 잎이 있고 꽃이었지 않았겠는가. 그 뿌리는 여기서 먼 저쪽 사막의 오아시스까지 뻗어갔을 수도 있겠고. 이렇게 책상은, 한 존재는 아득히 시공을 초월해 이어지고 있음을 실증하고 있다.

둘째 연에서 '쇠토막'은 그 쇠된 소리로 인해 날카롭게 울부짖는 "늑대의 목젖"과 연결된다.

셋째 연에서 '풀'이 '인간의 희로애락이었고 삶과 노래였고 꿈'이었다고 말하고 있다. 풀들과 함께 살고 노래해 왔으니 사실 아닌가.

그러다 마지막 연에서 시인이 직접 화자話者로 나서서 나는 전생에 책상이었고 쇠였고 흙이었음을 말하고 있다. 일찍이 전생뿐 아니라 지금도 그렇다고. 우주 삼라만상이 서로 몸 바꾸어 전화轉化하면서 한 몸으로 어우러져 돌아가는 것이 우주 운항의 섭리 아니던가.

얼마나 기쁜 일인가
이 세계에서
이 세계의 어디에서
나는 수많은 나로 이루어졌다
얼마나 기쁜 일인가
나는 수많은 남과 남으로 이루어졌다
울지마라

1993년 펴낸 시집 『아직 가지 않은 길』에 실린 시 「어떤 기쁨」 마지막 연이다. 앞 연들에서 "지금 내가 생각하고 있는 것은/ 세계의 어디선가" 누군가 생각했던, 생각하고 있는, 생각하려는 것이라며 "울지 마라"고 했다. 그렇듯 나도 이 세계의 과거, 현재, 미래의 그 누군가로 이루어져 있으니 얼마나 기쁘냐는 것이다.

법화경 견보탑품에는 이런 광경이 그려지고 있습니다
이제까지 땅 위의 강가 강 유역을
맨발로 돌아다닌 석가여래가
그만 땅 위의 80년 세월을 작파하고
하늘에 올라
하늘 속의
다보여래 댁을 찾아가
거기 두 여래가 함께 살기 시작하였습니다
어느 때보다 다보여래의 얼굴이 빛났습니다
손님으로 온 석가여래도 함께
얼굴 가득히 빛났습니다

그들은 오순도순 잘 살아가고 있었습니다
어떤 보살은 다보는 과거의 석가이고
석가는 오늘의 다보라고 말하거니와
그러다가 그들은 끝내 하나의 여래였습니다
이 소문이 하늘에도
저 아래 땅 위에도 퍼지자
그동안 석가여래의 분신들이
여러 곳에 흩어져 있다가
그들까지 하늘로 올라와
하나의 여래로 돌아와버렸습니다

1995년 펴낸 신작 시집 『독도』에 실린 시 「다보여래의 댁」 부분이다. 불경을 빌어 시방삼세 여래들이 다 석가모니 분신이듯 '나' 또한 모두와 한 몸이라는 이야기를 쉽고 재밌세 펼치고 있다.

그래서 불교에서는 오고 가는 것 없이 항상 여여如如한 존재를 여래如來라 하지 않던가. 일찍이 불가佛家로 출가出家했던 시인의 시인관에는 이렇게 불교에서 영향 받은 바도 적지 않다.

그래서 시인은,

우리는 우주의 한 지방에 있다
어느 때는 광야였고
어느 때는 자궁인 곳
지금 우리는
하나하나의 살아 있는 시인만이 아니다
이곳에서

우리는 살아 있는 시인과
다른 무엇으로 된
낯선 오지이다
죽은 시인들의 영혼이
우리 각자의 몸속에 들어와
지친 날개를 접고 깃들인다
나는 나 이상이다
너는 너 이상이다
우리는 우주의 방언으로 노래하고
죽은 시인의 새로운 모국어로 노래한다
시작은 혼자였으나
그 뒤로는 내내 함께였다
(「죽은 시인들과의 시간」 부분)

라고, 여래처럼 여여한 우주적 시인관을 자신 있게, 단정적으로 드러낼 수 있었을 것이다.

마침표 없이
숨 가쁘게 내닫는 삶과 시

1950년대 그 폐허 영년零年의 시절
하염없는 떠돌이였던 나에게는
전쟁 이후 여기저기 남겨진 마침표가
뜻밖에도 구원이었습니다
한마디 말끝의 검은 점의 거룩함으로
그 뒤 이어지는 말들이 이따금 반짝였습니다
그래서 나는 나의 시에 마침표를 자꾸 찍고 싶었습니다

1970년대에 들어서면
나의 시는
강물 기슭의 맴도는 물인 듯이
먼 길 앞에서 주저하다가
얼떨결에
강물 한복판으로 나아가 흘러갔습니다
그러는 동안
나의 시에는 마침표가 없어졌습니다
그동안의 구원은 너무 헤진 신발처럼 무효였습니다
마침표 없는 시만이
한 편의 시로 끝나지 않고
다른 시로
다른 시로 이어졌습니다

어둠 속에 숨겨진 불빛 쪼아내어
그것으로 사물과 사물의 배후를 겨우 볼 수 있었습니다

이 세상의 운행은
나의 시 이전에도
이미 단 하나의 마침표 따위도 허락하지 않았습니다
이에 따라
마침표 없는 나의 시야말로
어쩔 수 없이 운행이었습니다
어쩔 수 없는 윤회임을 알았습니다
그것밖에는
모든 지각은 착각이었습니다

그리하여 나의 시가
날마다 떼지어 날아오르는 새 떼로
떼지어 내려앉는 새 떼로
다른 시인들의 시들이 되는 날들인 것을 꿈꾸었습니다
오 새벽의 푸른빛이란
얼마나 숨찬 찰나의 음역音域입니까
그러나 오늘 하루가
수많은 지난날들의 지칠 줄 모르는 강물로 흘러가며
나의 시는 내일도 모레도 마침표가 없습니다

1997년 펴낸 신작 시집 『어느 기념비』에 실린 시 「나의 시」 전문이다. 제목처럼 자신의 시세계를 곧이곧대로 털어놓고 있는 시다. 1950년대 전후戰後 폐허의 영점에서 시작해 마침표가 많은 시를 쓰다가 1970년대부터는 마침표가 없는 시를 쓰고 있는 내력을 경어체로 고백하고 있어 더욱 진솔하게 읽히는 시다.

전생에 세습 방랑시인으로 디오니소스와 친구였다고 스스로 밝히곤 하는 시인은 금생에서는 1933년 전북 군산에서 태어났다. 일제하 초등학교에서 식민지 교육을 받다 해방 후 중학 시절 한하운韓何雲 시집에 매료된 문학 소년은 6.25가 터지자 인공치하에서 강제노역도 하고 미군 부대에 근무도 하고 중학교 교사도 하고 엿장수도 했다.

폐허에 쌓인 주검과 죽음을 보며 자살도 시도해보던 시인은 19세 때인 1952년 6.25 와중에 출가했다. '일초一超'라는 법명으로, 누구의 영향 관계도 부정하고 영점, 폐허에서 자신의 시를 세워간다고 주장하는 무사승無師僧시인이 유일하게 스승으로 부르는 효봉 스님 상좌로 수행했다.

25세에 서정주 시인의 추천으로 『현대문학』을 통해 시단에 나왔다. 1960년 처녀 시집 『피안감성』을 펴낸 뒤 1962년 10여 년의 승려 생활을 청산하고 환속還俗했다.

환속해서는 끊임없이 자살을 시도하며 허무와 술에 절어 살다시피 했다. 시를 쓰면서도 마침표를 자꾸 찍고 싶었다고 고백하듯 삶에도 마침표를 끊임없이 찍으려 한 것이다. 마침표가 시와 삶의 구원이라도 되는 듯이.

1970년 아무도 못 찾을 정릉 북한산 으슥한 골짜기에서 음독자살을 시도했으나 때마침 취약 지구 특별훈련에 나선 예비군들에게 발견돼 장기간 치료 끝에 의식을 회복했다. 그해 전태일 분신 사건에 불같은 깨달음이 일어 민주화운동에 투신했다.

"우리 모두 화살이 되어/ 온몸으로 가자./ 허공 뚫고/ 온몸으로 가

자. / 가서는 돌아오지 말자. / 박혀서 박힌 아픔과 함께 썩어서 돌아오지 말자."

1970년대 유신시대를 살아가며 좌절과 갈등, 무력감에 빠진 소시민들에게 민중성을 일깨운 시로 평가받은 「화살」 앞부분이다. '강물 기슭의 맴도는 물'이 아니라 '강물 한복판으로 나아가 흐르는 물'이 되어 시인은 온몸으로 민주화운동을 이끌었다. 유신과 신군부독재의 '어둠 속에서 숨겨진 불빛을 쪼아낸' 시편들은 봉홧불처럼 또 다른 시로 이어지며 마침내 새 떼가 떼지어 날아오르는 듯한 민중시 시대를 열어젖혔다.

시인은 온몸으로 시대의 불의에 맞서며 '자유실천문인협의회'(현 한국작가회의)와 '한국민족예술인총연합회'를 주도적으로 창립했고, 재야운동권단체의 대표 등을 맡으며 감옥을 들락거렸다. 1980년 5.18 광주민주화운동 직전 내란음모죄로 육군교도소에 투옥돼 죽음의 상황에 이르기까지 했다.

1982년 8.15 사면으로 풀려난 시인은 전 세계 시인과 독자들과도 교류하기 시작, 삶과 죽음의 틈새로 비치고 들리는 "오 새벽의 푸른 빛이란/얼마나 숨찬 찰나의 음역音域입니까"와 같은 절창으로 전 세계 독자들을 매료시키고 있다.

머무름 없이 전화轉化하는 게 우주의 섭리

가리라
시뻘건 대대 육친같이
가리라
시꺼먼 대대 원수같이
눈 부릅뜬 혁명 앞두고
한밤중 화들짝 깨어난 봉홧불로
가리라
저 봉우리
저 봉우리 건너
저 봉우리
저 봉우리 건너
저 봉우리
저 봉우리의 칠흑 속 건너
가리라
동트기 전
천리 밖 역모
기어이 관악 봉수대 이르기까지
숨지며
턱밑 칼끝의 목멱산 봉수대까지
가리라

가서
한 생애 멸하리라

내 심장의 백만 전사들 먼동 트리라.

팔순을 앞두고 발표한 「봉화烽火」 전문이다. 마침표 하나 없는 시다. 제목의 봉홧불처럼 '가리라'와 '저 봉우리 건너'를 반복하며 칠흑 속을 밝히고 전하려 숨 가쁘게 내닫고 있는 시다.

위 시 「봉화」에서는 우선 그런 시인의 "눈 부릅뜬 혁명"의 삶을 읽을 수 있다. "한밤중 화들짝 깨어난 봉홧불"에서는 현실 참여적 각성에서 나아가 우주적인 혼의 각성을 읽을 수 있다. "내 심장의 백만 전사들"이라는 시인의 가슴속에 있는 뭇 생령의 시혼詩魂을 역동적으로 일깨우는 봉홧불로 나아가고 있지 않은가.

봉우리 건너면 또 봉우리를 자꾸자꾸, 기어이 건너는 것은 혁명의 현실적 봉홧불이면서 실존의 봉우리를 건너는 시혼의 생생한 봉홧불일 것이다. "한 생애 멸"하면서까지 "내 심장의 백만 전사들"을 화들짝 일깨우는 시혼. 그리하여 세상을 매양 새롭게 창조하려는 시혼의 봉홧불 아니겠는가.

사흘나흘 민들레 꽃씨로 떠나거라

저녁 아스름 어스름
산골짝 무거운 쇠북소리로 떠나거라

이 눈물과 피눈물의 누리판 어느 첫걸음이야
시건방진 구름이

구름 걷힌 하늘이
감히 만들지 못하고
오로지
숱하디 숱한 한뉘 작별이나 이별들
그 하고많은 밤낮들이 만들어 내느니

떠나거라
쥐가 난듯
네 궁둥이 불이 난듯
서둘러 조각달도 보채며 뒤따르리라
떠나거라

「봉화」와 같이 발표한 시 「창세기」 전문이다. "민들레 꽃씨"같은 서정, "무거운 쇠북소리"같은 각성과 혁명, 남성적 어조 등이 잘 어우러져 누가 보더라도 고 시인의 시임을 알 수 있게 하는 시다.

위에서 본 「봉화」에서는 "가리라"를 반복하던 시인이 이 시에서는 "떠나거라"를 반복하고 있다. 남에게 권유하는 말이지만 "가리라"같이 시인의 의지가 밴 청유다. 시인의 시편에 적잖게 나오는 이 의지형, 청유형 어미의 반복은 시인 속 백만 전사는 물론 독자와 삼라만상의 심장 속으로 직격해 들어가 가슴을 쟁쟁 울리게 하는 쇠북소리를 내게 한다.

「창세기」에서는 "민들레 꽃씨", "쇠북소리", "조각달"이 떠나가고 있다. 평생의 숱하디 숱한 작별의 하고많은 밤낮이 한 많은 이 누리를 떠나게 하듯 삼라만상도 떠나고 있다. 떠나되 "시건방진 구름이/ 구름 걷힌 하늘"로의 시건방진 현실초월이 아니라 "피눈물의 누리판"의 "첫

걸음"으로 떠나는 것이다.

"쥐가 난 듯/ 네 궁둥이 불이 난 듯" 구름 속을 떠나는 조각달이라는, 육감적 이미지로 삼라만상과 시인과 우리는 한 몸이 되어 떠나고 있는 것이다.

그렇담 어디로 떠나라는 것인가. 눈물과 피눈물이 걷힌 혁명의 새 누리판으로 떠나란 것인가? 그런 것만은 아닐 것이다. 시 「창세기」 주어는 '떠나거라'이고 주제 역시 '떠나다'라는 이행移行의 동사다. 떠나면서, 한군데 한 존재에 머무르지 않고 무엇 무엇으로 바뀌는 것이 기운생동氣運生動하는 우주 삼라만상의 운항 섭리 아니겠는가.

> 다 무엇이 되어가고 있다
> 이때가
> 가장 한심하여라
> 칼로 쳐라
>
> 다 무엇이 되어가고 있다
> 소가 소고기가 되는 동안

『뭐냐: 고은 선시禪詩』에 실린 시 「소고기」 전문이다. 부처를 만나면 부처를 쳐 죽이고 새로운 길로 들어서듯 머물러 무엇이 되려하지 않고 '가리라'를 다짐하며 육친 같은, 아니 원수 같은 새 길을 찾아 떠나고, 또 떠나고 있는 게 시인의 삶이고 시다.

> 떠나라
> 낯선 곳으로

아메리카가 아니라
인도네시아가 아니라
그대 하루하루의 반복으로부터
단 한번도 용서할 수 없는 습관으로부터
그대 떠나라

아기가 만들어 낸 말의 새로움으로
할머니를 알루빠라고 하는 새로움으로
그리하여
할머니조차
새로움이 되는 곳
그 낯선 곳으로

떠나라
그대 온갖 추억과 사전을 버리고
빈주먹조차 버리고

떠나라
떠나는 것이야말로
그대의 재생을 뛰어넘어
최초의 탄생이다. 떠나라

1992년에 펴낸 신작 시집 『내일의 노래』에 실린 시 「낯선 곳」 전문이다. "떠나라"를 반복하며 낯선 곳으로 가라고 해서 좋은 여행시 모음에도 자주 올라오는 시다. 마지막 연은 광화문 교보빌딩에 크게 게시되는 광화문 글 판에도 올라 많은 사람들에게 감동을 줬다.

이 시를 쓸 때는 정권의 요주의 인물로 여권이 없어 시인은 해외

여행도 어려웠을 때다. 그래 떠나라는 것은 관습화된 기성의 모든 것으로부터 떠나 낯선 원초, 본질과 만나라는 것이다. 그래서 매양 신생의 원초적 삶을 살라는 것이다.

"존재란 없어. 행行이 있을 뿐이지. 내 생이 동사動詞이듯이 내 죽음도 동사일 거야. 요컨대 이 세상의 지地, 수水, 화火, 풍風이 떠돌고 흐르고 돌고 돌지. 무엇이 무엇이 되고 또 무엇이 되지."

팔순을 맞아 후배 시인과의 대담에서 밝힌 말이다. 시인은 머무름도 떠남도 생사生死도 없는, 윤회를 완전히 벗어난 '무여열반無餘涅槃'이 아니라 머무름 없이 떠나고 또 떠나는 '무주열반無住涅槃'을 꿈꾼다.

"모든 세계현상의 유전流轉과 내 운명으로서의 유전을 불이不二의 세계로 만드는 세계관이 나에게는 거의 선천적인 것이었다. 그리하여 근대적 자아로서의 나란 끝내 나라는 허상임을 깨달은 다음 자아와 타아의 일여一如로서의 진정한 내[무아無我], 나라는 고착을 넘어 유전으로서의 무한한 나의 자기 변화에 온몸을 묻었다"고 시인은 밝힌다. 무엇이 무엇이 되고 또 무엇이 되는 전화轉化로서의 행이, 존재와 삶과 우주의 본질이겠기에.

시혼의 봉홧불을 들고 전한 심장의 뉴스

기원전 2천년쯤의 수메르 서사시 '길가메쉬'에는
주인공께서
불사의 비결을 찾아나서서
사자를 맨손으로 때려잡고
하늘에서 내려온
터무니없는 황소도 때려잡고
땅끝까지 가고 갔는데

그 땅끝에
하필이면 선술집 하나 있다니!

그 선술집 주모 씨두리 가라사대

손님 술이나 한잔 드셔라오
비결은 무슨 비결
술이나 한잔 더 드시굴랑은 돌아가셔라오

정작 그 땅끝에서
바다는 아령칙하게 시작하고 있었다

어쩌냐

2007년에 발표한 시 「선술집」 전문이다. 현전하는 인류의 서사시

중 가장 오래된 수메르의 「길가메시」의 탐색 신화 이야기를 딴 시다. 반신반인半神半人의 수메르의 왕 길가메시는 죽어야 할 인간의 운명을 수용 못 하고 신 같은 영생을 위해 불사의 약을 찾아 땅 끝까지 모험한다. 위 시에서는 모험 끝에 찾은 불사의 비결이 땅 끝 '선술집'의 '술'이다.

술자리에서 좌중에 들려주는 이야기처럼 구어체 맛을 살린 이 시는 일단 재미있어 좋다. 술이 불사의 비결이라니 권주가로서도 손색없이 읽힐 시다. 바닷가 선술집 주모가 권하는 술을 한 잔 한 잔 들이켜다 보니 아령칙하게 취한 정신과 눈에 지금 여기는 땅의 끝이 아니라 바다의 시작으로 보인다. 술은 세상을 끝이 아니라 시작이 되게 하는 불사의 비결이다. 어쩌냐, 가위 디오니소스 친구다운 시 아닌가. 이만하면 호탕한 권주가 아닌가.

20여 년 전 시인과 함께 시인의 고향이자 시인의 「삶」이란 시비가 서 있는 군산 은파공원을 둘러본 적이 있다. 다 둘러보고 나서 고군산열도가 바라보이는 땅 끝 선술집에 들렀다. 시인은 '씨두리' 같은 주모가 내온 술과 그 바다 특산물인 백합조개를 참 맛있게 먹었다.

소주 한 잔에 게 눈 감추듯 조개 하나씩 까먹던 시인은 그냥 벌러덩 드러누워 버렸다. 너무 급하게 먹고 마시다 혹 까무러친 게 아닐까 당황스러웠는데 금방 일어나 또 마시고 먹어댔다. 젊음과 불사의 비결인 양 그렇게 운명적으로.

철이라니 철이 들다니

아 동방의 신선주 유하流霞를 마셨어라
남방 인도 신들의 소마를 마셨어라

서방 그리스
제우스의 신주 넥타르를 구름 속에서 마셨어라
아 인디오의 마약 신주를 마셨어라

도무지 철딱서니 없이
나의 소주 기만병幾萬甁!

어찌 그 만취 따라
내 터럭조차도 발톱조차도
내 오줌조차도
내 똥조차도
으레 취하지 않았으랴

전신 마취 기만야幾萬夜

2013년에 펴낸 신작 시집 『무제 시편』에 실린 시 「무제 시편 271」 전문이다. 거침없이 호방하게, 솔직하게 자신의 술을 털어놓고 있는 시다. 세계의 신들이나 마시는 명주는 다 마셔본 것을, 마시고 온몸이 다 취한 것을 철딱서니 없이 자랑하고 있으니. 그렇다, 이 시의 주어는 술이 아니라 '철딱서니 없이'다.

시인은 정말 운명처럼 술을 마신다. 마시며 열정과 혁명과 축제로 그 술자리를 주재하는 주신酒神이다. 인터뷰하러 찾아가면 "어, 주붕酒朋 왔는가"하며 술부터 내놓는다. "선생님, 오늘은 중요한 일이니까 일단 말씀 듣고 나서 마시기로 하지요"라고 하면 입을 굳게 다물고 귀도 안 들린다는 시늉을 한다. 그래 할 수 없이 마시며 인터뷰하다 보면 어느새 같이 취해간 적이 한두 번 아니다.

시인은 후배들 시집 출판기념회 등에 참석해 젊은 시인들과도 잘 어울린다. 아들 딸뻘 되는 시인들에게도 '형'이라 호칭하며 술과 시로 아주 흔쾌하게 어우러지며 나이며 세월이며 원로며 하는 세상의 모든 격格을 일거에 없애버리며 철딱서니 없는 판으로 만든다.

1997년 늦가을 한 주점에서 시인은 중앙일보 문학담당기자로 있던 내게 솔깃한 제안을 했다. 신문에 골치 아픈 정치·사회 뉴스만 아니라 우리네 심장의 뉴스를 전하면 어떻겠느냐고. 매일 아침 시 한 편씩 소개하며 촌평으로 시절의 기상도도 함께 전하자고.

우리 시대 대표 시인의 제안이니 어찌 거절할 수 있겠는가. 되레 황송한 그 제안을 받아들여 다음 해 정초부터 마련한 난이 중앙일보의 '시가 있는 아침'이었다.

시인의 이런 시도는 다른 많은 신문들도 따라와 시와 독자 대중을 만나게 하는데 기여하고 있다. 시 한 줄 찾아보기 힘든 칠흑같이 어두운 신문 지면에 우리 사회에 시혼의 봉홧불을 들고 심장의 뉴스를 전한 시인이 고 시인이다.

우주 삼라만상이 태초의 그리움으로 소통하고 있는 시편들

저 한밤중 밀물 봐
무엇이 죽고
무엇이 태어나는가
저 아침 느적이
다 핥아가버린 썰물 개펄 좀 봐
몇백만 년이나
달하
달하
못내 그리워
저 구원久遠의 지랄을 여태껏 그만두지 못하고
밀물로 오고
썰물로 가는 것 좀 봐

따라서
저 개펄 게들 게새끼들 눈코 뜰 새 없는 그리움 바쁜 것 좀 봐

시집 『내 변방은 어디 갔나』에 실린 시 「저 그리움 좀 봐」 전문이다. 우리네 삶과 시의 알파요 오메가인 '그리움'을 그대로 제목으로 잡은 시다. 숨 가쁘고 거친 욕설이 질펀한데도 형용 되지 않은 동사와 의미가 별 중요하지 않은 소리로 그리움을 생채로 끌고 가고 있는 시다. 그러면서 다시 생명처럼 밀려왔다 목숨처럼 쓸려가는 "저 구원

의 지랄" 같은 그리움이며 시의 본질을 보게 하는 시다.

기존의 의미와 미사여구로는 그리움을 이리 호방하게 잡아낼 수 없었을 것이다. 선사 이전의 언어, 태초의 불온한 말이기에 그리움의 본질을 이리 역동적으로 잡아낼 수 있었을 것이다. "저 개펄 게들 게 새끼들 눈코 뜰 새 없는 그리움"이라고.

까딱 발 헛디디거나 기성에 안주해 헛것이나 관행의 나락으로 떨어지는 대가들의 시들도 많이 봐왔다. 그러나 고 시인은 이렇게 의미 이전의 소리, 역려逆旅하는 언어로 본디의 나와 세계로 생생하게 돌아가고 있는 것이다.

> 한낱 입자도 파동일진대
> 나의 명사는
> 동사의 쓰레기
> 나는 그리운 동사에게 가야한다
>
> 나는 파동
>
> 나의 자동사는
> 먼 타동사의 쓰레기
> 나는 그리운 그리운
> 선사先史 타동사로 가야 한다
>
> 오늘 밤 미래가 미래뿐이라면 그것을 거부한다
> 나는 입자이자 파동

2016년에 펴낸 신작 시집 『초혼』에 실린 시 「내 조상」 전문이다.

입자도 파동이기 때문에 입자로 이뤄진 '나', 시인 자신도 '파동'이라고 거듭 단언하고 있는 시다. 입자·물질은 전자의 파동으로 존재한다. 해서 파동, 물의 파동은 물론이고 빛도 물질이다. 우주 삼라만상은 한 물질로 고정돼 있지 않고 끊임없이 움직이는 파동이다. 그래 시인은 명사가 아니라 "그리운 동사에게 가야 한다"고 다짐, 또 다짐하고 있다.

2014년 봄 미국 하버드-스미스소니언 천체물리센터가 우주 탄생 순간인 대폭발의 결정적 단서를 마침내 찾아냈다. 지금까지 우주 탄생의 유력한 가설로 여겨온 빅뱅 이론을 입증할 중력파 파동의 파문波紋을 실제로 발견한 것이다.

우주 삼라만상은 어둠 속 한 점 빛에서 생겨났다. 캄캄한 어둠 속에서 뭔지 모를 것들이 서로를 끌어당기며 뭉쳐 마침내 한 점 빛으로 폭발해 우주가 탄생했다는 게 우주 생성 이론의 정설인 빅뱅(Big Bang)이다. 그 빛의 파동이 1백38억 광년을 나아가며 우리 태양계와 은하계, 지구의 모래알보다 더 많은 별들의 우주를 낳으며 무진장의 공간과 시간으로 팽창하고 있다는 것이다.

캄캄한 혼돈 속에 빛을 있게 한 것도, 빛이 발산되며 무진장한 별들을 만들어 나가는 것도 서로를 끌어당기는 힘, 입자 각각의 인력引力이다. 안개인지 티끌인지 뭔지 모를 것들이 서로서로 끌어안아 별이며 꽃이며 사람 등으로 전화轉化하며 이 찬란한 파노라마의 우주를 펼치게 하는 인력, 그것이 그리움 아닐 것인가.

위 시 「내 조상」에서는 그런 태초의 빅뱅, 그 그리운 선사를 시인의 '조상'으로 섬기고 있다. 그러면서 자신이 자동사로 시를 쓰는 게 아니라 조상, 선사가 자신을 빌어 타동사로 시를 쓰게 해야 한다고 밝히고 있다. 빅뱅의 그 파동이 시인을 살게 하고 시를 쓰게 하고 있는 것임을 거듭 확인하며 희원하고 있다.

시인도 한 후배 시인과의 대담에서 "사실 인간의 고향이란 기껏해야 몇 십 년 전의 그것 아닌가. 이런 현재에 바싹 달라붙은 근친적인 시간을 떠나서 아주 머나먼 기체氣體로서의 조상들의 우주 숨결 말이네. 137억 년 전의 형언할 길 없는 무無로부터 탄생한 우주 이래의 그 우주사 카오스 속 어디엔가 내 생명 저쪽 조상종祖上種으로서의 생명 원소로 이어져오는 동안의 그 고향으로서의 허무에 대한 그리움 말일세"라며 우주 태초의 입자로서 그리움을 털어놓기도 했다.

2022년에 펴낸 신작 시집『무의 노래』머리말에서도 "본디 무시무종無始無終의 공간을 떠도는 파동이 내 운명의 입자들을 몰고 다닌다. 이런 무작위의 생태가 이따금 두렵기도 하고 기쁘기도 하다"며 그런 파동을 운명적으로 받아들이고 있다.

실제 시인의 시편들에서는 삼라만상이 태초의 그런 그리움의 파동으로 소통하고 있다. 의미나 지성이나 이즘 등, 시의 한참 아랫것들인 인문적 허상에 주박 당할 수 없는 우리네 가없는 삶과 꿈을 생생히 보여주기 위해서다.

시선詩仙이자 주선酒仙인 이백과 한 핏줄 시인

물을 잘랐다
잘린 물에
칼자국 없이
피 한 방울 없이
아무도 없이
그냥 흘러갔다

1천3백년 전 검객 이백이 하던 짓거리
1천3백년 후 내가 한다
다
지지리 못난 상호모방의 짓거리

그런 중에도
그대가 순 한족이 아니라
저 알타이 오랑캐 핏줄로
장안 주작대로
이쪽
저쪽을 으스대던 것
페르시아 작부를 희롱턴 것
그러다가 어찌어찌 신라에서 건너간
난해한 사투리 국서

대번에 해독하던 것

술 만 잔에
시 만 수이던 것

나 또한
떳떳할 것도 없이
못 떳떳할 것도 없이
칼집에
칼 꽂아 넣어버린 뒤
발밑의 물
천치백치로 멍하니 내려다보다가
술 한 모금 없이
만취의 시 한 편 기어이 나오고 마는 것

칼집 속
칼끝 으릉으릉 우는 것

2016년에 발표한 시 「이백 이후」 부분이다. 1천3백 년 시차를 두고도 시인 자신을 이백과 한 혈육, 형제로 보고 있는 시다. 칼로 흐르는 물을 아무 자국 없이 자르는 검객, 이방인인 오랑캐 핏줄, 권부權府와 시정市井 가리지 않고 으스댄 것, 작부를 희롱턴 것, 언어를 초월한 것, 술과 시를 혈육으로 본 것 등에서 시인은 이백과 같다는 것이다.

당나라 궁정시인으로서 술로 고관대작들과 섞이며, 때론 시정잡배와 어울리며 현실을 훌쩍 뛰어넘는 호방한 시로 시선詩仙이며 주선酒

仙 반열에 오른 이백. 술로 어우러지며 인터뷰도 하고 시와 원고를 받아내곤 했던 나는 일찍부터 고 시인의 삶과 시에서 그런 이백과 한 혈육임을 실감해왔다. 시인 스스로도 이백과 한 혈육임을 털어놓아 왔었고.

"술 취해서 쓰는 시는 졸작이에요. 몇 번은 졸작을 면했지만. 이백이 아직도 내 형인 것은 그는 취중 걸작이 많아서지요. 요즘은 나도 취중 걸작 한두 개는 나와요"라며 자신보다 취중 걸작이 많다며 이백을 형이라 부르고 있다. 그러나 이 시 「이백 이후」를 보니 술 한 모금 없이도, 칼을 빼지 않고도 칼끝 으릉으릉 우는 걸작으로 이백을 넘어서 새 세상을 열려는 듯하다.

인사동 허름한 주점에서 후배 문인들과 술잔을 기울이는가 했더니 홀연 평양으로 날아가 남북정상회담 만찬 때 김대중 대통령과 김정일 국방위원장 사이에서 축배를 들던 시인. "장안 주작대로/ 이쪽 / 저쪽을 으스대던 것"이란 구절을 보니 당시 시인의 모습이 이백과 함께 다시 떠오르기도 한다.

무엇하러 여기 와 있는가
아침 대동강 강물에는
어제가 흘러갔고
오늘이 흘러가고
내일이 흘러가리라
그동안 서로 다른 것 분명할진대
먼저 같은 것을 찾아내는 만남이어야 한다
큰 역사 마당 한가운데

작은 다른 것들을 달래는 만남의 정성이어야 한다
얼마나 끊어진 목숨의 해방이었더냐
흩어진 목숨 떠도는 원혼의 자취였더냐

무엇하러 여기 와 있는가
우리가 이루어야 할
하나의 민족이란
지난날로 돌아가는 것이 아니라
지난날의 온갖 오류
모든 야만
모든 치욕을 다 파묻고
새로운 민족의 세상을 우르르 모여 세우는 것이다

그리하여 통일은 재통일이 아니고
새로운 통일인 것
통일은 이전이 아니라
이후의 새로운 창조이지 않으면 안 된다

2000년 평양에서 가진 6.15남북정상회담 만찬 때 시인이 직접 낭송한 시 「대동강 앞에 서서」 부분이다. "무엇하러 여기 와 있는가"라고 계속 물으며 남북정상회담의 의미를 새기고 있는 시다. 그러면서 남북이 다시 통일돼야 하는 이유와 방향을 민족시인의 시각에서 분명히 제시하고 있는 시다.

비교적 긴 시를 다 경청해 준 남북 정상 가운데 서서 시인이 축배를 권하는 사진이 대문짝만하게 신문에 실렸다. 분단된 우리의 역사와 현실, 그리고 통일의 미래까지 간명하게 보여주면서도 남북을 혈육의 정으로 묶는 시의 위력을 유감없이 보여주는 사진이기도 했다.

나는 2000년 8월 18일 자 중앙일보 1면에 최초의 남북합작시 「만나고 싶었습니다」를 실었다. 고 시인과 북한을 대표하는 오영재 시인이 만나 "아 집으로 초대하여 밤 이슥토록/ 술잔에 얼굴 붉어진 기쁨이었으면/ 더할 나위 없겠습니다"라며 즉흥적으로 써내려간 시를 읽은 독자들의 문의가 잇달았다. 어떻게 이런 남북합작시를 얻어 싣게 됐느냐고.

서울에서 열렸던 남북이산가족상봉 마지막 날인 17일 밤 만찬 때 북한 오영재 시인 가족석에 고 시인이 합석한다는 정보를 들었다. 남북의 대표적 시인인 두 사람은 1991년 남북작가회담이 추진될 때 각각 남북의 대표를 맡았던 인연이 있고 서로의 시세계도 잘 알고 있던 터. 그렇다면 송별 만찬 자리 즉석에서 두 시인의 합작시도 가능하지 않을까 해서 고 시인에게 청탁한 것이다.

그렇게 해서 17일 밤 9시 30분에 술이 있는 만찬 자리에서 즉흥적으로 최초의 남북합작시가 완성돼 다음 날 새벽 신문에 실린 것이다. "우리 둘은 시의 혈육이었기에 금방 시가 될 수 있었다"고 시인은 원고를 건네주며 말했었다.

민주화와 통일을 위해 온몸과 시로 앞장서는 시인

남쪽의 시인이여
어찌 국화 따위만을 헛되이 노래하느냐
수많은 꽃들에 대하여
그대는 죽음이다
아니
역사에 대하여 그대는 죽음이다
북의 시인이여
어찌 어버이만 굳게 노래하느냐
수많은 형제자매에 대하여
그대는 죽음이다

남과 북의 시인이여 그대들 떠나라
오 죽음으로부터 거짓으로부터

1988년 나온 신작 시집 『네 눈동자』에 실린 시 「국화」 전문이다. 제목을 훑어보며 국화를 노래하고 있는 시인 줄 알았는데, 아니다. 남북한 시인들을 싸잡아 질책하고 있는 시다. 그래 제목을 '부끄럽다, 남북 시인들이여'로 고쳐 읽었으면 딱 좋겠다고 생각했던 시다.

"날더러 진달래꽃을 노래하라 하십니까/ 이 가난한 시인더러 그 적막하고도 가녈픈 꽃을/ 이른 봄 산골짜기에 소문도 없이 피었다가

/ 하로 아침 비비람에 속절없이 떨어지는 그 꽃을/ 무슨 말로 노래하라 하십니까"

박팔양 시인이 1930년에 발표한 시 「너무도 슬픈 사실-봄의 선구자 '진달래'를 노래함」 첫 연이다. 일제 식민치하에서 음풍농월吟風弄月로 한가로이 꽃이나 노래할 수는 없다는 것을 반어법적으로 드러내고 있는 시다.

위 시 「국화」에서도 "어찌 국화 따위만을 헛되이 노래하느냐"며 남쪽 시인들의 음풍농월을 질타하고 있다. 또 "어찌 어버이만 굳게 노래하느냐"며 북의 시인들도 나무라고 있다.

이산가족 죽기 전 한 번의 만남도 제대로 이뤄내지 못하고 있는 엄혹한 분단 현실에서 꽃의 서정이나 어버이 수령님만 구가하는 남북의 시인들, 어이 거짓 아니라 떳떳이 항변할 수 있고 부끄럽다고 아니할 수 있겠는가. 이렇듯 고 시인은 분단 현실에서 양심과 의식 있는 시인으로서 엄연한 민족시의 책무를 다해오고 있다.

나 여기 한동안 어이할 수 없이 서 있노라
모든 지나가는 것들아
비탄悲嘆 한 꾸러미씩 매판買辦 한 꾸러미씩
사가지고 가는 것들아
현실 괴멸하라 현실 괴멸하라

나 여기 한동안 서 있노라
모든 딱한 것들아
내 가슴에 한국 청산가리를 칠하고
펄쩍펄쩍 날뛰는 아픔으로

백년 이래의 온갖 한을 불태우노라

나 여기 한동안 어이할 수 없이 서 있노라
다 지나가버리고
문짝들이 저마다 사리사욕 닫혀버리고
마도魔道의 향불 네온아 네온아 이윽고 너도 꺼지고

내 대머리로 빈 대머리로 종로 인경을 치노라
밤새도록 잠자는 것들아 무지몽매야
저 납덩어리 서해 복판 이르기까지
울부짖는 인경 밑에
내 흰 뇌수를 뿌리노라 꽃이노라
현실 괴멸하라 현실 괴멸하라

1974년 펴낸 신작 시집 『문의文義마을에 가서』 맨 앞에 실린 시 「종로鐘路」 전문이다. 그 전 해인 1973년에 시인은 자살미수에 그친 정릉에서 화곡동으로 이사했다. 청산가리를 품고 다니며 언제 어디서든 수없이 자살을 시도하던 이른바 '허무주의의 대표자'라는 삶과 초기 시세계의 딱지를 떼고 역사와 현실 의식의 시인으로 출발한 것이다. 그 첫 시편이 위 시 「종로」다.

종로 네거리에 서서 외치는 시인의 목소리가 우렁우렁 들려오는 시다. 매판자본과 사리사욕 등의 마도에 빠져 파멸의 길을 가고 있는 현실에 경종을 울리고 있는 시다. 보신각 인경 쇠북종을 머리 깨져라 치며 캄캄하고 몽매한 현실을 일깨우고 있는 시다.

1973년 화곡동으로 이사하면서 시인은 박정희 정권의 3선개헌 반대운동을 시작으로 민청학련사건의 김지하 시인 석방운동도 벌이고 민주회복국민회의 문인대표로 참여했다. 문학의 사회적, 역사적 책무를 다하기 위해 자유실천문인협의회도 결성해 대표간사로 활동하기도 했다. 이때부터 경찰서와 중앙정보부의 요시찰 인물이 되어 연행과 투옥당하기를 밥 먹듯이 하며 온몸과 시와 성명서 등으로 민주화와 통일 운동에 앞장섰다.

1991년 서울 여의도에서 '민족문학큰잔치'가 열렸다. 왜곡된 역사와 현실을 들추어내고 바로잡아 더 나은 현실세계를 이루려는 참여문학단체인 민족문학작가회의가 주최한 잔치. 그동안 독재정권 아래서의 문학의 운동성과 대중성을 점검, 반성하고 참다운 문학을 모색하는 자리였다.

그 자리에서 당시 회장이던 고 시인은 "이제 운동의 깃발을 내리고 모든 문학인은 문학으로 돌아오자"고 호소했다. "문학은 우선 문학이라야, 문학의 고전적 가치를 지녀야 거기에서 운동도 일어나고 대중성도 확보할 수 있다"며 "문학 만세"를 제창했다.

> 있어야 할 날들이었다
> 하루가 가고
> 하루가 가고
> 이 누리 앞과 뒤
> 그렇게 있어야 할 날들이었다
> 한밤중 주린 배로 가는 길
> 꺼져가는 불빛 하나씩
> 나눠가졌다
> 무엇이고 살아남은 자의 것이었다
> 가책도

죽은 자에 대한 기억도
개 같은 의무들도

전체도
개인도 그 다음은 똑같이 지옥의 길 아니고 무엇이었던가

그러나 있어야 할 날들이었다
긴 밤 지나
대낮은 얼마나 허망한가
사과밭이다

사과꽃이 피었다
참으로 먼 데까지 왔다
9만 마리 10만 마리 되새 떼가
커다란 벙어리 덩어리로 날아올라
무수한 이단으로 뒤집혀 회오리쳤다
그러자마자
지난날 항쟁의 밤같이 박수소리가 살아났다 온통 하얗다

진리 이후에는 다른 진리가 있다
사과꽃에 너무 사로잡히지 말라
천년의 관습
천년의 확신
천년 이상의 지루한 시간이 네 적이다

누가 미래를 다 차지하려고 노래하는가
사과꽃이 일제히
바람에 날리고 있다

아 그렇게도 꿈꾸던 자유는 낙화였구나
활짝 열려
열리자마자 쾅! 닫혀
흩어진 자의 꽉 찬 고독들
저물어버린 하늘 속에서 떨고 있다
이 세상에는 더 많은 미지의 암흑이 있어야 한다
밤이 도둑처럼 왔다
별빛 아래
저쪽까지 밤새도록 사과밭이다

사과꽃 졌다
사과꽃 졌다

시집『두고 온 시』에 실린 비교적 긴 호흡의 시「사과꽃」전문이다. 사과꽃이 흐드러지게 피고 짐에 따라 우리네 인생을 이야기하고 있는 시로 읽을 수 있다. 특히 "진리 이후에는 다른 진리가 있다/ 사과꽃에 너무 사로잡히지 말라/ 천년의 관습/ 천년의 확신/ 천년 이상의 지루한 시간이 네 적이다"라는 대목에선 머물지 않고 떠나고 또 떠나는 고 시인의 삶과 시의 자세가 그대로 드러나고 있다.

흐드러지게 피어나 바람에 날리는 사과꽃을 보면서 "지난날 항쟁의 밤같이 박수소리가 살아났다"고 하는 대목에선 지난 항쟁의 날을 떠올리며 그 의미를 묻고 있는 시로 읽힌다. 꺼져가는 불빛 하나씩 나눠 가지고 한밤중 주린 배로 가던 항쟁의 나날들은 마땅히 "있어야 할 날들이었다". 항쟁이야말로 독재와 억압의 어두운 시대의 진리였다.

그러나 긴 밤 지나 사과꽃 활짝 피우고 난 "대낮은 얼마나 허망한가"라며 항쟁 이후의 심사와 세태를 반성하고 있는 시다. 이렇듯 박정희와 전두환의 군부독재에 앞장서 머리 깨지게 맞서면서도 그런 항쟁의 시대를 반성하며 문학과 문인 본연의 자세를 견지해온 작가가 고 시인이다.

성찰 이전, 현전의 시세계에 세계인들 매혹

모순처럼
대 히말라야산맥 어느 골짜기 있어야 한다
도저히 살 수 없는 곳
그런 곳 어디
사람들의 낙원이 숨겨져 있어야 한다

혹한 영하 50도
그런 곳 어디
언제나 늦은 봄날 같은 낙원
꽃과 처녀들
보석과 우직한 사내들의 낙원이 있어야 한다

상그리라
그곳이 있어야 한다
내 좋은 친구들이 간 곳
그곳이 있어야 한다

상그리라 너는 한 천년쯤 이곳의 새된 유혹으로 있어야 한다

2000년에 펴낸 신작 시집 『히말라야 시편』에 실린 시 「상그리라」 전문이다. 제목처럼 히말라야산맥 어느 골짜기에 있다고 전해 내려오는 이상향을 노래한 시다.

혹독한 시대 민주화운동을 하다 희생된 "내 좋은 친구들"이 갔을 거라 믿는 "언제나 늦은 봄날 같은 낙원"을 그리고 있다. 그러나 그런 낙원은 사람들이 "도저히 살 수 없는 곳", 험준한 설산 골짜기 영하 50도의 혹한 속에 숨어 있어야 한다. 살아서는 가기 힘든 유토피아는 한 천년, 아니 영원한 유혹이요 모순이다.

그래서 그런 "새된 유혹"을 따라 끊임없이 떠나고 또 떠나는 시인의 회한과 각오가 담긴 시이기도 하다. 실제 그런 상그릴라를 찾아 히말라야 봉우리와 계곡을 혹한과 산소부족에 숨 헐떡이고 다니며 쓴 시이기도 하다.

"민주헌법쟁취 국민운동본부 상임공동대표, 6월항쟁에 적극 참여. 최루가스로 흉통이 잦았음. 동대문 세운상가 그리고 서울역 광장 시위에 참가하였음.

박종철 이한열 군 추도회 주관하고 추도시 낭독. 서울시청 앞 광장 2백만 시민집회에 앞장섰으나 그것을 청와대로까지 이끌지 못했음. 이른바 대통령 직선제의 6.29선언에 이렇다 할 정치적 대응 없이 대통령선거 국면을 맞았음. 나는 정치 일선에 나서지 않았음.

재야가 여러 갈래로 찢어지는 것을 보고 비애, 저술에 몰두함. 대학 등 강연 계속. 당국으로부터 완전 봉쇄의 연금조치를 자주 당하고 어느 때는 이를 사전에 피해서 떠돌이 생활로 보내기 일쑤였음.

버클리대 초청으로 2개월간 미국 캐나다 등지 여행(1회용 임시여권을 발급해 준 것임). 그러나 일본의 국제평화대회 초청에는 정작 일본 정부로부터 배일排日사상가로 낙인찍혀 비자를 받지 못했음.

자유실천문인협의회 해체하고 민족문학작가회의 창립. 회장 김정한, 백낙청과 함께 부회장이 됨(미국 체류기간)."

『고은전집』을 펴내며 직접 쓴 '약전연보' 중 1987년 연보 전문이다. 1987년은 민주화운동이 최고조에 달한 6월항쟁이 있던 해다. 그 운동을 이끌어 대통령직선제를 약속받고 나서 운동에서 문학 본연으로 돌아온 속내를 간략하면서도 솔직히 밝혀놓아 그대로 다 인용한 것이다.

연보에 밝혔듯 임시여권을 받아 미국과 캐나다 등지를 나간 게 시인의 첫 번째 해외여행이었다. 그 뒤 대학 등의 강연 초청으로 일본·미국·호주 등지로 여행을 나갔다. 1993년 김영삼 정부에서 사면복권돼 복수여권을 발급받아 끊임없이 해외에 나가 강연하며 세계 유수의 문인들과 교류했다. 그와 함께 해외에서도 시집이 잇달아 번역, 출판돼 평단과 독자들에게 호응을 얻으며 노벨문학상 수상 유력후보로 해마다 오르고 있다.

그렇담 왜 세계의 시인과 독자들은 고 시인의 시에 매료되고 있는 것일까. 시인은 시낭송도 잘한다. 온몸으로 활화산 분출하듯 쏟아내는 시세계와 그대로 닮은 낭송은 청중들을 여느 시인의 낭송보다 더 열광하게 한다고 정평 나 있다.

> 6년 전 토오꼬오 와세다홀
> 그곳 시인 요시마스 고오조오와의 공동 낭독회였습니다
> 요시마스는
> 빠리에서나
> 베로나에서나
> 토오꼬오에서나
> 늘 박자에 맞춰 읽었습니다
> 나는 박자도 무엇도 없이 읽었습니다

청중은 쿄오또에서 나고아에서
요꼬하마에서도 왔습니다

나에게는 청중이 초원이었습니다
거기 내달리고 싶었습니다
낭독 뒤
모두 다인종으로 어우러지는데
한 미녀가 다가와
그림 하나를 불쑥 주었습니다
내가 읽는 동안
나를 그린 그림이었습니다
불 속에 내 얼굴이 타고 있는 그림이었습니다

시집 『무제 시편』에 실린 시 「재 한 줌일 것」 부분이다. 해외 시 낭송회에 있었던 일을 그대로 써놓고 있는 위 부분에서 알 수 있듯 시인은 청중들을 야생의 초원으로 삼아 포효하듯, 절규하듯, 내달리듯 시를 낭송한다. 그렇게 시인 먼저 온몸으로 타오르면서 청중들을 국가니 인종을 뛰어넘어 열광의 도가니로 몰아넣는다.

그런 낭송으로 세계 시인과 독자들 앞에 자신의 시를 알렸다. 현대 문명사회에서 잃어버린 뭔가를 마치 주술처럼 환기시켰다. 지구상 마지막 분단국가의 통일 염원이나 독재국가의 저항시인으로 눈길을 끈 것만은 아니다. 미국이나 유럽의 현대시가 놓치고 있는 동양적 직관 내지 선禪적인 짧은 시편들이 번역이나 성찰과 감상을 뛰어넘어 강인한 인상으로 직격해 들어가며 호평을 얻고 있는 것이다.

"누우면 끝장이다
앓는 짐승이
필사적으로
서 있는 하루
오늘도 이 세상의 그런 하루였단다 숙아"

"내려갈 때 보았네
올라갈 때 보지 못한
그 꽃"

순간적으로 감탄이나 회한처럼 터져 나온 단상 같은 짧은 시편들만 제목 없이 나열해 2001년 펴낸 신작 시집 『순간의 꽃』에 실린 시 두 꼭지다. 아무런 생각이나 꾸밈이 없이 터져 나온 것 같은, 시인의 말을 빌리면 '천연의 용솟음'인 이런 시에 세계인들이 대책 없이 매혹되고 있는 것이다.

내일은
헌 집구석 하나 고치겠다
그 앞에
꽃밭도 하나 새로 만들겠다

이 멍청아
내일이 어디 있노

2020년에 '선시禪詩'란 범주로 발표한 시 중 「내일」 전문이다. 일상 그대로처럼 자연스레 중얼거리다 후반에서 확 깨침이 오는 시다.

내일은 없으니 오늘에 충실 하라는 것이다.

우리 시대 큰 스승이던 성철 스님이 말해 일반에도 널리 알려진 '산은 산이요 물은 물이다'는 말이 있다. 지금 이 순간 우리 눈앞에 펼쳐진 세계를 본래의 모습대로 여여如如하게, 동어반복 식으로 보려 하지 않고 우리는 얼마나 '산은 산이 아니고 물은 물이 아니다' 식으로 보아왔던가. 그러면서 의심하고 부정하며 또 얼마나 자신만의 세계를 탐구하며 좌절해왔던가.

그러한 탐구 끝에 마침내 다시 깨달은 세계, 지금 우리 눈앞에 환하게 펼쳐진 현전의 참진 세계가 '산은 산이요 물은 물'인 세계다. 선禪은 우리네 생각과 말과 설명과 이해 이전에 이미 스스로 펼쳐져 있는 현전 세계를 단박에, 단순하게 보려는 것이다.

선에 관심이 많았던 마르틴 하이데거도 존재의 본질은 관념론적인 것이 아니라 현전으로 봤다. 그래서 하이데거는 횔덜린 시를 분석해가며 세계와 내가 서로 삼투하여 펼치는 실존의 현전을 완성해가는 양상을 살고 드러내는 게 시인이며 시라 하지 않았던가. 시는 추상적 관념이 아니라 구체적 실감이기에.

문자와 인문학과 관념에 찌든 자아와 세계상을 타파하고 자아와 세계가 본질적으로 만나는 물아양망物我兩忘의 지경에서 현전하는 세계를 봐내려는 게 선 아니던가. 그렇게 단순하게, 있는 그대로 바라보고 있는 고 시인의 시에 세계 시인들이 반한 것이다.

살아보았다
구원은 없다
그것은 끝내 굴종인 것

술주정 끝
술잔을 힘껏 던지려다 가만히 놓았다

2020년 선시로 같이 발표한 「고백」 전문이다. 얼마나 솔직한 고백인가. 얼마나 사실적 실감인가. 뺄 것도 더 할 것도 없는 온전한 작품인가. 해석이 필요 없이 그냥 가슴에 안겨드는 시다.

이런 시에 선시며 무슨 장르 구분이 있을 수 있을 것인가. 영점·폐허에서 인간 하나로 부처보다, 신보다 우뚝 서보려는 도저到底한 휴머니즘에 실감으로 매료될 수밖에 없는 시 아닌가.

분별 이전 언어와 시세계로 항상 전위에 서는 시인

어느 날은
손님인가 하였습니다

어느 날은
주인인가 하였습니다

이런 세월
굴뚝들
저마다 피워 올릴 연기를 꿈꾸었습니다

오늘도 모르겠습니다 시가 누구인지

2002년 펴낸 신작 시집 『늦은 노래』에 실린 시 「시」 전문이다. 고희를 눈앞에 두고 반세기 넘게 시를 써온 시인이 시가 누구이고 무엇인지 모르겠다고 공손히 실토하고 있는 시다.

고래로 수많은 시인과 성인 현자들이 시에 대해 중구난방으로 말해왔으나 시의 정의와 정체를 밝히긴 간단치 않다. 아니 "너 자신을 알라"는 소크라테스의 말처럼 끝끝내 풀릴 수 없는 명제다. 그래서 신과 정통한 시학 교수만이 시에 대해 어렴풋이 알고 있지만 신은 말이 없고 시학 교수는 말하려 하지 않는다는 말이 있지 않은가.

고 시인도 수없이 시에 대한 질문을 받고 답해왔지만 이 시처럼 모르겠다는 답이 솔직하고 더 깊이도 있고 내용도 풍부할 것이다. 그러니 시인에게 시가 뭔지 묻는 것은 시의 하수들이나 할 짓이다. 특히 고 시인에게 시란 무엇인가 묻지 말 일이다. 시 편 편마다 시의 이런 면 저런 면들이 실감으로 다 들어있으니.

시의 한 구절을
시의 한 구절과 한 구절 사이의
빈 데를
그제도
이튿날에도 얻어보려고
안 나오는 젖 빨아대며
이 꼭지 저 꼭지 배고픈 아기 주둥이 파고들기를
마다하지 않았습니다

그러므로 이승의 어느 골짝
저승의 어느 기슭
아니
밑도 끝도 모르는 우주 무궁의
어느 가녘에 대고
한마디 말씀이여
한마디 말씀과 말씀 사이 지언이시여
애면글면 구걸해오기를
어언 오십 년에 이르렀습니다
한마디 말씀의 귀신들이시여
당신께서 가장 높으십니다

시집 『허공』에 실린 시 「라싸에서」 한 대목이다. 해발 4천미터 고원 옛 티베트의 수도 라싸 거리 늙은 거지가 구걸하며 내뱉는 "당신께서 가장 높으십니다"라는 말에 홀려서 쓴 시다.

그렇게 사람이며 우주 삼라만상을 홀리는 "말씀의 귀신", "지언至言"을 어언 오십 년 애면글면 구걸해왔다고, 그런 구걸의 경지를 터득하고 싶다고 토로하고 있는 시다.

충남 서산군 서산읍 지나
거기 어느 마을 할머니
일흔 살에
나이 더 잡수어
막내손자 업고 나갔다 들어와
함께 늙어가는 며느리더러
아나 네 새끼 받아라
나 인제 갈란다

갈란다의 긴 소리 갈란다아아아아

그러고 나서 방에 들어가
조금 누웠다가
그길로 열반에 드시오니

오 여래이거라
여기 만백성 절하라
원효 따위
태고 보조 따위 말고
여기 절하라

일체의 슬픔 쫓아버리고

서산 땅 느려터진 말이여
눈감은 할머니의 생애
여기 절하라
여기 향 사르옵고
절하라

시집 『내일의 노래』에 실린 시 「서산 할머니」 전문이다. "서산 땅 느려터진 말" 그대로로 "갈란다아아아아"하는 말에 홀려서 나온 시다. 그 느려터진 긴소리의 기호가 삶과 죽음, 가고 옴을 한가지이게 한다. 그래 '여래如來'라는 불교 최고 깨달음의 고단위 추상을 죽어가는 할머니의 그 느려터진 말의 음상에서 실감하고 있는 시다.

이런 고 시인의 시들을 보며 몇 해 전 일본에 가 그곳의 시인이며 평론가로부터 들은 "좋은 시를 읽다보면 자꾸 언령言靈이란 말이 떠오른다"는 말이 떠올랐다. 처음 들어보는, 우리 사전에는 없을 법한 '언령'이란 말을 듣는 순간 온몸에 전율이 일었다. 말의 혼령이란 그 말 한마디가 일파만파 퍼져나가며 좋은 시들을 읽었을 때의 느낌을 모두 수렴해 들어갔다.

시인이 애면글면 구걸한다는 시어가 바로 언령이 깃든 언어 아니겠는가. 우주 창생들의 혼이 깃들어 시인의 입을 통해 터져 나오게 하는 언어, 그런 태초를 지향하는 언어로 이성과 이론에 주박당할 수 없는 우주적 삶의 가없는 넓이와 웅숭한 깊이를 구체적인 실감으로 보여주는 게 시 아니겠는가.

임제야
덕산아
구름인 듯 모여든 것들
구름인 듯 흩어
다 내쫓아 돌려보내거라

그동안
느네들의 공적 썩 지대했나니
그놈의 천하권세
그 문자지옥 파옥의 공적
지대하고말고

이제 됐나니
이제 됐나니

이제 느네들도
이 산비탈 속절없이 내려가거라
내려가
저 캘리포니아 금광에 팔려간
늙어빠진 청나라 변발 쿨리들에 이르기까지
그 땅
부처 못 나는 땅
보살 못 나는 땅
그 천한 수렁논 고된 곡식농사 지어보거라
네 할
네 방
놔두고 산동 사투리 절강성 사투리로 어서 내려가거라

시집 『내 변방은 어디 갔나』에 실린 시 「내려 가거라—환상회향還相廻向」 부분이다. 첫 행 "실례하노니"로 시작하면서도 임제며 덕산 등 달마를 이은 조사祖師, 산중에 틀어박혀 부처를 이룬 선사禪師들을 나무라고 있는 시다.

천하 권세와 문자 지옥을 타파하고 슬픔과 괴로움에서도 해탈한 공은 십분 인정하고 있다. 그러면서 이제 구름같이 산중으로 몰려든 제자들에게 죽비나 내려치고 할이나 외치며 가르치는 생불生佛로 안주하지 말고 산을 내려가 중생을 구제하란 이 시에 시인의 언어관과 시관이 그대로 드러나 있다.

석가모니는 깨달은 후 홀로 법열法悅에 머물 것인가, 입을 열어 중생들을 깨우칠 것인가를 한 주 간 묵상 후 말하기를 택했다. 그 뒤 49년간 인도 대륙을 떠돌며 중생들에게 쉼 없이 설법하면서도 "나는 한 마디도 말한 바 없다"고 열반에 들 때까지 확인시키곤 했다. 설법, 말은 열반의 지경에 오르도록 하는 방편일 뿐이기 때문이다.

이처럼 불가佛家에서는 위없는 깨달음의 궁극에 이르기 위해 인습과 학습이 켜켜이 밴 언어에서 벗어날 것을 요구한다. 이언절려離言絶慮라, 언어를 떠나고 생각도 끊어 본디의 마음으로 들어가라는 것이다. 해서 "문자를 세우지 않고, 가르침 밖의 것을 따로 전하며, 사람의 마음을 직접 가리키며, 본성을 들여다보면 성불한다(不立文字, 敎外別傳, 直指人心, 見性成佛)"는 선의 4구게가 나오게 된 것이다.

그럼에도, 석가도 입을 열어 설법했듯 불립문자不立文字의 선가에서도 악을 써 꾸짖는 할喝이나 방망이로 분별심을 내리치는 방棒보다 입을 열 수밖에 없을 때가 있다. 불리문자不離文字이니 인언현리因言顯理요 의언진여依言眞如가 선가의 언어다. 그런 언어, 선시의 언어를 시인의 시는 지향하면서 선시의 문법에 갇히지 않고 넘어서고 있다. 저자 거리 삶의 실감이 묻어나는 산동이며 절강성, 우주의 변방 사투리를 쓰고 있다.

절간에 가면 바깥벽에 그려진 심우도尋牛圖를 많이들 봤을 것이다. 깨달음에 이르는 과정을 목동이 잃어버린 소를 찾는 과정에 비유해 열 장으로 그려 쉽게 깨닫게 한 그림이다.

그런 심우도의 열 번째 마지막 단계가 잃어버린 소를 찾아 마음의 본성을 되찾고 속세로 나와 중생들과 어우러지는 경지다. 나와 남, 중생과 부처가 하나가 되는 최고의 경지다. 석가가 맨발 탁발로 대륙을 누비며 대중들과 어우러져 설법하는 경지다. 그렇지 않고 언어도단이라며 자세히 알려주지는 않고 할이나 외치고 방이나 내려치는 조사들을 시인의 시세계는 꾸짖을 수밖에 없다.

북방호인이 묻더라
남방월인이 묻더라

그대
바람이 된 적 있는가
바람이 되어
가차없는 파도 위
흰 돛 팽팽히 휘어
쫓기듯
쫓듯 내달리는 핏줄이란 핏줄 성난 뱃길이 된 적 있는가

바람이 되어
밤하늘 속

머나먼 길 건너가는
기러기 날개 지치고 지치는 뼈만 남은 길
한푼 삯전 없이 바쳐준 적 있는가

그 위
1만3천 미터 상공쯤
거기 제트기류 타고 가는
히말라야 학의
히말라야 하늘 빙하
날개 펼친 채
순 공짜로 실려가는 길이 되어준 적 있는가

오, 비상의 형벌

그대
바람이 된 적 있는가
바람이 되어
맞바람이 되어
동아시아 소작농 들녘
닷새 엿새 전 심어놓은
어린 모들 파릇파릇 뿌리 내려
처음으로 바람에 흔들리는
그 어여쁘디어여쁜 슬픔
해 저물어 어루만져준 적 있는가

지난겨울 보리밭 둔덕
열세 살 아이
날아오른 연

높이
높이
높이
꿈속까지 꿈속 안 보일 때까지 띄워보낸 적 있는가

오, 하강

오늘 저녁 남몰래 바람 되고파
어둑발 손님으로 손님 대신으로
가만가만
저 고개 숙인 마을
누구네 집 깃들이는
한가락 바람의 순한 끄트머리이고파

시집 『내 변방은 어디 갔나』에 실린 시 「누가 묻더라」 전문이다. "바람이 된 적 있는가"라 계속 물으며 나가다 마지막 연에 "–고파"라고 희원하며 맺은 이 시에서 나는 시인의 시를 쓰는 목적과 천지에 영험한 시의 효능을 읽고 싶다.

언제 어느 곳에서든 도움이 되며 삼라만상을 유전流轉케 하는 바람 같은 시를 쓰고 싶다는 시로 읽고 싶다. 실제 수천수만 편에 이르는 시인의 시세계가 다 그렇지 않은가. 아, 그러나 아서라 섣부른 판단이며 재단이여. 시인 시세계는 판단이며 재단을 항상 앞서가는 웃질의 세계일지니.

시 관대하여라
이것도

저것도
서로 불러들이고
시론으로 받아들인다
그러나 시는 궁극으로 미궁이리라

시집 『무의 노래』에 실린 시 「어떤 시론」 후반부다. 시인 생활 65년을 맞으며 자신의 시관, 시론을 솔직히 털어놓고 있는 대목이다. 고래로 중구난방으로 설파해 온 모든 시론을 관대하게 다 받아들인다고. 그러나 시는 이렇게도 저렇게도 다 설파할 수 없는 미궁이라고.

"고은의 시를 정확히 안다고 말할 수 있는 사람은 많지 않을 것이다. 대체로 크고 깊은 산 어느 한구석을 더듬었을 뿐일 터이리라. 더욱이, 이것이 고은의 시다 싶을 때는 그는 훌쩍 날아 먼 곳으로 달아나 있을 때다. 다시 땀을 뻘뻘 흘리며 쫓아가 겨우 옷깃을 잡으면 그는 이느새 빠져나가 더 멀리 달아난다. 그는 머뭇거리지 않는다. 뒤돌아보지도 않고 곱새기지도 않는다. 그래서 그의 시의 발자국은 너무 넓고 너무 길다."

동료인 신경림 시인의 평이다. 이 같은 평처럼 시인의 시세계 전반을 짚는다는 건 애시당초 안 될 짓이요, 기껏해야 장님 코끼리 더듬기 격일 것이다.

고 시인의 시세계는 서정시니 순수시, 현실주의 시니 참여시, 전위시니 실험시 등의 구분을 넘어선다. 서사나 서정의 구분도 없다. 그렇게 나뉘고 구분된 세계를 분별 이전의 태초로 되돌려 놓으면서도 매양 전위에 서 있는 시인이 고은 아니던가.

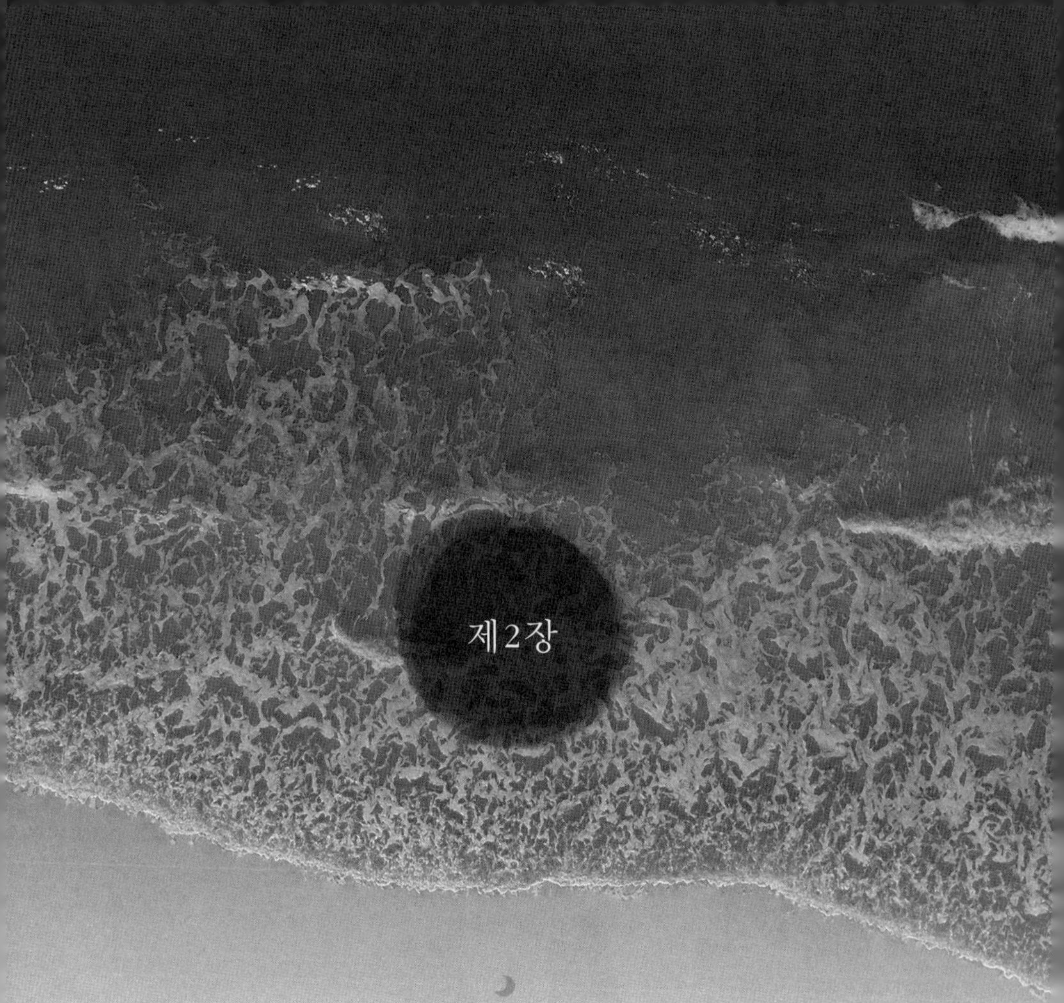

제2장

영점에서의 허무와 실존 그리고 서정과 순수

어떤 탄생보다도 오랜
세계의 항로에서
이미 시인이었다,
외로운 너는.

누가 말하랴
영원한 자는 영원으로 가거라.
불타는 환상 앞에
흰 갈매기여, 뮤즈여,
너의 고향은
바다에 닮은 세계였던가.
세계에 있던 언어로서
누가 말하랴
시인의 마음을.

고향의 바닷가에
말 없는 젊음이여, 또한 죽음이여,
오 얼마나 돌아오는 왕족이었던가
바다는 순수한 고행이거라
세계여, 너의 영원 앞에
시인은 탄생하랴.

—「시인의 마음」 전문

전통과 현대, 고답과 전위
양 측면을 보여주는 데뷔 시편

1

누님이 와서 이마 맡에 앉고
외로운 파스 · 하이드라지드 병甁 속에
들어있는 정서情緖를 보고 있다.
뜨락의 목련木蓮이 쪼개어지고 있다.
한 번의 긴 숨이 창 너머 하늘로 삭아가버린다.
오늘, 슬픈 하루의 오후에도
늑골에서 두근거리는 신神이
어딘가의 머나먼 곳으로 간다.
지금은 거울에 담겨진 기도와
소금조차 말라버린 얼굴
모든 것은 이렇게 두려웁고나
기침은 누님의 간음姦淫,
한 겨름의 실크빛 연애戀愛에도
나의 시달리는 홑이불의 일요일을
누님이 그렇게 보고 있다.
언제나 오는 것은 없고 떠나는 것뿐
누님이 치마 끝을 매만지며
화장化粧 얼굴의 땀을 닦아 내린다.

2

형수는 형의 이야기를 해준다.
형수의 묵은 젖을 빨으며
고향의 병풍屛風 아래로 유혹된다.
그분보다도 이미 아는 형의 반생애半生涯,
나는 차라리 모르는 척하고 눈을 감는다.
항상 기旗 아래 있는 영웅英雄이 떠오르며
그 영웅을 잠재우는 미인美人이 떠오르며
형수에게 넓은 농지農地에 대하여 물어보려 한다.
내가 창조한 것은 누가 이을까,
쓸쓸하게 고개에 녹아가는
눈 허리의 명암明暗을 씻고 그분은 나를 본다.
작은 카나리아 핏방울을 혀에 구을리며
자고 싶도록 밤이 간다.
내가 자는 것만이 사는 것이다.
그리고 형의 사후死後를 잊어야 한다.
얼마나 많은 끝이 또 하나 지나는가.
형수는 밤의 부엌 램프를
내 기침 소리에 맡기고 간다.

1960년에 펴낸 첫 시집 『피안감성彼岸感性』 맨 앞에 실린 시 「폐결핵」 전문이다. 원고를 보여주니 친구가 대신 투고해 조지훈 시인 등의 천거로 한국시인협회가 1958년 펴낸 『현대시』 창간호에 신인 작품으로 발표한 작품이다.

1, 2장으로 나뉜 이 시에서 시적 화자는 폐병 환자다. 그런 폐병

환자를 1장에서는 '누님'이 봄날 일요일 오후에 찾아와 간호하고 2장에서는 '형수'가 밤에 찾아와 돌보다 간다. 혼수상태에 빠진 듯한 환자가 그런 여인들의 위문마저 사실인 듯 아닌 듯 혼몽하게 끌고 가고 있는 시다.

이 시를 보며 독자에게 두드러지게 느껴지는 것은 현실에선 가닿을 수 없는 욕구다. "기침은 누님의 간음", "형수의 묵은 젖을 빨으며 / 고향의 병풍 아래로 유혹된다"는 구절에 확실히 드러나듯 누님, 형수 등과의 이루어질 수 없는 성의 욕구가 끌고 가고 있는 시다.

그런 성적 욕구를 표현의 빼어난 솜씨로 포장하며 1950년대 전후戰後의 허무한 시대 분위기도 자아내고 있다. "늑골에서 두근거리는 신이/ 어딘가의 머나먼 곳으로 간다"에서는 혼수상태의 폐병을 보여주면서도 전후의 허무를 어떻게든 극복하기 위한 실존주의 사상을 엿볼 수 있게 한다.

"한 겨를의 실크빛 연애에도/ 나의 시달리는 홑이불의 일요일을", "작은 카나리아 핏방울을 혀에 구을리며/ 자고 싶도록 밤이 간다" 등에서는 말도 안 되는 성욕에 시달리는 청춘의 노곤함을 빼어난 이미지로 붙잡아내고 있다.

그러면서도 '일요일'이나 '밤' 등의 시간이라는 무형물 혹은 추상까지도 구체적으로 살아있는 동사형으로 잡아내는 시인 특유의 표현법이 드러나 있기도 하다. 또 시력詩歷 65년 넘게 지속되고 있는 고 시인 특유의 병 '누님 콤플렉스'를 처음으로 인상적으로 드러낸 작품이기도 하다.

그런 빼어난 표현으로 1950년대를 강타했던 "외로운 파스·하이드라지드 병 속에 들어있는 정서"인 '폐병 정서'를 구체화한 대표적 시로 읽을 수도 있다. 일제 식민치하 불우한 시대를 대표하며 병들기 시작하다 1950년대 전후 더 기승을 부리며 그때 베이비부머 세대로 태어난 내 청춘기까지 지배한 정서가 폐병 정서 아니었던가.

그이들 끼리
살데.

골짜구니 아래도 그 우에도
그이들이 얼얼이 떠서
바람으로 들리데.

그이들은
밤 솔바람 소리.

바위 보아
비인 산허리.

가을이 오데

바위를 골라
나앉아 우는 추녀 끝
뜰에 떨어지는 풍경소리에
그이들끼리
살데.

돌아가 한번 잊은 제
도로 가고 싶은
그이들의 얼바람 진 산허리

그이들은
살데.

그이들은
살데.

시집 『피안감성』에 실린 시 「천은사운泉隱寺韻」 전문이다. 이 시를 비롯해 「봄밤의 말씀」, 「눈길」 등 3편이 서정주 시인의 단회 추천 완료로 『현대문학』 1958년 11월호에 발표돼 고 시인은 정식으로 문단 데뷔 절차를 마쳤다.

천은사는 지리산 자락에 고즈넉하게 위치한 고찰로 '남방제일선원'으로 불릴 정도로 선을 진작시킨 사찰이다. 제목에 드러나듯 그런 천은사를 '운韻', 운율, 음향이며 리듬으로 구체화시켜 들려주고 있는 시다.

"살데", "들리데", "오데"와 "솔바람소리", "산허리", "끼리"에서 보이듯 '-데'와 '-리'를 행과 연 끝에 반복하며 운율을 얻고 있다. 해서 절 지붕 추녀 끝에 매달려 간간이 불어오는 갈바람에 울리는 풍경소리 효과를 내고 있다.

그러면서 지리산 골짜기 사찰에서 외따로 나앉아 수행하며 살아가는 선승들의 모습을 소리로 형상화하고 있다. '바람소리', '솔바람소리', '가을이 오는 소리', '풍경소리' 등으로. "얼바라진 산허리"에 모여 산다고 했으면서도 승려들의 사는 모습은 보이지 않고 소리만 보이는 시다.

위 시에서 화자는 그런 천은사와 선승들과 거리를 유지하고 있다. '-데'라며 남 말하듯 끼어들지 않고 있다. 마치 소월이 「산유화」에서

"산에/ 산에/ 피는 꽃은/ 저만치 혼자서 피어있네"라며 멀찍이서 산에 피는 꽃세상에 동참은 못 하고 바라만 보고 있듯이.

그러면서도 반복된 "그이들끼리/ 살데"라는 운율로 "돌아가 한 번 잊은 제/ 도로 가고 싶은" 곳으로서 다시 돌아가야 할 고향을 간절히 떠오르게 하고 있다. 본질은 없고 소리만 있는, 공즉시색空卽是色이고 색즉시공色卽是空인 하여지향何如之鄕으로서의 묘오妙悟한 선적 세계를 그윽하게 떠올리게 하는 시다.

「폐결핵」은 1950년대 전후의 시대적 분위기를 폐결핵이란 병으로 떠올리게 하는 시다. 그러면서 금기된 대상에 대해 들끓는 성욕과 제어로 내적 갈등을 파고들고 있는 시다. 1950년대에 맞는 현대성을 충분히 갖춘 시다.

이에 비해 「천은사운」은 제목부터가 전통적이고 고답적이다. 절이라는 소재도 그렇고 선적인 세계가 시대적 흐름을 벗어나 있다. 데뷔작부터 시인은 전통과 현대, 고답과 전위 그 양 측면을 모두 보여준 것이다.

1958년이었어
허깨비 같은
도깨비 같은 나에게도 오는 시절 아닐 올 수 없었던지
오십 년 전
1908년 「해에게서 소년에게」를 알 바 없이
나의 시절이 왔어
한국시인협회 창립 기념
『현대시』 창간호 신인작품으로 나섰어
그 해 『현대문학』 11월호

3회 추천을 단회 추천으로 때려잡고 나왔어
시 세 편
죄지은 듯이 원고료를 받았어
아닌 철에 이마에 땀띠 났어
이 시절에 사연 둘이 있어야 했어
하나는
내 고향의 추상화가 나병재가
어쩌다가
내 시 한 편 지니고 있다가
신문에 난 기사 보고
눈 감고 투고한 것이
회장 조지훈의 눈에 들어 뽑혔던 것
하나는
내가 산중에서 서울로 와
조계종 비구승대회 후기 대변인 노릇으로
신문 창간
잡지 창간을 서투르게 진행하는데
편집 빈 칸 메운 내 글을 본 신도 하나이
며칠 뒤 나를 무작정 끌고
마포 공덕동 미당한테 갔어
시 다섯 편 중 세 편을 보자마자
현대문학사에 즉시 보냈던 것

등단 60년을 앞둔 2016년 펴낸 신작 시집 『초혼』에 실린 시 「시 옆에서-나의 시생활 몇십 년으로 하여금」 중 데뷔 시절을 그대로 밝혀놓고 있는 대목이다. 데뷔를 자의가 아니라 타의로 했다는 것을 강조하고 있는 듯 보인다. 시 본문에 드러나듯 승려 신분으로 대놓고 시인 데뷔를 드러낼 수 없었기 때문일까.

그러면서도 등단 연도가 우리 근·현대시의 출발로 보는 최남선의 「해에게서 소년에게」가 발표된 지 50년, 반세기임을 굳이 강조하고 있다. 자신의 시세계도 어떤 시사적 전환점을 이루기 위한 꾸준한 정진이 되길 다짐하기 위해서였을 것이다.

최남선은 우리 근대 최고 지성으로 꼽힌다. 문학은 물론 역사·출판·언론계 등 문화와 정치·사회 전 분야에서 붓을 휘두르며 민족 계몽과 근대화에 앞장섰다. 그런 필력을 인정받아 1919년 3.1독립선언서 초안도 33인을 대표해 맡아서 쓸 정도로 최고의 문장가였다.

변절자, 친일파임에도 우리 근대문화 초창기를 말할 때 모든 분야에서 최남선을 빼놓을 수는 없는 게 또 엄연한 사실이다. 그래 고 시인도 특히 국학, 한국학 분야의 토대를 놓은 최남선을 민족 최고의 지성으로 오늘도 상찬하고 있을 것이다.

전후의 폐허·영점에 선
1950년대 실존과 퇴폐의 광란

"'아 아 50년대!'라고, 말하지 않으면 안 된다. 모든 논리를 등지고 불치의 감탄사로서 말하지 않으면 안 된다.

그 50년대의 정열과 광태와 퇴폐들을 사랑한다는 것은 폐허를 사랑한다는 뜻이 된다. 모든 것이 끝났다. 그리고 모든 것이 다시 시작되지 않으면 안 되었다. 이것은 오랜 뒤에 하나의 환상으로밖에 보상받을 수 없었지만 그 시대는 그런 상황 한계에 직면케 한 것이다."

시인이 1971년 1년간 월간 『세대』에 연재했다 단행본으로 펴낸 『1950년대』 앞 대목이다. 동족상잔의 폐허를 정열과 광태와 퇴폐로 살아낸 시인이 실감으로 1950년대를 증언하며 당대의 문학을 살핀 이 글에서 시인은 '아 아 50년대!'라는 불치의 감탄사 먼저 터뜨리고 있다.

그런 시대를 '하나의 환상'으로 보상받은 작품이 데뷔작인 「폐결핵」이며 「천은사운」 등인지도 모른다. 색色의 세계의 불륜이든, 근친상간이든, 공空의 세계의 선적인 세계든 가닿을 수 없는 환상으로만 드러내고 있으니.

해방과 함께 남북이 갈리고 남한에서도 이념에 의해 좌우로 대립하던 우리 문학과 문단도 6.25 동족상잔으로 초토화됐다. 해방 다음 날인 1945년 8월 16일 일제의 강압으로 해산됐던 카프(KAPF: 조선프롤레타리아예술가동맹) 소장파 핵심이었던 임화林和와 김남천金南天·이

태준李泰俊·이원조李源朝 등은 발 빠르게 조선문학건설본부를 결성했다. 17일 종로 보신각 옆 한청빌딩에서 좌우 문인들을 망라해 대회를 연 조선문학건설본부는 18일 다시 문인뿐 아니라 전 문화예술인을 망라한 조선문화건설중앙협의회를 조직해 나갔다.

조선문학건설본부는 좌파 계열이 주도권을 잡기는 했으나 표면적으로는 범문단적 성격을 내세웠다. 때문에 친일 행적이 과도한 일부 문인들을 제외하고 좌·우파 구분 없이 다수의 문학인들이 가담했다. 해방 직후에는 좌·우익 대립이 가시화되지 않아 조선문화건설중앙협의회에도 범문화예술인이 모여들었다.

이런 범문화예술적인 개량적 노선과 친일 행적에 대한 관대함에 불만을 품게 된 송영宋影·이기영李箕永 등 강경 좌파들은 9월 30일에 따로 조선프롤레타리아예술동맹을 결성했다. 좌파가 주도한 이 두 단체 소속 문인들은 조선공산당의 지시에 따라 12월 13일 조선문학동맹을 결성해 통합하게 된다.

한편 "일체의 공식적-예속적 경향을 배격하고 진정한 문학정신을 옹호한다"는 기치 아래 김동리·서정주·조연현·곽종원 등이 준비위원으로 뭉쳐 1946년 4월 4일 전조선청년문학가협회를 출범시켰다.

1948년 8월 15일 남한에 단독정부가 수립되자 홍명희洪命熹 중앙집행위원장 아래 문학 각 장르별 위원회와 전국에 지부를 두고 활동하던 조선문학가동맹은 와해되고 주요 문인들 대부분은 월북하게 된다.

1949년 12월 9일 결성된 한국문학가협회(문협)는 김동리가 전면에 나서 전조선문필가협회와 조선청년문학가협회 등 우익 문단이 주도적으로 월북하지 못했거나 안 한 좌익 문인들과, 이쪽도 저쪽도 아닌 중도층 문인들을 흡수한 유일한 문학단체였다.

회장으로는 소설가 박종화를 추대하고, 장르별 분과에서 서정주는 시, 김동리는 소설 분과회장을 맡았다. 바야흐로 순수, 우익 문학 일변도 문단이 열린 것이다.

문협이 결성된 얼마 후 6.25가 터지자, 문인들은 이튿날인 27일 비상국민선전대非常國民宣傳隊를 결성했다. 그리고 하루 뒤인 28일 서울이 함락되자 한강을 건너 일단 수원에 집결한 문인들은 최초로 '종군문인'이라 쓴 포목 완장을 달고 국방부 정훈국에서 요구한 일을 맡아 했다.

29일 다시 대전으로 후퇴한 김광섭·이헌구·서정주·조지훈·박목월·조영암·구상 등이 문총구국대文總救國隊를 조직하고 대장은 대통령비서실 공보비서로 있던 김광섭 시인이 맡았다.

한편 인민군이 서울을 점령하자 곧바로 문학가동맹이 그 원점인 한청빌딩에 재건됐다. 남한 단독정부 수립 전에 월북했던 맹원들이 안회남安懷南·김남천·박팔양朴八陽 등 북한 문단 거물들과 함께 인민군을 따라 들어온 것이다.

1947년 가을에 월북, 황해도 해주 제일인쇄소를 근거지로 대남 문화공작활동을 벌이던 임화는 인민군 군복 차림으로 인민군과 함께 서울로 진주했다. 1947년 겨울에 월북한 오장환吳章煥도 함께 왔다. 1950년 2월 불온 삐라를 제작, 배포한 죄로 10년을 선고받고 서대문형무소에서 복역 중이던 이용악李庸岳은 인민군이 풀어줬다.

한편 문학가동맹 아동문학분과위원장으로 참여했으나 공산주의와는 맞지 않아 월북하지 않고 정부수립 후 보도연맹에 가입, 전향했던 정지용은 정치보위부에 체포돼 UN군에 항복을 권하는 전단을 영어로 써야만 했다. 시분과위원장으로 정지용과 같은 이유로 월북하지 않았던 김기림金起林은 숨어 지내다 혜화동에서 체포돼 그대로 북으로 끌려가야만 했다.

임화 등 서울로 진주해 온 월북문인들과 친분이 있었던 최정희는 물론 많은 잔류 문인들이 문학가동맹에 모여 '나는 반동분자였습니다'로 시작되는 자아비판문을 써야했다. 노천명은 UN군 투항 권유 방송으로 선전선무활동을 벌이는 등 적잖은 잔류 문인들이 사실상 인민군 종군작가 활동을 벌여야 했다.

그러다 7월 30일 문학가동맹을 비롯해 각종 문화단체에 대해서도 의용군 소집령이 발동됐다. 박영준·안동림·김수영·고원·박계주·김용호·유정 등 피난 가지 못한 문인 2백여 명이 의용군으로 전장에 나서야 했다.

인천상륙작전으로 해병대가 서대문 쪽으로 밀고 들어오자 인민군한테 끌려 북으로 간 문인, 주요 납북문인으로는 이광수·김동환·김억·김진섭 그리고 김기림과 정지용 등이 있다.

6.25 와중에 이렇게 북으로 올라갔거나 끌려간 문인뿐 아니라 남으로 내려온 문인들도 많다. 평양을 점령하고 압록강까지 올라갔다 중공군 개입으로 후퇴하는 국군을 따라 김리석·강소천·함윤수·박남수·장수철·원응서·박경종·한교석·이인석·김영삼·양명문 등 많은 문인들이 월남했다. 『광장』의 작가 최인훈도 중학생으로 가족들과 함께 소설가 이호철과 같은 LST를 타고 월남했다.

"우리 마을에서 장행회壯行會를 열어서 나에게 술을 먹였고 무운장구武運長久라는 어깨띠를 걸어 주어서 군산 시내 중앙국민학교로 소집되어 갔어. 일주일쯤 몇백 명이 대기하고 있었어. 그런데 다시 신체검사를 했어. 일차 검사는 질병 유무만 간단하게 구두 확인하는 정도였는데 이번에는 군의관들이 실시한 검사였네. 여기서 나는 체중 미달로 무종戊種 불합격 처분이 되었어. 그 당시 군대에 가지 않으려고 체중감량을 위해서 아주까리기름을 먹고 설사를 하는 놈도 있고 제 손가락을 칼로 쳐서 총의 방아쇠를 당길 수 없는 상태로 만드는 놈도 있었지. 심지어 한쪽 눈을 송곳으로 찔러버리는 놈도 있었어. 그런 경우는 조사한 뒤 형무소로 가야 했어. 나는 본디 약골이므로 체중 35kg쯤으로 목숨을 부지해온 터라 뒷날의 국민방위군 소집의 그 무차별동원이었다면 몰라도 정규검사로는 입대부적격자일 수밖에 없었어."

자술 연보와 과거를 밝힌 글과 대담 등에 따르면 고 시인은 17세 군산중학교 4학년생으로 6.25를 맞았다. 학교는 휴학에 들어가고 시인도 무운장구武運長久라는 어깨띠를 걸고 군에 소집돼 갔다가 체중 미달로 입대부적격 판정을 받아 귀가했다.

그때부터 시인은 담배 피고 술 마시기 시작했다. 3개월 동안의 인공치하에서는 낮에는 집일을 하고 밤에는 폭격으로 파손된 비행장 활주로 복구 작업 등에 동원돼 강제 노동을 해야 했다.

국군의 후퇴와 수복을 전후해 양측 간의 학살과 보복으로 씨족 마을의 농촌공동체가 붕괴되는 것을 보고 시인은 농촌적 순결이 산산이 부서지는 체험을 했다. 그때부터 정신착란 상태가 지속되면서 가출과 자살을 수없이 시도하게 됐다.

"십대 후반의 내 몸에서 학살시체의 악취가 3주일 동안이나 늘어붙어 있었으며, 그 악취는 빨랫비누로 아무리 몸을 씻고 씻어도 지워지지 않았다. 이런 상황에서 소년기 마지막 순정은 여지없이 파괴되었고, 나는 고향을 떠나는 일만이 지난날의 염원을 넘어 절박한 현실

문제로 되어 버렸다. 아버지는 집을 떠난 나를 잡아다가 집에 가두었고, 나는 아버지가 마음을 놓을 때쯤 되면 다시 집을 뛰쳐나갔다"고 시인은 당시를 회고하고 있다

중공군 참전으로 1.4후퇴 때는 아버지와 함께 배를 타고 부산으로 가려다 배멀미가 심해 고군산열도 선유도에 내렸다가 피난을 포기하고 그곳에서 한동안 머물렀다. 그 섬에서 문학지망의 은사 김종숙과 함께 시 습작에 몰두하기 시작했다.

전선이 중부에서 교착상태에 빠지자 군산으로 돌아와 미군 제21항만사령부에서 보급물자 운송을 검수하는 검수원으로 취직해 일하다 최초의 자살을 시도했으나 미수에 그쳤다. 엿장수 생활을 하며 떠돌면서도 자살을 시도했으나 불발로 그쳤다. 자학 증상이 심해지며 자살을 기도했으나 매번 실패하고 두 귓구멍에 청산가리를 넣고 다니다 한쪽 고막만 잃고 말았다.

친척이 설립한 군산북중학교에 국어 및 미술 교사로 특채돼 교사 생활을 하면서 학교 숙직실에서 자취를 했다. 그런 생활도 몇 개월, 군산 인근의 사찰 동국사 승려 혜초를 만나 학교를 사직하고 출가했다.

"그들은 돌아왔다. 폐허는 태초다. 폐허 앞에서 그들은 무엇에도 의존할 수 없었다. 신도 모태도 한 평짜리의 온돌바닥도 없었다. 모든 배경이 없다. (중략)

그 당시로서는 어쩔 수 없는 문학적 위안이 되어준 '실존' '절망' '불안' '고독' 또는 '역사' '자아'라는 단어를 프랑스어로 낙서함으로써 그 낙서가 그들 자신의 자화상이었던 그들이 돌아와서 역사 중단의 폐허에서 그들의 역사를 창조해야 했던 것이다."

『1950년대』 한 대목이다. 전쟁의 폐허, 영점은 태초와 마찬가지

다. 신도 없고 배경도 없이 오로지 자신에게만 의존해야 했다. 그런 50년대에 '신은 죽었다'는 실존주의적 명제는 얼마나 복음일 것인가. 그래 그런 전후의 세계적 사상인 실존주의에 뜻도 모르고 혈육처럼 빠져들던 연대가 1950년대였다.

우주 삼라만상과 함께
태초·영원을 지향하는 시인의 마음

어떤 탄생보다도 오랜
세계의 항로에서
이미 시인이었다.
외로운 너는.

누가 말하랴
영원한 자는 영원으로 가거라.
불타는 환상 앞에
흰 갈매기여, 뮤즈여,
너의 고향은
바다에 닮은 세계였던가.
세계에 있던 언어로서
누가 말하랴
시인의 마음을.

고향의 바닷가에
말없는 젊음이여, 또한 죽음이여,
오 얼마나 돌아오는 왕족이었던가
바다는 순수한 고행이거라
세계여, 너의 영원 앞에
시인은 탄생하랴.

첫 시집 『피안감성』에 실린 시 「시인의 마음」 전문이다. 바다를 바라보며 시와 시인의 속내는 어떠해야 하는가를 낭만적으로 시화해 놓은 시로 시인의 초창기 시혼詩魂을 들여다볼 수 있는 시다.

세 연으로 구성된 이 시 첫 연에서는 시인이란 존재를 들여다볼 수 있다. 시인은 태초부터 시인이었다. "어떤 탄생보다도 오랜 세계의 항로에서/ 이미 시인이었다."

'세계의 항로'는 우주가 생성되기 이전부터 지금까지의 역사를 포괄하고 있다. 그 긴 시간 안의 삼라만상을 시인은 다 포괄하고 있으면서도 그 이전부터 이미 있었다. 외롭게.

"외로운 너", 곧 시인의 마음, 시혼에는 삼라만상과 유사 이래 뭇 혼령들이 다 들어와 살고 있다. 그러면서도 또 단독자로서 외롭고 고독한 게 시인이다.

둘째 연에서는 그런 시인과 시혼의 이미지를 바다를 나는 '흰 갈매기'로 보여주고 있다. '환상'을 접고 '영원'을 향해 날아가는 갈매기를 '뮤즈', 시의 신으로 보고 있다.

그런 뮤즈의 고향은 "바다에 닮은 세계"다. 영원의 하늘이 아니라 유사 이래 역사와 의미가 켜켜이 쌓인 이 현실이다. 그래서 그런 현실의 인간세계 언어로는 태초와 영원의 세계인 시인의 마음을 온전히 말하고 전할 수 없다.

마지막 셋째 연에서 '세계의 항로'·'뮤즈의 고향'은 시인의 "고향의 바닷가"로 좁혀온다. 그 바닷가에는 유사 이래, 특히 6.25 동족상잔으로 수많은 죽음의 켜켜이 쌓여있다. 그래 살아남은 젊음은 그 무엇도 말할 수 없다.

그런 바닷가에 시인은 '왕족'처럼 고귀하게 살아 돌아왔다. 호기롭게, 낭만적으로. 그러면서도 "바다는 순수한 고행"일 수밖에 없음을 확인하고 있다. 영원을 말할 수 없는 현실의 언어로 영원을 일구고 말해야 하니 용맹정진하는 수행승의 고행일 수밖에. 그런 고행 끝에 세계, 현실 속에서 태초와 영원을 말할 수 있는 시인은 탄생한다는 것이다.

고 시인은 이 시에서 자신의 '시인의 마음'을 '너'로 대상화해서 피력하고 있다. 이미지는 겨우 '흰 갈매기' 하나 정도로만 구체화 될 뿐 거의 '탄생'·'영원'·'환상'·'세계'·'언어'·'마음'·'순수'·'고행' 등 추상어로 관념적으로 나가고 있다. 그러면서도 '-하랴' 등의 어미에 드러나듯 확신하지 못하고 어물쩍 넘어가고 있다. 아직은 확언할 정도로는 여물지 못한 시인 초기의 시혼이기 때문일 것이다.

이 시는 매연을 바다의 상상력이 이끌고 있다. 시인이 태어나고 자란 고향 군산 앞바다에서 자신의 초기 시혼을 펼쳤기 때문일 것이다. 그러면서도 이 시에는 65년을 훌쩍 넘는 시인의 시세계를 관통하는 시인관과 시관이 드러나고 있다.

시인의 자아뿐 아니라 우주 삼라만상과 유사 이래 뭇 혼령들이 들어와 시를 쓰고 있다는 시인관이 들어있다. 바다와 하늘 그 중간을 나는 흰 갈매기를 보는 순간 닳고 닳은 세계의 환상에서 태초와 영혼을 향하는 매양 순수한 시혼을 볼 수 있다. 그와 함께 현실, 이 사바세계에 발 딛고 살면서 그런 언어로 영원을 보여주려는 고행의 시적 자세도 드러나고 있다.

시인은 자신의 연보를 쓸 때 해방 후 6.25 발발 때까지 "강 건너 장항제련소 굴뚝에서 늘 영원감을 체험"했음을 늘 강조하고 있다. 신탁통치에 대해 찬성과 반성으로 갈려 데모가 끊이지 않은 현실에서 시인은 고향의 진산인 할미산에 올라 저 멀리 금강 건너 장항제련소 굴뚝에서 피어오르는 연기를 바라보곤 했다.

바람의 방향에 따라 연기가 길게 이어져 가는 것을 보고 대책 없는 영원이란 느낌에 사로잡혀 "장항제련소의 굴뚝과 그 긴 연기야말로 내 운명의 서장序章"이라고 밝히기까지 했다. 해방정국의 혼란 속에서도 강 건너 저 멀리 높이 솟은 굴뚝에서 피어오르는 연기에서 영원감을 각인시킨 것이다.

1947년 군산중학교에 수석으로 입학한 시인은 학내 정치적 분위기가 싫어 미술부에 들어가 그림에 열중했다. 어릴 때부터 그림에 빼어난 자질을 보여 어른들에게 화투 한 목씩 그려줘 용돈도 받곤 하던 솜씨로 해방이 되자 태극기를 그려 집집마다 나눠줘 태극기 화가로도 알려졌다.

반 고흐 그림에 반한 시인은 책상 앞에 '고흐 아니면 무無다'라 써놓고 그림에 열중해 교내전에서 1등상을 받기도 했다. 그렇게 그림에 빠져들면서도 중학 1학년 교과서에서 본 이육사의 시 「광야」는 시인의 가슴을 파고들었다.

"까마득한 날에/ 하늘이 처음 열리고/ 어디 닭 우는 소리 들렸으랴// 모든 산맥들이/ 바다를 연모해 휘달릴 때도/ 차마 이곳을 범하진 못하였으리라// 끊임없는 광음光陰을/ 부지런한 계절이 피어선 지고/ 큰 강물이 비로소 길을 열었다// 지금 눈 내리고/ 매화 향기 아득하니/ 내 여기 가난한 노래의 씨를 뿌려라// 다시 천고千古의 뒤에/ 백마 타고 오는 초인이 있어/ 이 광야에서 목놓아 부르게 하리라" (「광야」 전문)

이 시를 읽은 당시의 심경을 "'광야'라는 대공간. 닭 우는 소리도 없던 '태초'와 '천고'의 대시간, 그리고 여느 인간이 아닌 초인超人이라는 대인간, 그것도 백마 타고 오는 대인간이 시 한 편 안에 들어있는 것이지. 나는 대시간, 대공간, 대인간의 삼위일체인 그 시가 두려웠고 벅찼고 내 가슴속에서 마구 깊고 깊은 진동이 솟아나왔어"라고 후배 시인과의 대담에서 털어놓았다.

군산 앞에 드넓게 펼쳐진 호남평야, 한반도에서는 유일하게 지평선을 볼 수 있는 광야가 그 시를 실감으로 들어올 수 있게 했을 것이다. 그때의 실감이 시인의 태초와 영원을 향하는 시세계의 단초가 됐을 것이다.

시인이 미술에서 시로 전환하게 한 결정적 계기는 시집 『한하운 시초韓何雲詩抄』가 줬다. 1949년, 중학 3학년 때 평상시처럼 방과 후 미술실에서 그림 그리기에 열중하다 집으로 가는 길에 누군가 사서 가지고 가다 떨어뜨린 시집을 주웠다. 집에 와서 시에 하도 감동 받아, 읽고 또 읽으며 다 외울 때까지 밤을 새웠다.

그때의 심경을 시인은 "나는 첫째 한하운처럼 문둥병자가 될 것, 나는 한하운처럼 떠도는 시인이 될 것을 맹세하고 마구 울어댔지. 이육사는 시를 알게 했고 한하운은 나를 시에 뛰어들게 했지"라고 후배 시인과의 대담에서 토로했다.

다음 해 6.25가 터지고, 1.4후퇴 때 부산으로 피난 가다 선유도에 정착하며 시 습작에 몰두했다. 선유도에서 파도를 바라보고 들으며 영원과 순간, 진리와 허상 등에 대해 많은 것을 생각하고 깨닫게 됐다.

하여 "선유도 생활의 바다는 내 생애의 여러 바다 체험에 대한 선험이 아닌가 하네. 전쟁은 그 바다에서 고대나 미래 같았어"라고 대담에서 털어놓기까지 했다.

위 시 「시인의 마음」에는 시인의 그런 선험적, 원형적 바다가 출렁이고 있다. 장항제련소 굴뚝 연기의 영원감이 들어있고 이육사의 태초의 세계와 초인이 들어있다. 가고 돌아왔다 또 가는 떠돌이 시인이 들어있다. 확신이 아니라 아직 여물지 않은 시인의 초기 시혼이 오롯이 깃든 시가 「시인의 마음」이다.

1950년대 시대와 세대 의식을 반영하는 시편들

이마에
눈을 맞으며
우리는 아무것이 없어도
크다란 입김을 어려주마
눈이여 내려라
우리는 아무것이 없어도
눈에 묻히마
눈이여 우리 청춘의
더러운 자욱과
죄 우에
쌓이지 않겠느냐
산악과 같이
웅장하게 얼게 하지 않겠느냐

어머니 배 안에서 듣던 머언
겨울 산맥의 우뢰여
눈이여 내려라
기침하는 날
아 옷 속의 마음 울리고
우리의 이마에도
눈이 내려라

이마에
눈을 맞으며
우리는 아무것이 없어도
크다란 입김을 어려주마
눈에 묻히마
눈이여 내려라

시집 『피안감성』에 실린 시 「눈길」 전문이다. 서정주 시인 추천으로 『현대문학』에 실린 데뷔작이다. 세 연으로 구성된 틀에서 눈 내리는 풍경을 바라보는 시인의 심사를 수미상관 식으로 잘 펼치고 있는 시다.

"우리는 아무것이 없어도"가 세 번이나 반복되며 전후 세대들의 폐허감이 강조되고 있다. 폐허, 영점 의식을 딛고 선 "청춘의 더러운 자욱과/ 죄"를 눈이 하얗게 덮고 있지 않은가.

그러면서도 결코 회한에 어리거나 추레하지 않다. 명령이나 또는 청유, 결단형 어조가 시를 힘있게 한다. 이마에 내리는 눈의 차가우면서도 살가운 감각처럼 시가 감각적이다.

그런 살가운 감각은 원초적이다. "어머니 배 안에서 듣던 머언" 소리처럼 태초의 감각을 지향하고 있다. 원초적 속마음을 청각과 촉각 등 공감각적으로 울리고 있는 시다.

그러면서 '기침'으로 상징되는 폐허의 병, 폐결핵 환자의 환상을 털어내고 덮으며 눈길같이 새하얀 새 길을 모색하고 있는 시다. 뒤에 살펴볼 이 시의 후속편인 「속續 눈길」과 같이 읽으면 시인의 새로운, 구도求道의 세계를 향한 그런 자세는 더욱 명확해질 것이다.

1

지우산紙雨傘 아래
벚꽃이 떨어져 젖고 있다.
유린하자 유린하자
젖은 신발에 담긴 발등의 정맥靜脈이
서로 헤어질 때 마주 서 있다.
병균들이 몸속에서 살아나고 있다.
입술은 창백할수록 거룩하다.
소리 없는 보슬비 속으로
벚꽃들이 죽어간다.
죽이자 죽이자
저승에서 죽은 태아 울음이 들린다.

2

분열증 환자의 젊음
포도주를 마시고 정상적이다.
풍덩 꿈속에 빠져
이불 속의 어둠도 필요 없다.
왜냐하면 환자는 죽었으니까.
먼 온천장에서 온천물이 뚝 끊어진다.
온천들아 이동하자 이동하자.

시집 『피안감성』에 실린 시 「무제」 전문이다. 두 장으로 나뉜 이 시에서는 "유린하자", "죽이자", "이동하자" 등이 반복되며 무슨 살벌한 구호를 외치는 듯하다. 그런 구호에서 전후의 실상과 살벌한 분위기가 그대로 묻어난다.

1장은 비 내리고 벚꽃은 휘날리는 봄날을 사실적으로 묘사하며 시작되고 있다. 발등의 푸른 정맥이 정밀하게 묘사되며 비에 젖은 신발에 짓이겨지는 벚꽃 이파리 이미지와 오버랩 된다.

그런 벚꽃 이미지는 폐병에 걸린 창백한 입술이나 폐 이미지에 연결되며 병균을 부르고 죽음을 부른다. 비에 우수수 떨어져 흘러가는 벚꽃 잎도 화사하게 마련일 텐데 죽음을 부르고 있는 것이다.

아니 "유린하자", "죽이자"를 외치며 적극적으로 죽음으로 보려 하고 있다. 그것도 "저승에서 죽은 태아 울음이 들린다"며 원초적으로, 아주 비극적으로 보고자 한다.

2장에서는 분열증 환자와 술을 마셔야 정상인 젊음이 나온다. 그것도 결국은 죽음에 이르고 있다. 1장에서는 이미지의 연관관계로 시가 진행된 데 반해 2장에서는 그런 이미지들이 안 보인다. 정신분열증 환자 혹은 꿈속의 자동기술 마냥 세 장면이 연관 없이 툭툭 진술로 던져지고 있을 뿐이다.

1, 2장의 이미지와 진술과 구호를 통해 1950년대 젊음의 일단을 들여다볼 수 있다. 전쟁으로 모든 것이 유린 되고 죽은 시대의 분열증, 그리고 술을 마실 수밖에 없는 허무와 광기의 시대를.

그러면서 기성과 전통과의 의식적인 단절도 감지할 수 있다. 먼 온천물이 끊겼으니 이동하자는 구호에서. 그렇게 전후 폐허에서의 원초적이고 의식적인 시적 대응이 엿보이는 시가 「무제」다.

등단 후 시인은 김관식·박재삼·이형기 같은 시인들은 물론 김창렬·하인두·박서보 등 초창기 추상화가 등과도 폭넓게 교류했다. 승려로서 비가 오면 서울 조계사 마당에서 벌거숭이로 뛰놀기도 하는 등 광란의 행위를 펼치기도 했다.

날 저무르면
너의 생각들이 돌아온다.
저 어둑어둑한 들판을 보며 불면不眠하라.
병病이여 너야말로 생각이다.
생각이 밤새도록
죄로써 무죄를 만드는 병이여
날이 새일 때
바야흐로 병은 하나의 깨달음이다
저 들판에 스민 오랜 힘인 병이여

시집 『피안감성』에 실린 시 「병실의 노래」 전문이다. 제목처럼 '병'에 대한 찬가로 읽힐 수 있는 시다. 동족상진의 폐허 속에서 살아남은 자의 병인가. 그런 불모의 시대, 실존을 위한 방편이 병인가. 시인 자신의 병에 대해 당당하게 생각하며 찬찬히 들여다보고 있는 시다.

시인이 병에 대해 생각하고 있는 것이 아니라 "병이여 너야말로 생각이다"며 병을 생각 자체로 보고 있다. "죄로써 무죄를 만드는 병", 하여 "하나의 깨달음"이 되는 병이다.

마지막 행 "저 들판에 스민 오랜 힘인 병이여"에서 병은 세상 삼라만상을 생장하고 소멸하는 힘으로까지 나아가게 된다. 주검이 널브러진 폐허의 들판에서 어떻게든 새로 일어서보려는 의지를 '병'이라는 역설을 통해 들여다보이게 하는 시다.

이렇듯 첫 시집 『피안감성』에는 전후 시인답게 1950년대 현실과 시대의식이 드러나고 있다. 동족상잔으로 인한 폐허의식과 그런 폐허, 영점에서 다시 출발하려는 의지도 엿보이게 하는 시편들이 적잖이 눈에 띈다.

출가한 승려로서의 구도求道의 시편들

봄밤임을 알아라
여자의 음성은 들리지 않더라도
신앙이 없다 하더라도
봄밤임을 알아
저 다도해 어둠을 바라보라

섬마다 등불은 켜 있으며
바다에는
이미 불그림자가 머물고 있나니
여자의 음성은 건너오지 않더라도
신앙이 없다 하여도
눈 감고 서서
유혹에 이끌리듯
인기척을 하여라

봄의 젊은 뱃사람이여
봄의 젊은 뱃사람이여

다도해
이웃섬끼리 서로 밝아 오며
비로소 마음이 떠오르는 봄바다에
밤은 아주 길게 새이고

고요한 새벽은
모두 봄의 잠결에 껌벅거리나니

여자의 음성은 없더라도
인기척을 보내다
그 잠기는 메아리라도 들어 보아라
잠든 물결에 잠긴
등불 그림자 바라보며
떠오르는 신앙을 건져 내어라
젊은 뱃사람이여

그렇다 한들 아직 밤이므로 어두운 다도해
서로 이웃 이웃섬들의 침묵을 맞이하여
모든 이들의 봄밤임을 알아라
젊은 뱃사람들이여

시집 『피안감성』에 실린 시 「봄밤의 말씀」 전문이다. 제목처럼 '봄밤'이 화자가 되어 '젊은 뱃사람'에게 말을 건네고 있는 시다. 아니 시인 자신이 다도해의 봄밤을 바라보며 봄밤에 부는 미풍처럼 부드러운 어조로 자신에게 이렇게 저렇게 하자고 청유, 다짐하고 있는 시로 볼 수 있다.

시의 바탕에는 다도해의 봄밤을 낭만적, 서정적으로 펼쳐놓고 있다. 올망졸망한 섬들이 서로 어깨를 걸고 이웃해 있는 다도해. 섬들에서 새어 나온 등불 들이 비치는 다도해의 밤바다에서는 1950년대 폐허의 현실은 어디서도 찾아볼 수 없다.

단 '밤'과 '어둠', '새벽'과 '등불'이 대비되고 있을 뿐이다. 대비도 상반된 대조가 아니라 밤에서 새벽으로 가는, 단순한 시간의 경과일 뿐이다. 등불도 밤과 바다와 한 몸이 돼가는 등불이다.

그런 밤과 등불의 다도해 봄바다를 시인은 "비로소 마음이 떠오르는"이라 진술하고 있다. 그래 날이 새도록 다도해의 봄 밤바다를 바라보는 시인의 마음이 젊은 뱃사람의 제 마음에 한 말을 그대로 쓰고 있는 시가 「봄밤의 말씀」이다.

이 시에는 '여자의 음성'과 이 말에 뒤따르는 '신앙'이 반복돼 나타나, 시를 경과시키며 독자들에게 해석을 바라고 있다. '여자의 음성'은 데뷔작 「폐결핵」에서부터 초기시에 끊임없이 나타나며 1950년대 폐허의 병적 의식, 시인의 분열 의식을 드러냈던 '누님'의 음성과는 다른 여자의 음성이다.

'봄밤'과 '유혹에 이끌리듯'등의 표현에서 누님의 음성의 연장선에서 볼 수도 있으나 병적인 분열 의식은 아니다. 봄 바다에 어리는 등불과 봄 바다에 잠겨 메아리지는 음성으로 보아 그 '여자의 음성'은 부처님, 특히 뭇 중생의 모든 소리를 들어주는 관세음보살로 볼 수 있을 것이다. 높낮이 구분 안 하고 삼라만상에 깃들어 있으며 또 모두에게 고루 비추고 나투는 불성佛性의 대표적 상징 이미지인 해인海印으로 봐도 될 것이다.

시인은 다도해 봄밤 바다를 바라보며 그런 관세음보살 같은 마음을 봐내고 있는 것이다. 봄밤 다도해에서 해인을 실감하며 삼라만상 뭇 중생들에게, 아니 자기 자신에게 그런 불성을 요구하고 있는 것이다. '뱃사람'이란 단수에서 마지막은 '뱃사람들'이란 복수로 나아가며 살아 있음의 "인기척을 보내"고 있는 시로 「봄밤의 말씀」은 읽을 수 있다.

6.25 발발로 군산중학교 4학년으로 휴학한 시인은 미군부대 검수원으로 근무하고 중학 교사로도 있고 엿장수도 하면서 방황했다. 집을 나와 청산가리를 가지고 다니며 자살도 무수히 시도하던 시인은 1951년 군산에서 승려 혜초를 만나 출가를 결심하고 1952년부터 일초一超라는 법명으로 수도 생활에 들어갔다.

"선승 혜초는 불교뿐 아니라 노장老莊 철학과 칸트·스피노자·헤겔 등에 해박한 사람이었으므로 나는 그의 지식을 빠르게 익혀 갔다"고 시인은 회고한다.

1953년 혜초가 환속하자 통영 도솔암으로 혜초의 스승인 당대의 고승 효봉曉峰스님을 찾아가 제자가 되어 땅굴을 파고 좌선도 하고 행각승으로 전국 각지를 떠도는 만행萬行도 했다.

1957년 조계종 총무원장을 맡은 효봉스님을 따라 서울로 와 총무원의 간부로 불교신문을 창간해 주필도 맡고 비구승단의 대변인 노릇도 했다. 그러면서 1958년 문단에 승려로서 데뷔한 것이다.

그러므로 첫 시집 『피안감성』에는 제목 문자 그대로 절집, 피안彼岸의 감성感性이 흥건하다. 「봄밤의 말씀」도 다도해 한려수도閑麗水道의 중심 통영에서 수행하며 다도해 봄밤을 바라보며 쓴 시로 읽어도 좋을 것이다.

> 보라. 노을빛이 닿아도 울리는 소리들이
> 이제는 노을과 함께 어두워 갔다.
> 내 지나간 삶의 노을에 물들었던
> 뒷모습의 어디도 어두워 갔다.
> 아는 이여 사랑은 눈감아도 눈부시고

밤은 밤새도록 썩지 않았다.
어디선가 물소리나 새소리
살아나는 첫새벽에라도
뜬 눈에 익으며 물은 흐르고
새는 날아가니 따라가 보아라

내 지나간 노을이 밀려가다 남아 있어도
내 어두운 하늘이 가랑비가 되어도
물이 있듯이 사랑이 있어야 한다.
밤이 깊어서 밤만이 잠들어도
나는 자지 않았다. 물소리라도 되어야 했다.
이윽고 어릴 적 눈부시게 닥쳐오는
칠팔월 흰 밤바닷물 해일이 되도록
바다 밑의 드높은 태백산맥이도록

나는 바다로 바다로 향하였다.
모든 시내들이 개울들이 강을 이루어
이윽고 큰 바다에 가서
하나가 될 때 그 바닷가의 짠 소금 한 줌이도록
나는 눈먼 심봉사의 소금이기 위하여
그렇도록 많은 노을 같은 유혹의 방랑이 있었던가.

시집 『피안감성』에 실린 시 「유혹」 전문이다. 제목 바로 아래 제사題詞 식으로 "이때 삼천대세계三千大世界는 (큰) 물이 가득하여 (큰) 바다와 같았나니……『대집경大集經』"이라고 불경의 한 마디를 인용해 놓고 있다.

광활한 우주, 삼천대천세계를 모든 물들이 모여들어 이룬 큰 바다에 비유한 것처럼, 바다로 향하는 시인의 마음을 드러내 보여주고 있는 시다. 첫 행부터 "보라"는 명령으로 시작되어 단정적 어미로 이어지고 있는 시, 참 호방하고 단호하다.

단호한 자세로 깨달음을 드러내고 있는 시다. 표면엔 해일도 있고 저 깊은 해저에는 드높은 태백산맥도 솟아오른 화엄華嚴 세계로서의 바다, 그런 바다에 이르려는 구도의 자세를 단호하게 보여주고 있는 시다.

"내 지나간 삶의 노을에 물들었던/ 뒷모습의 어디도 어두워 갔다"며 젊은 날의 고뇌와 방황도 바다로 가는 시내의 한 줄기였음을 비로소 인정하고 있다. 그러면서 "물이 있듯이 사랑이 있어야 한다"며 사랑을 강조하고 있다. 자신은 물론 삼라만상에 대한 사랑, 대자대비大慈大悲가 온 우주 삼천대천세계를 화엄 세상으로 가꿀 터이니.

그런 화엄 세상 같은 바다에 이르러 바다와 하나가 되겠다고 밝히고 있다. 그리해 "바닷가의 짠 소금 한 줌"이 되어 "눈먼 심봉사의 소금"이 되겠단 것이다. 그런 썩지 않는 소금, 대자대비로 삼천대천세계를 화엄 장식하겠다는 수행과 깨달음의 의지를 단호히 드러내고 있는 시다.

> 구름 같은 북소리로 떠오르도록
> 인당수는 짙푸르거라
> 물과 물 아는 뱃사람은 알리라
> 더러는 내다보이는 저승길 너머
> 저 캄캄한 저승 인연도

이 세상의 태어난 아이 우는 일도
뱃사람은 알리라 내 딸의 길 알리라
저승이 없이 어이 물이 있으랴
이 세상에는 가장 그리운 것이 된
온 몸뚱이 두려움이여
내 딸 연꽃 봉오리 속의 잉잉 고요가 그러하리
눈은 은산철벽 어두움이고 사랑은 환한 세상인가
이미 물의 지어미인 딸아
물 우에 내려오는 물안개같이도
물 우에 나아가거라
물 우에 나아가거라
내 딸이여 나아가서 세상마다 떠다니거라
인당수는 짙푸르거라 짙푸르게 울어라

시집 『피안감성』에 실린 시 「심청부沈淸賦」 전문이다. 눈먼 아비 심봉사의 눈을 띄워주기 위해 뱃사람에게 몸을 팔아 인당수에 제물로 바쳐져 연꽃 타고 환생한 효녀 심청 이야기에서 모티프를 따와 심봉사를 화자로 삼아 쓴 시다.

환생해 왕후가 되어 아버지 눈을 뜨게 해준다는, 슬픔에 가슴 조이게 이야기를 끌고 가다 해피엔딩으로 끝나는 서사는 없다. 대신 "눈은 은산철벽 어두움이고 사랑은 환한 세상인가"라는 심봉사의 독백이 시의 주제가 되고 있는 시다.

'은산철벽銀山鐵壁', 앞은 은으로 된 산으로 막혀있고, 뒤는 철로 된 벽으로 막혀있는 진퇴양난의 지경에서 깨달음에 이르기 위해 정진하는 불가 선방의 용어가 자연스레 시어로 쓰이고 있다. 해서 승려로서 무명無明의 눈을 뜨고 참진세계로 나아가기 위한 수행 중에 나온 시로 볼 수 있다.

자신을 위해 몸을 팔아 저승길로 간 딸에 대한 아비의 애끓는 심정으로 진리로 가는 길을 막는 은산철벽을 뚫고 있어 시가 더 생생하고 절실하게 읽힌다. 그러면서 이승에서 저승까지 이어진 질긴 인연이며 그리움, 그리고 온 세상 떠다니며 세상을 환히 밝히는 대자대비한 사랑 등을 폭넓게 환기시키고 있다. 해서 이 시 이후 '심청'은 시인의 시세계의 중심을 잡아주면서 확장, 심화 되어 무수히 변주되고 있는, 영원한 소재며 주제가 돼오고 있다.

거룩한 것의 외로움 맞아
이 고요
우리 마음 사이에 걸려
서로 건너오는 다리 노릇.
하늘 한 덩어리 잠든 마음
얼마나 숙연한 우주 기슭인지
황홀함이여
식은 차 한 잔으로
고요는 수없는 고요새끼의 고요.

시집 『피안감성』에 실린 시 「다어茶語」 전문이다. 차 한 잔을 앞에 두고 쓴 이 시에서는 선방의 냄새, 차향이 물씬 풍긴다. 명상 수행하는 마음이 그대로 전해지면서도 통이 크고 호방한 시다. 짧고 명상적이어서 선시로 볼 수 있지만 시의 요체인 서정적 문법을 잘 따르고 있는 시다.

차 한 잔 앞에 두고 마음을 들여다보니 고요하고 숙연하다. 광활한 우주의 어느 기슭과도 같은 마음. 고요하면서도 마음이 마음을 낳고 기르며 수없이 새끼를 쳐간다.

범인들이야 그런 마음을 심란心亂하다며 가지런히 하거나 없애려 하겠지만, 그렇게 새끼 치며 망아지같이 뛰노는 마음들을 그대로 놔둬버린다. 고요하다며 호방하게 내버려 둔다. 뛰노는 마음 가라앉히려 얼마나 마음 고민만 더 하다 끝나는 명상이며 마음공부들은 또 얼마나 많은가.

그런 뛰노는 마음마저 고요하다 놔 둬버리고 황홀경에 빠져 저 우주 어느 기슭에서 차 한잔하는 마음은 또 얼마나 호방하냐. 승려로서 수행하며 이처럼 자유자재의 마음에 이르기까지의 과정을 들여다볼 수 있는 시편들도 『피안감성』에는 적잖이 눈에 띈다.

무궁무진하게 확장돼가는 현재관과 존재관

이제 바라보노라
지난 것이 다 덮여 있는 눈길을
온 겨울을 떠돌고 와
여기 있는 낯선 지역을 바라보노라
나의 마음속에 처음으로
눈 내리는 풍경
세상은 지금 묵념의 가장자리
지나온 어느 나라에도 없었던
설레이는 평화로서 덮이노라
바라보노라 온갖 것의
보이지 않는 움직임을
눈 내리는 하늘은 무엇인가
내리는 눈 사이로
귀 기울어 들리나니 대지의 고백
나는 처음으로 귀를 가졌노라
나의 마음은 밖에서는 눈길
안에서는 어둠이노라
온 겨울의 누리 떠돌다가
이제 와 위대한 적막을 지킴으로써
쌓이는 눈더미 앞에
나의 마음은 어둠이노라

시집 『피안감성』에 실린 「속 눈길」 전문이다. 제목처럼 앞에서 살폈던 「눈길」의 후속편이다. 「눈길」에서는 전후의 폐허를 눈이 내려 덮어주기를 바라는 마음도 드러났는데 이 시에서는 그 후의 깨달음을 말하고 있다.

"이제 바라보노라/ 지난 것이 다 덮여 있는 눈길을/ 온 겨울을 떠돌고 와/ 여기 있는 낯선 지역을 바라보노라"며 눈 덮인 세상을 떠돌고 와서 마치 낯선 지역, 처음 본 풍경처럼 눈 내리는 모습을 보고 있다. 번민과 방황을 끝내고 깨달음의 새 세계를 열어젖히고 있는 시여서 대중에게 널리 읽히는 시다.

눈 내리는 날 보이지 않는 만물의 움직임을 꿰뚫어 보고 있다. 하늘과 대지의 소리에 귀 기울이고 있다. 그런 "묵념의 가장자리"에서 "설레이는 평화"를 느끼고 있다. 마음속에서 난생처음으로 보는 평화로운 풍경이기에 설렐 것이다.

그러다 "나의 마음은 밖에서는 눈길/ 안에서는 어둠이노라"라는 탄성, 고백이 저절로 터져 나온다. 마음의 안과 밖이 서로 다르다. 밖의 풍경, 환하고 하얀 눈길과 그것을 바라보는 마음이 같아야 할 텐데 '어둠'으로 상반돼 있다.

왜? 이제 밖으로는 풍경, 바깥세상의 현상에 따라 마음이 움직이지 않기 때문일 것이다. 안으로는 시인 자신이, 마음이 알고 있는 대로 바깥세상을 보려 하는 아집을 버렸기 때문일 것이다.

바깥 풍경의 세계에 켜켜이 쌓인 기성의 의미를 털어버리고, 아울러 자신이 쌓아온 기성의 앎이며 의미며 아집을 털어버리고 시인과 세계가 최초로 만나는 탄성으로 위 구절은 읽을 수 있을 것이다.

너와 나, 세계와 내가 최초의 살가운 떨림으로 만나려는 자세, 소위 현상학적인 환원이 그런 탄성을 불렀을 것이다. 그러면서 마지막 행도 "나의 마음은 어둠이노라"라고 맺었을 것이다.

시인은 6.25 전쟁의 폐허를 떠돌다, 불교 수행의 일환으로 온 겨울의 누리를 떠도는 만행을 하다, "위대한 적막"을 보고 듣게 된 것이다. 영원히 변치 않는 것은 없는 세계에서, 오고 감도 없는 실체요 진리인 적막이며 적멸을 보고 듣고 있는 것이다.

소곡小曲

창변에 기대어
아 계절이 온다.
가을이어도 봄이어도
계절이여.

얼마나 긴 이별이랴.
창변에 기대어
피로한 사람이여.
나의 출발을 견디어라.
계절이여 무無여.

소야곡小夜曲

아무리 늦어도
늦어서 와도
불 밝힌 창이 있네.
내가 그 창을 바라보기 전에
이미 그 창이 나를 보고 있네.

불 밝힌 창이여
나의 이전이여
이제 창을 열어라.
나의 암흑으로.

시집 『피안감성』에 실린 시 「창의 서정抒情」 전문이다. 창에 기대거나 창을 바라보며 오고 가는 계절을 서정적으로 노래한 시다. 두 수로 나눠 앞에는 '소곡', 뒤에는 '소야곡'이란 소제목을 달았다.

'소야곡'이란 밤에 애인의 창가에 다가가 사랑을 호소하며 부르는 노래인 '세레나데'다. 이 시는 그런 소품의 음악 양식을 따르고 있어 서정적이고 낭만적이지만, 폭이 넓고 깊이도 깊다.

앞 '소곡'에서는 오고 가는 계절을 노래하고 있다. 봄이든 가을이든 계절은 오고 또 간다. 그런 계절을 시인은 '무無'라 하고 있다. 구분하여 이름만 붙었을 뿐 봄, 가을의 실체가 어디 있겠는가. 그렇게 계절을 옮기는 변화만 있을 뿐 계절은 없는 것 아니겠는가.

그런데도 가을에 떠난 사람 봄이면 돌아올까 기다리는 마음은 또 얼마나 간절, 애절한 것인가. 그래서 시인은 그렇게 기다리는 마음과 사람들을 "피로한 사람이여"라 부르며 위무慰撫하고 있다. 그러면서 시인은 오고 감이 없는 세계로의 출발을 알리고 있다.

이렇게 앞 수에서 오로지 지금 이 순간의 현재가 영원을 향한다는 시간관을 노래했다면 뒤 수에서는 존재관을 노래하고 있다. 뒤 수 전반부에서는 불 밝히고 기다리는 그대와 아무리 늦어도 찾아가겠다는 나의 마음이 서정적으로 하나가 되고 있다.

그러다 후반부에서는 그 창의 불빛이 애인이 밝힌 불이 아니라

"나의 이전"이 밝힌 창이다. 내 마음속 갈애渴愛라는 사랑의 아집이 밝힌 것이다. 그러니 그런 창도 열어젖히고 "나의 암흑", 아는 것, 품은 것, 아무것 없는 무명無明의 어둠으로 원초적 세계의 실체며 진리를 바라보겠다는 것이다.

특히 뒤 수에서는 "나의 이전"이며, "나의 암흑" 등의 구절로 보아 선가의 화두인 '부모미생전父母未生前 본래면목本來面目'이라는 나의 원초적 실체, 존재론으로 나아가고 있는 듯 보이기도 한다.

이렇게 시인은 승려로서 수행을 하고 시를 쓰며 영원한 현재관과 부모가 태어나기 전, 하늘과 땅이 나뉘기 전의 본래의 면목, 너와 나는 물론 하늘과 땅이며 우주 삼라만상이 한 몸뚱이 티끌인 존재론으로 나아가고 있다.

어젯밤 전국의 해변
그 파도 소리들을 누가 들었는가
각자 제 고장의 포구에서
제 고장 파도 소리 들은 자여
오로지 너의 음악만이 복 받아라
아무리 손끝 가까운 수평선이라도
거기까지는 죽음의 기쁨이다
거기까지는 용의 등이 있다
긴 노래만이 필요하다
여기서는 한 소절의 노래로는 안 된다
어젯밤 전국의 해변
누가 그 파도 소리 위의 별빛들을
밤새도록 빛나게 하였는가

제 고장에서 가장 잘 보이는 북극성
거기에서 몇백 광년을 지나서
그 과거는 나에게 이 밤의 현재인가
생각건대 대지조차도 티끌인가
별빛 하나에도 울 수밖에 없건만
긴 노래만이 필요하다 노래하라
전국의 해변 파도 소리 별빛이며
커다란 어둠이여
너희가 이럴진대 하물며 노래이랴
긴 노래로 내 현재를 확장하라
현재야말로 뜻이다
현재야말로 참된 꿈이다 노래하라
전국의 해변 파도 소리여
전국 공해公海 파도 및 조기 떼 소리여

시집 『피안감성』에 실린 시 「해변의 노래」 전문이다. 의문과 명령과 감탄 어미로 이어지는 호방한 어조의 시다. 그러면서 깨달음을 강한 톤으로 전하고 있는 시다.

"전국의 해변"의 반복으로 시작하며 전반·중반·후반으로 나뉠 수 있는 이 시에서, 전반에서는 '파도 소리'와 '수평선'이 소재가 되고 있다. 각기 제 고장 해변에서 치는 파도 소리를 듣는 자는 복 받은 자다. 세계만방의 해변 어디에서 듣든지 간에 그 파도 소리를 여일하게 듣는 자는 이미 부처의 세상이나 기독의 복음을 듣는 자이기 때문이리라.

그러면서 파도가 쳐오는 수평선, 손끝처럼 가까운 그 수평선까지는 "죽음의 기쁨이다"고 단언하고 있다. "용의 등" 같은 파도의 생생한 이미지, 그런 생생함이 묻어나는 삶이며 죽음이야말로 생사 분별 없이 기쁨이란 말인가. 그런 깨달음과 깨달음의 법열法悅을 전하기 위해 긴 노래가 필요하다는 것인가.

중반부에서는 '별빛'이 소재로 나오고 있다. 캄캄한 밤 해변에서 뚜렷이 보이는 북극성, 거기서도 몇백 광년 떨어진 별에서 오는 빛, 빛깔들. 화자인 '나'의 눈에 그 빛이 들어오는 몇백 광년의 아득한 과거를 현재 이 순간의 나는 보고 있는 것이다. 그러니 "그 과거는 나에게 이 밤의 현재인가"라는 깨달음이 절로 터져 나오는 것이다.

그와 함께 그런 수수 억년의 세월과 그렇게 광활한 우주도 '티끌'이라는 각성이 실감으로 터져 나온다. 한 점 티끌들이 서로를 끌어당기는 인력으로 모이고 모이다 마침내 폭발해 그 빛이 번져나가며 팽창하고 있다는 게 우주생성 이론인 빅뱅 아닌가. 그러니 그런 "별빛 하나에도 울 수밖에 없다"는 것이다. 그런 걸 이야기하고 노래하기 위해 긴 시가 필요하다는 것이다.

후반부에서는 "파도 소리 별빛이며/ 커다란 어둠이여/ 너희가"라며 '파도 소리'와 '별빛'과 '어둠'을 '너희'라며 한 족속으로 동일하게 보고 있다. 물론 거기에는 시인인 '나'도 포함될 것이다. 여기서 '어둠'은 커다란 깨우침이요 존재의 본래면목일 것이다. 앞서 살펴본 시 「창의 서정」에서의 '암흑'처럼 태초의 모습으로 환원된, 시인의 최초의 우주를 열기 위한 어둠일 것이다.

해서 시인은 감히 이렇게 단언하며 명령하고 있다. "내 현재를 확장하라/ 현재야말로 뜻이다/ 현재야말로 참된 꿈이다"라고. 그래 긴 노래로 그런 현재와 존재를 무궁무진하게 확장하라고. 이런 현재관과 존재관이 초기시부터 시인의 시세계를 일관해오고 있다.

환속還俗 후
폭음과 절망에 빠진 나날들

어찌 오늘 하루가 누구의 하루인가
다만 오늘이 저무는도다
산중 꽉 찬 빈 종소리
구광루九光樓 법고도 따라 울어라
열 살짜리 행자놈 목탁소리도
오 그렇게도 많이 맞아들인 어둠이건만
날마다 낯선 새로운 어둠으로
오늘 밤이면
내 수행십년 빈 배 타고 떠난다

황종조黃鍾調의 종소리!
이 소리 하나로 중생을 달래겠다고?
아니어요
차라리
이 소리로는 사미니沙彌尼 울음 하나 못 달랜다 하면서
저녁 종소리는 고개 숙여 이어지는도다

첫 번째 시집 『피안감성』에 실린, 각각 소제목을 단 네 편으로 이루어진 시 「어느 사미니沙彌尼에게」의 마지막 편 '저녁 종소리' 전문이다. 수행 10년에 산문을 등지고 떠나며 거기서 들려오는 종소리를 들으며 막 수행을 시작한 젊은 여승에게 주는 시다.

'저녁 종소리' 전반부에는 수행 10년의 깨달음이 엿보인다. 영원한 현재로서의 '하루'가 보인다. "오 그렇게도 많이 맞아들인 어둠이건만 / 날마다 낯선 새로운 어둠"에서는 세상을 매양 태초의 모습으로 보고 창조하려는 자세도 엿보인다.

무엇보다 "산중 꽉 찬 빈 종소리"가 압권이다. 산중을 꽉 채우며 울리는 종소리를 비어있는 소리로 듣다니. 속이 텅 비어 되레 산중을 꽉 채우는 울림을 준다고 듣고 느끼는 단계에까지 수행 10년은 나아갔다. 그래 수행 10년을 "빈 배"로 보고 있는 것이다.

후반부에서는 그 종소리는 반전된다. 하늘과 땅, 그리고 그 사이의 모든 중생들을 구제하는 소리가 절에서 울리는 종소리 아닌가. 그런 텅 비어서 꽉 찬 그 종소리를 이제 중생은커녕 사미니의 울음 하나도 못 달래는 것으로 보고 있다.

그렇게 꽉 차고 텅 빔과 종소리와 중생 등 모든 구분을 넘어선 깨달음에 이르렀음인가. 시인은 수행 10여 년만인 1962년 환속還俗했다.

불교 교단 혁신운동을 위한 청년 승려 단합을 서두르다 징계회의에 회부되기도 했다. 그래 수행하며 취득했던 대덕법계大德法階도 반환하고 사회로 돌아온 것이다.

환속 후 그동안 부지런히 써둔 원고를 불살라버렸다. 그리고 한동안 폭음에 주란酒亂을 일삼는 등 절망에 빠져 지내기도 했다. 1960년 해인사 승려로 있으면서 첫 시집 『피안감성』을 펴내며 말미에 실린 '후기'에서 시인은 이렇게 밝혀놓고 있다.

"지난해 봄, 시집 『불나비』가 끝 교정까지 내고 뜻밖에도 파판破板되었다. 와룡동 인쇄소의 화재 덕이다. 나의 20여 편의 것들을 비롯,

호의의 서문 발문도 다 잃었다.

그러니까 이 『피안감성』은 나에게는 두 번째 시집으로 치는 어리석음도 있는 셈이다. 참 그때 표지 그려준 화가에게도 여간 미안한 것이 아니다"라고.

등단 1년 뒤인 1959년 첫 시집으로 『불나비』를 펴내려 했으나 인쇄소 화재로 소실했다는 것이다. 그때 서시를 써준 시인이 공초空超 오상순이고 그 시가 「불나비」다.

비밀의 불 속에 달겨들어
목숨과 죽음을 넘어
그 '무엇에' 부닥치려는
무서운 몸부림이여 (중략)

너
영원히 처절하고 비장한
'프로메튜스'의 후예여, 화신이여

공초의 「불나비」 한 대목이다. 죽음도 불사하고 시에 빠져드는 고 시인을 불나비에 비유해 쓴 시다. 시인은 공초를 1956년 전국승려대회 때 서울 조계사 숙직실에서 처음 만났다.

속인으로 집도 절도 없이 조계사에서 기거했던 공초와 승려대회를 찾은 승려 20여 명과 한 방에 꾸역꾸역 껴서 자야 했던 곤궁한 시절이었다. 이후 시인은 공초를 조계사에 영구히 거주하도록 도와줬다.

소실된 『불나비』에는 1958년 시단에 나와 1년간 부지런히 쓴 시편들이 실려 있었다. 그러나 한 번 쓴 시는 기억도 못 하는 시인은 겨우 서너 편만 기억에서 건져내 이듬해 나온 『피안감성』에 실을 수 있었다. 시인은 당시 현대미술가협회의 추상그룹 화가들과 친하게 지내고 있어서 표지화는 박서보 화백이 멋지게 그려주었는데 그 그림도 불에 타버렸다.

> 아직 두 달째 산당화는 피지 않는다
> 꽃 피기 싫어한다
>
> 3월 추운 꽃봉오리의 마마
> 내 아내의 딸이
> 자꾸 동글동글해진다
>
> 나는 만나기로 한 약속이 있으나
> 길은 아주 더디리라
>
> 약속한 사람 혹 죽지나 않았는지!
>
> 1962년 여가수 오르넬라·바뇨니의 체르카미를 듣는다

1964년 펴낸 두 번째 시집 『해변의 운문집』에 실린 시 「미열微熱」 전문이다. 일기 쓰듯 하루를 담담하게 쓴 이 시에는 '1962년'과 '3월' 이란 연월이 분명히 드러나며 환속 무렵의 심경을 읽게 한다.

첫 연부터 "산당화는/ 꽃 피기 싫어한다"며 이제나저제나 꽃 피기를 두 달째나 기다리는 시인의 심정을 드러내고 있다.

다음 연에서는 3월 이른 봄날 현재의 산당화의 모습을 드러내고 있다. 홍역이나 마마의 발진發疹처럼 꽃망울이 붉게 몽글어 오르는

산당화의 모습을 무서운 역병疫病에 비유하고 있다. 그러면서 있지도 않은 '아내'나 '딸'이 등장하고 있다.

3, 4연에서는 '약속'을 떠올리며 '더딤'과 '죽음'을 이야기하고 있다. 아내, 혹은 딸과의 약속인지, 그렇게 비유된 산당화와 그 꽃 핌과의 약속인지, 또 다른 누구 혹은 무엇과의 약속인 줄은 모르겠으나 그 "만나기로 한 약속"이 상당히 부정적이다.

그러다 마지막 연에서는 여가수의 노래를 감상하는 일상으로 끝나는 시다. 봄이 오기를 기다리며 미열을 앓는 시인과 산당화를 그리고 있는 시인데도 상당히 부정적이다. 만나기로 한 임은 더디게 오거나 죽었는지도 모른다 하니 절망적이다.

동해 물결이 다하고
울릉도, 밖 살무치 물결도
다하고 다하여
모래, 가을 저녁답에 우네.
아무도 없는 것을 찾아와서
이러한 것이라고
모래 한 줌을
심심한 왼손 안에 받아 보네.

흐르는 모래 향기보다는
손 아린 허무虛無
어떤 병든 영양令孃의 마음에도
기인 긴 노을은 들어가서
몇십 년만의 해저에서 어둡네.

이제 한 줌 쥐어본
지난날의 살의 그림자……

세월이란 저문 서녘 바람과 같아서
내 눈앞이 크게 적막寂寞할 때도 있네.
돌아서서
아아 저 동해를 어이하랴
아아 저 동해인 나 어이하랴

시집 『해변의 운문집』에 실린 시 「모래 한 줌을」 전문이다. 물결, 파도와 파도가 밀고 온 모래와 동해와 한 몸이 되고 있는 시다. 자연 삼라만상과 한 몸이 돼가면서도 '허무'며 '적막'을 말하고 있다. 바로 앞서 살펴본 시 「미열」에서 산당화꽃과 오는 봄과 일치가 돼 있으면서도 그 틈새에서 '마마'라는 역병과 죽음을 봤듯이 허무에 어이할 줄 몰라 하고 있는 시다.

첫 연에서는 동해의 물결, 파도와 저 먼 수평선 밖에서부터 파도에 밀려와 저녁 무렵 해변에 쌓이는 모래를 그리고 있다. 시인은 그런 모래를 손으로 쥐어보며 모든 것이 스러지는 가을날 저녁 무렵의 헛헛한 우주적 정서를 실감하고 있다.

둘째 연에서는 한 줌 쥔 모래가 흘러내리는 감촉을 전하고 있다. "손 아린 허무"라고, 눈에 보이지도 않고 감촉되지도 않는 고단위 추상 '허무'를 빼어난 감각으로 묘사하고 있다.

그러면서 시인의 병든 몸과 마음의 대체물인 '누이'의 변형체로 '영양令孃'을 불러내고 있다. 저녁 답에 물들어 오는 노을과 함께 자신의 마음을 아름다우면서도 어둡게, 부정적으로 물들이는 어느 여성의 이미지를.

셋째 연에서는 "지난날의 살의 그림자……"라는 에로틱하면서도 빼어난 이미지를 얻는다. 한 줌 쥐어본 모래이면서도 손가락 사이를 흘러내리는 '허무'의 감촉이 '살의 그림자'라니. 허무를 가지고 노는 온몸의 감각, 공감각이 놀랍다.

마지막 연에서는 '세월'을 '저문 서녘 바람'으로 감각하며 '적막'을 느끼고 있다. 그러면서 온 세상, 삼천대천세계로 표상되는 "동해를 어이하랴"며 난감해 하고 있다. 그런 온 세상 같은 시인 자신은 어찌 해야 할지를 묻고 있다.

삼천대천세계의 광활한 우주와 뭇 생령과 혼령과 한 몸임을 깨닫고 산문을 나선 시인이 그런 세계는, 그리고 자신은 어떻게 구제해야 할까를 물으며 허무며 적막에 빠져들고 있는 것이다. 시인은 술 마시며 광란을 부리며 자신을 허무에 빠뜨리며 그 극복 방안은 찾고 또 찾았다.

시인이 환속한 뒤부터 전국 각지에 가짜 고은이 홍길동처럼 동시다발로 출몰하기 시작했다. 김천에서는 한글백일장은 물론 한시대회 심사위원까지 가짜 고은 한 사람이 맡았다. 경기도 광주에선 승려 차림의 가짜 고은이 산스크리트어를 하며 나타났다.

계룡산에서는 공주 지방 문학도들의 추앙을 받으며 금품 수취도 일삼는 등 전국 곳곳에서 문학도들을 상대로 사기행각을 벌였다. 뿐만 아니라 여대생과 사기 결혼해 같이 살기도 했다. 이 가짜들로 인해 고 시인에게 피해도 막심해 서울에서 가짜 한 명을 경찰과 함께 잠복 끝에 잡기도 했다.

"내가 피해 여성, 사복형사와 함께 단성사 옆의 백궁다방에서 잠

복했다가 잡았다. 사내답지 않게 피부가 고왔고, 목소리가 잦아들었다. 그때 그의 예쁜 부인이 허겁지겁 달려왔다. 자신도 고 선생인 줄 알고 결혼했는데, 살아보니 심성이 나쁜 사람은 아니라는 것이다. 자신이 새사람 만들겠으니 제발 용서해달라고 했다. 난 그를 주막으로 데리고 가서 술을 사줬다. 그리고 따귀를 두 대 갈기며 말했다. '피차 안 만나야 될 사람들이 만났다. 그렇다고 그냥 그대로 보낼 줄 순 없다. 앞으로는 네 자신으로 돌아가라'고. 참 어처구니가 없었다."

나중 신문사와의 한 인터뷰에서 시인이 털어놓은 말이다. 시인, 소설가 등을 다 합쳐보았자 1백 명 남짓이고 유명 문인들을 한없이 우러러보던 1960년대 문단에서 그런 가짜 문인 사태는 종종 있어왔다. 나도 1970년대 문학도 시절 생맥주집에서 외모가 닮아 소설가 이외수 노릇하던 가짜에게 당한 적이 있으니.

스스로 유폐된 제주에서의 시 쓰기

4월 노랑 유채꽃 밭이 길다
세로로 길다
가로로도 길다

가장 우미優美한 모습의 일을 하고 싶다

하지만 낡은 옷깃이라도
다려 입고
햇볕에
옷 주름을 먼저 태우고 싶다

이제 섬만한 그리움을 가지고 싶다

내 눈으로 울지 않아도
저 유채밭에서 누가 울리라

무덤들의 고개 너머
바다 역청瀝青에 파도소리가 묻힌다

내가 적막하게 배운 건
자꾸 네 네 하고
손 들다가 내리는
봄의 교실

오늘쯤 누가 나에게 마지막으로 지명하는가

유채 꽃밭에서 살면 깊은 병 든다
떠나고 싶다
떠나서 일하고 싶다

『해변의 운문집』에 실린 시 「수채화기념일」 전문이다. 제주도의 봄을 화사하게 여는 유채꽃밭과 햇볕을 수채화로 그리듯 하며 노래하고 있는 시다.

시인은 오랜 방황과 음주, 그리고 절망 끝에 1963년 봄 목포에서 제주도로 가는 배를 탔다. 배를 타고 가다 제주해협에서 심청처럼 몸을 던져 자살하려 했으나 배 안에서 술을 너무 많이 마셔 혼수상태로 제주도에 내려버린 것이다.

제주시 외곽에 위치한 3층 슬래브 건물의 사찰 원명사 1층 한 칸을 빌려 시인은 도서관을 설립해 관장을 맡다가 이내 금강고등공민학교로 바꿔 무료로 수업을 시작했다. 교장과 국어, 미술 교사를 겸임하며 1회 졸업생을 배출할 때까지 3년간 근무했다.

그렇게 교장과 교사, 그리고 시를 부지런히 쓰면서도 폭음은 여전했다. 반주로 4홉들이 한 병이 다반사였으며, 사흘간 자지 않고 마시기도 했다. 제주 시내로 볼일 보러 갔다 술 취해 돌아오다 공동묘지를 쏘다니며 거기서 곯아떨어진 날이 허다할 정도로 죽음과 허무주의와 맞짱 뜨거나 거기에 침윤돼 있었다.

이 시 「수채화기념일」에는 그때의 "봄의 교실"과 "유채 꽃밭에 살면 깊은 병 든다"는 병이 들어있다. 노랗게 피어나 대지를 덮는 그런 광활한 유채꽃밭 같은 우아하고 아름다운 일을 하고 싶고, 또 그런 꽃 같은, 섬 같은 그리움을 가지고 싶지만 정작 그 섬에 들어와 그런 꽃밭을 바라보면서도 우울증과 허무주의에 빠져있다.

그래서 시인도, 유채 꽃밭도, 그 누구도 모두 울고 있는 것으로 보인다. 온 천하가 무덤처럼 우는 봄날의 울음소리에 햇빛에 역청처럼 빛나는 바다 물결, 파도 소리도 묻혀 버린다.

그런 날 시인은 양지 녘에 앉아 햇볕에 옷깃을 태운다. 실제 시인은 바지란 바지는 모두 가위로 잘라서 반바지로 입고 다녔다. 그래 그런 병을 들게 하는 유채꽃밭, 섬을 떠나고 싶다고 읊을 정도로 제주 생활은 시인을 허무주의의 광기로 몰아가기도 했다.

> 비록 아무도 찾아오지 않으나 그대 자손은 차례차례로 오리라.
> 지난밤 모든 벌레울음 뒤에 하나만 남고 얼마나 밤을 어둡게 하였던가.
> 가을 아침, 재보財寶인 이슬을 말리며 그대들은 잔다.
> 햇빛이 더 멀리서 내려와 잔디 끝은 희게 바래고
> 올 이른 봄의 할미꽃 자리 가까이 며칠 만의 산국화가 모여 피어 있구나.
>
> 그대들이 지켰던 것은 비슷비슷하게 사라지고 몇 군데의 묘비墓碑는 놀라면서 산다.
> 그대들이 살았던 이 세상에는 그대들의 뼈가 까마귀 깃처럼 운다 하더라도
> 이 가을 진정한 슬픈 일은 아니리라.
> 오직 살아 있는 남자에게만, 아니 참다운 남자에게만
> 가을은 집 없는 산길을 헤매게 한다. 절도 없어야 한다.

그대들은 이 세상을 마치고 작은 제일祭日 하나를 남겼을 뿐
옛날은 이 세상에 없고 그대들이 다만 옛날을 이루고 있다.
어쩌다, 잘못인지 노랑나비가 낮게 날아가며
이 가을 한 무덤 위에서 자꾸 저 하늘에도 무덤이 있다고 일러 준다.
아무도 찾아오지 않는데 그대들은 이 무덤에 있을 뿐 그대 자손들은 곧 오리라.

시집 『해변의 운문집』에 실린 시 「묘지송墓地頌」 전문이다. 술 취하면 찾아가 헤매고 잠들기도 하던 제주시 변두리 공동묘지에서 쓴 시다. 공동묘지와 그곳에 묻힌 자들에 대해 쓴 시다. 가을날의 묘지를 서정적으로 묘사하면서도 생사를 뛰어넘어 삶과 본질에 대해 장중한 톤으로 이야기를 나누고 있어 많은 독자들이 애독하는 시다.

세 연으로 나눈, 짧지 않은 이 시 첫 연에선 공동묘지를 서정적으로 묘사하고 있다. 취하면 발길이 지난 봄날에도, 이 가을 아침에도 저절로 찾아올 정도로 낯익은 공동묘지인데도 보석같이 빛나는 아침 이슬처럼 묘사가 새롭게 빛나고 있다.

둘째 연에서는 죽어 공동묘지에 묻혀있는 자들을 '그대들'이라 부르고 있다. 죽은 자들이 살아서 이리저리 지키려 했던 것들도 엇비슷하게 다들 사라지며 무상한 것들이고 죽은 자들이 아무리 슬픈 삶을 살았다 하더라도, 그래서 "그대들의 뼈가 까마귀 깃처럼 운다 하더라도" 그리 슬픈 것은 아니라 한다.

대신 "오직 살아있는 남자에게" 집도 절도 없는 산길을 헤매게 하는 것이 이 가을에는 "진정한 슬픈 일"이라 한다. '살아 있는 참다운 남자'에게만 진정한 슬픔은 오는 것이지 죽은 자는 아니리라는 것에

서 죽음과 허무를 뚫고 오르는 실존의 자의식을 느낄 수 있게도 한다.

마지막 연에서는 시인 특유의 시간관을 느낄 수 있게 한다. '그대들', 죽은 자들은 이미 옛날 사람으로 "옛날을 이루고 있"을 뿐 현재와는 무관하다. 제삿날만 남기고 간 과거일 뿐 현재는 현재, 지금 이 순간이 중요하단 것이다.

그래서 "아무도 찾아오지 않는데 그대들은 이 무덤에 있을 뿐"이고 "그대들의 자손들은 곧 오리라"며 시간은 대대로 그렇게 과거와는 무관하게, 절연된 채 흘러간다는 것을 말하고 있다.

이 시에 대해 이야기 할 때 시인은 김수영 시인을 함께 말한다. 이 시에 단박에 반했다고. 해서 집사람에게도 보여주며 대단한 시이고 고은을 다시 보아야 하겠다고 말했다고 전하곤 한다. 실제로 김수영 시인은 「재주」라는 글에서 아래와 같이 썼다.

"정말 깜짝 놀랐다. 하도 기뻐서 여편네한테까지 읽혔다. (중략) 다시 한번 이번에는 마음속으로 읽어보고는 역시 최초의 섬광적인 인상을 신용했다. 신용해도 좋다고 생각했다. 그것이 바로 재주이기 때문이다"

라고. 고 시인의 시 쓰기의 빼어난 재주가 읽는 이로 하여금 강렬한 인상을 주고 그러기에 시에 신용감을 준다는 것이다.

1952년 출가해 수행하며 시작詩作에 열중하던 시인은 군산에서 '토요동인회'를 이끌던 목련 송기원의 소개로 김수영에게 작품을 보여주고 격려를 받은 바 있다. 제주에서 쓴 시에는 프랑스 상징주의 풍의 시들도 눈에 띄는데 그런 시를 일찌감치 꿰고 있던 송기원의 영향도 있었을 것이다.

그렇게 받들고 싶던 시인이자 참여문학, 민중문학의 비조鼻祖 격인 김수영 시인에게 그런 칭찬과 신용을 받았으니 제주도에 묻혀 홀로 술과 시로 일삼던 시인에겐 못 잊을 격려가 됐을 것이다.

나와 세계와의 괴리,
'누님'과 '폐병' 콤플렉스

어린 시절 고향 바닷가에서 자주 초록빛 바다를 바라보았습니다
그 바다가 저에게 자꾸 달려오려고 애를 썼으나
저는 조금씩 물러날 뿐 마중 나가지도 못하고 바다는 바다일 뿐이었습니다
빨랫줄은 너무 무겁게 팽팽해지고 마른 빨래는 날아가기도 했습니다
저세상의 깃발인 빨래와 이 세상의 몸인 바다로
제가 가지고 있던 오랜 병은
착한 우단 저고리의 누님께 옮겨 갔습니다
아주 그 오동꽃의 폐장肺臟에 묻혀 버리게 되었습니다
누님은 이름 부를 남자 하나가 없고
오직 '하느님!' '하느님!'만을 부르고 때로는 아버지도 불렀습니다
저는 파리한 몸으로 누님의 혈맥에 흐르는 갈대밭의 애내欸乃를 들었습니다
이듬해 봄이 뒤뜰에서 머물다 떠나면
어쩌다 늦게 피는 꽃에 봄이 남아 있었습니다
백철쭉꽃이야말로 여름까지도 이어졌습니다
이윽고 여름 한동안 저는 흙을 파먹기도 하며 울기도 했습니다
비가 몹시 내리고 마을 뒤 넓은 간사농지干潟農地는 홍수에 잠겼습니다
집이 둥둥 떠내려가는 온종일의 물 세상
누님께서 더욱 아름다웠기 때문에 가을이 왔습니다

그렇습니다 진정코 누님이야말로 가을이었습니다
찬 세면洗面 물에 제 푸른 이마 잔주름이 떠오르고
세수를 하고 나면 가을은 마치 하늘이 서서 우는 듯했습니다
멀리 기적소리는 확실하고 그 위에 가을은 한 번 더 깊었습니다
잎 진 나무에 겨우 몇 잎새만 붙어 있을 때도
그것은 사람에게 빈 나무이게 하고
누님은 그 잎새들과 더불어 이야기했습니다
기억 자나 니은 자 없이도 새소리 없이도 곧잘 말했습니다
그리고 맑은 뜰 그 땅 밑에서 뿌리들도 제대로 놀고 있었습니다
하늘 역시 이 세상인 듯 하늘나라임에 틀림없고
그 하늘이 소리치며 더 푸르기 때문에 제가 눈 빠는 버릇이 자고
어디서인지 제 행선지가 재삼재사 저를 기다리고 있었습니다
누님께서 기침을 시작한 뒤 저는 급격하게 삭막하였습니다
차라리 제 턱을 치켜들어 삼라만상을 우러러보아도
다만 제 발등은 움쩍도 않고 노쇠老衰로 복수 받았습니다
마침내 제가 참을 수 없게, 울 수도 없게 누님은 피를 쏟았습니다
한 아름의 치마폭으로 그 피를 껴안았습니다 쓰러졌습니다
그때 저는 비로소 보았습니다 누님의 깊은 내부가 외부임을
그리고 그 동정童貞 안에 내재하는 조석潮汐의 고향 바다를
그 뒤로 저의 잠은 누님의 시든 잠이었습니다
누님의 방에는 산 자 죽은 자의 고막鼓膜으로 가득 찼고
저는 문밖에서 숱한 밤을 한 발자국씩 새웠습니다
누님께서 우단 저고리를 갈아입던 날
저는 누님의 황홀한 시간을 더해서
겨울 간사지 개펄을 헤매다가 돌아왔습니다
이듬해 봄의 음력 안개방울 달린 빈 빨랫줄을 가리키며

누님의 흰 손은 떨어지고 이 세상을 하직했습니다
저는 울지 않고 그의 흰 도자陶磁 베개 가까이 누워
얼마만큼 그의 죽음을 따라가다 돌아왔습니다
관 속은 누님인지 나인지 또는 어떤 기쁨인지 모르는 어둠이었습니다

시집 『해변의 운문집』에 실린 시 「사치奢侈」 전문이다. 폐병에 걸린 누님이 죽기까지를 치밀하게 탐미적으로 바라보고, 묘사·진술해 나가고 있는 시다. "누님께서 더욱 아름다웠기 때문에 가을이 왔습니다" 등의 상식적 순서나 어법을 벗어난 빼어난 표현의 탐미耽美에 시인들도 많이 빠져들고 있는 시다.

특히 등단작부터 끊임없이 드러나고 있는 '누님'이며 '폐병' 이미지의 뿌리를 추적해 들어갈 수 있는 시다. 폐병으로, 젊어 죽은 누님을 눈에 보이듯 빼어나게 회상하고 있는 이 시는 "어린 시절 고향 바닷가에서"부터 시작된다. 그 바닷가에서 어린 시인은 파도 잡기를 하며 놀곤 했나 보다. 파도가 밀려오면 달아나고 밀려가면 잡으러 따라가며 발에 파도 물은 하나도 안 적시는 놀이.

그러나 시인은 그렇게 파도와 하나가 돼 놀지 못하고 달려들면 달아나기만 했나 보다. 달아나면 쫓아오고 쫓아오면 달아나는 우리네 사랑, 연애의 보편적 심사처럼. 그래 너는 너고 "바다는 바다일 뿐"이라 했을 것이다.

다음엔 빨랫줄과 빨래가 나온다. 너무 팽팽해 마른빨래는 바다로 날아 가버리는 빨랫줄. 그런 빨랫줄과 날아가는 빨래를 회상하면서 "저세상의 깃발인 빨래와 이 세상의 몸인 바다"라는 오묘한 이미지를 얻는다.

그리고 그런 이미지가 "제가 가지고 있던 오랜 병"이라 실토하고 있다. 지난날 10년 수행하며 삶과 죽음, 이승과 저승이 한세상이고 나와 온 세상은 한 혈육, 한 몸인 줄 알았는데 아니다. 세계와 나, 현실과 이상의 어쩔 수 없는 괴리가 병, 폐병 인자因子가 된 것이다.

그런 시인의 오랜 병의 인자는 "착한 우단 저고리의 누님"에게 옮겨 간다. 옮겨 가 "오동꽃의 폐장"이란 적확하면서도 빼어나게 아름다운 이미지를 얻는다. 붉은 색조를 띠는 보랏빛 오동꽃 꽈리 꽈리들과 선혈의 폐장, 허파 이미지가 일치하며 누님의 파리한 모습을 얼마나 아름답게 꾸미고 있는가.

"이름 부를 남자 하나가 없고/ 오직 '하느님!', '하느님!'만을 부르"는 누님의 '동정' 이미지를 보랏빛으로 더욱 순결하게 하고 선혈로 더욱 생생하게 하는가. 그런 동정의 누님의 혈맥에서 시인은 "갈대밭의 애내", 먼바다를 건너 들려오는 어부들의 노랫소리 같은 갈대밭의 서걱임을 듣고 있다. 얼마나 예민한 감각인가.

이어지는 시행들에서 시인은 사계절의 변화를 그리고 있다. 그와 함께 어린 시절을 지나 사춘기를 거쳐 장년에 이르는 심사의 변화에 따른 누님의 인상을 그리고 있다.

특히 "그렇습니다. 진정코 누님이야말로 가을이었습니다"로 시작되는 가을 묘사 부분이 압권이다. "세수를 하고 나면 가을은 마치 하늘이 서서 우는 듯 했습니다"라는 표현은 얼마나 신선한가. 병들어 날로 파리해지는 누님과 하늘이 높다랗게 서서 우는 가을의 결합, 그런 가을 하늘과 누님을 예우하듯 찬물에 세수하고 바라보는 시인의 마음이 그대로 드러나고 있지 않은가. 거기에 "멀리 기적 소리"라는 청각이 보태지며 공감각적으로 가을을 깊어가게 하고 있지 않은가.

그런 깊은 가을날 누님은 마지막 잎새들과 대화를 나누고 있다. 세상의 그 어떤 문자나 소리의 중재 없이 일체가 돼 교감하고 있다. 그런 세상에서는 "땅밑에서 뿌리들도 제대로 놀고 있"고, "하늘 역시 이 세상인 듯 하늘나라임에 틀림없"게 모든 것이 순조롭게 잘 돌아가고 있다.

그러나 그런 세상은 더 이상 시인의 것이 아니고 "어디선지 제 행선지가 재삼재사 저를 기다리고 있"다며 떠남을 재촉하고 있다. "누님께서 기침을 시작한 뒤 저는 급격히 삭막"했다며 누님의 병과와 함께 떠나야 함을 예고하고 있다. 증상이 심해지며 누님은 마침내 각혈했다. 그 피를 치마로 받으며 누님은 쓰러졌다. 그때 시인은 보고 깨달았다. 누님의 깊은 속내가 그대로 외부였음을, 안과 밖이 구분 없음을 알았다. 그리고 누님은 어린 시절 동정의 자신이었고 고향임을 깨달았다.

그 뒤 시인은 그런 누님을 온몸의 감각을 곤두세우고 예민하게 감지해내고 있다. 그러다 누님이 저고리를 갈아입는 것을 본 그 황홀한 순간, 시인은 개펄을 헤매며 그 순간을 연장하고 있다. 누님과의 이러저러한 에로틱한 상상으로.

그러다 누님은 흰 손으로 "안개방울 달린 빈 빨랫줄을 가리키며" 이 세상을 하직했다. 빨래는 다 날아가 버리고 안개만 방울방울 맺힌 빈 빨랫줄 같은 게 이승의 현실이라는 도저한 허무주의를 가리키는 이미지다.

누님이 죽자 시인은 울지도 않고 누님의 시신 옆에 누워 저승길을 따라 가다 이승으로 돌아왔다. 그리고 관 속에 있는 것이 "누님인지 나인지 또는 어떤 기쁨인지 모르는 어둠이었다"고 말하고 있다. 누님과 나, 그리고 기쁨이 어둠과 동류항이 되며 시는 끝나고 있다. 누님을 죽음에 이르게 하면서 시인은 자신의 콤플렉스에서 벗어나 더 깊고 넓은 세계로 향하고 있는 것이다.

초기 시로서는 비교적 긴 시 「사치」를 내 나름으로 읽어본 대강이다. 이렇게 볼 때 '누님'은 시인의 속내에 있는, 어릴 적부터 고향의 바닷가에서 비롯된 동정과 순수의 등가물일 것이다. 그것의 상실, 죽음을 시인은 제목처럼 '사치'스럽게 누님과 폐병의 탐미로 치장했을 것이다.

누구에게든 신화학의 통과제의通過祭儀 상 성장함에 따라 잃어버릴 수밖에 없는 동정과 순수의 개인적 신화시대가 있다. 울긋불긋 꽃대궐에서 삼라만상과 하나 되어 노닐던 동심의 시대가 사회에 나와서는 밖의 세계와 안의 나로 따로따로 분리되고, 현실과 이상이 따로 놀지 않던가. 특히 동족상잔으로 그런 고향의 신화시대가 여지없이 무너지는 것을 참담하게 목격한 전후세대로서 그것이 트라우마처럼 각인됐을 것이다. 그런 동정과 순수의 상실을 누님과 폐병 이미지를 빌어 차분하고도 아름답게 시화한 작품으로 「사치」는 읽을 수 있을 것이다.

1964년 제주도로 시인을 찾아갔고, 서울로 올라와 화곡동에 살 때도 찾아갔던 문학평론가 김현은, 시인의 초기시를 분석한 평론 「시인의 상상적 세계-고은론」에서 "작품에 나타난 고은의 가장 원초적인 경험, 혹은 더 정신병리학적인 용어를 쓰면 정신적 외상은 누이의 죽음에 관한 것이다. 이 누이의 죽음이 그 의식의 안벽에 미친 영향을 그는 「사치」라는 시에서 자세히 그리고 감동적으로 노래하고 있다"고 밝혔다.

그러면서 "원초적 경험의 변주를 인정하고, 그 의식적인 표현 양식을 중요시"하는 방법으로 사치를 인용해 놓고 분석하고 있다. 그러나 고 시인에게 원초적 경험으로서 고향 집에서 어린 시절부터 폐병에 걸렸거나 그 병에 걸린 누님을 지켜볼 '누님'은 없었다. '폐병'의 정신적 외상, 트라우마의 원체험은 없었다는 것이다.

「사치」에서 누님에 대한 묘사가 하도 사실적이고 간절하여 원초적 경험으로 오인한 사실은 뒤에 시인에게 물어보고 들어 알았지만 그렇다고 시적 진실과 미학을 밝힌 그 평문에 흠이 간 것은 아니다. 시인에 대한 김현의 평은 다음에 더 자세히 들어보기로 한다.

허무와 죽음 끝까지 밀어붙인 제주 바다와의 시적 사투

바다는 슬픔조차 없는 나더러 슬픔 찾아오라 하네
누가 만들지 않았어도
섬들은 내 눈에 바라보이고
나는 어떤 슬픔이라도 기어이 찾아야 하네

내 발꿈치에 자박거리며 묻어 잠 오는 모래사불
바다는 슬픔을 찾아오라 하네

오늘만 내가 혼자가 아닌 누구의 아내라면
어떤 슬픔이라도 찾아서 슬픔의 아이를 배야 하네
섬은 내 앞에서 불가피하게 있고
어느덧 닻 감은 배들은 보이지 않네
나는 슬픔을 찾아 슬픔을 낳아야 하네
아 슬픔조차도 없는 빈 몸이여

차라리 내 귀에서 나온 어린 날의 젖고동
나는 끝내 슬픔을 찾을 수 없어 어머니가 되고
바다는 성났다가도 너누룩해지며
슬픔 없이 어찌 사람으로 사느냐고
나에게 반드시 슬픔을 찾아오라 하네

바다여 바다여 나는 저물도록 고뿔이 들고

내 빈 몸으로 슬픔을 찾아야 하는데
이제 잦은물이 잦추는 손뼉 소리
바다에 던질 뿐……
차라리 슬픔 없으면 거짓이라도 있어야 하네

아무데도 있어본 일이 없고
오직 나는 바닷가에 있네
바다여 천 번이나 만 번이나 바다여
이렇게 소라껍질 단 하나를 찾네
이 세계의 가장 작은 단 하나라도
바다 앞에서
하늘 아래서
그리고 내 일체 속에서 큰 소리로 낳아야 하네

시집 『해변의 운문집』에 실린 시 「이렇게 소라껍질을 찾네」 전문이다. 제주도에 머물 때의 심사가 그대로 전해지고 있는 시다. "나는 어떤 슬픔이라도 기어이 찾아야 하네"라는 '탐애耽哀주의'의 심경을 거듭거듭 드러내고 있다.

6연으로 구성된 이 시에서 각 연을 거의 '하네'로 마감하며 반복적 운율을 얻고 있다. 바닷가에 파도가 밀려왔다 밀려가는 반복된 소리 같은 운율에 따라 왜 슬픔을 찾아야 하는지를 파고들며 슬픔의 본질을 환기하게 하고 있다.

첫 연에서는 시인에게 슬픔은 아예 없다. 그런데 저 광활하게 펼쳐진 바다가 슬픔을 찾아오라 한다. 마치 누가 만들지도 않았는데 바다에 점점이 떠 있는 섬들 같은 슬픔을 바다는 기어이 찾아오라 한다.

그래 둘째 연에서 바닷가 자박거리는 모래톱을 거닐며 슬픔에 대해 곰곰 생각하고 있다. 슬픔에 대해 아무것도 모르는 자가 처음으로 슬픔에 대해 생각해보라는 것이다. 제주 바다는 그렇게 시인에게 슬픔의 현상학을 가르쳐주고 있다.

셋째 연에서 시인은 누구의 아내가 되어 슬픔을 잉태해 낳아야 한다고 한다. 자신에게는 "슬픔조차도 없는 빈 몸"이기에 "어떤 슬픔이라도 찾아서 슬픔의 아이를 배야"한다는 것이다. 슬픔이 없는 몸은 빈 몸이란 데서 시인의 도저한 비극적 세계관을 읽을 수 있다.

넷째 연에서 그 비극적 세계관은 더 고조된다. 바다는 "슬픔 없이 어찌 사람으로 사느냐"며 "반드시 슬픔을 찾아오라" 한다. 그래 어린 날 엄마 젖을 빨며 나온 소리 혹은 엄마 젖을 찾으며 우는 소리일 유년의 고막에서 들려오는 '젖고동'에서 원초적 슬픔을 환기시키기도 한다.

다섯째 연에서는 그렇게 슬픔을 찾고 생각하며 종일 바닷가를 거닌다. 파도에 밀려왔다 남은 물들이 철벅거리며 잦아드는 소리를 들으면서 슬픔에 대해 곰곰 생각하다 거짓 슬픔이라도 있어야 한다고 한다.

마지막 연 "아무데도 있어본 일이 없고/ 오직 나는 바닷가에 있네"에서 바다는 시인에게 이 세계 전부임이 드러난다. "바다여 천 번이나 만 번이나 바다여"에서는 오고 감도 없이 그저 그렇게 영원히 자연스레 있는 대자연, 광활한 우주의 표상이 바다임이 드러난다.

그런 대자연, 삼천대천세계도 슬픔으로 가득 차 있는가. 슬픔을 찾으라 시인에게 재촉하고 있다. 슬픔의 끝, 본질을 보고 슬픔의 고통으로부터 해탈하라는 것이리라.

그래 시인은 그런 바다의 명령에, 아니 대자연의 가장 작은 하나인 시인의 가슴속 깊이에서 울려오는 본연의 명령에 따라 "소라껍질 단 하나"를 슬픔이라 찾아낸다.

속살, 본체며 본질은 간데없고 딱딱한 껍질 고동만 남은 소라껍질. 해서 "슬픔조차도 없는 빈 몸", 시인 자신 같은 존재가 슬픔이라는 것이다. 빈 껍데기로서의 허무의 구체적 상관물로 시인은 소라껍질을 제시하고 있는 것이다.

「이렇게 소라껍질을 찾네」는 우주에 미만한 슬픔을 이렇게 바다와 하늘과 대자연과 일체 된 하나로서의 시인이 곰곰 생각하며 슬픔의 본질을 구체적으로 들여다본 시로 읽을 수 있을 것이다. 자신의 젊음을 옥죄며 끊임없이 죽음까지 몰고 가는 슬픔과 허무에서 벗어나기 위해 시인은 이렇게 제주 바다에서 시적 사투를 벌였다.

이제 짐朕의 뒤를 따르지 말라
지난날의 끝을 여기에 쓴다
국치國恥의 모래 위에 서서
한 이름의 허망으로 파도는 부서진다

파도여 파도여

나의 뒤 어느 누구도 따르지 말라

언제나 바다는 그 전신으로 드러나 숨김없다
짐의 나라의 국경은 사라졌다
별궁 아이들의 하얀 팔들
그리고 등허리의 애욕愛慾

만백성의 기우제

오랫동안 잊어버린 늙은 중전의 한恨

바다는 그 전신으로 떠오른다
멀리 보낸 근공원교近攻遠交의 사신은 돌아오지 않고
저 적선敵船들의 아우성이 자는 바다는
이제 한갓 바다일 따름이다

이제 짐의 뒤를 따르지 마라
짐의 옷자락 펄럭이는
바람과 함께 있다

바야흐로 마지막 짐으로서
한 조개껍질을 줍노라
이로부터 나라는 내 것이 아니라 백성의 것이다

또한 한 조개껍질을 버리노라

아 짐의 국치의 모래 위에 서서
한 이름의 진실 앞으로
파도는 확고부동의 뜻으로 부서진다

파도여 내가 왕이었노라 왕이었노라
이제부터 왕이란 허무이노라

시집『해변의 운문집』에 실린 시「해변의 습득물」전문이다. 위에서 살핀 시「이렇게 소라껍질을 찾네」에서와 같이 제주 해변을 거닐며 슬픔의 근원, 허무를 파고든 시다.

앞 시에서는 시인 자신으로 썼는데 이 시에서는 첫 행부터 "이제 짐의 뒤를 따르지 말라"며 망한 왕조의 왕이 되어 거침없이 허망·허무의 실감을 파고들고 있다. "국치의 모래 위에 서서/한 이름의 허망으로 파도는 부서진다"며 부서지는 파도를 바라보고 있다.

그런 파도를 목메어 부르며 망한 왕조를 돌이켜본다. 애욕을 탐하게 하는 별궁 젊은 궁녀들의 자태와 그걸 질투하는 늙은 중전의 한, 그리고 백성들이 올리던 기우제 등등을. 그러면서 "이제 짐의 뒤를 따르지 말라"고 반복하고 있다.

"언제나 바다는 그 전신으로 드러나 숨김없다"며 그런 바다의 숨김없는 자세처럼 시인은 '전신으로' 왕이 되어 '허망'을 드러내고 있다. 나라를 구하려 먼 나라로 사신도 보내는 등 외교도 폈지만 끝내 바다에 가득한 적선들에 빼앗긴 나라의 과거를 돌아다보며 '허망'을 구체적이며 극적으로 드러내려 하고 있다.

"적선들의 아우성"으로 가득하던 바다는 "이제 한갓 바다일 따름이다"며 온갖 영화며 역사의 무상성을 드러내고 있다. 그러니 그런 허망이며 무상성 같은 '짐'의 뒤를 따르지 말라 강조, 반복하고 있는 것이다. "짐의 옷자락 펄럭이는/바람과 함께 있다"며 모든 것의 본질은 '바람' 같이 형체도 몸도 없이 불어왔다 불어가는 바람 같은 것일 지니.

그러면서 파도가 밀려왔다 밀려가는, 바람이 불어가는 해변을 거닐며 '조개껍질'을 주웠다가 버린다. 그리고 "이로부터 나라는 내 것이 아니라 백성의 것"이라 선언하고 있다.

여기서 '조개껍질'은 앞에서 살핀 시에서 '소라껍질'처럼 허무와 무상의 구체적 상관물일 것이다. 그리고 '짐'의 욕망과 아집의 상관물인

'나라'는 백성에게 돌려준다. 그 "나라는"에서 '나'는 '짐'으로 대신 나타난 시인 자신으로 읽을 수도 있을 것이다.

전신으로 드러나 숨김없는 바다 같은 시인 속에는 그렇게 짐이며 유사 이래 바람같이 떠도는 뭇 혼들이 들어와 살고 있지 않은가. 하여 그런 역사며 뭇 혼들이 "한 이름의 진실 앞으로/파도는 확고부동한 뜻으로 부서진다"고 하고 있지 않은가.

시 뒷부분의 이 '한 이름의 진실'은 앞부분의 '한 이름의 허망'과 수미상관으로 같다. 파도처럼 부서지는 '허망'이 곧 '진실'의 '확고부동의 뜻'이란 것이다. 그래 시 마지막 행에서 "이제부터 왕이란 허무이노라"라고 감히 선언하고 있는 것이다.

이렇게 제주에서 시인은 몸 바꿔 뭇 혼이 되어 '그 전신으로' 허무를 파고 들었다. 이 시 외에도 『해변의 운문집』에 실린 「어비애御悲哀」 등 몇 편의 시에서 시인은 왕으로 나타나 극적으로 시를 진행시키고 있다.

데뷔작 「폐결핵」에서는 결핵 환자로 나타나다, 「사치」에서는 그 병을 순결한 누님에게 옮겨 죽게까지 한다. 이렇게 시인은 시를 극적劇的으로 전개시키는 등 자신의 전부를 실감으로 드러내기 위해, 그리고 결국 허무로 귀결시키기 위해 시적 방법론을 동원했다.

"김춘수의 시에 '나에게 누님이 있었으면 얼마나 좋을까'라는 어린 시절을 그린 것이 있다. 이런 정서를 나는 바로 조작한 것이다. 즉 나는 누님이, 지극히 아름다운 누님이 있다. 그 누님의 이름은 은희銀姬라고 지었다, 내가 팔자에도 없는 폐병을 사칭하고 내 폐병을 간호하다가 누님에게 옮겨가서 누님은 죽고 나는 소생했다. 그래서 나는 누님을 죽였다는 원죄의식이 있다, 따위의 신화만을 가지고 문단에 나온 것이다"라고 한 글에서 시인은 실토했다.

자신의 내면을 전신으로 여실히 보여주기 위해 그런 자신의 신화도 만들고 정서도 조작한 것이다. 왜냐면 시인은 초기부터 시인보다도 훨씬 더 많은 시인들, 뭇 혼들이 드글드글 살고 있었기에.

자신을 대상화해 극적으로 탐구한 죽음과 허무

아주머님, 이 지난至難의 꽃그늘에 멈춰 주세요
아무도 없습니다
그나마, 단 하나의 아주머님,
저는 곧 죽으렵니다
모조리 버찌꽃은 피어버렸습니다
추운 벌떼 몰려와서
꽃다운 꽃 둘레는 한 덩어리로 잉잉 떠나려 합니다

다 사태沙汰지고 아무도 없습니다
마지막입니다
제 죽음 직전 미망未亡의 가슴을
겨우 몇 굽이만 달래 주세요

아주머님, 아름다운 꽃과 아주머님
아무래도 나는 아름다움 때문에 죽어야겠습니다

세 번째 시집 『제주가집齊州歌集』에 실린 시 「소원」 전문이다. 『해변의 운문집』을 펴낸 1년 뒤인 1967년 시인은 『제주가집』을 펴냈다. 이 시집은 뒤에 『신神, 언어 최후의 마을』로 제목을 바꿔 출간됐다.

이 시 「소원」에서 시인은 죽기를 소원하고 있다. "아름다움 때문에 죽어야겠"다는 것이다. 벚꽃이 만발해 꽃 사태 지는 날 죽음을 바라고 있는 탐미주의의 극치로 치닫고 있는 시다.

이 시에서는 그런 죽음의 소원을 '아주머님'에게 호소하고 있다. 벚꽃 만발한 꽃그늘 아래 아무도 없고 단 하나 있는 아주머님에게. 그렇담, 그런 아주머님은 누구이고 무엇일 것인가.

"아주머님, 아름다운 꽃과 아주머님"이란 대목에서 아주머님은 '아름다운 꽃'과 동격이다. 죽음에 이르게 하는 아름다움이란 구체적이고 에로틱한 실감이 '아주머님'으로 드러난 것으로 볼 수 있다.

시인은 첫 행부터 벚꽃 만발해 화사한 꽃그늘을 "지난의 꽃그늘"이라 하고 있다. '지난至難', 견디기에, 참아내기에 굉장히 어려운 것으로 꽃그늘을 보고 있는 것이다. 그런 지난한 경우에 "아무도 없습니다"를 반복해 강조하고 있다.

다 무너져내리고 아무도, 아무것도 없는 허무의 극한에서 만개한 꽃의 아름다움, 그 절정을 보고 있는 것이다. 그런 아름다움에 마지막 위로를 받으려는 탐미의 절정을 보여주는 시로 「소원」은 읽힐 수 있다.

바다는 한 쌍의 애욕까지도 삭제한다.
용납하라. 모든 범선들은 멀리 나가 버렸다.
저 마을 등불들이 하나씩 꺼지고
내 죽음이 자물쇠처럼 열쇠처럼 잘칵거리며 열리는구나.
밤 주막, 말이 뜻에 미치지 않을 때
모든 말이 다른 것이 되어 버릴 때
일막一寞한 음역音域은 무엇인가?
저 사나이 마을에서 비 맞으며 누가 온다.

나는 바다로 나가야 한다. 밤 바다로

마지막 잔을 들면 죽음이다.
자아 침몰을 위하여 건배!

시집 『신, 언어 최후의 마을』에 실린 시 「건배」 뒷부분이다. 밤 바닷가 술집에서 술을 마시며 죽음을 생각하고 있다. "마지막 잔을 들면 죽음이다"며 먼 바다로 걸어 들어가 빠져 죽는 "침몰을 위하여 건배"하고 있다.

제주해협에서 빠져 죽으려다 제주도에서 머문 삶에서도 시인은 바다를 보며 끊임없이 죽음을 생각했다. 며칠씩 폭음하다 바다 앞까지 홀로 가서 자살 일보 직전까지 마셨다. 해서 거기서 쓴 시편들에는 바다가 많이 펼쳐져 있고 그런 바다는 허무와 죽음에 침윤된 바다였다.

며칠 전에 죽은 사람이 무덤으로부터 왔다.
다 태워버린 평상복을 그 재로부터 살려내어 입고 옛 웃음 그대로
그는 자초지종을 이야기한다. 그 둘레는 물속의 빛이 어린다.
이야기를 실컷 한 뒤 그는 편지처럼 떠난다.
내 곁에서 몸 마음을 깨끗이 닦은 아우가 그를 보낸다.

언제나 오후에는 맞고 보내는 일을 한다.
고조선 때의 죽은 사람도 때때로 맞아들여 이야기를 듣는다.
그들은 으레 몇 가지는 빠뜨렸으리라.
잠깐 부활해서 어찌 모든 것을 다 말할 수 있겠는가.
살아 있던 때의 일 죽은 뒤의 일은 몇 마디 이야기 이상이다.

그들을 보내고 난 다음 아우는 놓은 그릇처럼 정숙하다.

긴 복도에 투명유리의 금기가 깔리고
언제나 그는 한 벌 홑옷만으로 저승 손님을 맞는다.
그의 말은 늘 나지막한 소리의 대꾸일 따름
혼자서 무엇이든지 받는 마음은 넓다.

언제나 오후에는 저승 손님을 맞고 보내는 일을 한다.
창밖의 햇빛은 해시계, 그 시계로 때를 알고
아우는 죽은 사람들이 들려준 이야기들을
한 마디씩 햇빛에 잘 말려서 둔다.
그렇구나 마침내 이 세상이 크나큰
저 세상이며 무덤이구나
내일부터는 온 손님을 돌려보내지 말고 함께 살자.

시집 『신, 언어 최후의 마을』에 실린 시 「수행修行 여백」 전문이다. 오후에는 언제나 죽은 자들을 맞고 보내는 일을 하는 아우를 보며 뭔가를 깨닫고 있는 시다.

4연으로 이뤄진 이 시 첫 연에서는 며칠 전 죽은 자가 살아생전의 옷을 입고 웃음을 띠고 찾아온다. 찾아와 많은 이야기를 실컷 하고 떠나간다. "그 둘레는 물속의 빛이 어린다"는 대목에서 그는 물에 빠져 죽은 자로 보이기도 한다. 그런 그와 그의 이야기를 맞아들이고 듣고 보내는 자는 화자인 시인이 아니라 몸과 마음을 깨끗이 한 '아우'다.

둘째 연에서는 며칠 전 죽은 자뿐 아니라 저 아득한 옛날 고조선 때 죽은 사람도 맞아들여 이야기를 듣는다. 아무리 죽은 자들이 이야기를 실컷 한다 해도 생전과 사후의 일을 다 할 수 없다고 시인은 생각한다.

셋째 연에서는 죽은 자들을 맞는 아우의 태도를 말하고 있다. 한 벌 옷만으로 항상 정숙하게 맞으며 무슨 말이든 넓은 마음으로 다 받아들인다. "투명유리의 금기"처럼, 다 보이고 알지만 묻지는 않는다.

넷째 연에서 "아우는 죽은 사람들이 들려준 이야기들을/ 한 마디씩 햇빛에 잘 말려서 둔다". 그냥 듣고 흘려버리는 것이 아니라 그렇게 햇빛에 말려 잘 보관한다는 것이다. 그렇게 "한 마디씩 햇빛에 잘 말려둔" 말들에서는 죽은 자들이 못다 한 이야기들도 새어 나올 것이다.

그걸 지켜보며 시인은 "그렇구나 마침내 이 세상이 크나큰/ 저 세상이며 무덤이구나"하는 깨달음에 이른다. 그리고 죽어 그렇게 찾아오는 손님, 뭇 혼들과 함께 살자며 시를 끝맺고 있다.

아우를 등장시켜 극적인 효과를 내고 있는 이 시에서 아우는 누구일 것인가. 제주에 머물 때 시인이 생활한 원명사의 젊은 스님일 수 있다. 그렇든 아니든 죽은 자를 정숙하게 맞아들여 그의 이야기를 듣고 그 말을 소중히 여기는 자, 무당, 샤먼이 아닐 것인가. 그리고 우리 현실사회에서 그런 역할을 하는 시인 아닐 것인가.

6.25 동족상잔의 실상을 목격하고 모든 것이 폐허화 된 세상에서 수없이 자살을 시도하다 제주도까지 떠내려 왔다. 그렇게 당도한 제주에서도 해변의 공동묘지와 바다에서 죽은 자와 대화하며 죽음만 바라온 시인의 내면과 전모를 '아우'가 대신해 드러내게 한 것이다. 이렇게 제주에서 쓴 시에서 시인은 자신의 전모를 극적으로 대상화하면서까지 허무와 죽음의 전모를 실감 나게 파고들었다.

"김수영에게는 지켜야 할 이념이 있었고 그것이 그를 풍자로 몰고 간다. 그의 시에 분노와 한탄이 보이는 것은 그것 때문이다. 그러나 고은에겐 일체가 무無이다. 세계와 사회와 가족 그리고 자신까지도 벗어나 버린 자에게는 의미 있는 것이 하나도 없다. 모든 것은 모든 것이며 동시에 아무것도 아니다."

초기 시부터 관심을 가져왔고 제주도까지 찾아갔던 김현은 평론 「고은을 찾아서」에서 위처럼 시인을 '일체가 무'인 허무주의자로 봤다. 세계와 사회와 가족 그리고 자신까지도 벗어나 버렸기 때문에 모든 것이 될 수 있었고 그 모든 것은 또 아무것도 아니었기 때문이다. 그런 시인의 허무를 같은 평론은 아래와 같이 해석하고 있다.

"그의 허무는 구라파식의 허무 nihil, 모든 가치가 파괴되었을 때 생겨나는 심리현상이 아니라, 모든 것은 윤회의 고리라는 인연설을 자각한 연유에 생겨나는 무애無碍에 가깝다. 구라파식 허무는 새로운 가치를 상정할 수 있고, 또 그래야만 한다. 그러나 그의 허무는 새로운 가치를 상정할 수도 없고, 상정해서는 안 된다. 그것을 상정한다는 것 자체가 인연을 새로 맺는 일이기 때문이다. 그래서 그는 자기는 창조보다는 소멸에 기여한다라고 감히 말하는 것이다. 새로 만들고 새 무엇을 주장하는 것은 그에게 연민을 일으킨다. 그는 그가 만들어낸 환영 속에 사람들이 애착을 갖지 않기를 바란다. 그러나 그것은 모순이다. 글을 쓴다는 것 자체가 이미 하나의 창조이기 때문이다. 그는 소멸을 바라지만 소멸을 바라는 그의 시는 창조된 어떤 것이다. 그는 다시 말해서 모순의 소산이다. 선방禪房의 표현을 빌면, 문자로 써서는 안 되는 것을 문자로써 표시하려고 그는 애쓰고 있는 것이다."

김현은 이렇게 시인의 초기 시세계를 관통하는 것을 '허무'로 보고 있으면서 그 허무는 구라파식의 니힐이 아니라 불교식의 모든 구분과 경계를 뛰어넘어 막히거나 거칠 것이 없는 무애로 보고 있다. 모든 것은 무상하므로 실체는 아무것도 없으면서도 그러기에 무엇이든 될 수 있다는 것이다.

그래서 시인은 글로서는 도달할 수 없는 언어도단言語道斷의 지경에 이르기 위해 초기 시부터 자신의 내면의 실상 전모를 여러 시적 방법을 동원해 극적으로 보여주려 애썼는지 모른다. 초기 시부터 시인의 속에는 자아와 시공時空을 뛰어넘은 무애의 세계에 우주 삼라만상은 물론 뭇 혼들이 들어와 살고 있음을 김현은 직감한 것일 게다.

> 지금 나는 드넓은 후면後面을 돌아다본다.
> 삶이란 넓구나 넓구나
> 길들이 재회한다, 하나의 길이 구비친다.
> 누가 저 길을 반짝이며 올 것인가.
> 누가 별인가 그리움인가
> 새가 잘못 나를 때 죽음이 여기저기서 메아리친다.
> 가장 멀리까지 들릴 새소리 밑으로 나는 가야 한다.
> 그리하여 상회上廻하는 하늘에게 편지를 받는다. 종달새의 편지
>
> 받은 편지는 한번 죽는다. 그리고 태어난다
> 어떤 아낙네가 첫인사로 길을 묻고
> 함께 가다가 몇 마디의 어의語意 때문에 헤어진다.
> 새가 나 대신 떨어져 죽는다. 종달새의 삶으로
> 다 마친 일 속에 반드시 남은 일이 있다.
> 마침내 반짝이는 편지 속에 저세상의 새가 운다.
>
> 지금 나는 밭에서 흙 묻은 손과 잔뜩 이야기한다.

편지의 귀절들이 살아서 내 말이 된다.
저만큼 남은 처녀지까지 가기 전에
귀빈인가, 먼 곳에서 지진이 으르르 지나간다.
그러나 내 앞으로 올 날들이 서두르고
하늘은 무엇인가를 자꾸 시키면서 저 혼자 달아나며 높다.

편지는 하늘 너머의 것을 이 땅에 쉽게 가지고 온다.
새가 죽은 뒤 극약의 정적 속으로 보리밭이 자고
언젠가 날고 난 다음 잊어버린 우뢰소리 아래로
곧 허물어질 근조謹弔의 언덕받이에서
편지는 비처럼 바람처럼 나의 허무를 울린다.
여기까지 얼마나 많은 뜻으로 비가 왔는가, 절망인가.

시집 『신, 언어 최후의 마을』에 실린 시 「편지-현에게」 전문이다. 부제가 말해주듯 김현에게 쓰는 편지 형식을 취한 시다. 편지이기에 은밀하면서도 솔직한 고백이 들어 있을 텐데도, 꽤 어렵게 극적으로 나가면서도 김현이 평한 대로 '허무'와 '절망'과 '죽음'으로 맺고 있다.

네 연으로 구성된 이 시 첫 연에서 시인은 자신의 '후면', 배경을 돌아보며 "삶이란 넓구나 넓구나"라고 감탄하고 있다. 인연의 묘오妙悟함을 새삼 깨달은 것일까. 서로 갈라져 가는 길이 재회하고 또 한 길은 굽이치며 또 다른 길들과 만나고 있다.

그런 삶의 길 위에 또 다른 인연을 '별'과 '그리움'처럼 만나길 바라고 있다. 하늘 높이 나는 종달새에게서 편지를 받지만 그 새가 잘못 나를 때는 모든 것이 죽음의 이미지를 띠게 된다.

둘째 연에서 그렇게 받은 편지는 한번 죽고 다시 태어난다 하고 있다. 말의 뜻이 안 통해 한번 죽었다가 언어도단의 지경에서 다시 태어난다는 것일까. 그렇게 다시 태어난 편지 속에서 저세상의 새가 운다. 이 세상, 저세상의 경계가 무너진 언어도단의 무애無碍 지경에서는.

그런 언어도단의 지경에서 살아온 언어들을 셋째 연에서는 실감의 언어로 만들려 애쓰는 듯하다. 먼 곳에서부터 울려와 지나가는 지진의 진동, 혹은 먼 하늘 속에서 내리쳤다 금방 사라지는 우렛소리 같은 그런 언어의 흙 묻은 손으로 처녀지를 일궈가려 애쓰고 있는 것 같다.

그러나 하늘과 나는 너무 멀다. 꿈과 현실이 아득히 어긋나고 있다는 것인가. 하늘은 뭔가를 시키면서 저 혼자 저 멀리 높다랗게 달아나고 있으니. 그래서 마지막 연에서는 바람이 자는 보리밭을 "극약의 정적 속"으로 보며 죽음의 전조로 여기고 있다. 우렛소리도 "곧 허물어질 근조의 언덕받이" 이미지로 보고 있다.

그래서 "편지는 비처럼 벼랑처럼 나의 허무를 울린다"면서 그런 허무, 절망에 이르기까지 얼마나 많은 뜻으로 비가 왔는가 자문自問하고 있다.

그렇다면 이 김현에게 보낸 편지 시에서 시인은 무엇을 말하고 있는 것인가. 김현이 평론에서 말한 "문자로 써서는 안 되는 것을 문자로써 표시하려고 그는 애쓰고 있는" 면면을 보여준 시로 읽어도 좋을 듯싶다.

절구絶句 하나를 위하여 몇 해를 보냈습니다.

저 임종의 바다 수평선
저 근친의 마을
저 비 온 뒤의 밤 별똥이
아 너무나 방대한 영토로부터 이루어집니다.

처음으로 저는 절구의 처소를 정했습니다
저 내려가는 비탈의 안단테
당신의, 욕심 없이 떠돈 자의 비문碑文을 해독합니다.
그렇지만 저는 당신과는 달리
국경 밖으로 떠나 본 적 없습니다.

죽은 숙부여 당신의 일생이야말로 저에게 이념이었고 시였습니다.
어느 쪽에도 지평선 없는 우리나라에서……

시집 『신, 언어 최후의 마을』에 실린 시 「죽은 숙부에게」 전문이다. 제목으로 보아 '죽은 숙부에게' 쓴 시이면서도 제주에서 시인이 무엇을 위해 살았는지 들여다볼 수 있게 하는 시다.

첫 행 "절구 하나를 위하여 몇 해를 보냈습니다"에서 시인의 제주의 삶은 빼어난 시를 얻기 위함임을 알 수 있다. "임종의 바다 수평선"을 바라보며, 그와 반대로 삶의 욕망이 들끓는 "근친의 마을"에 살며, 그리고 "비 온 뒤의 밤 별똥"들의 우주에서 지상으로의 찬란한 추락의 세계 등 "방대한 영토"에 살며 시를 썼다.

그렇게 첫 연에서는 이승과 저승, 차안과 피안에 걸친 방대한 삶과 시세계를 들여다볼 수 있게 한다. 그러면서도 그 각각의 영역은 '저'라는 지시대명사로 시인에게서 멀리 떨어져 있다. "방대한 영토"임에도 이곳에도 저곳에도 속하지 못하고 별똥별처럼 스쳐지나가는 무상한 것들, 허무한 영토다.

둘째 연에서 시인은 "처음으로 저는 절구의 처소를 정했습니다"며 '절구의 처소'를 정하고 있다. "욕심 없이 떠돈 자의 비문"의 절구, 시가 되기를 바라고 있다. 그런 절구의 처소는 "저 내려가는 비탈의 안단테"에 위치한다. 천천히 내려가는 비탈에 서 있는 당신, 숙부 비석의 비문은 그러나 또 저 먼 데 있다.

마지막 연에서 숙부는 생전에 국경 밖 대륙과 대양을 떠돌았다. 그런 숙부의 삶이야말로 시인에겐 반드시 따르고픈 이념이었고 시였다. 그러나 시인은 국경 밖으로는 떠나본 적이 없고 지평선을 그 어느 쪽에서도 찾아볼 수 없는 좁은 땅덩이에 갇혀 있다는 고백으로 읽을 수 있다.

시인의 글이나 회고에 따르면, 시인과 같이 한 방에서 시를 읽고 공부하던 천석꾼 집안 출신 9촌 숙부도 있고, 시인에게 많은 영향을 끼쳤고 나라 밖 대륙을 떠돌던 이념주의자 외가 숙부도 있다.

이 시에서 '숙부'는 그런 좋은 영향을 끼쳤던 아저씨들의 총회總和로 '절구의 처소'를 알리기 위한 극적 장치로 볼 수 있다. 그런 '숙부'를 등장시켜 제주에서 시 쓰기의 삶을 둘러보면서 새로운 길을 모색하고 있는 시로 읽을 수 있는 시가 「죽은 숙부에게」다.

1967년 시인은 4년여의 제주 생활을 마치고 서울로 올라왔다. 제주를 떠나기 못내 아쉬워 15일 동안 송별회 술을 마시고 서울로 왔다.

초기 시부터 깊이 뿌리 내리고 있는 현실주의 시

여울에 빠져 죽지도 않고
그냥 이런 대로
밋밋한 물에 떠내려가는 삶으로
살아온 바를
연보라 등꽃 드리워진 꽃그늘에서 살펴보시나요
아니시면, 초파일 날 낮달 자국 심심한
해설피 석양머리로 굽어보시나요
부처님
초파일 밤 요내가삼 잉잉거리는 수박등 한 덩어리로
세세상상 중생살이 역사의 어느 길목
어둠을 밝혀
겨우 겨우 제 걸음 발등이나마 잘못 디디지 않도록
아흐 등불 하나도 대자대비 아니시나요

첫 시집 『피안감성』에 실린 시 「초파일 날」 전문이다. 연꽃등 등 각종 형상의 등불을 밝혀놓고 부처님오신날을 기리는 초파일 날에 부처님께 대자대비에 대해 감히 묻고 있는 시다.

물 흐르는 대로 세상 흐르는 대로 그냥 그렇게 살아온 중생들의 밋밋한 삶을 살피시느냐고. 아니면 석양에 풀어지는 낮달 자국을 해설피 심심하게 굽어보시느냐고.

"겨우 겨우 제 걸음 발등이나마 잘못 디디지 않도록" 등불을 밝히는 것이 대자대비 인가하고 묻고 있다. 중생들이 헛발 디디지 않도록 보살피는 것도 대자대비이지만 "역사의 어느 길목/ 어둠을 밝"히고 역사의 격랑 같은 "여울에 빠져 죽"은 자들도 보살피는 게 대자대비 아니겠느냐고 묻고 있는 시다.

부텨님이 되랴거든
중생을 여의지 마라
극락을 가랴거든
지옥을 피치마라
성불과 왕생의 길은
중생과 지옥

만해 한용운 시인이 1928년에 발표한 시 「성불成佛과 왕생往生」 전문이다. 우리 민족 핏줄에 흘러든 시조의 혼과 운율로 대승적, 실천적 불교정신에 입각해 일제 치하 민족운동과 문학정신을 일깨운 시다. 부처님 되려면 중생과 지옥을 멀리하지 말라며 현실과 역사의식을 심어준 시다.

승려로 있으면서 고 시인은 소승적, 선적 수행도 많이 했다. 그러면서 대승적 차원의 대자대비에 대해서도 많은 활동과 생각도 했다. 불교 종단의 현실에 낙담한 시인은 강화도 전등사 주지로 머물며 승려로서의 삶을 계속해야 할 것인가를 생각하다 마니산 꼭대기 참성단에 올라 오랜 생각 끝에 승복을 벗고 중생 속으로 내려왔다.

1

이다지 땀이 흐르는가
땀의 노동 오 두려워라
비로소 나는 본다
신성한
구름 뒤에
끝없이 일하는 하늘의 고행苦行

2

얼마나 가을 내내 그대 기다렸나
하늘을 받아들이는 땅만은 못할지라도
내 허리에는 노동이 그칠 사이 없이
빈 들판의 이삭을 가을 어둠까지 말리네
누구이랴 모든 것을 거두게 함은
우리 식구 늙은 말은 알지만 말하는 일 없지
내 기쁨은 참으로 일 속에서 잠들고
저물게 돌아오는 길의 말은 말하네
아무래도 제가 내후년쯤 죽으리라고
그대여 얼마나 그대 기다렸나
우리가 사는 마을
저 샛별 하늘에도 있어야 하고
그대여 어서 와야지
오늘밤 나는 말구유에서 말과 함께 자야겠네

두 번째 시집 『해변의 운문집』에 실린 시 「신성노동절神聖勞動節」

전문이다. 우리나라에서는 1963년부터 '근로자의 날'로 바뀐 '노동절'을 소재로 삼아 노동의 신성함을 말하고 있는 시다.

두 장으로 구성된 이 시에서 앞 장에서는 직접 노동을 하는 체험으로 노동의 신성함을 말하고 있다. 시인만 땀 흘리며 노동하는 게 아니라 구름 뒤의 하늘도 그렇게 끝없이 고행의 노동을 하고 있다고. 해서 노동은 두려울 정도로 신성한 것이라고.

뒷장에서는 '그대'를 연호하며 어서 오기를 기다리고 있다. 그대는 저 높은 하늘의 신성한 무엇이면서 또 신성한 노동 등도 포괄해 지칭하고 있다. 그대가 있기에 하늘과 땅과 그 사이에 있는 시인과 말 등 만물이 차등 없고 구분 없이 한 가족이 될 수 있다.

"우리가 사는 마을/ 저 샛별의 하늘에도 있어야 하고"에 드러나듯 '그대'는 땅의 이 마을과 하늘의 저 마을을 하나로 있게 하는 존재다. 그런 온 세상을 화엄으로 장식한 '그대'를 간절하게 기다리면서도 노동을 그런 신성스러움으로 끌어올리고 있는 시다. 위에서 본 「초파일날」과 함께 불교적 세계관에 기초하면서도 현실 의식이 묻어나고 있는 시가 「신성노동절」이다.

지금 새벽 세 시쯤이겠다.
내가 2인칭으로 잠이 깨일 때
도막 잘린 기적汽笛들이 여기저기서 알려주었다.
어둠은 헐떡거리며 숨 쉬고 있다.
어디선가 혁명이 일어나고 있다.
이웃집 강아지가
우연히 낑낑대고 있다.
새벽이다. 그리운 사람의 앞보다 뒤가 그립다.

지금 새벽 세 시쯤이겠다
기적이여 너는 베트남으로 실려 가는 병사들의 잠을 막겠구나
나는 기적소리 도막도막에게
내 미국제 고독을 보낸다.
초토焦土 난호아의 쌍방 병사들의 시체에는 구더기 잔치이리라.

세 번째 시집 『신, 언어 최후의 마을』에 실린 시 「기적汽笛」 전문이다. 이른 새벽에 일어나 뱃고동 소릴 들으며 잠 못 드는 착잡하고도 예민한 심사를 그대로 보여주고 있는 시다.

두 연으로 나눈 이 시에서 시인은 새벽 세 시쯤 잠을 깬다. 앞 연에서 꿈속인 듯 현실인 듯 비몽사몽의 상태를 "2인칭으로 잠이 깨일 때"라고 시인 특유의 표현으로 잡아내고 있다. 여기저기서 간헐적으로 들려오는 기적소리가 비몽사몽의 상태를 더 강화시켜 주고 있다. "어둠은 헐떡거리며 숨 쉬고 있나"녀 칠흑 같은 어둠에도 생명력을 주어 깨어나게 하고 있다.

그렇게 캄캄한 어둠도, 자신도 비몽사몽 속에 깨우는 기적소리를 '혁명'에 비유하고 있다. 그런 혁명에 강아지도 "우연히 낑낑대고 있다"며 혁명이 우주적 기운임을 암시하고 있다. 그러면서 새벽을 맞으며 "그리운 사람의 앞보다 뒤가 그립다"고 인지상정의 그리움과 정을 부르고 있다.

뒤 연에서는 1964년부터 시작된 베트남 파병 문제를 떠올리고 있다. 새벽 세 시의 기적소리는 베트남으로 파병되는 병사들의 잠을 깨우겠다며. 그러면서 초토화된 베트콩 지역의 참상과 함께 반미, 반제국주의도 환기시키고 있다.

노래하라
어제의 노래는 오늘의 죽음이다
노래하라
오늘의 노래는 내일이다
노래에는 어떤 노래에도
혁명이 들어 있다 노래하라

첫 시집 『피안감성』에 실린 시 「노래」 전문이다. 이 시에서 반복되고 있는 '노래'는 그대로 '시'로 읽어도 좋을 것이다. 어제의 시가 아니라 오늘의 시를 쓰라는 것이다. 어제의 시는 오늘이면 죽은 시가 되니 내일을 노래하는, 매양 새로운 시를 쓰라는 것이다.

실제로 시인은 자신이 이전에 쓴 시를 잘 기억 못 한다. 첫 시집을 내려고 조판까지 끝냈다 인쇄소에 불이 나는 바람에 다 타버린 시집 원고에도 무슨 시가 있었는지 잘 기억 못 한다.

그렇게 시인은 매번 시를 쓸 때마다 매양 새롭게 시작한다. 과거의 찌꺼기가 남아 있지 않고 항상 원점, 영점에서 새로 시작한다. 그러니 자신의 과거 시에 대해 매양 혁명적인 시를 쓴다. 자신의 시는 물론 선배들의 시, 고래로 이어온 시의 전통을 아예 무시해버린다.

그러니 "어떤 노래에도/ 혁명이 들어 있다"고 첫 시집에서부터 감히 말할 수 있었던 것이다. 여기서 '혁명'이란 시를 넘어서서 당연히 현실과 사회, 그리고 역사에 대한 혁명도 포함된다. 이렇게 시인의 초기 시세계부터 혁명과 현실 의식은 알게 모르게 뿌리내리고 있었다.

서사적 욕구가 분출하는 장시와 서정과 선禪이 응결된 단시

비 개인 몬순지대 자밤나무 숲이
그들의 등 뒤에서 일어선다.
그들은 집 없이 더 커다란 집이 있다.
18승단의 비구
세계를 떠도는 사이의 휴식으로
가장 멀리서 보일 때
지환指環과 같은 그들은 깨어 있다.
때때로 잠들었다가
잠 속에서도 깨어 있다.
그러나 그들의 길은
이미 완료되었고
길이 그들에게 오고 있다.
"아아난다여 이제 피로하도다
그러나 길은 더 남아 있지 않느냐."
많은 것을 없앤 가난으로
어느 때보다도 적막한 붓다가
오는 길을 바라보면서
길을 재촉한다.
더 남아 있지 않느냐, 더 남아 있지 않느냐,
얼마나 많은 말을 들려주었고

이제 그 말들이
한 마디 밖에서 외로움으로 돌아온다.
지나온 것과
다가올 것 사이의
솟아오르는 슬픔의 수직이여
붓다는 마지막이 없지만
붓다가 없는 것을 보이는 마지막이
길과 함께 길로서 가까이 온다.
별빛에 뚫린 4체諦의 붓다가야로부터
얼마나 주저하다가
그는 모든 길들을 걸어왔는가.
붓다가야로부터
너와 나의 44년간의 발등
(중략)
"아아 나는 아무런 말도 하지 않았노라."
이 말이 소리 없는 울음 속에서 들린다.
불설佛說 40년의 말은 떠난다.
그러나 영원히 남겨진 채 떠난다.
밤이 깊다. 자정이 가까워진다.
달과 숨죽인 별들이
세계를 밝힐 때
쿠시나가라 숲은 교교하다.
어디선가 사나운 벌레 소리가
침묵을 가르고 일어난다.
강물은 소리를 죽이고 흐를 뿐
"고요히 하라

그러면
이제 헤어지노라
모든 것은 흐르노라
……머물지 말라."
그의 선정禪定은 그대로 죽음이 된다.
마침내 가아추티카 달의 만월이 솟고
온갖 마을과 성과 나루를 지나서
이제 변방의 한촌에서 하나의 죽음이 된다.
한 여자의 간호도 받지 않고
그의 마지막까지
가르침으로 다하고
드디어 그는 죽음으로 큰 것을 가르친다.
"붓다께서 니르바나에 들어갔다!"
누군가가 외치고 둘레는 침묵으로부터 깨었다.
"붓다시여" "붓다시여" "붓다시여" "붓다시여……"

1963년에 「최후송가最後頌歌」로 발표했다 제목을 바꾼 장시長詩 「니르바나」의 시작과 끝부분이다. 제목 '니르바나', 즉 '열반'처럼 부처님이 최후의 여행길에 나서서 열반 때까지를 다루며 8백 행 가까이에 이르는 장시다.

인도 카필라국 태자로 태어나 부귀영화를 누리다 지위와 가족도 버리고 출가해 보리수 아래에서 크게 깨달은 후 40여 년간 인도 대륙을 떠돌며 설법하다 80세에 위처럼 "머물지 말라"는 마지막 말로 열반에 든 부처. 그러면서도 "아아 나는 아무런 말도 하지 않았노라"는 부처의 말에 따라 '말'과 '죽음'의 참된 의미를 찾고 있는 시가 「니르바나」다.

"끝처럼 위대하고/ 끝이 이루는 처음의 마음들이/ 모든 귀를 마음이 되게 하여/ 세계는 바다로밖에 나타나지 않고/ 그 바다에 물결이 이는 말이여/ 언제나 장엄한 것은/ 삶보다도 삶과 죽음/ 끝없는 것이 끝이 되는 말이/ 세계의 무우수 꽃을 지게 한다." (「니르바나」 부분)

위 대목에도 드러나듯 제주에서 바다를 바라다보며 부처의 말 같은 말, 말로써 모든 것을 그대로 드러내고 꽃도 피우고 지게 하는 말을 찾고 있다. 맨발 탁발로 대륙을 누비며 평생 설법했던 부처도 마지막엔 "나는 아무런 말도 하지 않았노라"고 했다. 말과 글에 갇혀 처음의 뜻을 잃는 게 아니라 첫 마음을 첫 마음으로 돌려주는 이심전심以心傳心의 언어.

그런 언어에 귀 기울이며 부처의 최후를 그린 시가 「니르바나」다. 그와 함께 바다와 같이 밀려왔다 밀려가는 죽음의 충동 속에서 부처의 최후를 통해 죽음, 열반의 의미를 찾고 되새기고도 있다. 특히 "모든 것은 흐르노라 ……머물지 말라"는 부처의 말은 시인 필생의 좌우명이 돼 그런 삶을 살며 그런 시를 쓰게 하고 있다.

고향이 그를 버렸을 때 그에게 고향이 사라졌다.
나자렛 마을을 몇 번이나 돌아섰던가.
베들레헴과 이집트 쪽과
끝없는 갈릴레아 지방과
40일의 광야와 영원한 광야를,
추운 팔레스티나와
제네사렛 호숫가의 험악한 길로 다닌 시간들이
저 골짜기로부터 음향이 될 때

이제 예수는 어떤 예수가 될 것인가.

온 백성은 내세來世로 모여 온다.
그리하여 내세와
뜨거운 메시아를
단 한 번에 증거하려고 모여 온다.
그러나 헤로데가 피의 메시아로 왔을 뿐,
헤로데가 죽은 뒤
핏빛 황혼이 죽고
그의 아들들이 서로 싸워서 피를 다스린다.
오만한 로마인들이
높은 계단 위에서 다스린다.
모든 땅에서 제국주의 로마인의 냄새가 타오른다.

이제 물로 세례를 주던 노인은 목을 잘리고
미친 잔치의 쟁반에
한 여자 앞에서 담겼다.
그리고 뜻으로 세례를 주는 길손이 문을 지나서 들어온다.
(중략)
예수는 단말마斷末魔를 헤맨다.
그의 매달린 몸이 떤다.
"주여! 주여! 어찌하여 나를 버리시나이까!"
그는 견딜 수 없이,
제 고향 갈리레아 사투리로 부르짖었다.

그리고 "목 마르다!"고 나직하게 말했다.
군인들이 흙탕물을 적셔 입에 댄다.

그는 고개를 저었다.
일식日蝕에 겁난 군인들이
함부로 투덜거리지도 못하며
포도산 적신 해면海綿을
장대에 매어 예수의 입에 대었다.
머언 동부 지중해는 태풍이 휘몰아친다.
캄캄했던 일식이 깨어나서
바다로 사라진다.
세계는 다시 뜻밖의 새벽이다.
한 방울의 물기를 입에 담고
예수는 "이제 마쳤도다!"고 말한 뒤
고개가 쏟아졌다.

장시 「사형死刑」의 앞부분과 마지막 대목이다. 1969년 「대일식大日蝕」이란 제목으로 발표했다 제목을 바꾼 「사형」은 총 16장 1천1백여 행에 이르는 긴 시로 예루살렘에 입성해 골고다 언덕에서 십자가에 못 박혀 최후를 맞는 예수를 그리고 있다.

구세주나 신으로서의 예수가 아니라 인간으로서 자발적으로 그런 죽음을 맞는 예수의 인간적 면모를 돋보이게 그리고 있다. "고향이 그를 버렸을 때 그에게 고향이 사라졌다"는 대목에 드러나듯 6.25 동족상쟁으로 고향을 잃은 시인의 심사와 스스로의 죽음, 자살을 수없이 시도했던 삶도 투사된 장시로 읽힐 수 있다.

이렇게 시인은 시인이 된 후 초기부터 장시를 발표하기 시작했다. 부처와 예수라는 동서양 양안을 지배하는 성인의 최후를 둘러봄으로써 자신에게 항상 직면해 있는 죽음과 구원의 의미를 깊이 있게 탐구하기 위해서일 것이다. 그와 함께 영원히 살아남아 만인의 심금을 울리는 말, 언어를 탐구하고 찾기 위해서일 것이다.

무엇보다 시인의 말대로 솟구치는 서사, 이야기의 욕구를 풀기 위해 이런 장시와 시를 넘어 소설도 수십 권 쓰게 했을 것이다. 그런 서사 욕구와 정반대로 단 몇 줄로 된 짧은 단시들도 처음부터 많이 썼다.

13

내 서러운 십 년 헤맨 뒤
이곳은 기울어서
살구꽃 바람 맞는다

눈 감고
저만치서 누가 내가 되고 있다

23

아아 이 세상 같아라
우는 여자 떠나는 서울역

33

돌아다니면
여기도
여기도
발가벗은 산등성이

그러나 우리나라가 좋아 나도 벗는다

48

저 산 아래서 들리는 새 새끼울음
한 송이 따서
눈머는 전등사 산머루 맛

56

가을 잎새 뒹굴며 말하기를
“석가나 예수 뭣하러 왔을까”

73

노래하지 않아도 스스로 노래이리라
화북마을 보리밭과 바다여
내가 바라보지 않아도
나를 늘 바라보는 바다여

91

오늘 죽어서 벗들을 모아 술 마시게 할까
한 잔 하자구하고 스친 벗들이여

125

백두산 하나 못 가보고 죽은 것들
분단 망우리 묘지 허전하다
서울이 제아무리 마천루일지라도
분단 망우리 묘지 허전하다

초기의 짧은 시 159편을 제목 없이 순차적으로 번호만 붙여 단시집 「여수旅愁」라는 제목으로 엮은 시편 들이다. 여행을 하거나 길을 걷거나 하다 문득문득 스치는 생각들을 스케치한 시편들이다.

소재도 다양하고 주제도 다양하지만 시인의 본마음이나 세계의 실상 편편이 솔직하고도 단순하게 드러나며 독자들의 가슴속에 느낌으로 직격해 들어가고 있다. 그러면서 선禪의 화두 같은 본질을 붙들게 하거나, 분단 같은 현실과 역사를 환기시키기도 하며, 시인이 쓸 다른 시들의 모티프로 되살아나고 있는 경우도 많이 볼 수 있다.

이런 짧은 시편들은 뒤에 『뭐냐 : 고은 선시』, 『순간의 꽃』 등의 시집으로 발전돼 세계 수많은 독자들을 언어를 뛰어넘어 느낌과 감동으로 만나게 하고 있다.

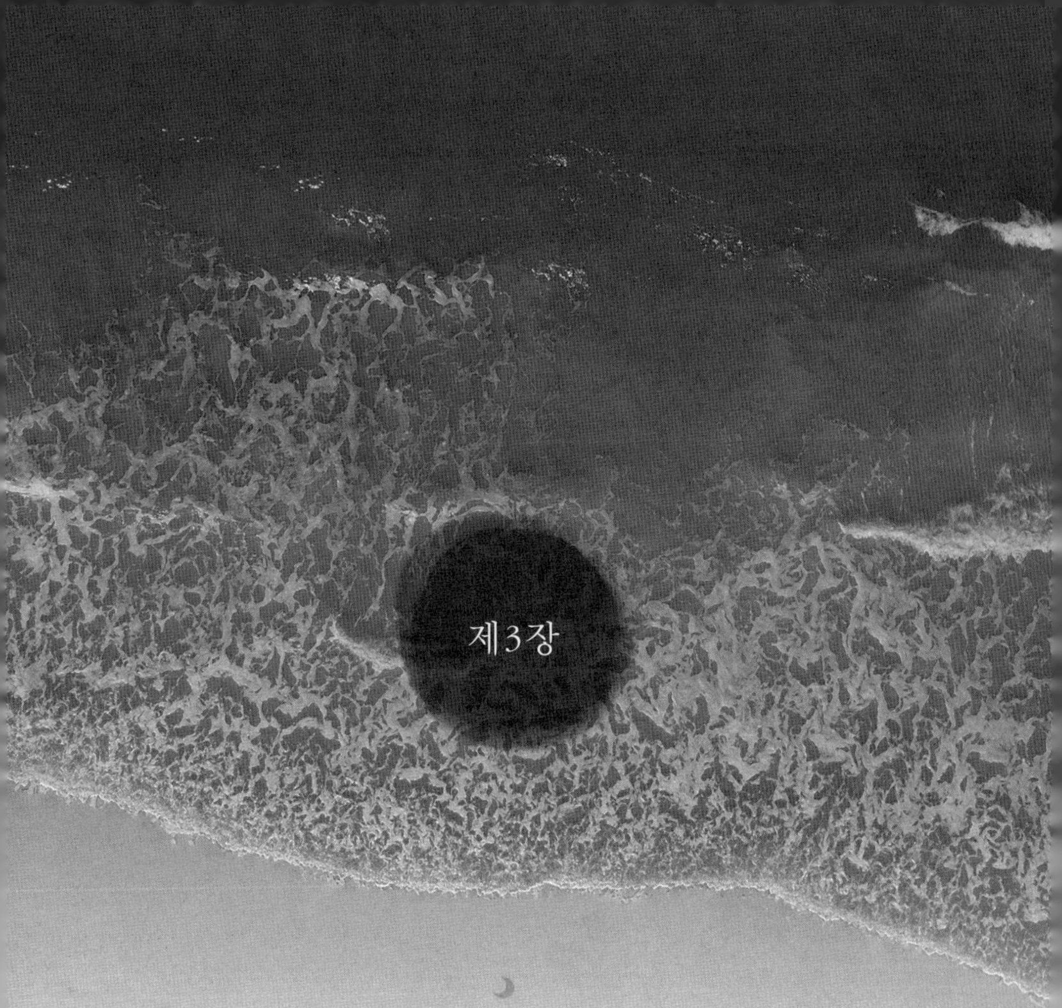

제3장

마침표 없이 내달리는 낭만적 혁명의 활력과 순정

우리 모두 화살이 되어
온몸으로 가자
허공 뚫고
온몸으로 가자
가서는 돌아오지 말자
박혀서
박힌 아픔과 함께 썩어서 돌아오지 말자

우리 모두 숨 끊고 활시위를 떠나자
몇십 년 동안 가진 것
몇십 년 동안 누린 것
몇십 년 동안 쌓은 것
행복이라든가
뭐이라든가
그런 것 다 넝마로 버리고
화살이 되어 온몸으로 가자

허공이 소리친다
허공 뚫고
온몸으로 가자
저 캄캄한 대낮 과녁이 달려온다
이윽고 과녁이 피 뿜으며 쓰러질 때
단 한 번
우리 모두 화살로 피를 흘리자

돌아오지 말자
돌아오지 말자

오 화살 조국의 화살이여 전사의 영령이여

—「화살」 전문

서울로 와서 심화, 정리돼가는 허무와 죽음의 의미

바다에 가서 보라, 커다란 무덤을
나의 시대는 아무도 보는 자 없다.
바다는 또 하나의 바다로서
아무에게도 보여준 일 없이
그러나 바다는 작은 농게 썰물에 헤매게 한다.
보라 헤매는 게의 눈으로
작은 눈으로 가장 커다란 무덤을
눈 떠서 다시 보면
무덤은 마음속에서 캄캄하고
모든 것은 대낮처럼 침몰하여
이미 바다는 떠오르는 파도로서 춤춘다.
바다에 가서 보라, 춤추는 무덤을
갈매기는 하늘 속에서 깊이 파묻히고
여기저기서 파도는 온몸으로 부서져
새로운 파도를 이루고 죽어버린다.

(중략)

오오 아무것도 묻지 않은 무덤이여 바다여
언제 다시 바다에 가겠는가, 돌아다 보지 말아라.
만약 사랑하고 싶거든 죽고
죽음보다도 더 아름답게 사랑하라.

모든 땅은 바다에 떠 있다.
모든 바다는 땅에 고여 있다.
마지막으로 바다와 땅은 하나인 사랑이여
바다는 돌팔매의 어린 아이의 뜻에도
늙은 뱃사람의 슬픔에도 항상 넓다.
오오 바다는 새롭다, 한 번도 낡은 적 없다.
오오 바다의 무덤이여 삶이여.

1974년 펴낸 네 번째 신작 시집 『문의文義 마을에 가서』에 실린 시 「바다의 무덤」 처음과 마지막 부분이다. 총 7장에 걸쳐 길게 펼쳐지는 이 장시는 1969년 『현대시학』 10월호에 발표됐다. 1967년 서울로 올라와서 제주도에서 신물 나게 바라보고 또 고향 군산 앞 바다 등 바다에서 길어 올린 시상을 종합해 보기 위해 장시로 갈 수밖에 없었을 것이다.

「바다의 무덤」은 제목에서부터 프랑스 상징주의 시의 최고봉으로 치는 폴 발레리의 장시 「해변의 묘지」를 떠오르게 한다. 제목에 드러나듯 바다를 바라보며 죽음과 삶을 함께 펼쳐놓은 데서 비슷하다. 명령이나 감탄조에 이은 단정으로 시를 힘 있게 끌고 가는 어조도 비슷하다.

그러나 「해변의 묘지」에서는 "가려무나! 일체는 사라진다! 내 존재는 구멍 나고,/ 성스러운 초조도 역시 사라진다!"며 삶과 죽음을 이분법적으로 명백히 갈라놓는다. 해서 마지막에서 '일체는 사라진다'는 니힐, 전무全無의 바다에서 "바람이 분다, 살아야겠다"며 다시금 삶의 욕구를 솟구치게 한다.

그에 반해 「바다의 무덤」에는 삶과 죽음 등 이분법적 구분이 없다. 바다는 커다란 무덤이면서 파도가 춤추는 무덤이다. 마지막에서 "오오 바다의 무덤이여 삶이여"라며 무덤과 삶을 하나로 보고 있다. '어린 아이'와 '늙은 뱃사람', '땅'과 '바다'의 구분 없는 가없이 넓은 시공時空의 무애無碍한 현재 삶의 현장을 「바다의 무덤」은 그리고 있다.

보라, 저 수평선에서 누가 지옥처럼 살고 있는가,
저 수평선에서 누가 소나기처럼 울고 있는가,
바다 위의 일망무제여 바다여 바다 실존이여
바라볼수록 떠오르는 위경련의 고독
모든 곳에서 모인 고독이 비로소 아픔 너머 쉬고 있다.

위 대목처럼 죽음과 함께 제주 바다에서 소나기처럼 울고 지옥처럼 살며 얻어낸 '일망무제一望無際의 실존'의 현장이 「바다의 무덤」이다. 우주 삼라만상 뭇 혼의 아픔과 고독의 위경련을 일으키며 체득한 이 일망무제의 무애가 시인의 삶과 시를 관통하고 있다.

해일아 쓰나미야 나를 온통 휩쓸어라
내 몇천만의 시체를
바짝 마른 바닷가
네가 할퀴고 남은 바닷가에 남겨달라
오 바다 폐허!
나를 내 결단처럼 악惡처럼 휩쓸어라
내 도둑 내 거지 내 술 취한 밤거리를 휩쓸어라
해일아

내 갈보들의 살의 심야를 사그리사그리 휩쓸어라
그리하여 바다 폐허에
바야흐로 칵! 뒈져라고 박힌 물새소리 몇 개 남아 있게 하라
아무것도 없이
일망무제一望無際 수평선 물새소리야말로 새로움이다
해일아 쓰나미야 쓰나미야 나를 휩쓸어라
내 몇천만의 시체로도 세계는 종말이 아니니라 나를 휩쓸어라

시집 『문의 마을에 가서』에 실린 시 「겨울 해일」 전문이다. 서울에 올라와 쓴 시이면서도 제주의 삶에서 나온 시집 『신, 언어 최후의 마을』의 연장선 위에 있는 시로 볼 수 있다. 바다와 폐허와 죽음 등이 지배하고 있으니.

그러면서도 수없이 자살을 시도한 실존적인 존재의 죽음은 아니다. 술 취한 서울의 밤거리에서 시인 속에 수없이 들어와 살고 있는 도둑이며 거지, 갈보들의 살의 욕구 등 몇천만의 혼들의 '악'을 해일처럼 휩쓸어버려 죽이고픈 '내 결단', 시인의 결단이다.

그런 결단으로 "바야흐로 칵! 뒈져라고 박힌 물새소리"같은, 절체절명의 소리, 태초 같은 폐허에서 전혀 새롭게 나오는 소리, 순정한 언어, 시를 얻겠다는 것으로 읽힐 수 있는 시다.

오늘 아침 소인小人 동해 황해 및 동지나해의 해일을 불러들였다.
그리하여 이 나라에 뻗은 길이란 길을 다 휩쓸었다.
길 없어라!

청년들아 다시는 길 만들지 말라, 길이야말로 타락이다.

시집 『문의 마을에 가서』에 실린 시 「도단道斷」 전문이다. 제주 바다에서는 왕을 자처하며 극적인 시를 썼듯 이 시에서는 '소인'을 내세우고 있다. '짐朕'이든, '소인'이 됐든 시인은 한반도 주위 모든 바다의 해일을 불러들여 이 나라 길을 모든 휩쓸어버리고 있다.

그리고 청년들에게 길을 만들지 말라 하고 있다. "길이야말로 타락이다"라며, 폐허·원점에서 기성의 모든 전통과는 차단돼 새롭게 시작하고픈, 시인의 소망을 극적으로 드러내고 있는 것이다.

어버이도 자식도 베어라
이것도 저것도 저것 아닌 것도
또 어떤 것도
어둠 속의 칼날로 베어 버려라
다음 날 아침
천지는 죽은 것으로 쌓여서
우리 할 일은 그것들을 하루 내내 묻는 일

거기서 새 세상 세우는 일

시집 『문의 마을에 가서』에 실린 시 「살생殺生」 전문이다. 기존의 세상을 다 파괴해버리란 시다. "어둠 속의 칼날"로 가족이며 모든 것을 베어버리란 것이다. 그러고 나서 새 세상을 세우자는 시다.

'살불살조殺佛殺祖', 선가禪家에서 금과옥조처럼 여기는 '부처를 죽이고 큰 스승을 죽이라'는 말이다. 기성旣成의 책과 가르침으로서가 아니라, 아무것도 모르는 본디의 마음으로 스스로 깨치라는 것이다. 그래야만 위없는 깨달음으로 언어도단言語道斷의 지경에 이를 수 있다고.

"어둠 속의 칼날", 즉 아무것에도 물들지 않는 본디의 마음으로 그 어떤 것도 베어버리라는 불교의 가르침도 이 시에 내장돼 있다. 시인은 제주에서 서울로 와, 이렇게 언어도단의 지경에서 시의 새 경지를 열려고 애를 쓰는 모습을, 시집 『문의 마을에 와서』에서 보여주고 있다.

정릉 계곡에서의 자살미수와 허무의 극복

내가 더 무엇이 되어 여기에 남았는가
청수장淸水莊 수년을 보낸 빈 마음
때로는 모르는 것을 너라고 불러
물소리 이루어 앉아 있어도
살아온 것만큼 헛되고 오래인 것이
다만 물소리로 물을 흐르게 한다
네 앞에서 낯익으면 익을수록 슬프구나
어둑어둑한 나뭇잎새 저마다 잠들어서
네 몸 안에 둔 느티나무도 잠이 든다
이제 내가 더 무엇이 되어 남았는가
아무리 찾아보아도 여기저기 살아온 것은 없고
남은 것은 여기서 몸 하나로 남았는가
깊은 밤 돌아다보면 더욱 깊어서
물소리는 저 혼자 흐르는 물을 제법 따라가는가

시집 『문의 마을에 가서』에 실린 시 「청수장淸水莊에서」 전문이다. 깊은 밤, 북한산 자락 정릉 계곡 청수장에 흐르는 물소리를 들으며, 덧없고 헛된 삶을 되뇌고 있는 시다.

1967년 제주도에서 서울로 온 시인은 홍릉에 거처를 마련하고 청진동 민음사나 신구문화사 편집실에서 주로 지냈다. 민음사 박맹호 사장과 동갑내기로 친구가 되어 지내고, 신구문화사 주간 신동문 시인을 선배로 모시며 거기서 문인과 화가 등 많은 문화예술인들을 만나, 청진동이나 무교동 뒷골목 주점에서 밤늦도록 마시다 쓰러져 자기 일쑤였다.

그러다 1969년 정릉 청수장 계곡으로 이사했다. 그 우거에서 밤새 물소리를 들으며 쓴 시가 「청수장에서」다. 물소리를 들으며 밤이 깊어가듯 허무도 더 깊어가고 있음을 보여주고 있는 시다.

정릉 처소 돌배나무 그림자는 살아 있다.
펄펄 살아 있다.
책을 읽을수록 펄펄 솟아오르는 산과 애욕이여
지금 나는 어떤 내부 어떤 외부보다도 위태롭다.
한 페이지를 넘길 때마다
다음 페이지에서 번식하는 허무와 애욕이여
나무 그림자는 살아 있다.
할복하자
할복하자
돌배나무 그림자는 살아 있다.
할복하자.

시집 『문의 마을에 가서』에 실린 시 「돌배나무 밑에서」 전문이다. 정릉에 살며 당시의 심사를 과격할 정도로 솔직하게 털어놓고 있는 시다. "할복하자"고. 날이 가고 시간이 갈수록 "번식하는 허무와 애욕" 때문에 죽어버리자는 것이다.

그렇게 "할복하자"를 반복하면서도 시인은 왜 "돌배나무 그림자는 살아 있다"라고 반복하고 있는 것인가. 나무의 헛것인 그림자가 "펄펄 살아 있다"고 하는 것일까? 삶과 죽음 분간 없이 초월했기 때문일 것이다.

그런 허무주의의 극단에서든, 삶과 죽음이 여일하다는 불교적 세계관에서든, 시인은 정릉에서 자살을 주도면밀하게 시도했다. 1970년 늦가을 몇 알씩 사 모은 수면제 백 알을 갖고 청수장 계곡 북한산 자락을 넘고 넘어 아무도 못 찾을 으슥한 곳으로 들어가 소주와 함께 입에 털어 넣었다. 축복인 양 첫 눈발이 날렸다.

그렇게 아무도 모르는 계곡에서 영원히 잠들려 했으나 마침 훈련 중인 예비군에 의식불명 상태로 발견돼 이틀 만에 병원에서 깨어났다. 의식은 회복됐어도 장기간 치료를 받아야 할 정도로 치명적인 양을 먹은 것이다.

> 겨울 문의文義에 가서 보았다.
> 거기까지 다다른 길이
> 몇 갈래의 길과 가까스로 만나는 것을
> 죽음은 죽음만큼
> 이 세상의 길이 신성하기를 바란다.
> 마른 소리로 한 번씩 귀를 닫고
> 길들은 저마다 추운 소백산맥 쪽으로 뻗는구나.
> 그러나 빈부에 젖은 삶은 길에서 돌아가
> 잠든 마을에 재를 날리고
> 문득 팔짱 끼고 서서 참으면
> 먼 산이 너무 가깝구나.
> 눈이여 죽음을 덮고 또 무엇을 덮겠느냐.

겨울 문의에 가서 보았다.
죽음이 삶을 꽉 껴안은 채
한 죽음을 무덤으로 받는 것을.
끝까지 참다 참다
죽음은 이 세상의 인기척을 듣고
저만큼 가서 뒤를 돌아다본다.
지난여름의 부용꽃인 듯
준엄한 정의인 듯
모든 것은 낮아서
이 세상에 눈이 내리고
아무리 돌을 던져도 죽음에 맞지 않는다.
겨울 문의여 눈이 죽음을 덮고 나면 우리 모두 다 덮이겠느냐.

시집 『문의 마을에 가서』 표제작 전문이다. 시 본문 밑 각주에 따르면 '문의'는 지금은 대청댐에 수몰된 충북 청원군의 한 마을 이름이다. 신동문 시인이 모친상을 당했을 때, 그곳에 갔다 와서 쓴 시다.

문상하러 가서 본 풍경이기 때문일까? 죽음이 풍경을 덮고 있다. "끝까지 참다 참다/ 죽음은 이 세상의 인기척을 듣고/ 저만큼 가서 뒤를 돌아다본다"며 죽음으로써 우리네 사는 세상 풍경과 삶 자체를 가만가만 둘러보고 있는 시다.

그러다 보니 "죽음이 삶을 꽉 껴안은 채" 있다. 삶과 죽음이 결코 다르지 않다는 것을 또다시 깨치고 있다. 그런 깨침을 "거기까지 다 다른 길이/ 몇 갈래의 길과 가까스로 만난다는 것을"에서 볼 수 있듯, 수많은 길을 걸으며 죽음과 맞서면서 가까스로, 확연하게 실감하고 있는 것이다.

그래 죽음이 삶을 꽉 껴안고 있다며 죽음을 극복해가고 있는 깨달음으로, 이 시는 독자들에게 많이 읽히고, 대학 입학을 위한 시험 등에도 많이 출제되고 있다. 그러면서 폐허와 허무와 죽음에서, 이제 우리의 현실과 역사로 눈을 돌리는 시세계의 한 전환을 예비하고 있는 시이기도 하다.

『문의 마을에 가서』에는 제주도에서 쓴 시를 엮은 『신, 언어 최후의 마을』 이후 서울에 올라와 1973년까지 쓴 시 70편이 실려 있다. 이 시집에는 이전에 펴낸 시집들에 이어지는 죽음에 이르는 허무주의 시편들과 함께 당대의 정치, 사회적 현실은 물론 역사에 새롭게 눈떠가는 현실주의 민중시편들도 눈에 많이 띈다. 초기의 시세계를 정리하면서 동시대 현실에 좀 더 처절하게 대응하는 모습을 보여주기 시작한 시집이 『문의 마을에 가서』인 것이다.

시인은 시집 후기에서 앞서 펴낸 시집들에 이어지는 것이라면서도 "나에게 바다와 섬을 경험한 시절을 벗어난 사실을 이 책은 밝혀준다"고 썼다. 이어 "이를테면 이 책은 내 중간기의 한 정리라고 보겠는데 이런 느낌에 잇대어 나의 동시대야말로 나에게 퍽이나 복합적인 적막감을 준다. 나는 좀 더 우리 시대의 처절한 청진동에서 오락가락할 것"이라고 다짐하고 있다.

역사와 현실로 투신케 한
전태일 열사 분신자살

나 여기 한동안 어이할 수 없이 서 있노라
모든 지나가는 것들아
비탄 한 꾸러미씩 매판買辦 한 꾸러미씩
사가지고 가는 것들아
현실 괴멸하라 현실 괴멸하라

나 여기 한동안 서 있노라
모든 딱한 것들아
내 가슴에 한국 청산가리를 칠하고
펄쩍펄쩍 날뛰는 아픔으로
백 년 이래의 온갖 한恨을 불태우노라

나 여기 한동안 어이할 수 없이 서 있노라
다 지나가버리고
문짝들이 저마다 사리사욕 닫혀버리고
마도魔道의 향불 네온아 네온아 이윽고 너도 꺼지고

내 대머리로 빈 대머리로 종로 인경을 치노라
밤새도록 잠자는 것들아 무지몽매야
저 납덩어리 서해 복판 이르기까지
울부짖는 인경 밑에내 흰 뇌수腦髓를 뿌리노라 꽃이노라
현실 괴멸하라 괴멸하라

시집 『문의 마을에 가서』에 실린 시 「종로鐘路」 전문이다. 보신각 종이 있는 서울의 중심 종로 네거리에 서서 자신의 무지몽매無知蒙昧와 당대 사회의 현실을 실감하며 치열하게 타파하려 하고 있는 시다.

네 연으로 구성된 이 시에서 3연까지 에서는 "나 여기 한동안 서 있노라"로 시작되고 있다. 모든 것들이 지나가버리는 무상無常의 딱한 세상 속에 "어이 할 수 없이" 서 있노라고 반복하고 있다. 불교적 무상과 허무에 어쩔 수 없이 사로잡혀 있다.

그러면서도 "매판 한 꾸러미", "백 년 이래의 온갖 한", "저마다 사리사욕" 등에 드러나듯 부패하고 잘못된 사회와 역사의 현실 앞에도 서 있음을 드러내고 있다. 그런 불교적 무상관과 잘못된 역사와 현실을 "가슴에 한국 청산가리를 칠하고 펄쩍펄쩍 날뛰는 아픔으로" 처절하게 실감하고 있다.

그리하여 마지막 연에서는 그런 자신의 무지몽매와 현실의 잘못된 세상을 깨뜨리고 있다. 종로 보신각 쇠북종을 빈 머리통으로 머리가 깨져 뇌수가 흘러내리도록 치며 깨우치고 있다.

흩뿌린 뇌수가 꽃으로 피어나길 바라는 순교殉教의 마음으로 "비탄 한 꾸러미 매판 한 꾸러미"에 잘 드러나듯 자신의 허무의 비극주의와 매판자본주의의 사회 현실 타파의 제단 앞에 자신을 바치고 있는 시다. 때문에 이 시 「종로」는 초기의 불교에 바탕한 허무주의와 이후의 현실주의가 어떻게 결합하고 있는가를 보여주며 시인의 현실참여시 내지 민중시가 그쪽 계열의 다른 시들과 심지가 어떻게 다른지를 잘 들여다볼 수 있게 하는 시다.

우리가 범죄 구더기 득실거리는 역사 증오하면서 떠도는 것은

떠도는 곳에서 우리가 쓰레그물에 갇힐지라도
금빛 저녁 바다 물결 위에도 솟아오르며 나는 날치 떼 아니냐
그렇다. 우연은 어느 날보다 잉잉거린다. 끝내 필연이 된다.
우리가 우연으로 모여서 이리저리 떠도는 동안
가장 눈부신 역사의 필연으로 복되어라 고난이어라
그리운 벗아, 금빛으로 모여 저녁은 영원하다.
아무리 우렛소리 1호 4호 그리고 9호를 먹어도 쓰러지지 않고
더 필요한 만조滿潮 수평선의 번개칼을 외쳐 부른다. 오라! 오라! 오라!
우리가 여기서 떠돌지 않을 때
누가 9층 10층 밑에서 우리 진실로 하여금 떠돌겠느냐.

시집 『문의 마을에 가서』에 실린 시 「청진동淸進洞에서」 전문이다. 제목에 드러난 것처럼 서울의 중심 청진동 골목에서의 삶과 술과 역사와 진실을 말하고 있는 시다.

제주에서 서울로 올라온 시인의 삶의 무대는 주로 청진동이었다. 낮에는 신구문화사나 민음사에서 글도 쓰고 신문·잡지사 등의 원고 청탁도 받다 밤에는 문인과 화가 및 문화예술인들과 어울려 골목 술집에서 늦게까지 마시다 술집에서 자기 일쑤였다.

그렇게 어울리고 마시며 역사를 증오하고 현실을 비판하다 당시엔 엄연했던 통행금지법이나, 1호부터 번호를 붙여가며 차츰 늘어나가던 긴급조치법의 '쓰레그물'에 걸려 경찰서 신세도 다반사로 졌다. 그래도 시인이 끼면 그렇게 좋아했던 술꾼·문화예술인들은 금빛으로 노을이 물들어 오는 장엄한 술시만 되면 "금빛 저녁 바다 물결 위에도 솟아오르며 나는 날치 떼"처럼 싱싱 살아나고 좋아했다.

그렇다. 그렇게 우연히 청진동에서 만난 문화예술인들은 1970년

대 '청진동시대'를 열며 우리 역사에 현실참여며 저항문화를 필연으로 열어나갔다. 수많은 우연이 모여 문학이며 문화는 물론 사회며 정치 민주화운동의 필연을 만든 것이고, 그 한가운데에는 고 시인이 있었다.

서울로 올라와서 시인은 오로지 글로만 먹고 살았다. 그 어떤 돈벌이 직장이나 수단도 없이 글만 써서 생계를 유지했던 우리나라 최초의 전업專業 작가가 고 시인이다. 그래서 시는 물론이고 소설·평전·수필·평론·영화나 뮤지컬 대본·노래 가사 등 청탁받는 대로 써야 했다.

그렇게 하루 2백자 원고지 1백 장씩 써서, 한 해 두세 권씩 책을 펴냈다. 그런 원고료 수입으로 가계를 꾸려가고 청진동 그 숱한 우연의 문화예술인들의 밥값, 술값도 치르고 투옥 문화예술인들의 옥바라지도 해냈다.

특히 홍릉, 정릉, 연희동 등의 우거를 전전하다, 원고료 수입으로 1973년 화곡동에 자택을 마련해 들어간 것을 시인은 잊지 못한다. 민음사 박맹호 사장 누님이 원고료를 그렇게 밑 빠진 독처럼 쓰는 게 안타까워 잘 관리해준 덕으로 집을 마련했고, 그 화곡동 집이 문화예술인은 물론 재야인사들의 모임과 운동의 아지트 역할을 했기 때문이다.

시인이 현실에 눈을 돌리게 된 계기는, 1970년 11월13일 평화시장 재단사 노동자 전태일 열사의 분신자살이었다. 그 며칠 후, 평상처럼 청진동 술집에서 술 마시다 통행금지에 막혀 술집 탁자에서 쪼그려 자던 시인은 쓰린 속을 부여잡다 바닥으로 떨어졌다. 거기에 구겨진 신문 쪼가리 활자가 눈에 띄어 읽어보니 전태일 열사의 분신 기사였다.

"기사를 읽으면서 죽음을 이루고 있는 모순과 사회 현실이 폐부를 찔렀죠. 순간의 전회轉回였어요. 그때 안개가 걷히면서 사회와의 대면이 시작됐죠. 거리에 나가 민주화운동에 참여하면서 그 길로 지금까지 오게 됐죠. 어쩌면 세상이 제게 '너 이제부터 이런 일을 하라'고 위촉한 것 같아요"라고 시인은 당시를 회고했다.

울분이나 자신의 무엇을 위해서가 아니라, 잘못된 노동 현실을 고쳐서 노동자를 위한 세상을 만들기 위한 분신의 내력을 알면서부터 시인을 끊임없이 자살로 내몰던 허무와 죽음도 사라졌다. 그와 함께 밤새워 술 마시며 죽음과 마주하게 했던 불면증도 사라졌다.

화신和信 가각街角을 돌아가다가
부끄러워서 서 버린다.
문득 오고가는 사람들 사이에서
이 사실무근事實無根의 서울 사람들 사이에서
부끄러워 더는 걸을 수 없다.
이 서울의 가스라기로
나 같은 것도 끼어서
어쩌구 어쩌구
걸어간다는 것이 부끄럽다.

시집 『문의 마을에 가서』에 실린 시 「수치」 한 대목이다. 사실무근의 허깨비 같은 서울 사람들 틈에서 살아가는 시인의 고뇌와 수치심도 전태일의 분신은 사라지게 했다. 그래 모든 사람과 일체가 되어 민주화운동의 최전선에 과감히 전회하게 했다.

죽은 그대 이 세상에 두고 사는 일이
내 일입니다.
어느 날은 그릇 깨어지기도 하고
또 어느 날은 고욤나무 열매 떨어지면서
내가 사는 일입니다.
죽은 그대 섬겨서
나와 함께 긴 겨우살이 사는 일이
내 일입니다.
어제 눈이 내렸습니다.
그대를 내 가슴에 두고 먼 데까지 부르니
그대가 열두어 살 단발머리로 달려왔습니다.
그대와 함께 살며
어제와 오늘 눈이 내립니다.
이것이 내 일입니다.
아니 여러 사람의 일입니다.
죽은 그대라는 그리움 하나가 나라입니다.

시집 『문의 마을에 가서』에 실린 시 「환생還生」 전문이다. 죽은 그대를 향한 그리움으로 살아가고 또 모든 사람도 그리하여 '그리움'이 곧 '나라'라는 이 시를, 전태일 열사를 추모하며 쓴 시로 읽어도 좋겠다. 짧고 단정하게 자른 여자의 머리 형태 '단발머리'가 나오지만, 그 시대 엄혹했던 검열 때문이라 치부해버리고 말이다.

그릇 깨어지고, 고욤나무 열매 떨어지고, 눈이 내리고 하는 어제와 오늘의 일상을 늘 죽은 그대를 섬기며 그대와 함께 살겠다는 것이다. 시인은 그렇게 전태일 열사의 죽음의 뜻과 함께 늘 살아왔다.

1971년에 박정희 독재정권의 3선개헌 반대운동에 문인대표로 참가한 것을 시작으로, 1973년 화곡동으로 집을 옮기고 세칭 문인간첩단사건으로 구속된 문인들의 구명운동을 주도하고, 민청학련사건으로 구속된 김지하 시인의 석방운동도 벌였다.

1974년에는 작가의 사회적, 역사적 책무를 절감하며 자유실천문인협의회를 백낙청, 이문구, 박태순, 염무웅, 이시영, 송기원, 조태일, 황석영, 신경림, 장용학 등과 주도적으로 결성해, 초대 대표간사로 활동했다. 민주회복국민회의에 문인대표로 김병걸, 백낙청 등과 참가하며 경찰서와 중앙정보부에 연행되고 유폐되기 일쑤였다.

1975년에는 긴급조치 9호 선포로 1년간 가택연금 돼 한동안 절필하며 소주 1천 병을 마셔대야만 했다. 1976에는 동일방직사건 대책위원회, 원풍모방 대책위, 전태일과 청계피복사태 문제 등에 참가하며, 노동운동에도 본격적으로 뛰어들었다. 1979년에는 YH사건으로 투옥되기도 했다.

전태일 열사의 죽음은 이렇게 시인을 민주화운동의 최전선에서 전방위로 뛰게 했다. 그 결과 1980년 5.18 광주민주화운동 하루 전, 사전에 강제 연행되어 김대중 내란음모사건 연루 혐의 등으로 20년형을 선고받고, 육군교도소에 수감 되게까지 한다.

시인 특유의 삶과 문법이 밴
현실주의 시편 선보이기 시작

구두닭이 총각 길동아 독재는 설탕보다도 달구나.
오늘도 세종로가 무사하고나.
만물 어느 하나 일하지 않은 것 없으니 광화문아
통금시대의 밤중 내 일을 무엇이냐.
아무리 아무개 휘호 달고 오색단청으로 칠했건만
어둠 속에서 둔갑遁甲으로 찬연히 떠오르건만
우리 백 년의 오명汚名 어디에 감추겠느냐.
우리 사월의 꽃 사월의 역사 어디 두고
오늘이 우리를 몇 다발씩 실어다가 변두리 이루어
여기서 종점까지는 너무 멀구나.
오늘도 세종로가 무사하구나
캐터필러 소리가 굉굉굉 지나갈 때마다
우리는 두더지였고 파고들어 숨어야 했다.
우리는 독립문고개 포승줄로 묶여야 했다.
구두닭이 길동아 내 고향 논바닥 가물면
우리는 목 막혀서 숨 쉴 데도 없단다.
광화문아 광화문아
너에게 아침이 오거든
온갖 권세 단장 다 지워버리고
단 한 사람 나의 효수梟首를 증거하라, 우리를 증거하여라.

시집 『문의 마을에 가서』에 실린 시 「광화문光化門에서」 전문이다. '구두닦이 총각 길동'과 '광화문'을 상대로 묻고 고백하듯이 쓴 시다. "오늘도 세종로가 무사하구나"를 반복하며 세종로 따라 광화문을 거쳐 권력의 심장 청와대로 들어가는 길이 무사하다는 사실을 비아냥대고 있는 역사와 현실주의 시다.

독재정권의 안보를 위해 북한의 위협을 명분으로 통행금지를 실시했기에 출입을 통제하던 광화문의 역할은 이제 끝났다. 6.25 전쟁통에 폭격으로 소실된 광화문은 1968년 복원돼 박정희 대통령이 쓴 '광화문'이란 한글 현판을 내걸었다.

그런 광화문에 대해 만물은 다들 하는 일이 있게 마련인데 "네 일은 무엇이냐" 물으며 통금시대를 비난하고 있다. 그러면서 오욕의 역사를 휘황찬란한 광화문 재건으로 치장하고, 전국에서 몰려들어 살고 있는 돈 없고 힘없는 서울 민중들을 중심에서 변두리로 이주시키는 정책과, 그런 독재에 저항하는 사람들을 서대문형무소에 끌고 가 가두는 정권을 비난하고 있다.

이렇게 독재가 횡행하는데도 세종로로 쏟아져 나오는 시위의 물결은 없으니 "오늘도 세종로가 무사하구나"라고 자조하며 독재에 항거했던 4.19혁명의 그 꽃다움을 환기하고 있다. 그래 광화문에게 "나의 효수를 증거하라"며 민주화 제단에 순교할 뜻을 분명히 밝히고 있는 시다.

> 한말韓末 척사론斥邪論 여기에 남은 건 무엇인가.
> 나 헛되이 그런 데 두 다리로 돌아다니다가
> 종로 어느 모퉁이로

신나는 젊은 보현봉普賢峯을 바라본다.
내가 바라보노라니
그 뾰쭉거리는 봉우리가
종로 한복판에 서슴지 않고 달려온다.
날짐승 숨결인 양 달싹대며 달려온다.
그러나 길은 길만으로 가득해서
겨울날 바람 한 점 없이
여기에 남은 것은 무엇인가.
무엇이고 깡그리깡그리 쩡 얼어붙는 날
그런 한말 혹한에도 살아낸 계집들
오오 내 입 맞추어서
빛나는 계집들이여
또한 내 어스름 광화문 거리에서
배갈 몇 잔으로 반생애로
한동안 끓던 넋을 버렸다가 찾아서
어두컴컴한 보현봉을 바라본다.
그러나 그 봉우리 꼭두서니 어둠은
내 이마의 빗날 하나 일찰나 사이에 없어지고
모든 거리는 거리마다 가득하다.
무엇하려고 춥고
무엇하려고 계집들은
또 이 겨울 저녁 바닥에 나오는가.
한말이래 척사로 개화開化로 항상 떠돌면서 바라보고
이제 헛되이 두 다리로 돌아다니다가
소위 근대의 내 눈앞에 칼날이 선
보현봉의 어둠 전체를 바라본다.

처연한 것은 실로 이것
내가 돌아가서
한밤중 오장육부의 통곡을 삼키고
이튿날 희끗희끗한 머리카락이 졌다.
종로 모퉁이 또 나오면
이미 보현봉은 거기에 문득 와 있다.
그러나 내가 묵墨으로 외치나니
한말이래 여기에 남은 것은 무엇인가, 정녕 이룬 것은 무엇인가.

시집 『문의 마을에 가서』에 실린 시 「삼각산 보현봉을 바라보며」 전문이다. 주 활동 무대였던 청진동 골목이나 종로 어느 모퉁이에서 눈을 들면 잘 보이는 삼각산의 한 높은 봉우리 보현봉을 바라보며, 역사의식을 살가우면서도 사실적으로 드러내고 있다.

한말 척사론과 개화론 사이를 왔다 갔다 하다가 결국 일본에 빼앗겼던 나라의 수도 한복판에 "남은 것 무엇인가"를 묻고 있다. 그러면서 "처연한 것은 실로 이것"뿐이라며 전체가 어둠에 잠긴 보현봉에 빗대 어두운 역사와 현실을 통탄하고 있다.

"한밤중 오장육부의 통곡을 삼키고/ 이튿날 희끗희끗한 머리카락이 졌다"라는 대목에서 볼 수 있듯, 온몸의 절실한 감각으로 역사와 현실을 처절하게 울부짖고 있다. 그러면서 그런 잘못된 역사와 현실을 묵으로, 글로, 외치자고 다짐하고 있는 시다.

"날짐승 숨결인 양", "서슴지 않고 달려온다"나, "오오 내 입 맞추어서/ 빛나는 계집들이여" 등의 표현에서 시인 특유의 짐승같이 거친 호흡이면서도 감격적이고 살가운 삶과 시의 문법이 그대로 잘 드러나고 있는 시이기도 하다. 시인의 삶과 그대로 일치된 이런 거칠면서도 살가운 사실적인 자세가 다른 현실주의 시인들의 시와는 구별되는 시인만의 시 문법이기도 하다.

보아라 새벽마다
어금니를 갈아
가난이나
짓밟혀 다진 흙 캐어 먹고
우리 겨레의 오랜 삶은 이루어졌지만
그것이 여기 진달래로 피어서
눈 못 뜨고 마른하늘조차 흐득흐득 우는구나

시집 『문의 마을에 가서』에 실린 시 「진달래」 전문이다. 새벽 비는 오는데 피어나고 있는 진달래를 보며 쓴 시다. 익히 체험한 가난의 통한, 그런 시인의 실감으로 진달래는 피어오르고 있다.

그리고 그런 가난의 실감은 "반만년 우리 겨레의 오랜 삶"과 한으로 이어지고 있다. 그런 민족의 한의 화신으로 진달래는 피고 있으니, 하늘도 감읍感泣해 울고 있다는 데서 서정적 민중시로 읽히는 시다. 시인과 반만년 이 땅 민중들의 뭇 혼령과 진달래와 하늘이 한의 실감으로서 공감하고 있지 않은가.

북한 여인아 내가 콜레라로
그대의 살 속에 들어가
그대와 함께 죽어서
무덤 하나로 우리나라의 흙을 이루리라.

시집『문의 마을에 가서』에 실린 시「휴전선 언저리에서」전문이다. 짧으면서도 죽음과 허무의 초기 시와 민족의 지상 명제인 통일이 결합된 시다.

폐병을 옮겨 죽게 한 초기 시의 누님이, 이제 '북한 여인'으로 등장한다. 그 여인에게 콜레라를 옮겨, 같이 죽어 한 무덤에 묻히고자 한다. 제목과 함께 읽으면 통일 염원을 육감적으로 드러내고 있는 현실주의 시 한 부류인 '통일시'로 절절히 읽힐 시다.

이렇게 시인의 네 번째 시집인『문의 마을에 가서』에는 앞의 시세계를 이어받는 시와 함께, 그 위에 현실주의 시세계를 펼치는 시들도 눈에 많이 띈다. 시인의 그런 좋은 현실주의 시에는 죽음에 대면한 허무주의의 깊이와 불교, 특히 무애의 광대무변한 기질이 함께하고 있어 호방하다. 무엇보다 시인의 육감적 실감이 살아있어 민중성과 시적 사실성도 더해주고 있다.

시인의 몸에 밴 기질과 불교,
시 문법의 현실 의식화

아승기겁阿僧祇劫 지나고 아승기겁 오는구나
어찌 오늘이 오늘 하나뿐이냐
내가 쑥대머리로 산에 들어가니
어느 누구 두고 온 쓸개를 시퍼렇게 달래겠느냐
마음은 인기척도 없이 크다
겨울밤 산에 들어가나니
유라시아 상공에서
유라시아만한 마음으로
멀리멀리 사람들의 이름처럼 파도 소리도 들리는구나
만상萬象은 헛되다 말하지 말라
참답다 참답다
누가 어린아이의 울음을 영롱하게 깔아 달빛에 받느냐
내 몸에서 아승기겁의 잠 깨워
잠든 물 한 굽이도 헛되지 않다
내가 쑥대머리 귀신 형용으로 산에 들어가나니
한 가지 한 가지 나뭇가지에 걸린
이 세상의 빈 것들을 쳐다보며
들어가면 못 나오는 산에 들어가나니
지는 달아
나를 맞이하는 건 사나운 파르티잔 너뿐이구나 달아
고개 들어 돌이켜보는 내 진진찰찰塵塵刹刹의 어둠과 달아

1977년 펴낸 신작 시집『입산入山』표제작이다. 6.25 와중에는 스무 살도 안 된 청춘으로 머리 빡빡 깎고 승려가 되려 입산했는데, 이 시에서는 나이 사십 대 쑥대머리에 술에 절은 귀신 형용으로 겨울밤에 산에 들어 그런 자신을 둘러보고 있다.

지나온 삶이 가늠할 수 없게 길고 또 남은 삶도 그렇게 길다. 불교 용어 '아승기겁'을 사용해 마치 수억 겁 전의 전생을 살고, 또 그만큼 긴 후생을 오늘 하루에 살고 있다는 시인의 현재관이 시작 부분부터 잘 드러나고 있다.

파도 소리도 제주 바다 때처럼 허무 그 깊은 곳에서 들려오는 것이 아니라, 유라시아 세계의 현실을 걱정하는 커다란 마음속에서 들려오고 있다. 만상도 이제 헛된 것이 아니라 '참답다' 하고 있다. 산에 들어 맞이하는 것도 부처나 구도심이 아니라 이제 '사나운 파르티잔'이란 데서 시인이 불교에 바탕해 어떻게 현실과 역사에 눈떠 가는지를 엿볼 수 있게 하는 시다.

한밤중 고개 숙인 물의 머리를 들어서
듣거라. 무등無等이 무등 만한 소리로
쾅, 쾽, 쾅, 부르짖는도다.
한밤중 곯아떨어진 흙들아
그 소리에 깨어나
거기 묻힌 주야장천晝夜長川의 백골白骨도 듣거라.

어느 것 하나인들 우리 포한抱恨
우리 억수 비바람이 아니던가.
너도 나도 비바람으로 몰려가

밤새도록 우리 동편제東便制 무등 함성이 되는도다.

낮의 사람아, 나주 다시多侍 처녀야 보아라.
한여름 초록 귀 막고 광산光山 들판 어디에
애비 에미도 없는 자식들 떠돌아다니던가.
구름 조각 하나도 서릿발 같은 기쁨으로 삼키고
극락강 영산강이 눈을 부비며
애비 에미의 평생으로 우러러보는도다.

무등이여 날이 날마다 거기 있어
아침햇살 삼천장三千丈 쓰라린 가슴으로
우리 함성 차오를 때마다
무등이여 무등이여 전신全身 영겁永劫의 무등이여

천년을 흙으로 짓밟혀도
우리 자식들 우리 풀잎사귀들 자라나서
무등 아래 대지의 만세 소리 몰려가는 도다.
무등이여 그대가 우리 덕德이거든
우리 다리 머리 가슴토막으로 싸우는 삼라만상이여 무등이여

시집 『입산入山』에 실린 시 「무등無等의 노래」 전문이다. 5.18광주민주화운동 몇 년 전에 발표됐고, 또 시대를 초월해 주야장천 영원히 읽힐 시면서도 광주민주화운동을 부추기고 기념하는 시로 읽어도 좋을 시다.

다섯 연으로 구성된 이 시 첫 연에서부터 "무등이 무등만한 소리로" 무등하지 못한 세상을 향해 너도 나도 일어날 것을 부추기고 있지 않은가. "한밤중 고개 숙인 물", "곯아떨어진 흙", "백골" 등 무등산

의 것들은 물론 너도 나도 삼라만상 모두 함성으로 몰려가 무등한 세상을 만들자 하고 있으니.

삼라만상 자손만대를 위하여 온몸이 부서지더라도 무등한 세상을 만들라고 무등산은 온몸으로 영원히 말하고 있는 시다. 그러니 독재 당국에는 위험한 시이면서도 무등한 세상을 염원하는 모든 시대에 덕으로서 영원히 읽힐 「무등의 노래」다.

임이여 나는 십만억토 지나는 서방정토에 가지 않으렵니다.
죽어도 이 나라 한 점으로 있으렵니다.
죽어서 몸뚱이야 흙이 되건만
물과 바람 하나 되건만
그것으로 이 나라의 산들바람도 되건만
내 뜻이야 중음신 신세 박차고 그대로 남으렵니다.
남아서 이 나라 강산 전내기로 취하렵니다.
몇천 년을 떠돈 조상의 자손으로
죽어서 이 나라가 온통 살구꽃 피는 삶이렵니다.
영산강 가뭄 언저리도 놀매갱갱이에도 떠돌고
갈 수 없는 대동강 부벽루 위에도 떠돌면서
흔들비쭉이 흑싸리 따위 혼쭐내주고
새가 울면 나도 울어서
이 나라의 노래 되고 깊은 밤 어둠이 되어
모든 한숨도 웃음도 별도 취하게 하렵니다.
이 나라에 태어날 때는
이 나라를 깊이 떠돌이 하려고 태어났으며
다른 데 가서 극락놀이 하려고 태어나지 않았습니다.

하나의 괴로움도 천으로 만으로 쪼개어서 여러 슬픔이니
천 개의 달빛으로 천 개의 강물 비춥니다.
나는 서방정토에 가지 않으렵니다.
죽어도 이 나라의 그믐밤 어둠이 되렵니다.
물 얼고 모진 바람 불어도
함께 얼음 밑의 물이 되고
함께 태백산맥 바람의 아픔으로 바람소리가 되렵니다.
임이여 어찌타 이 나라를 그냥 떠나겠습니까.
이 나라의 흙과 풀
황토 말랭이 잔 소나무들도
몇천 년 역대로 죽어서 이룬 할아버지들입니다.
이 나라에서는 궂은 비 한 방울로
이 나라 날궂이 술 취한 풀포기 키우렵니다.
임이여 나는 가지 않으렵니다. 거기에 가다니 거기 가다니
왜 그런 천하 건달 서방정토에 가겠습니다.
죽어도 나에게는 죽음이 없습니다. 이 나라가 죽음입니다.
임이여 나는 서방정토에 가지 않으렵니다.

시집 『입산』에 실린 시 「임종臨終」 전문이다. 죽음을 목전에 두고 임에게 하는 말 형식을 빌은 이 시에서 시인은 처음부터 끝까지 "서방정토에 가지 않으렵니다"라고 반복, 강조하고 있다.

불교에서는 착한 사람이 죽으면 아미타불이 주재하는 서방정토, 즉 극락에 가서 영원히 복을 누린다고 가르친다. 그러나 시인은 그런 극락에 가지 않고 죽음의 이 나라, 이 현실을 끝까지 구제하겠다는 시다.

불교의 수많은 보살 중 민중이 가장 좋아하는 보살이 지장보살이다. 부처님이 열반에 들고 미륵부처님은 아직 오지 않은 시대에 중생을 끝까지 구제하겠다는 보살이기 때문이다. 시인도 그런 지장보살처럼 독재의 어둠에 빠진 이 나라를 구제하겠다는 것이다. 해서 「임종」은 불교적 세계관에 바탕해 쓴 현실주의 시의 종합편으로도 볼 수 있는 시다.

이렇게 시인은 시집 『입산』에서 불교적 용어를 그대로도 쓰기도 하고, 원래 하나인 만물이 형태만 바꾸어 유전流轉하는 윤회적 세계관을 펼치며 현실주의 시를 써나가고 있다. 그러면서 아버지나 어머니, 그리고 고향 등의 회상은 물론 일상과 신변잡기를 다룬 시에서도 현실 의식이 끼어들고 있음을 볼 수 있다.

실로 미물 한두 점까지도
남지나해 상공 1만 피트의 그 구름 덩어리들로 키우는 술아
비운의 날들아
비록 여기 왕대포집에 처해 있으나
천군만마 달리는 말발굽 소리
가슴 가득한 술아
다 쓰러진 조선 의병의 노여움 꿀꺽꿀꺽 마신다고 마셨던 술아
그냥 참된 것보다 과장의 참이 융성하건만
그냥 사내보다 귀신 형용의 영웅이건만
비운아
이제 그만 너하고는 작파하련다

술 끊겠다

술 끊겠다
허나 오늘 내일은 아니고
좀 있다가
내 일제잔재日帝殘滓의 한 점 간肝이 아주 못쓰게시리 될 때
빈 가지 신나는 북풍한설에
머리 번쩍 들어서 벼락 맞아 끊어버리겠다

아니, 그렇지 않다면
말 한마디 모르게
술 아주 잊어버리겠다

시집 『입산』에 실린 시 「술에 대하여」 전문이다. 제목 그대로 시인이 그렇게 좋아하고 평생 마셔오고 있는 술에 대해 쓴 시다.

이래저래 '비운'만 불러오는 술을 끊겠다고 반복하고 있다. '술'이라는 말 한마디도 아주 잊어버리겠다고 하고 있다. 그러나 "오늘 내일은 아니고/ 좀 있다가" 끊고, 잊어버리겠다고 한다.

한 점 간肝이 아주 못 쓰게끔 될 때, 그때 끊겠다는 것이다. 간이 다 상해 죽을 때 끊겠다는 것이다. 시인의 '간'은 '일제 잔재'로 구성됐으니, 그런 잔재를 다 쓸어버리고 끊겠다는 역사와 현실 의식이 추상처럼 서늘하게 배어있는 시다.

이 시에는 호방하게 술 좋아하고 과장된 시인의 기질, 그리고 그러한 삶을 반영하고 있는 시인 특유의 시 문법이 그대로 드러나 있다. 1만 피트 높디높은 상공 구름이 우주 삼라만상 미물들의 협력으로 빚는 술이라니, 얼마나 애주가다운 사실의 과장인가.

골목 왕대포집에서 마시는 술에서 "천군만마 달리는 말발굽소리"

가 들리고 또 "조선의병의 노여움 꿀컥꿀컥 마신다"는 술에는 과장과 함께 얼마나 실감의 역사의식이 담겨 있는가. 그렇게 주야장천 마셔댔으니 몰골은 '귀신 형용'아닐 것인가.

그리고 "그냥 참된 것보다 과장의 참이 융성하건만"에서는 왜 시인과 시인의 시의 '과장'이 더 융성하고 '참'인지를 웅변하고 있는 듯도 하다. 조선 의병들은 다 죽고 일제 잔재는 청산되지 않고 독재로 시대의 어둠은 여전한 시국이, 시인을 그렇게 참되면서도 과장되게 술을 마시게 한 것을 이 시는 잘 보여주고 있다.

역사와 현실주의의 확연한 의식으로 마침표 없이 달리는 시편들

어머니
푸성귀 광주리 장수로 데친 비름나물 몇 줌이나
콩밭 김칫거리 열무 몇 단 팔아서
어머니의 아들 새벽길 이슬 차며 떠날 때
서울 가서 으리으리 성공하라고
주먹밥 노잣돈 주신 어머니
어머니
어머니의 자식 떠난 뒤
천년이나 영겁없이 빤짝거리는
북두칠성 흰 머리에 이고
찬물 한 그릇에 정들도록 빌고 빈 어머니
어머니의 자식은 그렇게 빈 덕택으로 술주정뱅이 되었습니다
일제 식민지의 서울
또다시 신식민지의 서울 한강 하류에
썩은 호박 해가 집니다
아니 양키 삼십여 년 하우스 보이로 늙고 병들었습니다
술 마시면 수많은 역사 가지고
언제나 새로 태어난 가슴이나
다음날은 그 가슴에 구멍 뚫려
뚫린 구멍으로 지난날 새벽길 환히 보입니다
(중략)

어머니
술주정뱅이 어머니의 자식 이제야 싸움터로 갑니다
싸워야만 살 수 있는 싸움터로 갑니다
새벽길 찬 바람 속에
두 주먹 불끈 쥐어 어머니의 주먹밥 만들었어요
가슴에 원한 서리고 서려
어머니의 노잣돈 가득합니다
오늘 하루가 어머니의 오랜 세월입니다
먼동 찢어 새벽길 떠나며
날선 칼로 몸뚱이 되어
싸워서 그날을 등에 지고 오렵니다
피 묻은 깃발 날리며
찢어진 깃발 휘날리며
다친 다리 칭칭 싸매고 그날을 지고 오렵니다
그날이 어머니의 자식입니다
그날이 모든 어머니의 자식입니다
어머니 아닙니다
젊은 날 보리방아 찧을 적마다
쭉정이 젖통 출렁거리던 설움
어머니의 자식 죽어서
백골 한 자루로 그 젖 달라고 울부짖으렵니다
어머니
어머니의 자식 늙은 자식 싸움터에 가서
오천 년 역사의 그날 민족 하나 꼭 이루렵니다

1978년 펴낸 신작 시집 『새벽길』에 실린 표제작 앞과 뒤 대목이다. 고향에 있는 '어머니'를 연호連呼하며 서울살이와 각오와 당부 말씀을 드리고 있는 시다.

이 시에서 화자로 나오는 '자식'은 대처에서 성공하러 촌 고향 새벽길을 떠난 모든 아들, 딸들이다. 그런 자식들이 애타게 찾고 부르는 '어머니'는 가난한 살림 털어 자식을 대처로 떠나보내고, 어제도 오늘도 새벽 정한수 떠 놓고 잘 되길 빌고 있는 이 땅의 모든 어머니들이다.

그런 자식들이 대처 서울로 와서 보니 일제 식민지 36년이 오늘도 계속되고 있다. "양키 삼십여 년 하우스 보이로 늙고 병들었습니다"라고 미국 제국주의 식민지 현실을 직시하고 있다.

그러니 술주정뱅이로 살 수밖에 없었다고 어머님께 털어놓고 있다. 그러나 이제 술주정뱅이에서 깨어나고 일어나 새로운 새벽길을 떠나니, 기다리지 말라는 것이다.

그 새벽길은 싸움터로 가는 길이다. 찢어진 가난에 자식에게 먹일 젖도 안 나오는 쭉정이 젖통의 이 땅 어머니들의 반만년 한을 푸는 싸움터로, 온몸이 날 선 칼이 되어 떠난다. 민족이 하나 되는 통일의 싸움터에 한 몸 바쳐 백골로 돌아오겠으니 기다리지 말라는 시다.

이 어둠의 시대에는 그것이 성공의 길이라고. 왜 또다시 새벽길 싸움터로 나서야 되는 지를 어머니에게 고하듯 설득력 있게 말하고 있는 시가 「새벽길」이다.

우리 모두 화살이 되어
온몸으로 가자
허공 뚫고

온몸으로 가자
가서는 돌아오지 말자
박혀서
박힌 아픔과 함께 썩어서 돌아오지 말자

우리 모두 숨 끊고 활시위를 떠나자
몇십 년 동안 가진 것
몇십 년 동안 누린 것
몇십 년 동안 쌓은 것
행복이라든가
뭐이라든가
그런 것 다 넝마로 버리고
화살이 되어 온몸으로 가자

허공이 소리친다
허공 뚫고
온몸으로 가자
저 캄캄한 대낮 과녁이 달려온다
이윽고 과녁이 피 뿜으며 쓰러질 때
단 한 번
우리 모두 화살로 피를 흘리자
돌아오지 말자
돌아오지 말자

오 화살 조국의 화살이여 전사의 영령이여

시집『새벽길』에 실린 시「화살」전문이다. 참여시, 저항시의 한 전형으로 많은 독자와 단체를 1970, 1980년대 민주화운동 현장으로 이끌고 그 현장에서도 읽혔던 시다. 교과서에 실려 시험문제로도 곧잘 출제되던 시다.

과녁을 맞혀 쓰러뜨리는 '화살'을 민주화 투쟁의 '전사戰士'며 '영령英靈'이며 '우리 모두'에 비유하며 직설적으로 쉽게 써 호소력이 높다. '가자', '말자', '떠나자', '흘리자' 등 청유형請誘形 어조가 선동성을 높이고 있다.

거기다 화자를 시인 개인인 '나'가 아니라 나를 포함한 '우리 모두'라는 공동체로 잡고 있다. 그렇게 화자를 잡아 개인 서정이 아니라 공동체 집단의 현실 의식과 투쟁 의식을 펴고 있는 것이다. 그리하여 우리 모두에게 달려와서 압박하는 "저 캄캄한 대낮 과녁" 같은 시대의 어둠과 독재를 쓰러뜨리자는 것이다.

이 시에도 물론 불교적 세계관이 드러나고 있다. '소리치는 허공'이라든가 그런 허공을 온몸으로 뚫고 가자는 데에서는 백척간두에서 용맹정진하는 선禪적 이미지가 떠오른다. 몇십 년 동안 가진 것, 누린 것, 쌓은 것 다 버리자는 데서는 '살불살조殺佛殺祖'의 깊은 뜻도 담겨 있고.

그런 선적, 불교적 요소들은 이 시에 와서는 현실 의식과 투쟁 의지를 더욱 강화하고 깊이 있게 하고 있다. 이런 「화살」에서처럼 시집 『새벽길』에 와서는 현실주의 의식으로 시의 목적을 확연히 보여주는 시편들이 대부분이다.

"이 시들은 거의가 분주하기 짝이 없는, 그리고 불안하기 짝이 없는 내 운동의 틈서리에 씌어진 것들이어서, 시를 시인 자신의 것이라고 말하는 반역의 시대에는 각별한 애착마저 일어남직하다. 그러나

나는 내가 쓴 시를 만인의 시로 돌려놓아야 한다고 믿고 있다. (중략)

이 시집은 내가 앞으로 좀 더 확연한 시인일 수 있다면 그런 시인이 되기 위한 어떤 결단의 이정표가 된다는 것을 밝히고 싶기도 하다. 나는 우리 민족문학의 당당한 한 모서리나마 떠맡는 일이 나에게 남겨진 목숨에 담긴 가장 큰 목적의 하나임을 깨닫고 있다."

시집 『새벽길』을 펴내며 시집 뒤에 시인이 밝힌 말이다. 앞 시집을 펴낸 1년 만에. 그것도 온몸으로 민주화운동 최전선에 나서며 틈틈이 쓴 시편들이다. 무엇보다 자신의 시가 아니라 만인의 시가 되도록 쓴 시편들이다.

해서 이 시집 『새벽길』을 좀 더 확연한 시인이 되기 위한 "어떤 결단의 이정표가 된다"고 밝히고 있다. 시인 스스로도 이리 밝혔듯 『새벽길』은 초기 시세계를 너머 확연하게 현실주의 시세계로 목숨 걸고 달려가고 있다.

민족에 익숙한 양식과 정서로
민족민중예술 불러일으켜

이미 우리에게는
태어난 곳이 고향이 아니다
자란 곳이 고향이 아니다
거기가 고향이 아니다
거기가 고향이 아니다
산과 들 온통 달려오는
우리 역사가 고향이다

그리하여 바람 찬 날
몸조차 휘날리는 날
우리가 쓰러질 곳
그곳이 고향이다
내 고향이다

아 창연한 날의 나의 노스탈쟈
모두 다 그 고향으로 가자
어머니가 기다린다
어머니인 역사가 기다린다
역사의 어떤 깃발이 손짓한다
그곳이 고향이다 가자

시집 『새벽길』에 실린 시 「고향에 대하여」 전문이다. 우리가 익히 알고 있는, 태어나고 자란 어머니 같은 고향에 대한 생각을 확연히 바꿔놓고 있는 시다. "우리 역사가 고향이다"라고.

바람 찬 날, 그런 찬바람 같은 현실과 맞서 싸우다 쓰러져 죽는 곳이 고향이라고 역사와 현실 의식을 고향으로 내세우고 있는 시다. 선동성을 극대화하기 위해 우리 민족의 심성에 깊이 뿌리내리고 있는 '고향'과 '어머니'를 불러일으키고 있는 것이다. 그러면서 독자 대중의 감성에 호소하는 노스탤지어의 서정도 그런 투쟁의 고향으로 보내고 있다.

이 시에는 초기 시부터 견지해 온 시인의 시간관이 잘 드러나고 있다. 우리 역사를 "산과 들 온통 달려오는"이라고 형용하는 부분에, 역사는 이미 지나가버린 과거의 그 무엇이 아니라 현재에 생생히 살아 영향을 끼치고 있다는 것이다.

현재는 먼 과거와 미래가 겹쳐지는 영원하고 광활한 시공이라는 게 시인의 현재관이요 시간관 아니던가. 그래서 "역사의 어떤 깃발이 손짓한다/ 그곳이 고향이다"라고 시인은 단정할 수 있는 것이다.

성난 구름 달려라 북소리 울려라
몽구미나루 칼물결
너와바윗장 뜯어내어라
온 세상 눈떠라
소경 아비 눈떠라
쌀 삼백 석에 몸 팔러 가거라
장산곶 한복판

수장 배 칠십 척
뱃전에 나선 시악시야
네 몸이 바람 찬 세상이어라
네 몸이 떠오른 세상이어라
네 몸이 연꽃이어라
몸 하나 뜻에 던져
남치마 푹 뒤집어쓰고 장산곶 물에 던져
온 세상 깨달아라 싸움처럼 깨달아라
온 백성 연장 들고 달려가는 싸움이다가
그 싸움 춤이 되어
덩실덩실 춤추어라
눈떠서 새 세상이거라 심청아 심청아

시집 『새벽길』에 실린 시 「인당수」 전문이다. 제목 바로 아래 "우리나라에서 가장 깊은 곳이 어디냐. 인당수다. 우리나라에서 가장 깊은 사상이 어디에 있느냐. 퇴계가 아니라 몽금포의 한 극빈 처녀 심청의 한 결단에 있다"고 제사題詞를 달아놓은 시다.

우리 민족에게 판소리와 옛 소설 등을 통해 널리 알려진 효녀 심청 이야기를 모티프로 한 시다. 시이면서도 흥을 돋우기 위해 제사 부분은 아니리로 해설하고 시 본문은 창으로 부르게 하는 판소리 효과를 내려 제사를 올려놓았을 것이다.

제사에서 시인은 우리나라에서 가장 심오한 사상은 퇴계학의 도道며 의義 등의 사상에 있는 게 아니라 한 가난한 처녀 심청, 즉 백성의 결단과 실천에 있다고 말한다. 그러면서 본문에서는 "온 세상 깨달아라, 싸움처럼 깨달아라"며 민중이 각성하고 싸움터로 나설 것을 선동하고 있다.

이처럼 시인은 민중 각성과 선동의 목적을 극대화하기 위해, 우리에게 잘 알려진 이야기와 판소리 같은 민중예술 양식도 시에 적극 끌어들이고 있다. 시집 끝에 붙인 장시 「갯비나리」와 「자장가」도 제목이 말해주듯 민중들의 노래 양식을 취하고 있다.

1978년 시인은 화곡동 자택에서 민주청년협의회를 주도적으로 결성해 윤보선·문익환·백기완 등과 함께 고문을 맡았다. 집에는 찾아오는 젊은이들로 늘 들끓었다. 그들과 함께 민주화운동과 통일 원칙과 방향 등에 대한 이야기를 나누며 지도했다. 8.15 광복절에는 유신체제에 대한 저항으로 머리를 빡빡 밀어버리는 삭발 시위를 벌이기 시작했다.

자유실천문인협의회와 백범사상연구소 공동주최로 '민족문학의 밤'을 성대하게 열어, 문학을 비롯해 모든 예술의 대중성과 운동성을 모색했다. 그 행사에서 「갯비나리」를 백기완 등이 특별 낭송도 했다.

1979년에는 함석헌·김대중·문익환 등과 함께 재야민주화운동의 총본산으로 민주주의와 민족통일을 위한 국민연합(약칭 국민연합)을 결성, 중앙상임위 부위원장으로 핵심 역할을 했다. 그렇게 세수할 겨를도 없이 민주화운동 활동으로 서울구치소에 투옥돼, 옥중에서 박정희가 김재규 권총에 죽은 10.26 사태 소식을 들었고, 연말에 보석 형식으로 풀려났다.

풀려나서도 국민연합 운동을 더 적극화하고, 또 영등포에 노동학교를 설립하고 국민연합 지도자들을 강사로 초빙해, 민주화운동의 저변을 넓혀갔다. 민중 시대의 문학적 실천을 위해 『실천문학』도 주도적으로 창간했다. 군부 독재정권의 눈엣가시일 수밖에 없는 시인은 그래서 5.18민주화운동 때 사전 검거돼 육군형무소에서 죽을 고비를 넘긴 것이다.

그런 눈코 뜰 새 없이 바쁜 활동 중 펴낸 시집이 『새벽길』이다. '시를 만인의 시로 돌려놓아야 한다는 결단의 이정표'로 써서 펴낸 이 시집은, 문학뿐 아니라 음악과 미술·춤 등 예술 전반을 민족민중예술로 펴져 나가 민주화운동의 현장에 참여하게 했다.

혁명적 낭만주의로
리얼리즘 시의 폭과 깊이 확장

시인은 절도 살인 사기 폭력
그런 것들의 범죄 틈에 끼어서
이 세계의 한 모퉁이에서 태어났다

시인의 말은 청계천 창신동 종삼 산동네
그런 곳의 욕지거리 쌍말의 틈에 끼어서
이 사회의 한 동안을 맡는다

시인의 마음은 모든 악과 허위의 틈으로 스며나온
이 시대의 진실 외마디를 만든다
그리고 그 마음은
다른 마음에 맞아 죽는다

시인의 마음은 이윽고 불운이다

1983년 민음사에서 펴낸 『고은 시전집』에 실린 시 「시인의 마음」 전문이다. 등단 이후 1982년까지 쓴 시들을 거의 망라한 이 시전집을 펴내며 시인은 상당량을 개작했다고 서문에서 밝히며 "나의 시는 여기에 수록된 것으로 정본시定本詩를 삼는다"고 했다. 이 책에 인용된 초기 시편들은 모두 민음사판 『고은 시전집』을 원본으로 삼았다.

그래서 2장에서 살펴본 첫 시집에 실린 「시인의 마음」은 전집에 와서는 위같이 전혀 다른 시처럼 개작된 것이다. "시와 물질, 시와 현실·역사 행위들을 구별함으로써, 시를 봉건 체제의 현실 유리를 위한 수작으로 오도시킨 시의 역사를 깨부수는 일이 우리에겐 급하다"는 전집 서문과 함께, 1980년대의 현실과 역사를 중시하는 민중시의 시대를 견인하기 위해 그리 개작했을 것이다.

첫 시집에 실린 「시인의 마음」에서는 시인을 오랜 영원에서 태어나 영원을 향하는 자로 봤는데, 전집에서는 지금 "이 세계의 한 모퉁이에서 태어"나 "이 사회의 한 동안을 맡는다"고 고쳤다. 언어도 영원을 드러내려는 정제된 시어였는데 "욕지거리 쌍말의 틈에 끼어서" 나오는 시장통 민중 언어로 고쳤다.

시대와 사회와 동떨어져 시인 혼자 외로이 영원을 꿈꾸는 순수시가 아니라, 그런 순수한 시와 마음에 맞아 죽는 불운이더라도 "이 시대의 진실"을 말하는 현실과 역사의식의 참여시 세계로 나온 마당에, 시인의 마음과 시관도 바뀌었을 수밖에 없어 개작했을 것이다.

1980년 5월 구속돼 육군교도소에 수감 된 시인은, 죽음 직전의 극한 상황을 온몸으로 겪어야 했다. 군법회의에서 20년을 선고받고 1981년 대구교도소에 특별요시찰 정치범으로 수용됐다. 교도소에서도 단식투쟁 등을 연이어 벌이며 건강이 약화 돼가다 1982년 8.15를 맞아 가석방 됐다.

거의 폐인이 되다시피 한 시인의 신병을 국민연합에 동참했던 예춘호를 비롯해 성내운·박태순·염무웅·김종철 등이 대구에 와서 인수해갔다. 한동안 칩거하며 옥중 단식으로 인한 위궤양, 대장염 등의 치료와 몸 회복을 해야만 했다.

1983년 들어서는 3년 만에 문예지에 시도 발표하고 5월 5일에는 결혼해 뜬구름 같았던 독거獨居를 끝냈다. 결혼 직후 경기도 안성에 신혼집을 마련해 이사했다. 그리고 지난 삶과 시를 일단 정리하고 새 출발을 위해 그해 말 시전집을 펴낸 것이다.

"시의 의미와 시인의 의미가 창조적으로 갱신되어 제3세계를 비롯, 서방 및 동방의 각 민족들에게 시의 때가 성취된다면, 나는 거기에 나의 남은 목숨을 재 한 줌 안 남기고 다 쓰리라"고 전집 서문에서 다짐한다.

별 하나 우러러보며 젊자
어둠 속에서
내 자식들의 초롱초롱한 가슴이자
내 가슴으로
한밤중 몇백 광년의 조국이자
아무리 멍든 몸으로 쓰러질지라도
지금 진리에 가장 가까운 건 젊은이다
땅 위의 모든 이들아 젊자
긴 밤 두 눈 두 눈물로
내 조국은
저 별과 나 사이의 가득 찬 기쁨 아니냐
별 우러러보며 젊자
결코 욕될 수 없는
내 조국의 뜨거운 별 하나로
네 자식 내 자식의 그날을 삼자
그렇다 이 아름다움의 끝
항상 끝에서 태어난다 아침이자

내 아침 햇빛 떨리는 조국
오늘 여기 부여안을 일체 결합의 젊음이자

3년 만에 옥중에서 나와 처음으로 발표한 시이자 1984년 펴낸 시집의 표제작 「조국의 별」이다. 한밤중에 밝게 뜬 별 하나를 바라보며 투쟁 의지를 다지고 있는 시다.

바다로 해초 뜯으러 간 엄마는 아니 오고 날은 어두워지면, 뜨는 별을 보면 먹을 것을 본 것 마냥 따 먹고 싶었다는, 고모 등에 업힌 어린 시절의 별이 아니다. 이제 별은 조국의 별이다.

한밤중 밝게 빛나는 별은 조국의 별이며 미래며, 시인의 마음 자체다. 긴 밤을 지나 "아침 햇빛 떨리는 조국"을 가져올 별이고 마음이다. "결코 욕될 수 없는", "네 자식 내 자식의 그날"을 가져올 별이다.

그러니 그런 별을 우러러보며 우리 모두 젊자고 모두에게 청유하고 있는 시다. 긴 밤 어두운 시대에 아침을 부르기 위해 흘리는 눈물은, "가득 찬 기쁨"이며 "아름다움의 끝"이라며 항쟁을 부추기고 있는 시다.

1980년 이래 나는 절대로 구름하고 말하지 않았습니다
그리운 사람 하나 없이
하루하루 견디는 일이 가장 괴로웠습니다
오 거짓이여
세상을 내 어머니라고 말하고
황량한 날의 계엄령을 그리운 사람이라고 말하면서
철창 사이로 한 조각 구름을 처음 보았을 때

그 구름 조각에게 한 찰나의 추파도 던지지 않았습니다
그 구름 두둥실 사그라진 남천에 대고 애걸하지 않았습니다
나는 넘어가고 넘어가고 넘어가고 넘어가면서
끝내 무릎 꿇지 않았습니다
나는 밤에도 낮에도 암실에서도 별처럼 깨어나서
기원하지 않았습니다 나를 위해 기원하지 않았습니다
지난날 나는 구름에 너무 많이 걸었습니다
나는 그 구름의 역사를 역사 속에 파묻어버렸습니다

시집 『조국의 별』에 실린 시 「구름에 대하여」 전문이다. 1980년부터의 혹독했던 투옥 생활을 소재로, 구름이 일고 지는 듯 수시로 찾아드는 그리움에 대해 일기 쓰듯 솔직히 토로하고 있는 시다.

첫 세 행만 떼놓고 보면 누구든 가슴 절절히 공감할 짧은 시로도 읽힐 수 있다. 인간과 삼라만상에 만연한 기운이면서도 추상인 '그리움'을 이리 구체적으로 잡아내고 있으니.

그러나 바로 다음 행에서 "오 거짓이여"라고 그런 그리움을 확연히 뒤집어 버린다. "황량한 날의 계엄령을 그리운 사람이라고 말하면서" 이제 임이 아니라 계엄령을 그리움의 대상으로 보고 있다.

물론 "오 거짓이여"라는 감탄의 실토가 앞의 보편적 그리움에 대한 것일 수도 있다. 반대로 뒤의 "세상을 내 어머니라고 말하고", "계엄령을 그리운 사람이라고 말하는" 것에 대한 것일 수 있다.

어쨌든 그리운 사람에 대한 그리움 없이, 계엄령의 어두운 시국에 대한 현실 의식 없이 시인에겐 "하루하루 견디는 일이 가장 괴로웠습니다"라는 고백은 같다. 해서 폭넓은 공감대를 얻기 위해 '현실 의식'

을 '그리움'에 비유했을 것이다.

철창에 갇혀 시인은 낭만적이며 서정적인 그리움을 부르는 구름은 한 번도 바라보지 않았다. 구름이 사그라진 후에도 구름에 대한 서정을 펴지 않았다. 지난날 경도되었던 그런 "구름의 역사를 역사 속에 파묻어버렸습니다"라고 당당히 토로하고 있다.

대신 어두운 시대가 주는 고난에도 "끝내 무릎을 꿇지 않았습니다"라고 토로 한다. 어두운 시대 매일 매 순간 별처럼 초롱초롱 깨어나 "나를 위해 기원하지 않았습니다"며 조국을 위해, 민족 공동체를 위해 기도하고 있음을 밝히고 있다.

말하자면 리얼리즘이란
이 세상에 대하여
눈을 똑바로 뜨자는 것이외다
특히 제삼세계 사람들 눈뜨자는 것이외다

또한 나 자신에게도 전통에도 속지 말자는 것이외다

아 이렇게도 무적無敵의 날
나에게는 이런 날도 밤중이외다
어이할 수 없이 중부 휴전선 금화땅
어떤 낭으로 눈앞이 캄캄하외다

그러나 나는 이 세상에서 나이도 없이
어린 로맨티스트이외다
그래서 혁명이 아름다움이외다 꽃밭이외다

시집 『조국의 별』에 실린 시 「나의 리얼리즘」 전문이다. '-이외다'라는 옛날 투의 어미를 부러 써가며 자신의 현실주의 시, 리얼리즘에 대해 점잖게 알려주고 있는 시다.

기성의 나 자신이나 전통에 속지 말고 폐허, 영점에서 눈 똑바로 뜨고 지금 이 현실을 직시하자는 게 리얼리즘이란 것이다. 특히 시인은 그런 리얼리즘 시각을 우리의 역사와 현실뿐 아니라 제삼세계, 그리고 통일운동으로도 확장하는 모습을 보이고 있어 눈길을 끄는 시다.

그러면서 마지막 부분에서 "나는 이 세상에서 나이도 없이/ 어린 로맨티스트"라 솔직히 고백하고 있다. 그런 타고난 로맨티스트 기질이 권력 쟁취를 위해 치밀히 계산된 과학적 혁명이 아닌 아름다운 혁명, 낭만적 혁명의 삶으로 나아가게 한다.

그래서 리얼리즘 혁명의 시에서도 낭만적 서정을 바탕에 깔리게 한다. 시인은 문학평론가 후배들과의 대화에서 자신의 리얼리즘에 대해 다음과 같이 당당히 밝히고 있다.

"나는 '있는 현실'과 '있어야 할 현실' 그리고 이제까지 체험하지 않은 '상상의 현실'까지를 망라한 커다란 리얼리즘만이 이제까지 문예사조적인 리얼리즘을 극복하고 다른 교만한 사조나 새로운 이념 장치들로부터 견고한 대응이 가능하리라고 봅니다. 심리주의, 심지어는 낭만주의에서의 개인의 무한성까지 사실성의 세계를 심화시키는 기능으로 받아들여야 합니다"라고.

장편 서사시 「백두산」 집필로 민주화와 통일운동 고조시켜

장군봉 망천후 사이 억겁 광풍이여
그 누구도 다스리지 못하는 광풍이여
조선 만리 무궁한 자손이 이것이다
보아라 우렁찬 천지 열여섯 봉우리마다
내 목숨 찢어 걸고
욕된 오늘 싸워 이 땅의 푸르른 날 찾아오리라

1985년 『실천문학』에 연재하기 시작해 1987년 1부 두 권, 1991년 2부 두 권, 1994년 3부 세 권 등 10년에 걸쳐 총 일곱 권으로 완성한 장편 서사시 「백두산」 '서시序詩'다. 서시에 잘 드러나듯 백두산 일대를 무대로 목숨 걸고 "욕된 오늘 싸워 이 땅의 푸르른 날 찾아오리라"는 민중 전사들의 항일 독립 투쟁을 다루고 있다.

시인은 1977년 장시 「대륙」을 월간지 『대화』에 연재했으나 잡지의 폐간으로 1부만 마치고 중단한 적이 있다. 같은 해 1부는 시집 『대륙』으로 출간됐다.

저 멀리 하늘 끝 땅 끝에 하얀 산 눈산이다
저 산이 알타이 우리가 섬길 신산이다
해돋이 빛을 비껴
새 두려움이여

새 거룩함이여
새 나라 새 방의 산이로구나
잠 깨인 식구들이 개구리로 뛰쳐나와
해돋이 쪽 먼 산 처음으로 우러러본다
아으 산이어라
해돋이 쪽 산 우러러
밝의 족속 저 산에 간다

총 9장으로 구성된 장시 「대륙」의 1장 '대여행'의 앞부분이다. 밝의 족속, 배달족이 해가 뜨는 동쪽으로 동쪽으로 쉼 없이 이동해 환웅이 신시神市를 세우고, 아들 단군이 고조선을 건국해 고구려·발해·고려·조선으로 이어지는 우리 민족사를 시로 쓴 작품이 「대륙」이다.

살어리랏다 살어리 간도땅에 살어리랏다 간도 간도 북간도라
천리길 남부여대 보따리 하나 들고 온 길 다시는 못 돌아갈 길
간도땅에 살어리랏다 빼앗긴 우리 논밭 왜놈 고리 빚더미로
대대조상 집문서 소작대장 살라버리고 왜놈 천지 등졌으니
천리길 험한 산과 찬 물을 넘고 넘어 다시는 못 돌아갈 길
(중략)
장백 천지 두 갈래의 압록 두만에 길이 흘러 세세생생 전할시고
이 나라 이 겨레 가슴에도 태중에도 세세생생 전할시고
에헤디야 디야헤에 큰 땅 말 달리던 잃은 나라 영령이여
고이고이 잠들어라 아니아니 잠을 깨어 세세생생 눈을 떠라

「대륙」 마지막 장 끝부분이다. 위 대목처럼 일제에 쫓겨 백두산 일대와 북간도로 온 민중들의 새 세상을 열려는 염원으로 「대륙」은 끝을 맺는다. 유신독재 체제에 항거하기 위해 우리 민족혼을 일깨우려는 의도에서 먼 상고사부터 우리 역사를 훑은 것이다.

「백두산」도 그런 민족혼을 일깨워 분단과 독재의 암흑에 빠진 "이 땅의 푸르른 날"을 열기 위해 쓰인 시다. 시대의 당위성이 민족혼의 역사를 불러온 것이다. "내 목숨 찢어 걸고"에 보이듯 「대륙」에서보다 투쟁 의지를 더 불태우고 있다.

여기가 어디라고
마천령 산자락 북녘 끄트머리
허항령 너머
삼지연 물가에
물 건너
낙엽송 그림자 울타리 삼엄하구나
여기가 어디라고
여기가 어디라고
여기까지 와서
이제 돌아가지 못한다
돌아갈 데 없이
돌아갈 데 없이 돌아가지 못한다
거적에 말려 송장으로도 돌아가지 못한다

「백두산」 '서시' 바로 아래 실린 '불귀不歸' 부분이다. 「대륙」의 끝 부분 '간도間島 가락'에서 우리 민족의 핏줄을 흘러온 고려시대 「청산

별곡」 가락을 타고 “다시는 못 돌아갈 길”이라 반복해 노래하고 있는데, 이 시에서도 “돌아가지 못한다”며 ‘불귀’를 반복하고 있다.

그러면서 그곳에서 해방 이전까지의 독립 투쟁을 그리고 있어, 「백두산」은 「대륙」의 후속편쯤으로 읽어도 좋겠다. 단 장시와 서사시로서 두 작품의 장르는 엄연히 다르다.

1980년 겨울, 옥중에서 시인은 이 작품을 구상했다. 한 신문과의 인터뷰에서 “의병 운동 관계자료를 보면서 이런 기록이 단지 지난 과거 역사로서가 아닌 현재화 된 움직임으로 형상화 시켜야겠다는 강한 의무감 같은 것을 느껴 쓰게 됐다”고 밝혔다.

그리고 시집 1권 머리말에서 “반드시 이루어내지 않으면 안 된다는 비원悲願”으로 “가장 소외된 계층의 한 인물인 바우가 커다란 역사 운동의 흐름 속에 참여하는 과정을 써나갈 계획”이라 밝혔다.

그런 비원의 장대한 기획의 서사시는 구한말 양반 대가 집 주인 딸 조화연과, 그 집 총각 머슴 추만길의 사랑에 의한 도피로 시작된다. 양반과 종으로서 봉건사회 질서를 무너뜨리고 도주한 그들이 이른 곳이 백두산 삼지연.

그곳에 터를 잡고 아들 딸 낳은 둘은 물론 자식들까지 가족 모두가 독립 투쟁에 나서다 결국은 고국에 돌아오지 못하고 다 희생된다는 게 서사의 기둥 줄거리다. 조국에서 쫓겨 온 추만길과 일가는 백두산 삼지연부터 만주 전체와 소만蘇滿 국경과 그 너머 러시아 땅까지 무대를 넓혀 투쟁하면서 자연스레 당시 홍범도 장군 등과도 합류되며 백두산과 만주 일대 항일무장독립투쟁 전반의 역사와도 겹쳐지게 된다.

길고 긴 눈덩이 겨울 갔다
언제 오랴 하던 봄 기운
아직도 큰산 백두산 장군봉 망천후는
멀리서 하얀 눈 쓰고 눈부시지만
그 눈 녹은 한여름에도
눈부시지만
여기 삼지연 물가
다시 파릇파릇 잎새 났다
여기까지 진달래도
큰 나뭇가지마다 성큼 피어났다
투만의 깊은 상처 다 나아
궂은날 쑤셔대는 것 아니라면
나무도 베고
잔 짐승 사냥도 슬슬 손에 익었다
봄갈이 냄새
새로 간 검은 흙냄새 향기로워
코 벌름벌름
이 세상의 순결한 기쁨이란 이것이던가

「백두산」 3권에 실린 2부 '다시 삼지연' 장 한 대목이다. '두만강' 이름 소리를 딴 '투만'으로 개명한 만길이가 의병 전사로 상처를 입고 다시 삼지연 옛집으로 돌아와 봄을 맞는 부분이다.

백두산의 기나긴 겨울 지나고 봄이 오는 모습을 사실적이면서도 서정적으로 그리고 있다. 계절이 이렇게 아름답게 소생하듯 투만도 깊은 상처가 나아 다시 살아나고 있다.

나무 베고 사냥하고 흙내음 향긋한 봄 밭 경작하는 삶에 만족하고 있다. "이 세상 순결한 기쁨이란 이것이던가"라고. 그런 '순결한 기쁨'의 세상을 다시 살려내려 투만 일가는 항쟁을 벌이고 있는 것이다.

새로 눈이 내린다
쓰러진 옥단을
그 눈이 덮어준다
(중략)
마침내 눈 쌓인 세상 하나
그칠 줄 모르고
눈 퍼붓는 세상 하나
높은 곳 낮은 곳
다 없어지는 세상 하나
아니 그것이야말로
한 나라가 아니라
온 세상 여러 나라의 새로운 시작이므로

여성운동가로서 독립운동을 펼치던 딸 옥단이 백두산에 이르러 최후를 맞는 위 대목으로 작품은 대미를 장식한다. 무등등無等等한 세상을 만들려는 주인공 가족과 시인의 의지가 강하게 드러난 대목이다. 그와 함께 작품 서두의 백두산 봉우리들에 "내 목숨 찢어 걸고" 불귀의 몸이 되겠다는 줄거리 및 주제를 수미상관으로 마감하고 있다.

"백두산 일대와 중국 동북부 지역을 갈 수 없는 내 형편으로는 실로 척박한 자료를 선불리 이용하기보다 도리어 그것들을 가라앉힐 무의식의 기간도 필요한 바 없지 않다. (중략) 나의 운명은 체험이나 사실 인식까지도 상상력의 영역에 처해 있도록 하고 있다."

2부 머리말처럼 백두산과 만주 일대를 못 가본 시인은 상상력에 기반해 썼다. 구한말 의병과 무장 독립운동 사료史料를 백방으로 수집해 사적史的 리얼리티에 충실하려 했다. 그러면서도 디테일한 부분은 시적詩的 상상력과 낭만적 서정으로 메운 것이다.

이것이 세부적인 부분까지도 리얼리티에 충실해야 하는 소설과 서사시의 다른 점 아니겠는가. 또 인물이 등장해 사건을 펼치며 서사를 이어가는 서사시가 그런 서사가 없는 장시와 다른 점 아닌가.

그런 서사시 「백두산」을 신군부 독재로 가장 어두웠던 때에 시대의 어둠을 걷어내기 위해 집필하기 시작했다. 민중들과 하나 되기 위해 전래 되어 온 옛이야기나 민요와 가요, 그리고 군가나 교가 등 노래를 차용하고 그런 운율에 따라 쉽게 읽히는 이야기 시가 되게 했다. 낭만적 혁명주의의 격정적 감탄과 서정이 독자들의 가슴에 직격해 들어가도록 했다.

그러한 목적과 선동성으로 1985년 봄에 창간된 『실천문학』 창간호에 연재에 들어갔으나 폐간 조치를 당했다. 그런 수난에도 아랑곳하지 않고, 아니 독재정권의 그런 탄압을 그리움이며 사랑으로 여기며, 1987년 1부 2권을 펴냈다.

그리하여 대학생뿐 아니라, 넥타이를 맨 일반 직장인들까지 시위에 나서게 한 그해의 6.10운동 등 민주화와 통일운동을 최고조로 끌어올렸다. 1994년 전 7권으로 완성된 「백두산」은 우리 역사상 가장 긴 서사시이면서 민족문학과 통일문학의 새로운 길을 연 작품으로 평가받고 있다.

투옥 중 죽음 직전에 구상한 이 땅을 산 만인의 이야기

너와 나 사이 태어나는
순간이여 거기에 가장 먼 별이 뜬다.
부여 땅 몇천리
마한 쉰네 나라 마을마다
만남이여
그 이래 하나의 조국인 만남이여
그 오랜 땅에서
서로 헤어진다는 것은 학대이다
어느 누구도 저 혼자일 수 없는
끝없는 삶의 행렬이여 내일이여

오 사람은 사람 속에서만 사람이다 세계이다

1986년에 펴낸 시집 『만인보萬人譜』 1권 제일 앞에 실린 「서시序詩」 전문이다. 1980년 육군교도소 관 속 같은 독방에서 구상한 『만인보』는, 두세 권씩 순차적으로 펴내기 시작해 2010년 30년 만에야 총 4천1편, 30권으로 완간 된 방대한 분량의 인물 연작시집이다.

"김재규 중앙정보부 부장이 쓰던 방에 있었어요. 『금강경』을 읽다 새벽 4시 아침 커피 한잔하고 서대문으로 옮겨져 사형을 당하고서 비어 있던. 창도 없었고 40촉짜리 전등도 자주 꺼져요. 관에 들어가 있는 느낌이었어요. 외할머니, 할아버지처럼 과거의 얼굴 하나하나가 현재화됐지요. 그들에게 가기도 하고, 그들이 오기도 하고. 살게 된다면 꼭 한번 모두를 시로 그려야겠다 했습니다."

완간 후 한 언론과의 인터뷰에서 밝힌 말이다. "그런 작품 구상만이 새까만 독방에서 존재를 유지해주는 힘이 됐다"는 시인은 죽음 앞에서의 절박함으로 이 땅에서 만난 사람들을 한 명 한 명 불러내 그들과 함께 생명과 사람들 사이에 사는 삶의 온기를 불어넣은 것이다.

「서시」에서는, 인간에게 있어 나아가 인간과 만물에 있어, '너'와 '나'라는 개체보다는 그 '사이'의 중요성을 처음부터 강조하고 있다. 그런 사이가 있어, 시간도 비롯되고 공간과 함께, 서로는 "가장 먼 별"과 같은 영원 무한한 존재로 확대된다는 것이다.

그러니 "사람은 사람 속에서만 사람이다 세계이다"라는 단정이 나오게 된 것이리라. 너와 나의 만남에서 비로소 세계는 비롯되고 역사도 비롯된 것이라는 명확한 인식 아래 시인이 만난 사람과 풍물들에 살가운 생명의 숨길을 불어넣고 있는 연작시집이 『만인보』다.

시대의 벽두 을씨년스러운 거리
추운 청계천 거리
거기 한 노동자의 몸 불붙어 달려갔다
달려가다 쓰러졌다

전태일

그가 죽어 한 시대가 열렸다
그 어느 삶보다 오랜 삶이었고
그 어느 죽음보다 긴 죽음인 시대가 열렸다

그로부터 전태일은
이 땅의 어떤 일에서나 시작이었다

그의 유서 한마디
원섭이와 재철이 중간이면 좋겠다던 그의 자리
그러나 그 자리는
이 땅의 도처
싸움의 역사를 시작하는
그 처음의 자리 아니더냐

전태일

그의 어머니는
이제 1천만 노동자의 어머니 아니더냐

『만인보』 12권에 실린 시 「전태일」 전문이다. 제목과 함께 본문에서도 별 연으로 독립시켜, 두 번이나 '전태일'을 연호하고 있다. 현실과 떨어져 있던 시인을 사람들 부대끼며 사는 현실 세계로 불러들인 사람이 전태일 열사이기 때문에 그리 강조했을 것이다.

시는 22세의 젊은 전태일의 분신 장면으로 시작된다. 그 분신 때문에 우리 모두에게 각인됐기에 전태일 삶의 한 전형을 보여주기 위해 그리 시작될 수밖에 없었을 것이다.

다음에는 그에 따른 시인의 평가가 이어지고 있다. 그 죽음으로 더 어두운 독재의 시대, 유신독재가 열렸다고. 그와 함께 그에 저항하는 민주화운동의 시대가 여기저기 곳곳에서 열렸다고.

그러면서 전태일 유서의 한 대목이 인용되고 있다. "원섭이와 재

철이 중간이면 좋겠다"는, 죽어서도 동지들과 그 중간에서 함께 하겠다는 말. 그 말대로 전태일은 죽어 민주화운동 현장 곳곳에서 함께 해왔다.

그래 이 땅에서 독재와 싸우는 도처의 현장에서 그 시작을 알리는 역사가 됐다. 그리고 그런 열사의 어머니 이소선은 전태일의 어머니일 뿐 아니라 "이제 1천만 노동자의 어머니"가 됐다고 맺고 있는 시가 「전태일」이다.

새터 관전이네 머슴 대길이는
상머슴으로
누룩도야지 한 마리 번쩍 들어
도야지 우리에 넘겼지요
그야말로 도야지 멱따는 소리까지도 후딱 넘겼지요
밤 때 늦어도 투덜댈 줄 통 모르고
이른 아침 동네길 이슬도 털고 잘도 치워 훤히 가리마 났지요
그러나 낮보다 어둠에 빛나는 먹눈이었지요
머슴방 등잔불 아래
나는 대길이 아저씨한테 가갸거겨 배웠지요
그리하여 장화홍련전을 주룩주룩 비 오듯 읽었지요
어린아이 세상에 눈떴지요
일제 36년 지나간 뒤 가갸거겨 아는 놈은 나밖에 없었지요

대길이 아저씨더라는
주인도 동네 어른도 함부로 대하지 않았지요
살구꽃 핀 마을 뒷산에 올라가서
홑적삼 큰아기 따위에는 눈요기도 안 하고

지겟작대기 뉘어 놓고 먼 데 바다를 바라보았지요
나도 따라 바라보았지요
우르르르 달려가는 바다 울음소리 들었지요

찬 겨울 눈더미 가운데서도
덜렁 겨드랑이 바람 잘도 드나들었지요
그가 말했지요
사람이 너무 호강하면 저밖에 모른단다
남하고 사는 세상인디

대길이 아저씨
그는 나에게 불빛이었지요
자다 깨어도 그대로 켜져서 밤새우는 불빛이었지요

『만인보』 1권에 실린 시 「머슴 대길이」 전문이다. 제목처럼 어릴 적 고향 동네 머슴 대길이를 그린 시다. 옛 이야기체로 구수하게 이야기를 끌고 가며 재미있게 읽히게 한 시다.

대길이는 힘이 센 동네 최고의 머슴이다. 상머슴답게 아침 일찍부터 밤늦게까지 아무런 불평 없이 부지런했다. 밤이 되면 등잔불 및 그의 눈길은 더 초롱초롱 빛났다. 어린 시인에게 그렇게 빛나는 눈으로 한글을 깨우쳐줬다.

살구꽃 피는 봄이 오면 언덕에 올라 먼 바다를 바라보는 서정과 낭만도 있었다. 그런 머슴 대길이에게 한글과 서정과 낭만의 멋을 시인은 일찍부터 깨쳤다. 초등학교 입학 전까지 이 마을 저 마을 다니며 시인은 천자문千字文으로부터 『동몽선습童蒙先習』을 거쳐 『소학小學』, 『논어論語』등을 익혔다.

초등학교에 입학했으나 그해부터 조선어 과목이 폐지되어 일본어만 배워야했다. 그래 대길이한테 배운 한글로 연애소설 등을 빌려다 줄줄 읽기 시작했다. 그런 한글 실력으로 8.15해방이 되자 단박에 한 학년 올려 월반하게 한 것도 다 머슴 대길이 아저씨 덕이고, 시인이 된 것도 다 그를 따라다니며 배웠기 때문이다.

무엇보다 어린 시인이 그에게 배운 가장 큰 세상 공부는 "남하고 사는 세상"이다. '나'만이 아니라 '너'와 어울려 잘 사는 세상이다. 그런 걸 어려서부터 배웠기에 『만인보』가 착상됐을 것이고 그걸 가르쳐 줘 꺼지지 않는 불빛이 된 머슴 대길이 아저씨를 1권 앞머리에 올렸을 것이다.

추석 무렵 싸아하니 배 아파오며
서늘할 무렵
살아온 데 낯설 무렵
동네 아이들
순한 것들
어디 외서리 할 밭도 다 갈아버렸으니
할미산 아랫도리에 올라
비린 생콩 따다가 까먹으며
시장기 때우는데
내일 모레 글피가 벌써 보름날이라
상복씨 자전거에
개다리소반 바닥만 한 홍어 한 마리
질질 달고 와
그놈을 마루 밑 토방 구석에 던져둔다

하루 이틀쯤 써금써금해져서
그놈 쪄
제사상에 놓을 것 따로 두고
술안주 하면
조상도 조상이지만
우선 산 사람 입에 천신한다
아무리 이마빡 피 한 방울 안 나는 상복씨지만
마침 빌린 연장 가지고 온
사촌 상만이 앉혀
찐 홍어 두어 점에
술 한 잔 큰 인심 쓴다
이 강산 아름다운지고 살만한지고

『만인보』 2권에 실린 시 「홍어 한 마리」 전문이다. '홍어'와 '상복씨'의 구수한 이야기가 우리네 민중들의 토속적 삶과 그 인정머리의 맛과 멋을 아주 구체적으로 떠오르게 하고 있는 시다.

남도 지방에서는 추석 등의 차례상이나 귀한 손님들 오면 홍어찜을 올린다. 생홍어를 사다가 냄새가 진동하도록 며칠 푹 삭힌 홍어로 사람대접하는 그런 남도 토속이 재밌게 그려지고 있다. 오이 서리, 콩 서리 등 심심한 배 채우는 서리의 토속적 체험도 덧붙이며 홍어 이야기를 풀어가고 있다.

그러다 중반에 들어서면 우리네 인심이 그대로 곁들여지고 있다. 이마에 피 한 방울 안 나올 야박하고 각박한 사람일지라도, 추석 무렵이면 그런 귀한 홍어 한 점에 술 한잔 내놓는 인심. 그런 인심으로 시인은 "이 강산 아름다운지고 살만한지고"라 노래하고 있는 시다.

『만인보』는 저 아득한 고대로부터 1980년 광주민주화운동까지 이 땅에서 살다 갔거나 살고 있는, 왕이며 장군이며 대통령이며 재야인사며 무지렁이 백성들에 이르기까지 각양각색의 인물들을 그려내, '시로 쓴 인물 백과사전'으로 불리기도 한다. 인물들만 주인공으로 나선 것은 아니다. '홍어' 등 인물이 아닌 삼라만상도 그려지며 우리네 어울려 사는 맛과 멋을 더해주고 있다.

"만인만이 만인이 아닙니다. 만물도 만인입니다." "선악善惡과 미추美醜의 차별은 지배 논리를 털어낼 때에만 정당하다." 시인이 『만인보』 각 권에서 강조한 말이다. 삼라만상 모든 것이 자신의 목숨, 생명을 뽐내면서도 함께 잘 어우러지는 화엄세상, 그 분별없는 무차별성을 강조한 것이다.

"내 문학은 생명적이지 않으면 안 되겠다. 특히 교조주의와의 싸움은 모순과의 싸움과 일치된다. 바로 그 운동에 생명이 주어진다. 영웅으로서가 아니라 진리의 부상자로서."

1988년 2차로 『만인보』 4, 5, 6권을 펴내며 4권 앞 '작가의 말'에서 밝힌 말이다. 진보, 민중문학 최전선에 서서 이끌면서 시인은 '교조주의'를 경계했다. 자연스럽고 자유분방한 생명의 맛과 멋과 깊이를 간과하고 또 그런 생명에 족쇄를 채울 수 있는 독단獨斷일 수 있기 때문이다.

"문득, 여기 겨레란 말을 쓰자. 우리 겨레가 있는 한 내 『만인보』는 겨레 도처에서 겨레 하나하나의 존엄을 되새기거나 꿈꾸거나 하며 살아있기를 바란다. 문학은 먼저 나 자신을 있게 한다. 문학이 없었다면 어쩔 뻔했는가!

이 점 나는 스무 살 이래의 전율로밖에 대할 수 없는 항구적인 문학주의자이다."

4권에 이어지는 '작가의 말'이다. 『만인보』에는 이 땅의 민초들이 생활 속에서 쓰던 '겨레의 말'이 참 많이도 나와 그들의 삶과 정을 더욱 감칠맛 나게 구체화시켜나가고 있다. 민족의 정서가 그대로 의태어, 의성어로 형상화 될 수 있는 민족어, 토속어, 모어 등의 사전으로 볼 수 있는 시집이 『만인보』이기도 하다.

"겨레 하나하나의 존엄을 되새기거나 꿈꾸거나 하며 살아있기를 바란다"며 도저한 문학주의자로서 써가는 『만인보』를 문학평론가 김재홍은 다음과 같이 평했다.

"『만인보』는 일부 민중문학의 격앙된 목소리와 도식화된 유형성에서 벗어나서 낱낱의 삶이 지니는 구체적 진실에 대한 밀도 있는 응시와 애정을 다양하게 또한 깊이 있게 탐구해가기 시작했다는 점에서 의미를 지닌다. 『만인보』는 개인적 삶의 구체적 현장성과 그 진실을 통해 비로소 사회적 삶, 역사적 삶의 진정한 방향성과 지평을 열어갈 수 있다는 소중한 깨달음 및 그 실천적인 노력을 보여주기 시작한 데서 주목에 값하는 것이다"라고.

『만인보』가 2004년부터 스페인·스웨덴·미국·프랑스·영국 등지에서 번역돼 세계적으로 읽히면서 미국의 계관시인 로버트 하스는 다음과 같은 찬사를 보냈다.

"오늘날의 문학에서 가장 비범한 기획의 하나다. 시들은 감칠맛 나고, 사람들 삶의 세목으로 충만하다. 이 시집의 시편들은 시인이 세계에 주는 선물이며, 그 모든 인간성과 폭력에 대한 기막힌 20세기의 초상이며, 한국 국민의 생명력에 바치는 찬사"라고.

민중문학에서 민족문학으로
확장돼 나가는 전원 시편들

엷대기 만곤이 수곤이 형제와
전 이장 홍구씨와
너나들이 복술이
이렇게 허물없는 네댓이서
걸어둔 잠바 입고
평택 제일예식장에 갔다
이 얼마 만이냐
오래간만 대처에 갔다
담배도 누런 청자로다 한 갑 샀다
공도면 사는 김주식의 아들 결혼식이
거기서 딴따라라 딴따라라 하며 열렸다
신부는 양성이씨 종산 근처
군계고개 가겟집 딸이라는데
화장 한번 진하여 미운지 고운지 몰라보아도
턱이 두툼해서 성깔은 잠 들었겠다
우리는 부좃돈 천원 또는 이천 원 내고
신랑 측 손님 대접하는 일미식당으로 갔다
거기서 육개장백반에 소주잔깨나 주거니 받거니
술 인심 하나 붙잡고 이 세상 사는 것 아닌가
그래서 우리는 콧마루가 맹맹히 취하기 시작했다

주식이 자네 며느리 잘 보았네 암 잘 보았네
서로 잡는 손 나뭇등걸 같으나
우리들의 반가운 웃음에 이빨이 쪼르르 빛났다
거기서 이만저만 나와서
우리는 한푼씩 내기로 이차를 제의했다
큰거리 막걸릿집에 들어가 당당해졌다
천장에는 파리떼 옴짝달싹하지 않고 붙어 있고
형광등에는 파리똥깨나 뿌려져 있다
그 밑에서 우리는 새 세상으로 둘러앉아
꽤나 독해진 막걸리 대여섯 병을 마셨다
어이 주모에게 농담을 걸어도
째진 눈매 하구선 대꾸도 없어 싱거웠다
우리는 어드메 쓰다 달다 하지 않고
거기서도 표표히 나와
바람 부는 거리의 먼지에도 끄떡없었다
안성 가는 일반버스에 어서어서 타고
꾀벽쟁이 동무 창수를 만나보러
만정리 지나 문터에서 내렸다
그는 부쩍 야위고 수염발 희끗거렸다
농약에 중독된 이래
이날 저날 시름으로 앓고 있었다
일어나 술 한잔 하세
어쩌고저쩌고 병문안했으나
한참 있다가 나와버렸다
야구르트라도 드시구 가셔요 하고
창수 마누라가

학교 앞 가게로 가려는 것을 말렸다
거기서 나와
우리는 술이 깨면서 서로 두리번거렸다
이 세상이 천년이나 사는 곳이 아니라
우리들 하나하나 떠나야 할 세상이었다
그러나 복술이도 나도
여기서 상여 타기 전에는 어디로 가지 않는다
나그네는 칠성판 나그네로 그 한 번으로 족하니
우리에게는 땅 부쳐 먹는 일밖에는
배운 도둑질 하나 없는
늙은 황소 주암옹두리 아닌가
휘적휘적 고개를 넘자
우리 동네 뒷동산 리기다소나무들이
우리보다 먼저
우리를 알아보고 바람을 쓸어내고 있다

1986년에 펴낸 신작 시집 『전원시편』에 실린 시 「나들잇길」 전문이다. 『전원시편』에는 1983년 결혼한 직후 거처를 옮긴 경기도 안성군 공도면 마정리에서 농투성이 마을 사람들과 전원과 어우러져 살며 나온 시편들이 실려 있다.

「나들잇길」에는 그런 전원에서 마을 사람들과 함께 결혼식장에 가서 허물없이 어우러지는 시인의 하루가 담겨 있다. 하루 이야기를 끌고 가면서도 거기에는 삶 속에서 나오는 민중의 언어와 정서, 그리고 철학이 고스란히 담겨 있어 『만인보』의 어느 한 편을 읽는 맛과 멋, 재미를 느끼게 한다.

안성 조그만 촌에 사는 사람들이 평택시 예식장에서 열리는 동네 사람 아들 결혼식에 가느라 “오래간만에 대처에 갔다”는 첫 대목에서부터 시인은 촌사람들과 대번에 한 통속이 돼 있다. 이 시의 화자는 널리 알려진 시인이자 민주화운동의 투사로 서울을 제집처럼 드나들고 있는 시인 자신이 분명한데도 말이다.

그래 결혼식 일반 풍경을 “딴따라 딴따라 하며 열렸다”고 촌사람의 눈과 심정으로 단박에 요약해버리고 있다. 화장을 진하게 한 신부의 얼굴도 민중의 해학으로 그리고 있다.

식이 끝나고 피로연으로 식당에 가 서로들 반갑게 술 마시는 풍경이 참 정겹다. “술 인심 하나 붙잡고 이 세상 사는 것 아닌가”라는 화자의 말인지 누구의 말인지 분간 없는 말속에 민중들의 이 세상 사는 맛이 그대로 녹아들어 있다.

피로연에서 나와 2차의 술집에서는 민중들의 삶의 풍속화가 그대로 드러나 있다. 허접한 시골 술집 풍경과 주모에게 농을 건네려는 술꾼들이 눈에 선하게 들어온다. 거기에 부줏돈으로 천원, 이천 원 내고 간 결혼식장 피로연에서 너무 많이 마시면 혼주에게 손해일까 더 마시지 않고 나와 다시 품앗이 해 2차로 막걸릿집으로 가는, 그림으론 그릴 수 없는 민중들의 착한 심성까지 담고 있다.

2차 막걸릿집에서 나와 안성 가는 버스를 타고 동무를 문병 가는 장면도 촌과 민중들의 풍속화다. 그 동무는 농약에 중독돼 시름시름 앓으며 죽어가고 있다는 데서 오늘의 농촌문제도 환기된다.

문병 마치고 돌아오는 길 다들 앞으로 닥칠 죽음을 생각한다. “이 세상이 천년이나 사는 곳이 아니라/ 우리들 하나하나 떠나야 할 세상이었다”란 대목에선 자연 사랑이나 환경 보전 등의 문제들도 환기하고 있다.

그래 “땅 부쳐 먹는 일밖에는/ 배운 도둑질 하나 없는” 착한 농투성이들이 나그네 삶을 멈추고 죽을 때까지 정착할 땅과 자연이기에 환경은 더 깨끗이 보전되어야 할 것이다. 그런 농투성이들의 삶에 시인 화자는 ‘우리에게는’이라며 하나가 되고 있음을 다시금 확인시켜 주고 있다.

동네도 들어오자 뒷동산 리기다소나무들이 바람을 쓸어내며 일행을 반기고 있다. 이렇게 「나들잇길」에는 시인이 사는 안성 촌마을의 정겨운 풍속화와 함께 오늘의 농촌 문제점도 들어 있다. 그러면서 영원히 우리와 동등하게 어우러져야 하는 자연 삼라만상에 대한 배려도 들어 있다.

수북수북 눈 쌓여 날짐승 궁하다
개밥그릇에 와서
개밥 남지기 잘도 먹네
까치 두 마리
아침저녁 꼭 와서
개 먹고 나면 잘도 먹네
개 보아라 제 밥그릇에
까치 와도 으르렁댈 줄 모른다
이래야 한다 이래야 한다
멀리 산 하나 솟는다
이 세상의 밥 이래야 한다

시집 『전원시편』에 실린 시 「밥」 전문이다. 눈 쌓인 겨울날 세상의 밥에 대해 쓴 시다. 온 산과 들녘에 눈이 하얗게 쌓인 겨울날이면 고압선 전깃줄에 앉아 배고프다 울어대던 까마귀들의 마른 울음소리가 불쌍했는데, 시인의 촌 동네 새들은 용감하게 개밥을 먹는가 보다.

개가 남긴 밥을 아침저녁으로 때 되면 찾아와 먹는데 개는 가만히 보고만 있는 모습을 보고 시인은 문득 깨닫는다. 그래 "이래야 한다 이래야 한다"는 당위를 감탄으로 내뱉으며 "이 세상의 밥 이래야 한다"고 세상 천지간을 일깨우고 있다.

밥을 가지고 우리는 얼마나 그러지 못했던가. 자기 밥 다 챙기고서도 남이 먹을까 봐 얼마나 으르렁댔던가. 개도 나눠 먹는 뼈다귀까지 다 갉아 먹으려 하고 있지 않은가. 어느 겨울날 문득 촌집의 한 장면을 바라보며 개만도 못한 세상의 밥그릇 싸움을 문득인 양 점잖게 타이르고 있는 시다.

아직도 추운 밤인데
아직도 추운 아침 꼼짝하기 싫은데
내 동생 만길아
오늘이 입춘이구나

얼마나 고마우냐 오늘이 입춘이구나

아직도 겨울인데
이 겨울에
봄이 왔구나

만길아 나와 보아라

빈 들도
하늘도 부옇다
보아라 이쪽 장구배미에도
저 언덕 비알밭에도
냉이 뚝새 파랗게 돋아났구나

아무리 숨 막히던 긴 겨울이라도
겨울은
끝내 하나의 봄이고야 만다
그동안
언 산 언 것들
그대들도 끝내 녹고야 만다

내 동생 만길아
일 년 중 가장 좋은 날이 오늘 아니냐
가장 좋은 날 입춘 아니냐
이날이면
묘향산 지리산 범도 사람 된다
고목 한 그루도 눈뜬 사람 된다

주린 새 드높이 날아간다
그놈들도 산 넘어가서 사람 된다
내 동생 만길아
나와 보아라

나와서
너도 나도 새 되든지
밭두렁 풀 되든지 하자꾸나

시집 『전원시편』에 실린 시 「입춘」 전문이다. 이제부터는 봄으로 들어선다는 입춘立春 절기를 맞아, 근황과 생각과 밖의 풍경을 '동생 만길'한테 말하고 있는 시다.

동생이 누구인 줄 모르겠으나 촌 동네나 운동권이나 문단의 후배일 수도 있고, 시를 읽는 그 누구여도 좋다. 살가운 정으로 입춘에 대해 말하기 위해 부르고 있는 호칭이니까.

아직은 춥고 그래서 꼼짝하기 싫은 날인데 절기상으로는 입춘이다. 바깥에 나와 보니 하늘도 빈 들도 부옇다. 봄철이면 찾아오는 불청객 황사인지, 나무 깊은 뿌리로부터 가지 끝까지 봄을 맞아 뿜어 올리는 물기 때문인지, 천지간은 봄기운이 뻗쳐 부옇다. 그리고 가만히 둘러보니 여기저기 봄나물들이 새파랗게 돋아나고 있다. 그렇게 봄은 오고 있다.

"아무리 숨 막히던 긴 겨울이라도/ 겨울은/ 끝내 하나의 봄이고야 만다"는 대목에선 자연 순환상 오는 봄이 정치 사회 현실상으로도 순리며 당위임을 강하게 환기하고 있다. 그러면서 숨 막히던 겨울에 언 모든 것과 그대들도, 봄이 오면 끝내 녹고야 말 것임을 확신하고 있다.

그리고 봄이 되면 동물도 식물도 새도 모두 모두 사람이 된다. 사람은 그런 동식물 모두 모두가 되고. 그렇게 삼라만상의 생명들이 일체가 되어 무등등하게 어우러지는 봄 세상을 노래 부르고 있는 시가 「입춘」이다.

이렇게 안성 촌마을에 살며 일군 시집 『전원시편』 속의 좋은 시편들은 독재 정치와 왜곡된 사회의 현실에 강렬하게 맞서는 1980년대 획일화된 현실주의, 민중시에 숨통을 트여주고 있다. 일상의 삶 속에서 자연과 환경과 차별 없는 생명 등의 발견과 감탄 등으로 이어지며 1990년대 젊은 시인들의 시 세계에 한 길라잡이가 된다.

귀뚜라미야
귀뚜라미야
밤새도록 너는 싸우고 있구나
거룩하구나
우리에게는 오두막도 없이
언제나 반대가 옳았다
저 거짓투성이 네거리에 세워진 것은
그 누구도 세우려 했던 것이 아니다
우리에게는 차라리 어둠이 나라였다
이 땅에서 꿈이란
젊은 날 목메어 울던
푸른 하늘이 아니라 반대였다
노래하는 동안
뭉치는 동안

1986년 펴낸 신작 시집 『시여 날아가라』에 실린 시 「입추 뒤」 전문이다. 가을로 들어선다는 입추立秋 지나고 나서 부쩍 크게 들리기 시작하는 귀뚜라미 우는 소리를 들으며 민주화 투쟁을 회상하고 있는 시다.

귀뚜라미가 깃들어 밤새도록 우는 오두막도 없이 민주화 투쟁은 밤새워 이뤄졌다. 대낮에는 최루탄 가스에 눈물 콧물 쏟으며 전경들의 방망이에 쫓기는 아스팔트 투쟁의 현장이 집이었다.

"어둠이 나라였"기에 "언제나 반대가 옳았다". 그런 어둠의 나라에서 젊은 날 푸른 하늘을 쳐다보며 목메어 울던 낭만적 꿈은 꿀 수도 없었다. '반대'가 어두운 시대에는 차라리 꿈이었다. 시인은 그렇게 시를 쓰고 동지들을 뭉치게 했다.

1987년 민주헌법쟁취 국민운동본부 상임공동대표를 맡은 시인은 6월 항쟁에 적극 참여하며 일반 시민들까지 시위에 끌어들이게 했다. 동대문, 세운상가, 서울역 광장 시위 최전선에 나서기도 했다. 박종철·이한열 군 추도회를 주관하고 추도시를 낭송하기도 했다.

서울 시청 앞 광장 2백만 시민집회에 앞장섰으나 그 행렬을 청와대로까지 이끌지 못한 것을 두고두고 되뇌고 있다. 그 결과 대통령 직선제의 6.29선언에 이렇다 할 정치적 대응 없이 대통령선거 국면을 맞아 재야가 여러 갈래로 찢어지는 것을 보고 낙담했다.

대선 국면에서 야당으로부터 부총재와 종로 지역이나 전국구 국회의원 후보 등을 제의받았으나 일체 사양했다. 정치에 나서지 않고 시인으로 살며 시작詩作과 저술에 몰두하기 위해서였다.

당국으로부터 가택연금 조치를 자주 당해 이를 피해서 떠돌이 생활로 보내기도 했다. 버클리대 초청을 받아 임시 여권을 발급 받아 미국과 캐나다에서 두 달간 강연과 여행을 하고 돌아왔다. 일본의 국제평화대회 초청도 받았으나, 정작 일본 정부로부터 '배일排日 사상가'로 낙인찍혀 비자를 받지 못했다.

자유실천문인협의회를 확대 개편해 민족문학작가회의를 창립하는 데 주도적으로 참여했다. 질과 양적인 측면에서 현실주의 문학을 확대하기 위해서였다.

1989년에는 남북작가회담 추진위원회 위원장이 되어 남북작가회담을 북측에 제안했다. 북측 대표단과 만나 구체적인 일정을 협의하기 위해 판문점으로 가는 버스 안에서 연행되어, 국가보안법위반혐의로 서울구치소에 구속됐다. 국제펜클럽 등 여러 나라의 석방 운동과 구속 항의에 2개월 만에 보석 석방됐다. 문학을 넘어 예술 전 분야를 망라한 한국민족예술인총연합(민예총)을 주도적으로 창립해 초대 공동의장을 맞았다. 이로써 분단 이후 처음으로 진보적 예술인의 총결집체가 이뤄진 것이다.

바람 치는 날
몽고바람 치는 날
떨쳐
먼 길 떠나지 않을 터인가
사나이 시절에 못 견딜진대
그저 이대로
어라둥둥 석얼음으로 빈들거려서는 안되지 않겠는가
하늘 아래 삭정이 한 가지도
바람으로 떨어대어 마디고 마딘 불쏘시개이거니와
하물며 이 땅의 어둠으로 자란 사나이 하나하나
그대 앞가슴 벼랑 달구어
먼 길 나서지 않을 터인가
비록 먹구름 만장 몰려올지라도
바로 거기 아닌가
그대 품어낼 드넓은 누리 다홍치마 휘날리는데
바람 치는 날
그대 떠나지 않을 터인가

그대 떠나지 않을 터인가

1988년에 펴낸 신작 시집 『네 눈동자』에 실린 시 「바람 시편」 마지막 부분이다. 「바람 시편」은 바람처럼 떠도는 시인이, 바람을 주제와 소재로 해서 각기 소제목을 단 12편의 짧은 시편으로 구성했는데 그 마지막 편인 '권고' 전문이다.

제목처럼, 바람 세게 부는 날 '그대'라는 우리 모두에게 안주安住하지 말고 떠날 것을 권고하고 있는 시다. "그대 떠나지 않을 터인가"를 내내 반복하며 떠날 것을 집요하게 호소하고 있는 시다. 물도 아니고 얼음도 아니고 그 중간 '석얼음'으로 떠 빈들거리지 말고 떠나자는 것이다.

그렇다면 떠나서 갈 곳은 어디인가. '먹구름 만장 몰려오는 바로 거기'다. 거기로 "이 땅의 어둠으로 자란 사나이 하나하나" 모두 떠나자는 것이다. 어둠에 묻히고 또 어둠이 몰려오는 그곳에서 '불쏘시개'가 되자는 것이다.

이렇게 이 시는 어둠과 부정으로 꽉 찬 이 시대와 사회에 맞서 싸우는 현장으로 대중들을 불러 모으는 선전 선동시로 읽힐 수 있다. 그 사나이들, 대중에는 물론 화자인 시인도 포함돼 있다. 시인은 이렇게 시와 시위 현장에서의 온몸으로 1970, 1980년대 이 땅의 민주화운동을 이끌었다.

그런 대중 선동을 위한 민중시이면서도 우주의 순리와 삶의 깊이를 내장하고 있는 시가 '권고'이기도 하다. 어디에도 안주하지 못하고 바람처럼 떠돈 시인의 삶에서 나온 깊은 철학을 자신에게 권유하듯 토로하고 있는 시이기도 하다.

특히 "그대 품어낼 드넓은 누리 다홍치마 휘날리는데" 대목을 보시라. 얼마나 선정적이고 또 얼마나 활물론活物論적인가. 드넓은 미지의 세계가 다홍치마를 휘날리다니. 시인은 그런 유혹에 못 견뎌 산으로 바다로 도회로 촌으로 세계로 떠돌고 있지 않은가. 미지의 그 영점의 세계로.

그런 활물론, 애니미즘의 활력은, 만물은 하나로 같다는 동양적 불교적 세계에 바탕하고 있다. 만물은 사람인 내가 되고 나는 또 만물이 되는 윤회관이며, 모든 것은 하나인 태극에서 나와 음양으로 나뉘어 무궁무진 분화되다 하나로 돌아간다는 『주역周易』에서처럼, 한 자리에 붙박이지 않고 꽁지에 불난 듯 떠도는 시인의 시와 삶에서 나온 활력이다.

태초의 언어로 세상 모두에 참여해
노래하고픈 음유 시인

두 살배기가
내 책상 원고지에
김형균이가 찍어다 준 원고지에
잉크를 몽땅 엎질렀다
글 쓴 원고지 흩어 거기에 엎질렀다
너 이놈!의 '너 이'까지 튀어나오다가
그 호통 아차 하고 숨 돌려
내 얼굴 환한 웃음으로
잘했다 잘했나 하고 얼러주었다
이건 뭐
아기를 위해서가 아니었다
진짜 잘했기 때문이다
내가 애써 쓴 글
그 글이 잉크로 다 지워져 없어졌다
그 폐지廢止
그 소멸 지나서
나는 다시 쓰리라
죽음 없이 어이 새로우냐
이 땅을 실컷 노래하리라 밤이여

두 살배기 차령이가 이것을 가르쳤다

둥기둥기
새 세상 노래하리라
둥기

시집 『네 눈동자』에 실린 시 「잉크」 전문이다. 애써 쓴 원고지에 두 살배기 딸이 잉크를 엎지른 황당한 처지에서 솟구쳐 나온 극히 사실적인 시다. 밤새 쓴 원고에 그렇게 잉크가 엎질러졌든지 아니면 컴퓨터에서 원고가 졸지에 날아가 버려 복구할 수 없는 황당한 경우를 누구든 한두 번 겪었을 것이다. 그럴 때 대부분 화풀이하며 속을 끓이게 마련인데, 시인은 아니다.

"너 이놈"하고 딸을 나무라려다 금방 멈추고 "잘했다"고 얼러주고 있다. 시 본문에 나온 대로 아이를 위해서가 아니다. 진짜 잘했기 때문이다. 시인은 늘상 자신이 쓴 시나 글이 무엇인지 모른다고 거듭거듭 밝힌다. 방금 전 일이나 글은 까마득히 잊고 과거와 절연된 영점의 상태에서 매양 새로운 세상을 살기 위해서다.

"그 폐지/그 소멸 지나서/나는 다시 쓰리라"며 과거를 늘상 소멸시키고 폐지를 거쳐 현재를 맞는다. 그렇게 죽고 죽었다가 다시금 새롭게 태어나고 태어나곤 한다. 그래서 항상 한곳에 안주하지 않고 매양 새로운 세상에 떠돌며 "이 땅을 실컷 노래하리라"라고 밝히고 있는 것이다.

그렇다면 왜 "밤이여"라는 감탄으로 '밤'을 부르고 있는 것인가. 밤은 이 땅이 시대의 밤, 독재의 어둠의 상징일 수도 있다. 그와 함께 마음이 어디에 물들거나 깨어나지 않은 무명無明의 상징으로 읽을 수도 있다. 기존의 지식이나 그 어떤 것에도 영향 받지 않은 영점 상태의 마음에서 새 세상을 노래하겠다는 것이다.

세 살 네 살 아기의 말
말 배워
여기저기서 튀어나오는 말
하늘 아래
큰 공중이 깜짝 놀라는 말
그 말로 하여금
이제까지 만년의 말들 자취 없고
이 나라에
새로운 말이 태어납니다
새로운 세상이 태어납니다
버들가지에 푸릇푸릇 물들어 태어납니다
뭇사람이여 아기 앞에서
그대들의 말 한번 버릴지어다
그대들의 사상 버리고
새로 푸릇푸릇 태어날지어다
희뿌연 하늘 아래

1988년에 펴낸 신작 시집 『나의 저녁』에 실린 시 「아기의 말」 전문이다. 막 말을 배우기 시작하는 서너 살배기 아기 입에서 터져 나오는 말을 소재로 삼은 시다. 아마 그런 딸을 키우며 나온 시 같아 보인다.

나도 그런 아들을 키우며 말의 경이로운 힘에 놀라고 감탄한 적이 있다. 봄날 들녘을 손잡고 거닐며 막 모내기를 한 벼와 그 색깔에 대해 가르치려 했다. 먼저 아들도 아는 하늘을 가리키며 '하늘은 파랗다'고 파란 색깔에 대해 가르쳤다.

그리고 논에 있는 벼를 '벼'라고 일러주었다. 그랬더니 아들이 "벼도 파랗다"고 했다. 그 말을 듣는 순간 우주가 기우뚱하는 듯 했다. 도대체 '도'라는 조사는 어떻게 알았을까 생각하며, 말과 문리文理가 곧 우주의 생성이요 순리임을 문득 깨달았었다. 그래 『성경』에서는 하느님이 말로써 천지 만물을 창조했다고 하지 않는가.

위 시에서도 그런 말의 경이로운 창조성을 "큰 공중이 깜짝 놀라는 말"이라 하지 않는가. 새로운 말이 태어나 새로운 세상을 낳는다고 하지 않는가.

아, 그러나 말은 그렇게 새로운 세상을 창조하는 힘이 있었는데 지금은 아니다. 온갖 지식과 사상에 오염돼 그런 힘을 잃고 오로지 의사소통의 기호로 전락했다. 그래서 시인은 그런 말들을 버리고 아기의 최초의 말로 돌아가라고 한다.

무릇 모든 시인의 말은 그런 태초의 말을 지향해야 하는 데도 기성의 언어에 너무 함몰돼 새로움도 창조성도 없다. 그걸 타파하기 위해서라도 시인은 한군데 머무르지 못하고 그렇게 떠나고 떠돌고 있는 것이리라. 일단 안주하면 그곳은 기성의 낡은 세계일 것이니.

지금 나는 음유 시인을 잉태하고 있습니다
내 둥근 배를 만져 보십시오
어린 음유 시인이 놀고 있지 않습니까
얼마 있으면
이놈이 나옵니다

우리나라가 온전한 나라로 되면
이놈이 나와서
우리나라 삼천리 방방곡곡을 다니면서
이 땅을 노래로 시로 울려줍니다
내 둥근 배를 만져보십시오
벌써부터 배 속에서 노래하고 있지 않습니까
나는 이놈이 나와
우리나라를 다닐 때면
나의 시를 그만두겠습니다
그동안 가랑잎 하나도 날리지 못했습니다
이런 참회 이상으로
내 예감은 빛나고 있습니다
그놈이 다니면서 부르는 노래와
때로는 영롱하게
때로는 쉰 목청으로
낭송하는 시의 가락이 들리고 있습니다
내일은 오늘입니다 오늘입니다

1992년에 출간한 신작 시집 『내일의 노래』에 실린 시 「우리나라 음유 시인」 전문이다. '음유吟遊 시인'이란 문자 그대로 세상을 떠돌며 즉흥적으로 시를 지어 낭송하고 노래로도 부르는 시인이다. 누가, 무엇이 시키지 않아도 그게 좋아 자발적으로 그렇게 즐기는 시인이다.

이 시에서 그런 음유 시인을 잉태하고 있다고 시인은 토로하고 있다. "우리나라가 온전한 나라로 되면" 그놈을 세상에 낳겠다며 그걸 예감하고 있다. 아니 시인은 지금 그런 음유 시인을 잉태하고 있는 게 아니라 타고난 음유 시인이다.

그래서 "때로는 영롱하게/ 때로는 쉰 목청으로/ 낭송하는 시의 가락이 들리고 있습니다"라고 했다. 시인은 그렇게 많은 곳에서 시를 낭송해왔으니까. 오늘도 그렇게 여러 장소에서 즉흥적으로 쓰고 낭송하고 있으니, "내일은 오늘입니다"라고 했을 것이다.

『내일의 노래』에 실린 시들을 통해 시인은 현실주의 시는 물론 서정시, 선시, 기행시 등 모든 종류의 시를 다 아우를 수 있는 시의 폭과 깊이를 한 몸으로 보여주고 있다. 모든 현실과 서정과 정신세계를 시적으로 즉각 소화할 수 있는 우리 시대 최대의 음유 시인임에도 불구하고 이 시에서는 아직 음유 시인은 아니고 잉태하고 있다고만 털어놓고 있다.

여전히 현실은 뒤틀리고 아프기 때문이다. 그런 현실적, 역사적 의식과 상상력을 놓치지 않고 있기에, 서정시나 선시로 분류될 수 있는 시에서마저 참여시로서의 현실 의식을 느끼게 하고 있다.

그렇게 잉태했다는 음유 시인의 빛나는 예감은 그대로 맞아떨어졌다. 시인은 이후 한반도 방방곡곡은 물론 지구촌 곳곳을 떠돌아다니며 민족시인이면서 전지구적 시인으로 우뚝 서게 된다.

그동안 나는 바람 부는 서울에서 광주에서
부산에서
한반도 휴전선 언저리에서
이 몸뚱어리 한 개로
하염없는 즉흥 참여시를 노래하였습니다
때로는

느닷없는 폭풍우의 밤바다 파도자락이 되고저
땅 위의 피 어린 우연에 떨어지는 벼락이 되고저 하였습니다
때로는
한 방울의 눈물도 되지 못하면서
벗들과 함께
눈물의 거리에 서 있었습니다

세월이란 가는 것이나 오는 것이 아닐지라도
내가 노래한 참여시에 담긴
수많은 내일들은 무엇이었던가
알알이 영롱한 꿈을 품어
어느새 알을 깨고 나온 새 새끼들은
그렇다치고

오늘 후두둑 날아오르는 것은
잘 길들여진
비둘기 몇백 마리일 뿐
텅 빈 광장은
언제 그곳이 그토록 거룩한 곳이었던가를 통 모르고 있습니다

그런데 귀 기울이면 들려옵니다
새로운 시절의 북소리가
둥둥둥
새로운 시절 참여시의 커다란 의미가 치솟는 북소리가 들려옵니다
참여란 어제까지도 오늘입니다
내일에 이르는 오늘입니다
나도 저 북소리와 함께

다시 벌떡 일어서 응시합니다

내가 언제까지나 참여할 파괴와 창조의 한반도 어느 지점에서
눈보라 날리는 날
둥둥둥
때맞춰 북소리가 들려옵니다

1997년 펴낸 신작 시집 『어느 기념비』에 실린 시 「참여시」 전문이다. 자신의 삶과 시에 대해 밝히고 있는 시다. 존대 어법으로 경건하면서도 솔직하게.

총 다섯 연으로 구성된 첫 연에서는 시인이 앞장서 살아내고 썼던 민주화운동 시대의 삶과 시를 말하고 있다. 전국 방방곡곡 투쟁의 현장에 온몸으로 참여했고 즉흥시를 써서 노래 불렀다고.

둘째 연에서는 운동의 세월이 지난 시점에서 '참여시'를 묻고 있다. 참여시에서 수많은 내일을 노래해 왔고 지금도 내일의 꿈을 노래한 시들이 나오고 있다고.

셋째 연에서는 민주화운동이 휩쓸고 간 텅 빈 광장과 지금의 시대를 허망하게 바라보고 있다. "잘 길들여진" 오늘만 있고 태초나 창조나 야성은 없는 광장과 시대에서 '거룩함'을 떠올리고 있다.

넷째 연에서는 그런 태초의 거룩함이 없는 시대에도 시인의 내부 깊숙한 곳에서 거룩한 북소리가 들려온다. "새로운 시절 참여시의 커다란 의미가 치솟는 북소리"가 둥둥둥 울려온다. 어제의 현실이나 정치적 참여시뿐 아니라 오늘도 내일도 계속되는 참여시의 의미 확장의 북소리가 울려온다.

마지막 연에서는 시인은 언제까지나 참여시를 쓸 것임을 다시금

확인한다. "파괴와 창조"에 참여하는 시는 시인에게 있어 모두가 참여시라며.

시인은 순간을 창조하고 영원을 창조하고 있다. 발 딛고 선 현실을 바탕으로 실감으로 창조하고 있다. 끊임없는 기성의 파괴와 새로운 세상의 창조, 그리고 가슴 속에서 매 순간 고동쳐오는 가슴 벅찬 순간의 생명으로 영원을 창조해가는 영원한 참여시인이 고 시인 아닌가.

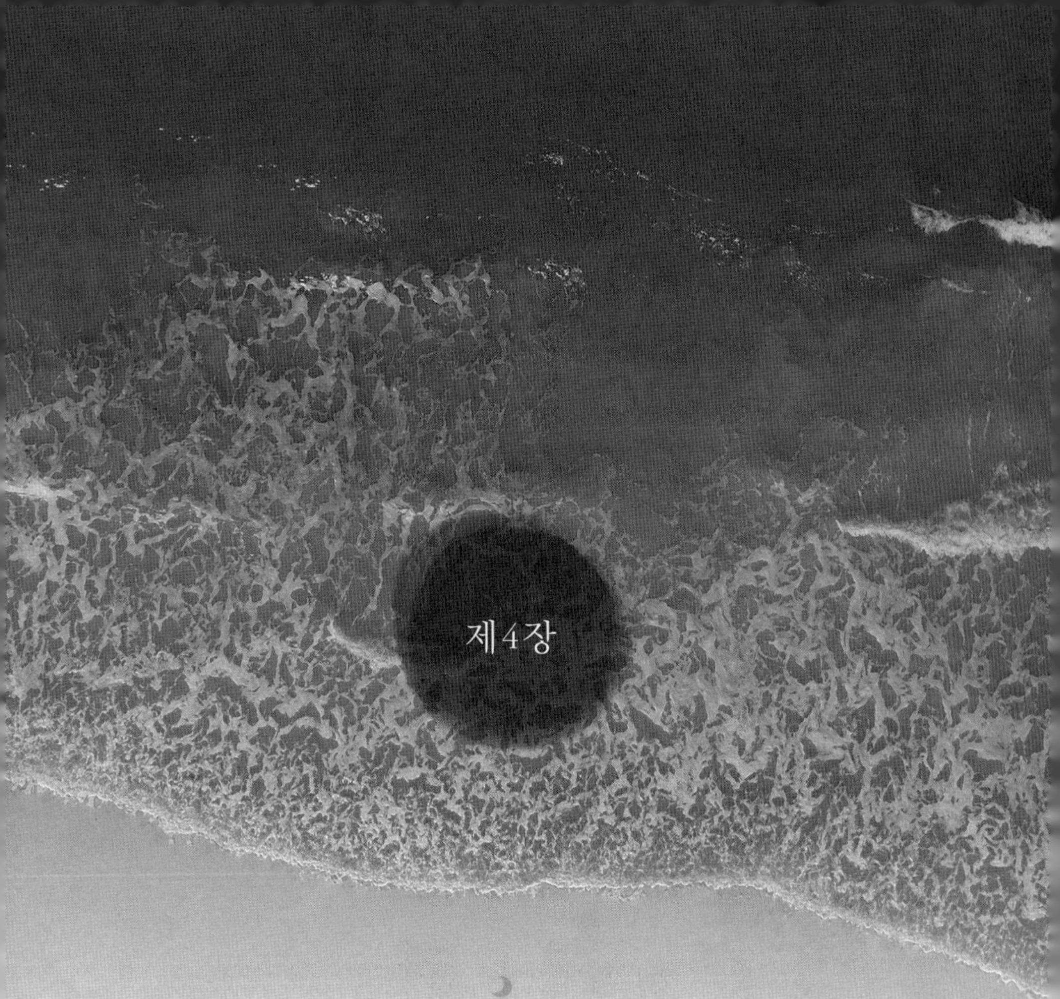

제4장

민족시인에서 세계시인으로의 벽찬 삶과 시

죄짓고
배꽃 피거라

죄짓고
죽을죄 짓고
단풍 들거라

죄짓고
비바람 치는 날 숨지거라

우리 모두의 한 생애 이리 벅차거라

—「무제 시편 363」 전문

수만 편의 시 창작과
수만 권의 독서에도 여전한 배고픔

어제 일기 끄트머리에
이렇게 썼습니다

쓰기가 없는 날은
우주에의 불경이다
일기가 없는 날은
나 자신에의 불경이다

오늘 무엇을 쓰고 무엇을 읽었습니다
예도 있고
지금도 있었습니다
여기도 있고
저기 저기도 있었습니다

그래도 배고픕니다
그래도 산소 희박으로 숨찹니다

그래도 아득합니다

2013년에 펴낸 신작 시집 『무제 시편』에 실린 시 「무제 시편 141」 부분이다. 1천 쪽 넘는 두꺼운 분량에 '무제 시편' 연작만 5백39편, 부록으로는 2011년 펴낸 『내 변방은 어디갔나』 이후 발표한 시들을 여느 시집으로 치면 한 권 분량 실었다.

이 시집을 펴내며 시인은 "시집 '무제 시편'이란 이름은 오만이거나 하심下心이거나 할 것이다. 그렇더라도 구애받지 않는다. 다만 이런 '무애시론無碍詩論'의 그늘이 이것에도 드리워져서 '어떤 것도 예술일 수 있다'는 어느 선언을 '어떤 것도 시이다'라는 모험으로 삼지는 않고 있다"고 밝혔다.

시와 시집에 제목을 붙이지 않은 것을 '오만', 혹은 '하심'이라 토로하고 있다. 나는 마음 다 내려놓고 쓴 시이니 제목에 얽매어 읽지 말고 마음대로 읽어라는 하심 쪽보다는 오만으로 보고 싶다.

환갑, 칠순, 팔순, 구순 다 지나서도 더 열심히 쓰고 세계 오대양 육대주를 한 해면 그 반 넘게 마실 가듯 드나들며, 강연하고 시 낭송하고 세계 시인과 독자들과 교류하면서 끊임없이 읽고 쓰고 있으니, 제목 달 짬도 없었을 것. 그래 그냥 '무제'라 던져놓으며 마음대로 읽어라는 '오만' 쪽으로 나는 보고 싶다.

그런데도 '무제 시편'에 실린 시편들에 제목을 단 시편들보다 더 마음이 끌린다. 시인과 독자 쌍방의 '하심' 때문인가. 진솔한 토로, 담박한 서정, 아무 어려울 것 없는 깨달음이 그대로 가슴에 와 안기며 심장을 뛰게 한다.

일기 쓰듯 자신의 일상과 속내를 토로한 위 시 「무제 시편 141」에도 잘 드러나듯 시인은 계속 읽고 쓰고 있다. 그렇지 않으면 눈에 뿔나고 입안에 가시가 돋칠 것 같은지 옛날부터 끊임없이 각종 서적이며 시 등을 읽고 자신의 시와 시론과 소설 등을 써오고 있다.

2021년 연말 모임 때 내게 보여준 쪽지에는 "단시 정리, 일기 교열, 카이스트 대담, 장시 운명, 일반시, 회상시" 등등이 빼곡히 적혀 있었다. 단시, 장시, 일반시는 알겠는데 회상시가 뭐냐 물었더니 "아직 기억이 생생할 때 과거에 만난 사람과 일 등을 써나가는 시로 『만인보』의 후속편쯤"이라고 했다.

그렇게 여러 작품을 쓰고 고치고 또 필요한 책은 한 보따리씩 구해다 읽으면서도, 하루 영화 한 편씩은 아내와 함께 꼭 본다고 했다. 왜냐면 "어느 영화 속에나 다 청춘이 들어있다"며 그런 청춘을 위해서란다. 구순을 넘긴 나이에도 시인은 영원한 청춘이다. 한 해 두 해의 해나 철이 시인을 애당초부터 비껴가고 있는 모양이다.

그렇게 메모처럼 일기처럼 써서, 시라는 장르로 발표한 단상이나 무제 시편 등도 짧거나 길거나 다 시적 울림을 강하게 주고 있다. 오만하거나 모험적인 전위적 시를 시라고 우기는 것이 아니라 '시의 변방', '시의 원초', '본디 면목'으로서 아득한 울림과 깊이를 준다.

「무제 시편 141」에도 "우주에의 불경이다", "나 자신에의 불경이다"며 우주와 나 자신을 한 통속으로 보고 있는 무애가 드러나고 있다. "예도 있고/ 지금도 있었습니다"는 과거의 현재, 현재의 과거 등 전생 현생 후생의 3세를 지금 이 순간 잇고 있다. "여기도 있고/ 저기 저기도 있었습니다"며 전우주적 시방세계 여기저기를 이곳에 잇고 있다. 시방삼세十方三世를 지금 이곳에 펼치고 있는 시인 것이다.

그런 시력詩力이면서도 시인은 배고프고 숨차다 하고 있다. 불교에서 세상의 중심이라는 수미산, 카일라스 산을 오르다 산소 희박으로 숨 끊기기 직전 허위허위 내려온 그 실감으로. 시의 아득히 멀고 높은 곳을 향하여 오늘도 부지런히 배우고 쓰고 있기에 오장육부가 실감으로 그 아득한 시의 길을 체감하고 있을 것이다.

옛 고운孤雲 최치원께서

돌이 말할지도 모르고
거북이 돌아다볼지 모르는데
어떻게 글로써
산을 빛나게 하고
개울을 아름답게 하리오
도리어 숲에서 부끄러움을 당하고
시냇물에게 무안을 당하지 않겠느뇨

라고 쓰거운 약 같은 혀를 내둘러 말하셨을 때!

이에 앞서
얼른
산은 눈부셔 빛나고
개울 또한
에미와 아기인 듯 어여쁘디어여쁘도록 총총 회돌아 흐르더이다

시의 강호 제군
올해 며칠쯤
시와 시 아닌 것
다 놔두고
빈손이시라

방금 숨진 송장의 빈손이시라 그 뒤 불현듯 살아나시라

2006년에 펴낸 신작 시집 『부끄러움 가득』에 실린 시 「쪽지 하나」 전문이다. 다섯 살 때부터 서당에 다니며 천자문을 떼고 나서부터 최

치원 시문에 반해왔다는 시인이, 최치원 글을 인용하며 부끄럽고 무안당할 시는 그냥 놔두라는 것이다.

"시의 강호 제군"이라며 당대의 시인들에게 훈시하는 시이면서도 자신의 시를 채찍질하고 있는 시이기도 하다. "방금 숨진 송장의 빈손이시라 그 뒤 불현듯 살아나시라"며 항상 빈손, 아비 에미 없는 영점에서 시를 쓰라는 것이다. 산이며 숲이며 개울 등 우주 삼라만상 본연 있는 그대로와 교감하기 위해 항상 태초로 돌아가라는 것이다. 영점에서 만물을 세상에 처음 내는 언어로 돌아가란 것이다.

그럴 수 있다면 정녕 그럴 수만 있다면
갓난아기로 돌아가
어머니의 자궁 속으로부터
다시 시작하고 싶을 때가 왜 없으리
삶은 저 혼자서
늘 다음의 파도 소리를 들어야 한다
(중략)
두고 온 것 무엇이 있으리요만
무엇인가
두고 온 듯
머물던 자리를 어서어서 털고 일어선다
물안개 걷히는 서해안 태안반도 끄트머리쯤인가

그것이 어느 시절 울부짖었던 넋인가 시인가

2002년에 펴낸 신작 시집 『두고 온 시』 표제작 일부다. 제목부터 회한이 서린 시다. 고 시인의 시로서는 보기 드물게 아쉬움과 외로움과 슬픔이 묻어나고 있다.

첫 행부터 "그럴 수 있다면 정녕 그럴 수만 있다면"으로 시작하는 참으로 절절한 인간적인 희원希願. 거기에 묻어나는 참으로 나약한 인간적인 정한이 독자들을 처음부터 끌어들이고 있는 시다.

그러면서 여느 시인들의 회고적, 퇴행적 회한이 아니라 과거와 미래를 아우른 현재진행형 회한과 바램이어서 더 간절하다. '두고 온 시'는 과거 어디에 놔두고 온 시가 아니라 "태안반도 끄트머리쯤"에서 "어느 시절 울부짖었던 넋"이라며 시방삼세를 다 아우르고 있지 않은가. 이렇게 시인은 언제나 "머물던 자리를 어서어서 털고 일어선다"며 안주하지 않고 "어머니의 자궁 속으로부터 다시 시작하고" 있다.

직후와 직전 사이 영점,
순간의 시학

누가 쏜 화살로 가 영영 돌아오지 않았던
어느 전생 직후

내가 나를 향해
쏘아올린 화살이
내 가슴팍에 피잉 박혀버리는
이 후생 직전

보라 나야말로 나의 적임을
세상이야말로
적의 꿈임을

시집 「무제 시편 107」 전문이다. '화살'이 두 번 나오며 시를 관통해 이끌고 있어, 저 1970~1980년대 널리 읽히며 민주화운동을 이끌었던 시 「화살」을 쉽게 떠오르게 하고 있다.

독재에 저항하며 온몸과 시로 맞섰던 그런 민주화운동 시절을 전생으로 보고 있다. 그에 반해 그런 화살이 박혀 피멍 든 가슴의 삶을 후생으로 보고 있다. 그러면서 전생 직후와 후생 직전의 바로 이 순간의 시간을 예리하게 보여주고 있는 시다.

전생의 과거와 후생의 미래를 면도날로 자르듯 예리하게 차단해버린 폐허. 영점의 이 순간. 과거의 관행도 거기에서 유발된 미래의 예감이며 꿈도 처단한 순수한 순간을 드러내고 있다. 그러면서 시간에 오염된 자신은 물론 기성의 세상을 부정하며 매양 새롭게 시작하는 시를 쓰겠다는 각오가 읽힌다.

2008년 펴낸 신작 시집 『허공』에 실린 시 「유혹」에서, 시인은 "지금 진달래꽃이 나오려 한다/ 개나리꽃들도/ 과감하게 나오려 한다// 이 흔해빠진 것들의 직전에 감사한다"고 했다.

이어 "모든 개념분석들/ 모든 논리실증주의들/ 모든 경험론들/ 모든 좌우 도그마들/ 이 꽃들의 암내에 씨근벌떡 쓰러지거라// 모든 관념들의 오랏줄 사슬 차꼬 성춘향의 큰칼 풀려나/ 뛰쳐나와라/ 뛰쳐나와/ 봄처녀 한사코 붙잡을/ 저 녀석으로 오라"고 했다. 개념이나 논리나 이념 등 관념이 아니라 그런 오랏줄 주박을 풀고 '봄처녀 붙잡을 저 녀석'이란 구체, 행위로 오는 봄을 새롭게 노래하겠다는 것이다.

그렇게 시인은 삶과 시에서 구체, 행위를 한사코 강조하고 있다. "이 흔해빠진 것들의 직전에 감사한다"며 꽃이 피기 '직전', 무엇이 다른 것으로 전화轉化하는 그 사이, 찰나를 보고 살며 쓰겠다는 것이다. 앞으로 다가올 것, 과거 배후의 하중으로부터 벗어나 시인이 맨몸으로 막 교섭하는 태초의 세계를 창출하기 위해서다.

이른 아침 뻐꾸기 세 마리 나란히 앉아
이 세상 좋을시고
저 세상 좋을시고 말 없다
어제 울던 뻐꾹뻐꾹 다 잊어버리고
오늘 울 뻐꾹뻐꾹 아직 일러라

이때가 제일 좋은 때!

시집 『뭐냐: 고은 선시』에 실린 시 「뻐꾸기」 전문이다. 어제 울던 뻐꾹새 울음 이제 들리지 않고 오늘 울 뻐꾹새 아직 울지 않은 때. 직후와 직전 사이가 제일 좋은 때라는 것인가. 아니면 "이 세상 좋을시고/ 저 세상 좋을시고"하고 인간의 뜻으로 울지 않고 말없이 나란히 앉아 있을 때가 제일 좋을 때라는 것인가. 그런 것 묻지 말자. 선禪이란 그냥 던져진 대로 단순하게 보라는 것일지니.

쪽파 두 단 담아온
검정 비닐봉지

빈 비닐봉지

괜히 바람 한 자락에 날아올라
저 혼자 춤추더라
춤추다가
울 넘어 시지부지 가버리더라

어머니

시집 『부끄러움 가득』에 실린 시 「비닐봉지」 전문이다. 뜻 없이, 아무런 이론이나 설명 필요 없이 좋은 시다. 시 텍스트 자체가 눈앞에 날리는 비닐봉지처럼 저 혼자 춤추며 현전하고 있는 시다. 있는 듯 없는 듯 시지부지.

위 시에서는 검은 비닐봉지 그 캄캄한 검정에서, 혹은 울 넘어 허공에서 울려온 듯한 "시지부지"란 말이 참 좋다. 있는 듯 없는 듯, 그러는 듯 그러하지 않는 듯 흐리멍덩한 '시지부지'란 글자의 상형과 음상이 시방삼세에 울리며, 이 순간 이곳에 빈 "비닐봉지"와 "어머니"를 병치시키는 주술을 부리고 있지 않은가.

싱싱한 삶과 시를 위해
역사로부터 돌아오라

벗들 소위 역사로부터 돌아오라
흘러 흘러 압록강이 바다에 있구나
인천 작약 영종도 너머 바다에 있구나
역사로부터 돌아오라
그것이 역사다
우리가 역사의 길 가기 위해서는
지나가버린 역사로 도피하는 기술을 끊어야한다
그 기술에는 내일이 없다 역사가 없다
그 단군조선 따위도
화랑 따위도 뭣도
쭈욱 미끄러져
동학도
이제 3.1운동도 그만 말하고
그 역사로부터 돌아오라
아무리 거기에 커다란 뜻 나붙어도
그것은 그것일 따름이다
역사가 커지면
역사가 무거워지면 오늘이 없다
벗들 역사로부터 돌아오라
아무리 발길로 차도 동티나지 않는 해골의 역사로부터

관념의 늪으로부터
가장 용기 있는 듯한 착각으로부터
과장으로부터
거짓으로부터 돌아오라
그토록 싱싱한 삶으로 된 역사도
그것을 말하는 자의 안보에 의해
시들어버린 역사가 된다
벗들 돌아오라
그대 역사의 길 그것이 아니다 그것이 아니다

1988년 펴낸 신작 시집 『네 눈동자』에 실린 시 「역사로부터 돌아오라」 앞부분이다. "벗들", 동지들을 논리정연하게 설득하고 있는 시다. 역사로부터 돌아오라고 간절하면서도 단호하게.

이 시가 쓰일 때는 민주화운동이 최고조에 이른 무렵이다. 1987년 민주헌법쟁취국민운동본부 상임공동대표로서, 독재에 맞서다 무참히 죽어간 대학생 박종철과 이한열 열사의 추도회를 주관하며, 일반 시민들까지 거리와 광장으로 불러낸 소위 6.10 민주화투쟁으로 대통령 직선제를 쟁취했던 때다.

민족의 역사와 현실을 중시하는 민주화운동의 정점에서 시인은 이제 "역사로부터 돌아오라"고 호소한 것이다. 왜? 시 본문에 잘 드러나듯 역사에 너무 의미를 부여해 '역사가 커지고 무거워지면 오늘이 없기' 때문이다.

자신들의 안보를 위해 역사를 해석하고 의미를 부여하는 용기와 과장은 거짓이고 되레 역사를 시들게 하기 때문이다. 그렇기에 역사로부터 지금 이 싱싱한 오늘의 삶으로 돌아오라는 것이다.

“현실의 커다란 모순에 맞서 그것을 부정할 때는 부정의 부정까지도 아우르는 자기 쇄신 없이는 그 부정의 굴레를 무릅쓰는 일”이라고 고 시인은 후배와의 대담에서 스스럼없이 밝히기도 했다. “역사란 삶의 행성에서는 군더더기 개념”이라며 “시의 시범이나 시의 지도성을 타도함으로써 나의 태초에서 자라나고 싶다”는, 체질상 철저히 비역사적인 영점의 시인이 고 시인 아니던가.

이 세상은 눈물이 있어서
여자의 눈물이 있어서
비로소 이 세상이 사는 것 같구나
달빛 아래 자욱한 지난날
살아온 것 같구나
그런데 1980년대 이래
이 나라의 여자들은 울지 않는다
이제까지와 전혀 다른 시절이 왔다
이데올로기가 아니라
여자의 눈물로 그것을 안다

1990년에 펴낸 신작 시집 『눈물을 위하여』에 실린 시 「다시 눈물」 부분이다. 1980년대 이래 여자들의 눈물이 없어서 전혀 다른 시절, 세상이 왔다는 것을 안다는 시다.

이데올로기가 아니라 여자의 눈물이 이 세상을 사는 것 같이 만드는데, 이데올로기 시대 그런 눈물이 사라졌다는 것이다. 그래 세상은 싱싱하게 살맛이 안 난다는 것일 테다.

나에게 청사晴蓑의 공심公心 절반만 있어도 얼마나 좋을까
그가 80년대 '당파성'을
지공무사至公無私로 에둘러 풀이할 때
그 지공
그 무사가
나를 밀어낸 것은
그 누구도 아닌 나 자신인 것

물론 이 판결 최후 진술로는
나에게도 공심의 세월이 좀 있었다
그러나 무릇 공심이란
점
점
점
지칠 줄 모르는 흐르는 물의 선善인 것

나는 공심에 숨 막혔다
나는 사심에도 숨 막혔다
광장에도 광장의 허위
내 골방에도 골방의 허위가 출몰하였다

시집 『초혼』에 실린 시 「진술」 앞부분이다. 자신의 삶과 시는 공평무사한 공심인가, 자신만을 위하는 사심인가 곰곰 생각하며 솔직하게 진술하고 있는 시다.

시 끝에 딸린 각주에 따르면 '청사'는 시민문학론으로 진보적 참여문학은 물론 민주화운동을 이끈 문학평론가 백낙청의 호다. 청사는

'당파성黨派性'을 사私는 눈곱만큼도 없고 오로지 공공公共을 공평하게 위한다는 지공무사라 풀이했다.

그러나 그런 당파성, 지공무사는 노자가 '상선약수上善若水'라 말한, 만물을 공평하게 적시며 끊임없이 흐르는 물의 선이며 덕성이고, 자신은 그런 공심에 숨 막혔다는 것이다. 공심이 모인 "광장의 허위"에도 숨이 막히고 자신만의 사심의 공간인 "골방의 허위"에도 그렇고.

그러면서 시인은 "묻노니 천하의 공심公心은 혹시 공심空心 아닌가"고 시의 끝에서 묻고 있다. 이런 솔직한 진술에서 소위 공평무사하다는 '당파성'에 대한 숨 막히는 주박감과 함께 공과 사의 형평의 깊이를 잡으려는 시인의 고뇌도 잘 읽힌다.

시인은 2022년에 출간된 철학자 라민 자한베글루와의 대담집 『고은과의 대화』에서 "공으로 사가 희생되거나 사의 욕망으로 공에의 헌신이 줄어드는 것을 경계하는 정신적 비상상태가 우리에게는 늘 필요"하다고 밝혔다. 그러면서 "나 자신은 공과 사를 함께 지키고 싶습니다. 내 가족에의 지극한 사랑이 나의 사회 정의의 구현과 내 우주에의 귀의歸依와도 맞닿아 있기를 갈구"한다고 했다.

시가 죽어가는 시대
공심公心과 사심私心의 팽팽한 긴장

지금 가랑비가 내리고 있다
광장의 이데올로기는 끝났다
흩어진 지 오래
그해 120만명의 사람 하나하나는
저마다
집으로 돌아갔다
흩어진 지 오래
저마다 돌아가
혼자인 누에집에 들어가 있다

사랑하는 싸이버 속에 들어가버렸다

어느날 밤
누군가가 뛰쳐나와 소리쳤다

아 독재가 있어야겠다
쿠데타가 있어야겠다

그래야
우리 무덤 속 백골들
분노의 동정童貞으로 뛰쳐나오리라
하루 열두 번의 잠 때려치우고 누에집 뛰쳐나오리라
그래야 텅 빈 광장에 밀물의 짐승들 차오르리라

시집 『두고 온 시』에 실린 시 「광장 이후」 부분이다. 사심이 아니라 공심으로 나가고 있는 시다. 공심이 거리마다 광장마다 밀물처럼 흘렀던 그해를 회상하며 다시 광장을 부르고 있다.

광장에서 뿔뿔이 흩어져 "저마다"가 된 사심을 "우리"라는 공심으로 불러내고 있다. 공심이되 이미 역사가 된, 관형화된 공심이 아니라 "분노의 동정"으로 처음으로 다시 시작하는 순정한 공심을 부르고 있다.

지난 세기말
소비에트가 죽었다
바르샤바조약 국가들이
하나하나 떨어져나갔다

그 이래
시인들에게 온통 '나'뿐이다
'나'로 시작해서
'나'로 하루가 저물었다
'나' 이외에는
아무것도 없다
신도 '나'의 다른 이름이었다

오늘 환태평양
'우리'와 '나'의 유령들을 무한한 파도에 묻는다
누가 태어날 것인가
'우리'도 아닌
'나'도 아닌 누가 태어날 것인가

파도는 파도의 무덤이고 파도의 자궁이다

2002년 펴낸 신작 시집 『늦은 노래』에 실린 시 「일인칭은 슬프다」 뒷부분이다. 혁명에 성공한 뒤 소비에트 시인들은 혼자 있을 때에도 '우리들'이라 불렀다. '나'는 죄악이었다고 앞부분에서 말한 시인은 그런 소비에트와 동구권 사회주의 국가가 무너지고 나서 '나'만인 세상이 됐다고 개탄하고 있다.

그러면서 '우리'도 아니고 '나'도 아닌 세상을 바라고 있다. 폐해를 체험한 '우리'와 '나'를 모두 죽이고 그 폐허, 무덤 위에서 다시 태어나게 해야 한다는 것이다. "파도는 파도의 무덤이고 파도의 자궁"이라며.

1990년대와 2000년대는 세기말과 한 천년이 새 천년으로 접어드는 소위 밀레니엄의 혼돈과 격변의 시대였다. 소비에트공화국이 해체되고 동유럽 공산권 국가들이 잇달아 민주화되면서, 1990년대 들어 한때 아연하기는 했으나 우리 문학은 김대중 국민의 정부가 들어서기 전까지 진보적인 참여·저항문학이 주류를 이뤘었다.

당시의 문학은 아이러니컬하게도 신군부독재 전두환 정권의 표어와 같이 '사회정의실현'이란 공동의 목적, 공심公心으로 양심에 흔들림이 없었다. 그러나 1998년 국민의 정부가 들어서 민주화 결실을 거두고 나서부터 문학은 혼란에 빠져들었다. 현실적 사회주의 국가의 몰락과 함께 참여·저항문학의 견실한 이념이 썰물처럼 빠져나갔다.

1997년에 불어 닥친 IMF 외환위기는 수없이 많은 실업자를 거리로 내모는 경제구조조정을 거쳐, 우리 사회를 후기자본주의 사회에

편입시켰다. 거기에 인터넷 공간의 생활화로 글로벌 사이버 신유목 시대로 대책 없이 접어들며 정체성의 혼란을 가중시켰다.

이런 혼란과 격동의 시대를 우리 시는 다양하게 반영해 나갔다. 리얼리즘 시, 소위 민중시에서는 이념 대신 개인적 삶의 디테일한 세목을 서정적으로 펼쳐나가며, 민중서정시 세계로 완연하게 들어섰다. 자연에서 서정을 구하는 서정시에서는 우주적 질서, 코스모스로서의 자연이 아니라, 정체성을 잃고 해체돼 가는 내면을 비추는 파토스로서의 자연이 되어 갔다.

특히 2000년대 접어들면서 사이버 신유목 시대의 신세대 시인들에겐 자아自我를 타자他者가 대신한 가상현실과 환상성이 대거 드러나며 새로운 흐름을 이루게 됐다. '미래파'로 불리기도 한 이들 신세대 시들엔 괴기성, 잔혹성, 비속성, 불온성, 서술성이 장황하게 드러난다. 또 독서 체험이나 감상 체험 등 대중문화 장르의 혼종적 상상력이 주를 이루고 있어 '시는 과연 무엇인가'를 다시 묻게까지 하고 있다.

이 무지무지한 웃음판
이 무지무지한 웃음 개판
브랜드들
섹스
스포츠
베스트셀러들 모두
개그에서 개그로
개그에서
더 개그로

더 개그 인플루엔자로 인플레로 디플레로
확대재생산 되는 것 좀 봐
시 너 죽어줘 푹 죽어줘

시집 『내 변방은 어디 갔나』에 실린 시 「시에게」 뒷부분이다. 온통 개그 판이 된 세상, 시는 이제 죽어줘라고 풍자하고 있다. 세상이 우습게 변해가고 그걸 못마땅하게 바라보는 눈에조차 우습게 보이니 시도 이런 우스운 풍자, 개그가 될 수밖에 없다. 그러니 웃기는 세상을 그대로 반영한다며 반성도 없이 우습게 쓰는 시는 죽어라는 것이다.

이렇게 시가 죽어가는 시대에, 고 시인은 공심인가 사심인가며 자신의 삶과 시세계를 솔직하게, 치열하게 반성해가며 시의 활로를 모색하고 있다. 공심의 건실한 이데올로기와 사심의 가없는 시의 깊이, 그 사이에서 매양 새롭게 태어나는 시를 써나가려 하고 있다.

종교, 이념 다 내려놓은
오욕칠정五慾七情의 세속 열반

맘껏 손가락질하거라
큰절 파계승
명고출송鳴鼓黜送이거라
산문출송山門黜送이거라

나 케케묵은 신화 속으로 쫓겨간다
세속 열반
뱀 대가리 솟는 오욕칠정
그 미혹에 파묻히려고 간다

일만 개 부처 이름 내버리고
십만 개 보살 이름 내버리고 간다
언제쯤 빈털터리로
다시 오지 않으려고 간다

너덜너덜 내 팔구십년대 허수아비 두고간다

저 아래
그 누구도 기다리지 않은 신화 속으로
언어의 불륜으로
침묵의 모반 거기 쫓겨간다

시집 『초혼』에 실린 시 「내 동무 리얼리즘에게」 전문이다. 젊어서 출가해 산문에 있다 환속還俗한 시인이 이제 한동안 몸담았던 리얼리즘의 큰집을 떠나는 심사와 각오를, 그때의 환속에 빗대 쓴 시로 읽어도 좋겠다.

제목에서 '리얼리즘'을 '내 동무'라 부르고 있듯 시인은 그야말로 '지공무사至公無私'하게 리얼리즘 문학의 전위에 섰다. 수없는 박해와 투옥에도 굴하지 않고 민주화를 이끌었다.

그런 시인이 이제 리얼리즘의 산문山門, 큰집을 떠나겠다는 것이다. 떠나서 사심과 오욕칠정의 미혹이 펄펄 살아있는 속세, 생생한 삶으로 돌아가겠다는 것이다. 리얼리즘의 큰집에서 공심으로 살았던 천구백팔구십 연대는 이제 너덜너덜 허수아비라며.

리얼리즘의 시각에서 보면 "언어의 불륜"이고 "침묵의 모반"인, "누구도 기다리지 않은 신화 속"으로 손가락질 받으며 쫓겨 가더라도 가겠다는 것이다. 그런 세속에서 부처, 보살 찾지 않고 열반하겠다는 각오를 밝히고 있는 시다.

죄짓고
배꽃 피거라

죄짓고
죽을죄 짓고
단풍 들거라

죄짓고
비바람 치는 날 숨지거라

우리 모두의 한 생애 이리 벅차거라

「무제 시편 363」 전문이다. 우리네 속세, 오욕칠정이 수시로 뱀 대가리처럼 솟구치는 인간적 삶을 뺄 것도 더할 것도 없이 후련하게 털어놓아 그냥 가슴으로 치고 들어오는 시다.

꽃 피고 단풍 드는 그 환장할 아름다움에도 죄가 서리고 한이 서리는 게 우리네 삶과 정서 아니던가. 그런 삶을 벅차고 오지게 살다 어느 날 그냥 훌쩍 가는 게 우리네 인생 아니던가. 산문山門이나 리얼리즘 등의 종교나 이념 등에 갇히지 않고 그런 자연적인 삶을 살겠다는 것이다.

봄날 아침
쉬엄쉬엄 연두 오른다
가을 저녁
느릿느릿 단풍 내린다

나 만고역적으로 급하구나 급하구나

시집 『초혼』에 실린 시 「작은 노래 25」 전문이다. 자연은 저리 "쉬엄쉬엄", "느릿느릿" 의연하게 연두색 잎 오르고 단풍 들고 하며 몸 바꾸는데 시인은 그런 자연에 거슬러 급하디 급한 "만고역적"이라 자탄하고 있는 시다. 과연 고 시인 다운 솔직한 시다. 이런 거침없는 솔직함이 수시로 몸 바꾸어 모든 세계, 우주를 섭렵하게 하고 있다.

친구와 헤어졌다 멀어져가는 그의 잔기침 소리를 등져
나는 허구들을 두고 숲으로 갔다 11월이다
숲은 어떤 모독도 알지 못한다
누가 애타게 기다리지 않아도
마치 오래 기다림이 쌓여 있는 듯
몇 달 뒤면 돋아날
새 눈엽들의 수런대는 꿈마저
다 받아들여
여기저기 가슴 두근거리고 있다
빈 숲의 행운 속에 나는 맥박 치며 그렇게 살아 있다

나는 하고많은 미련이 좋았다
마을로 간 친구 쪽을
한두 번 더 돌아다본 뒤
벌써 어둑어둑한 숲 안으로 들어섰다
아무런 명예도 없이
길은 누구의 길인지 몰랐다
이제 무엇이 두려우랴
오히려
숲은 뜻밖의 가난뱅이 손님 하나 때문에
빈 가지들 어둠 속에서 눈 떠
어리둥절하게 바람 인다
다른 곳에서는 내내 불던 바람 잘 때였다
(중략)
청동기의 때가 흘러갔다
바람의 끝자락이 남아 있고

나중에 올 다른 바람의 예감으로
빈 우듬지들의 수없는 떨림을
이제 나는 볼 수 없다
너무 처절하고자 하였고
너무 황홀하고자 하였다
세상은 가도 가도 오류가 판치더라
그동안 찾아다녔던 정답에의 허욕을
여기 와서 살포시 놓아주었다

빈 숲은 놀랍게도 순정의 전당이어서
늦게 돌아온 새들의 날갯짓 소리가 났다
또한 숲은 가진 것들이라고는 다 주어버려
텅 비어서
누대의 짐승들이 다른 짐승으로 태어난 유적지임을 알려주었다

시집 『두고 온 시』에 실린 시 「숲의 노래」 부분이다. 숲속 친구들을 깨울까 조심조심 숲속으로 걸어 들어가며 숲과 한 몸이 되는 서정이 아름답게 깔리고 있다. 그런 바탕 위에 한 생을 솔직하게 성찰하며 깨친 것들이 구절구절 금쪽같이 빛나고 있어 많은 독자들이 음미하고 사랑하고 옮기고 있는 시다.

시인 화자는 숲을 "순정의 전당"이라 하고 있다. 가진 것들 다 주어버려 텅 비어 누대의 중생들이 몸 바꾸어 태어나게 하는 곳. "정답에의 허욕을" 내려놓아버려 세상에 판치는 명예와 오류와 모독이 아예 없는 곳. "애타게 기다리지 않아도" 오래 기다림이 쌓여 있고 수런대는 미래의 꿈도 다 자연스레 받아들이는 곳.

해서 텅 비어 시방삼세를 다 받아들여 낳고 기르는 숲은 무오류의 순정의 전당이라는 것이다. 그런 숲은 태초의 세계며, 우주 자체의 본디일 것이다. 시인 화자는 "빈 숲의 행운 속에 나는 맥박 치며 그렇게 살아 있다"며, 그런 숲과 한 몸 한 마음이 돼가고 있다. 모든 허구와 허욕, 죄와 오류 다 받아들이며 처절하고도 황홀하게 그런 오래된 숲, 케케묵은 신화, 순정의 전당 속으로 들어가고 있다.

결혼 후 안성에서 낳은 안온하고 따뜻한 시편들

눈보라 속
아내와 딸과 함께 야트막한 고개 넘어가며
새해 첫날 이른 아침을 보내니
이제까지 너무 많이 가지려 하였구나
빈손이 이렇게 금방 날듯이 새 옷인 양 낯설고 좋을 줄이야

시집 『어느 기념비』에 실린 시 「빈손」 전문이다. 본문에 나온 대로 새해를 맞아 아내와 딸과 함께 이른 아침 길을 걸으며 쓴 시다. 무언가 내려놓고 빈손이 되어, 선남선녀의 일반이 되어 행복을 맛보고 있다. 그런 행복을 "새 옷인 양 낯설어" 하고 있다.

"나는 1970년대는, 가족이야말로 인간의 모든 타락 원인이라고 여겼네. 심지어는 시와 철학과 혁명에는 가족은 적이라고까지 외쳐댔어"라고 한 대담에서 실토했던 시인이 이제 가족, 가정의 행복을 느끼고 있는 것이다.

"이상화李相華와 결혼, 5월 5일, 식장은 안병무安炳武 교수 자택 정원, 주례 함석헌咸錫憲, 축도 문재린文在麟, 축시 문익환文益換, 축사 이문영李文永 백낙청白樂晴, 집전 이영희李泳禧 교수 등으로 극히 제한된 친지 1백여 명만을 초청함. 정보기관에서도 당일에야 알고 달려왔음.

아내는 나와의 결혼으로 대학 본부 교무회의에서 면직 여부 문제로 회의가 열렸으나, 대학 전담 안기부 직원이 오히려 그대로 두라는 지시로 무사하게 넘어갔음.

결혼 직후 경기도 안성군 공도면 마정리에 주거를 정함. 고려대 이문영 교수가 소개한 곳임."

『고은 전집』 제1권에 실린 자술 연보 중 1983년 한 대목이다. 1980년 5월 이후 내란음모죄 등으로 투옥돼 죽음 직전까지 내몰렸던 시인은 1982년 8.15기념 가석방으로 풀려났다. 고문과 옥중 단식으로 폐인이 되다시피 한 심신을 다스리고 민주화운동 동지들의 도움으로 다음 해 결혼 한 것이다.

시인이여 이제 먼 산들을 좋아하지 말자
아무리 자손만대로 이어지는 산들이
이 세상에서 가장 자랑일지라도
흐르는 사이 마음 에어내는 안성천이
그토록 서러이 독실할지라도
우리에게 또 재난이 다가오고 있다
해 넘어간 아산만도
평택의 무른 들판도 안다
재난 속에서 그때 너에게 무엇이 시이겠느냐
시인이여 먼 산으로부터 눈을 돌리자
마침내 시인이여 결단하자
너에게 올 초토를 거부하며 쓰러질 것을
너에게 올 또 하나의 악령을 타도하며 솟아날 것을
젊은 시인이여

우리나라 마지막 상사디야 시인이여
하나하나 엄연하게 불을 밝혀라
그리하여 먼 산들을 우리들의 가슴속에서 지워버리자

시집 『조국의 별』에 실린 시 「차령산맥」 후반부다. 안성 집에서 보면 바로 눈앞에 차령산맥 등줄기가 굽이치는 게 보인다. 물론 그 산맥 굽이에서 흘러내린 안성천도 있고.

안성에 이사해 살면서도 그 풍경을 보며, 1980년대에는 이런 혁명시를 거침없이 쏟아냈다. 자손만대니 영원이니 하며 먼 산 멀리 바라보지 말고 지금 다급한 재난, 전두환 신군부의 독재와 억압 걷어내야 한다고 시인들을 부추기며 이끌었다.

전태일의 죽음으로부터 시인은 '역사를 살자'를 당위로 내세웠다. 공동체가 전쟁이나 독재로 위기를 느낄 때 역사의식이 발동된다고 시인은 말했다. 그래 1970년대부터 시인은 시와 역사를 하나로 보며 그런 위기를 타파하려 전위에 섰다.

그러다 위 시 「빈손」에서는 그런 역사적, 현실적 당위성을 다 내려놓고 빈손이 되어 시를 쓰고 있다. 시 쓰며 혁명이나 전위가 아니라 장삼이사의 행복을 시인으로서는 처음으로 낯설게 맛보고 있는 것이다.

아니 영접, 자신의 삶과 시의 본질로 돌아가고 있는 것이다. 시인은 술자리에서, 아니 정식 대담에서도 "나는 별의 적자, 아니 사생아"라고 곧잘 말하곤 한다. 카오스, 무無에서 광활한 우주와 뭇 별과 생명을 탄생시킨 빅뱅의 그 기운이 바로 모든 물질의 고향이라며 그런 한 물질로서 무한시공의 별과 자신을 혈족으로 보고 있는 것이다. 인간의 십 년, 백 년, 수만 년의 역사를 아득히 거슬러 태초로 가고 있는 것이다.

저문 강 다리 있어라
건너갈 다리 있어라

강 건너 기다리는 언덕 있어라

산 너머 저녁연기 오르는 마을 있어라
그 마을
기다리는 사람 있어라

하루 일 다 하고 기다리는 사람 있어라

하늘에 별 있어라
기다리는 사람의 눈에 별 있어라
별 있어라
별 있어라

시집 『어느 기념비』에 실린 시 「별」 전문이다. '다리', '언덕', '마을', '기다리는 사람', '별'이 순차적으로 "있어라"라는 감탄으로 나오고 있는 시다. 다리와 강 건너 언덕에서 차안此岸에서 피안彼岸에 이르려는 불교의 구도적 자세도 읽힌다. "기다리는 사람의 눈에 별 있어라"에서는 현실에 갈급해 하는 것 보다는 이제 먼 별을 바라보며 기다리는 인내 등도 읽을 수 있다.

그러나 그런 종교나 철학 등의 관념보다는 기다림, 그리움 등의 감성적 차원이 우세한 시다. 강 건너 저녁 짓는 연기 피어오르는 마을에서 화자를 기다리는 사람, 그 그리움과 사랑을 이제 안온하게 읊조린 시로 보고 싶다. 안성에서의 삶은 이렇게 시인에게 사랑과 그리움, 안온함을 주며 이런 편안한 시를 낳게도 했다.

이 세상에 아기 없으면
이 세상이 아니옵니다
돌아기 아장아장
엉덩방아 찧는 날
그날이 비로소 이 세상이옵니다

이 세상에 아기 없으면
이 세상이 아니옵니다
어린 아기 우는 밤
그 밤이 비로소 이 세상이옵니다

이 세상에 아기 없으면
이 세상이 아니옵니다
무럭무럭 자라나
먼 데 손가락질
그곳이 비로소 이 세상이옵니다

1995년 펴낸 신작 시집 『독도』에 실린 시 「아기의 노래」 전문이다. 3연으로 된 시에서 매연 "이 세상에 아기 없으면/이 세상이 아니옵니다"가 반복되며 아기가 이 세상을 세상답게 함을 강조하고 있다.

결혼 이태 후 시인은 딸을 낳았다. 이름은 집 앞에 바라보이는 산맥 이름을 따 '차령'이라 지었다. 늦장가로 나이 쉰 넘어 얻은 딸을 애지중지 키워가며 얻은 시다. 시인이 늘 강조해오던 최초며 원점, 영점의 출발 그 순정성도 커가는 아기를 보며 구체적 실감으로 다가왔을 것이다.

아내와의 사이에서 터져 나온 우주적 실감의 사랑시편

벌써 바이깔을 지나갑니다
몇날며칠의 자작나무 사이 지나
우랄입니다
우랄 서쪽입니다 운명이나 혁명이 보일 것입니다
(중략)
지구상의 사상들이여 맹신들이여
그따위 다 가버린 어느 삶일 것입니다
마침내 살균되지 않은 땅에서
다른 삶들 속의 삶으로
다시 싹틀 사랑의 시원일 것입니다

2011년에 펴낸 신작 시집 『상화 시편 : 행성의 사랑』에 실린 「남겨둔 시베리아」 부분이다. 문학 강연과 시 낭송 등을 위해 세계 각지를 떠돌면서도, 아내와 함께 가기 위해 남겨둔 시베리아를 교수로 정년퇴직한 아내와 여행하며 쓴 시다.

위 시에서도 시인의 일관된 시관인 때 묻지 않은 "사랑의 시원"이 잘 드러나고 있다. 사상이나 맹신 등에 오염되지 않은, 마침내 우주와 생명의 시원으로 거슬러 올라가고 있지 않은가. 아니 그 태초로부터 먼 미래까지와 바다와 하늘을 다 담고 있는 바이칼, 그 광활한 시베리아의 시공을 아내와 함께 지금 현재에서 아우르려 하고 있지 않은가.

너무 크구나
너무 오래 크구나
사랑
몇천 년부터
줄곧 커다랗구나
사랑
(중략)
사랑은 그것이 정녕 사랑이라면
작은 사랑일 것
남극 펭귄 어미가 새끼에게
자연 그것일 것
남극까지 갈 것 없이
우선 과부가 산 너머 홀아비에게
자연일 것
(중략)
바라건대 내 사랑이
한국에서 가장 시시한 사랑으로 낙후되고 말아야 할 것
꼴찌 포구의 한 쌍 갈매기 그것일 것

시집 『상화시편』에 실린 시 「시시한 날」 부분 부분이다. '사랑' '사랑' 반복해 나가며 사랑을 읊고 있는 사랑타령으로 읽히는 시다. 그동안 우리들은 사랑을 너무 높고 크고 깊게 말해오고 있지만 그런 사랑은 한 번도 온 적이 없다고 토로하고 있다. 그런 관념적 사랑이 아니라, 아무리 작고 후지고 시시할지라도 실감의 사랑을 바라고 있는 시다.

사랑에 켜켜이 쌓인 일체의 관념과 지고지순한 의미 등을 떠나 자연적인 사랑을 바라고 있는 시다. 바라는 게 아니라, 아내를 만나 그런 사랑을 실감하며 쓴 시다. 말, 언어의 의미나 수사修辭를 떠나 사랑의 자연을 자연스레 토해내고 있는 시다.

아직도 가보지 못 했습니다
그대 어릴 적
돈암동 개울 건너 그 집
삼선교 지나
동도극장 지나
돈암동 전차종점 못 미쳐
다락방과
높은 장독대 있는 그 집 자리
아직도 가보지 못 했습니다
(중략)
그대의 돈암초등학교
그대의 광화문 호박밭여고
그대의 신촌 대학생 시절의 다방
그대의 어디어디
그곳에 가서
그곳에 가서
그대의 지난날을 사랑하지 않으면
지금의 사랑이 하현달 밤 이지러질 것이므로
꼭 그곳에 가서
그대의 지난날까지 악쓰며 사랑해야 하건만
아직도

아직도 가보지 못 했습니다
올가을에는 늦가을에는 갈 것입니다

시집 『상화시편』에 실린 시 「그 집」 부분이다. 아내의 성장 시절의 그때와 그곳까지 그리워하며 사랑하고 있는 시다. 아직도 가보지는 못 했지만 다음엔 꼭 가봐야겠다는 이 시에는 시방삼세가 "지금의 사랑"에 비교적 순연하게 드러나고 있다.

과거와 미래를 절연시킨 지금 이 순간의 영점에 서서 매 순간을 새로 창출하려 부리나케 달리고 있는 시인이 이 시에서만큼은 참 편안하지 않은가. 가장 후미지고 시시할지라도 아내와의 사랑이 이런 안온함의 실감을 가져다주었을 것이다.

9월이라 하늘이 몇 번이나 크다
거리낄 것 없이
고추잠자리
뿔붙은 채
열 마디 꼬리 굽혀
뿔붙은 채
거리낄 것 없이 떠다닌다

하늘이 낮달을 묻어둔 채 가만히 눈 뜨고 있다
구름 하나 오지 않는다

뿔붙은 한 쌍밖에 아무도 없다

내가 부르지 않았는데

방 안의 그가 나온다

하늘 전체가 사랑이다 너무 큰 사랑이다

시집 『상화시편』에 실린 시 「고추잠자리 일기」 전문이다. 맞춤한 길이에 행과 연 갈이에도 마음을 낸듯해서, 보고 낭송하기에 참 좋은 서정시다. 그러면서도 시인 특유의 우주적 품을 내장하고 있는 시다.

"뽈뽙은 채"가 연신 나오며 거기에 호응하는 "거리낄 것 없이"가 이 시를 이끌고 있다. '뽈붙다'는 '교미하다'의 방언내지 상소리일 것이다. 그런 말을 그대로 씀으로써 행위에 임장감臨場感이 더해지고 있다. 그런 교미의 임장감에 "거리낄 것 없이"의 반복이 자연스러움을 더하고 있다.

9월 쨍쨍한 햇살의 대낮에 고추잠자리 한 쌍이 교미하며 하늘을 온통 독차지하며 날고 있으니 "하늘이 몇 번이나 크다"는 찬탄이 터져 나올 수밖에. 그러니 "하늘 전체가 사랑이다 너무 큰 사랑이다"는 화자의 진술이 아주 자연스럽게, 실감으로 터져 나올 수밖에.

그런 아무 거리낄 것 없는 크나큰 우주적 사랑에, 화자는 물론 하늘도 가만히 숨죽이고 지켜볼 수밖에. 그런 사랑의 기운, 물질이 파동 쳐, 방안에 있던 그이도 몸 간지러워 나와서 볼 수밖에.

앞서 살핀 시 「시시한 날」에선 너무 큰 사랑은 한 번도 온 적이 없다고 했는데, 이 시에서는 백주대낮 고추잠자리의 교미를 "너무 큰 사랑이다"고 확언하고 있다. 왜? 거리낄 것 없으니까. "하늘 전체가 사랑이다"며 아주 자연적인 사랑이니까. 인간의 역사가 켜켜이 쌓인 의미나 관념을 벗어나 지금 눈앞에서 맨몸의 자연으로 불붙는 것처럼 펼치고 있는 사랑이니까, 조불조불하지 않고 클 수밖에.

아내와 합작으로 쓰고 번역하는
충일한 시의 삶

이만한 가슴이면 좋겠네
잔물결 짓는
이만한 가슴속
그리움이면 좋겠네

그대의 반생애 수고 많았네

이만한 마음이면 좋겠네
물수제비뜨듯
물수제비뜨듯
어린 시절
동그라미 무늬지는
그 마음이면 좋겠네

그대의 남은 생애 오고 있네

더도 말고
이만한 삶이면 좋겠네
하늘에 달
물에 달
물에 달이면
내 마음에 달 아닌가

그대와 나
이만한 삶이라면 그냥 좋겠네

시집 『내 변방은 어디 갔나』에 실린 시 「은파에서」 전문이다. 시인의 고향 군산의 명소 은파호수공원에서 그 호수를 소재로 하여 쓴 시다. 그 호수 제방 너머 지척에 시인이 낳고 자란 생가가 있다.

고향에 안겨 옛 저수지, 호수에 이는 은물결을 바라보며 가만히 반생을 반추해보며 쓴 시여서 그럴까. 시인의 여느 시에 비해 편안하게 읽힌다. 시에 나오는 "그대"는 이 시를 읽고 촉촉이 젖어드는 독자, 독자 개인을 지칭했을 수도 있다. 그래서 많은 독자들이 이 시를 좋아하고 작곡돼 가곡으로도 불리고 있다.

그럼에도 나는 "그대"를 시인의 아내로 읽고 싶다. 그래서 사랑하는 그대를 향한 연시戀詩로 읽고 싶다. "그리움", "내 마음에 달"이라는 시어와 시구, 특히 마지막 "그대와 나/ 이만한 삶이라면 그냥 좋겠네"라는 맺음이 아내에게 주는 시로 특정해도 좋지 않겠는가. 안성에서 아내와의 삶이 이리 잔잔하고 편안한 장삼이사의 사랑과 울림의 시를 낳게 했을 것이다.

비 갠 뒤
하늘 보는 눈이
하늘의 눈이로다
하늘 보는 돼지의 눈이로다

암

「무제 시편 112」 전문이다. 짧으면서도 많은 것을 생각게 하는 시다. 비 갠 뒤 맑은 하늘을 바라보는 눈이 바로 "하늘의 눈이란다". 그 눈은 또 "돼지의 눈"이 된다. 사람의 눈이 아니라 돼지의 눈이라야 하늘이 그대로 하늘로 보인다는 것인가.

모든 의미와 관념, 생각마저 다 지워버린 눈이라야 하늘의 본디를 볼 수 있다. 본디를 보겠다는 아상我相의 아집마저 내려놓아야 볼 수 있는 하늘이란 데에 이르면, 원시·태초를 향한 시인의 시인관도 드러나는 시다.

이 시 바로 밑에는 "어느 날의 산책 중 아내가 무심코 한 말에 내가 '암'이라고 토를 단 것이다"란 주를 달고 있다. 어느 날 비 갠 하늘을 본 아내의 입에서 무심코 터져 나온 말을 그대로 받아 쓴 시라는 말이다.

반생을 같이 살며 아내도 시인의 마음과 한 치의 틈도 없이 일치하고 있는 것이다. 그렇게 시인은 아내와 시상도 함께 나누고 아내는 시인의 시를 번역해 세계에 알려오고 있다.

그런 시인 부부는 2011년 『상화 시편 : 행성의 사랑』을 신작 시집으로 펴냈다. 앞 시편들에서 살펴보았듯 결혼해 30년 가까이 함께 살며 나눈 소소한 사랑을 함께 쓰다시피 한 시 1백25편을 실었다. 소소한 사랑이면서 사랑의 그 순간 시방삼세가 훤히 열리는 시인 특유의 시공이 아주 자연스레, 실감으로 드러나고 있는 시집이다.

아내의 둘레를 돌 때마다
나는 빛난다
아내의 둘레를 돌 때마다

나의 한쪽이 빛난다

아내의 빛으로 나의 다른 한쪽이 캄캄하다
나는 아내의 위성이다 내 운명이다

시집에 실린 시 「공전公轉」의 이 대목처럼 시인은 괜한 소리가 아니라 운명적으로 아내의 위성이다.

"아 내 상화의 사랑 없이는, 상화와의 삶 없이는 난 살아있지 못했을 것이다. 벌써 지수화풍地水火風으로 돌아갔을 것이다. 또한 시집 『조국의 별(1983년)』 이후 내 문학의 많은 결실이 거의 불가능했을 것이다. 그렇다. 내 작품은 아내와의 합작이다. 난 아내 없인 아무것도 아니다"라고 털어놓고 있는 시인 아닌가.

너무 많은 신명의 날들이었다
너무 많은 수혜의 날들이었다
나의 것이 아닌
나의 것이었다

안성 30년의 충일

아내가 아내이고 또 아내였다
아내가 어머니였다

시가 시이고 또 시였다 내가 감히 시였다

시집 『무제시편』에 실린 시 「안성을 떠나면서」 전문이다. 1983년에 안성에 들어와 2013년 수원 광교산으로 이사했으니 안성에서 꽉 채운 30년을 "충일", 가득 차고도 넘치는 삶이라 정리하고 있다.

"신명의 날들"이고 "수혜의 날들"을 "나의 것이 아닌/ 나의 것"이라며 과분한 것으로 보고 있다. "아내가 아내이고 또 아내였다"며 아내로서 가득 차고 가득 찬 것으로 보면서 "어머니였다"며 넘치는 것으로 보고 있다. 시가 시다웠고 또 "내가 감히 시였다"며 과분하게 시와 시인이 일치한 삶으로 보고 있다. 단정적으로. 그러니 어찌 충일한 삶이 아니겠는가.

결혼해 안성에 정착한 이후에도 1987년 6.10항쟁에 앞장서 대통령 직선제의 6.29선언을 이끌어 낸 이후 시인은 그해 미국 버클리대 초청으로 미국, 캐나다 등지에서 강연도 하고 시낭송도 하며 세계 여행에 나섰다. 1994년에는 경기대 대학원 교수로 발령받아 대학 강단에 서기 시작했다. 그렇게 시작된 대학 강단은 국내외 유수 대학의 초빙교수, 연구교수, 석좌교수 등으로 이어지고 있다.

아내의 도움으로 번역돼 세계 각지에서 출판돼 읽히면서 유네스코가 주최한 세계시인대회에 초청돼 그리스 델피신전에서 열린 세계 시인의 날 축전 선포 시 낭송도 하고, 세계 시아카데미 창립회원도 됐다. 또 뛰어난 문학적 업적을 이룬 문인들을 대상으로 한 스웨덴 시카다상, 세계문학에 기여한 문인을 대상으로 한 아메리카어워드상 등을 수상하며 세계 최고의 시인의 반열에 올라, 해마다 노벨문학상 수상 유력후보로 오르고 있다. 그러니 내외적으로 안성 30년은 충일한 삶일 수밖에.

우주적 생태환경 파괴에 맞서
자연적으로 터져 나오는 생태시

모든 언덕과 논이 도시로 변화하므로
개구리야
너 해오라기야 가거라

전위! 그것은 항상 변두리에 있다

그러나 여기서는
그 어떤 빛나는 밤바다 위 인광도 없이
지금은 모든 것이 쫓겨 가고 있을 뿐이다
태양까지도

1991년 펴낸 신작 시집 『거리의 노래』에 실린 시 「상계동 가는 길」 전문이다. 경기도와 경계를 이루고 있는 서울 북방의 변방 상계동에 한창 아파트가 들어서던 때, 그곳에 가며 쓴 시다. 언덕과 논이 아파트로 변하며 훼손되고 있는 자연과, 그 생태환경의 위기를 소재와 주제로 삼은 소위 '생태시'로 읽어도 좋을 시다.

이념이 썰물처럼 빠져나가기 시작한 1990년대 우리 문학에 그 빈자리를 대체하고 들어온 주요 담론 중 하나가 생태주의다. 무분별한 자연환경 파괴와 온난화 등 지구 생태환경 문제가 대두되면서, 진보와 보수 등의 이념, 시와 소설 등의 장르를 가리지 않고 문학 전반에 걸쳐 이 문제를 대처해나가기 시작했다.

고 시인도 이러한 흐름에 무관할 수는 없다. 아니 생래적으로 자연 친화적인 시와 시인으로서, 전위에서 생태환경 파괴에 맞설 수밖에 없다. 이념이나 당위가 아니라 시의 본성과 풍격을 지켜가면서.

이 시에서 중간에 한 행을 한 연으로 잡아 강조한 "전위! 그것은 항상 변두리에 있다"는 고 시인 시의 명제이기도 하다. 당위적으로, 이념적으로 시인은 항상 전위에 서서 변두리 변방의 불온한 언어로 기성, 기득에 안주하는 중앙에 도발해 왔다.

그러나 생태환경 문제에서만큼은 이념이나 당위의 전위가 아니라, 생래적이라는 것을 위 시는 내포하고 있다. 개구리도 해오라기도 태양도 급기야 나까지도, 제 터전에서 쫓겨 가는 위기에서 생태시는 자연적으로 터져 나올 것 아니겠는가.

30년 전에는
나의 어머니 같았다
한없이
내 친구의 어머니 같았다

20년 전에는
나의 어머니였다
어이없었다
어머니
어머니
하고 목놓아 불렀다

그러나 이제
공장은 어머니를 죽여버렸다

여기
해와 달이여
그대 맞이할 어머니 없다
어머니 없으니
아무리 긴 잠 자도 꿈이 없다

몇만 년 전부터 모래는
이 세상의 끝을 알려주었다
누가 알았겠는가
그 모래들이
모든 사람과 짐승들의 어머니였던 것을

1991년 펴낸 신작 시집 『해금강』에 실린 시 「영일만 1」 전문이다. '영일만迎日灣'은 지명대로 해가 가장 먼저 뜨는 해맞이 명소로 송림이 우거지고 모래밭이 넓게 펼쳐진 해수욕장도 안고 있다.

이 시는 그런 자연의 명소가 포항제철 등 산업단지가 줄지어 들어서며 훼손되고 있는 실정을 그린 생태시다. 수수만년 전부터 바닷물과 바람 등 자연이 둥글게 형성해 온 그 만과 모래들은 "모든 사람과 짐승들의 어머니"였다. 뜨고 지는 해와 달을 맞이하는 어머니였다.

그러나 이제 그 만과 모래들은 죽어, 그 생명의 순환 구실을 못하고 있다. 그래 "공장은 어머니를 죽여버렸다"는 생태환경에 대한 고발을 시의 문면에 드러내놓고 있다.

산마루시여 강물이랑이시여
(중략)

할아버지께서는
할아버지의 산에 어김없이 의지하고 살아오셨습니다
새벽 건기침소리 어리번쩍이셨습니다
할머니께서는
할머니의 강에 숨결 의지가지 삼아
강물 소리 조록조록 들으며 살아오셨습니다

그러다가 언제부터던가
나의 산이 거꾸로 나를 의지하기 시작하였습니다
한밤중 산이 비슥차 울었습니다
언제부턴가 강이 나를 의지가지로 삼아
비척비척 흘러가기 시작하였습니다

삽날이 번뜩였습니다 쇠갈퀴 으르렁댔습니다

이제 산이 내려다볼
회도는 강물이 없어져갑니다
강물이 올려다볼
저문 산의 애틋한 그리움 없어집니다

오늘도 강은 강대로 죽어가고 산도 산대로 마구 죽어갑니다

"고은 시인이 이명박 정부의 4대강 사업을 비판하며 보내왔다"는 기사와 함께 2010년 6월 19일 자 한겨레신문에 실린 시 「나의 삶-네 강을 걱정하며」 부분이다. 기사와 시의 부제처럼 4대강 사업에 죽어가는 산과 강을 걱정하며 쓴 시다.

할아버지의 할아버지를 거슬러 올라, 먼 옛적부터 인간은 산과 강

을 의지가지 삼아 살아왔는데 이젠 아니다. 그 산과 강이 비칠비칠 죽어가며 인간에 기대 연명하는 형국인데도, 인간은 마구잡이로 죽이고 있다는 것이다.

그러면서 시 마지막 행에서 시인은 "한갓 이 문명 떨거지 생핏줄 끊긴 불초막심의 삽날입니다"라고 조상에, 억조창생의 산하에 불초막심의 죄를 고하고 있다. 시대나 정권 등 남 탓하기에 앞서 자신부터 탓하고 있어 생태위기에 대한 경고의 울림이 더 큰 시다.

이런 시를 필두로 해 4대강 사업에 반대하는 시와 시집이 얼마나 많이 나왔던가. 이렇게 고 시인은 이념과 당위의 전위에선 물러나 있으면서도 지금 여기의 역사와 현실에 굳건히 바탕하고 있다.

남북을 오가며 꿈꾸는 통일된 나라의 이상향

오래 스스로 지키기 힘든 위엄을
지켜온 곳
그런 백년이 지나갔다

50년 내내 나라의 심장인 곳
50년 뒤
이곳은 좀더 가벼워야 하리

무거운 바위 무거운 공기에 눌려 있지 않기를
무거운 사명에 갇혀 있지 않기를
이곳에
무거운 신이
여러 신들을 징치하지 않기를
어쩌면 옛 위엄 넘어
신석기 시대의 자유
신석기 시대의 솜구름 있는 하늘 아래
이 세상에서
가장 아름다운 옛 조상의 도시이기를
50년 뒤
나비가 날아다니는 도시이기를

2000년도에 펴낸 신작 시집 『남과 북』에 실린 시 「평양」 전문이다. 평양에 가 며칠 머물며 보고 느낀 소회를 솔직하면서도 간절히 펴고 있는 시다. 평양의 앞 50년과 뒤 50년, 합해 백년을 지금 이 시점에서 바라보며 그 도시에 대한 소망을 담고 있는 시다. "오래 스스로 지키기 힘든 위엄을" 끝끝내 지켜내라고.

사회주의 국가에는 자유주의 나라들에 비해 스스로, 서로서로 지켜내는 위엄과 자존이 돋보인다. 인간에 대한 예의와 사회와 국가에 대한 예절이 있다. 비굴하지 않고 염치와 체면이 있다. 이 후기자본주의 세계경제 체제에서 지켜내기 힘든 그런 위엄을 앞으로도 계속 지켜내길 소망하고 있다.

그러면서도 지금의 소위 '최고의 존엄'에 눌린 무거운 공기는 가시길 바라고 있다. 이념과 사명과 그런 존엄이 유일신이 되어 인민은 물론 신들마저 징치懲治하는 북한을 비판적으로 바라보고 있는 것이다.

그러면서 북한에서 내세우는 어느 지배계급도 없이 함께 일하고 함께 잘 사는 낙원, 정치며 이념은 애시당초 없었던 원시공산사회, 신시神市나 옛 고조선의 홍익인간 사회이기를 바라고 있다.

1990년 민족문학작가회의 회장을 맡은 시인은 그해 남북작가회담을 추진하기 위해 북한 작가들을 만나러 판문점으로 가다 중도에서 연행돼 구속됐다. 1998년에는 보름 동안 북한을 방문해 평양, 원산 등 주요 도시를 돌아보고 또 백두산, 금강산, 묘향산, 구월산 등 명산을 관광했다.

그리고 2000년에는 남북정상회담 특별수행원으로 평양에 가 남북 공동선언이 발표된 만찬장에서 시 「대동강 앞에 서서」를 낭송하고 남북정상과 함께 축배를 들며 통일을 염원한 시인이 고 시인이다. 그런 시인이 바라는 통일은 이념이나 정치에 재단되지 않은 자유, 하늘과 땅과 인간이 고루 어우러지며 위엄이 지켜지는 홍익인간의 원시 공동체로서 하나 된 나라일 것이다.

태곳적 그대로
단군 적 그대로
한 오천 년 전 그대로의 백성이 있다
그 순박한 풍모
산들이
물들이 울타리 되어
지나가는 사람에게 예스러이 예의가 있다
거룩하디거룩한 인기척 있다

여기만치 멀어라
멀 테면
여기만치 멀어
등불도 모르도록 캄캄하여라

갑산이면 생애의 내 조국이다 캄캄하여라

시집 『남과 북』에 실린 시 「갑산」 전문이다. 갑산은 함경북도에 있는 높은 산봉우리들로 둘러싸인 한반도 최북단에 위치한 군으로, 인근 삼수와 더불어 대표적 오지로 꼽힌다. 그런 산, 첩첩 물, 첩첩 오지, 마을과 사람들을 둘러보며 쓴 시다.

그곳에서 시인은 태곳적 원시공동체를 보아내고 있다. 예스러운 예의를 보고 거룩한 인기척을 느끼고 있다. 시간이나 공간을 멀리 거슬러 오른 듯한 그곳이 "생애의 내 조국"임을 실감하고 있다. "등불도 모르도록 캄캄"한, 문명에 때 묻지 않은 먼 오지에서 시인은 유토피아를 봐내고 있는 것이다.

수레나 배를 타지 않고, 닭 우는 소리나 개 짖는 소리 바깥으로는 나가지 않는, 나라는 작고 백성도 적은 '소국과민小國寡民'이 노자가 꿈꾼 이상향이다. 그런 정치나 이념 없이 자연과 더불어 삶을 평안히 누리다 가는 곳으로 갑산을 보고 있다. 시인도 유년 시절 그런 원시공동체 유토피아에서 살았다.

"내 어린 시절 역시 이런 옛날 옛적의 엄마, 아빠에 기껏해야 할바, 할미가 더해서 가족 호칭 정도가 삶의 자족적인 혈친 관계로 다져지고, 한 마을의 다른 성받이와의 관계도 이 혈친에 따른 준혈친성의 관계였지. 그러니까 한 동네가 한 집안인 셈이었어. 여기에 굳이 시민이다, 국민이다, 인민이다라는 근대 정치용어로서의 인간 단위가 강조될 필요도 없었어"라며 후배와의 대화에서 원시공동체를 살았음을 실감으로 전했다.

그러나 해방 직후 좌우 대립과 6.25 동족상잔으로 인해 그런 '아름다운 친화의 공동체'가 여지없이 깨졌다는 것이다. 그런 "고향에서의 비인간적인 사태로 하여금 한 고향의 청소년의 정신적 동정童貞이 파괴됨으로써, 고향에의 천부적인 소여성所與性이 없어진 것"이라며 그것이 시인의 폐허와 영점의식으로 연결되고 있음을 밝혔다.

시인의 청소년 시절 파괴된, 그래서 정신적 동정마저 파괴시키기 전의 그 아름다운 친화의 공동체를 갑산에서 보고 있는 것이다. 그래 시인은 "갑산이면 생애의 내 조국이다"고 실감으로 단정 짓고 있다.

통일되어 좌우 이념으로 갈리지 않고 정치도 없는 그런 이상향을 갑산에서 보고 그리고 있는 것이다.

사람이고 싶지 않더라
결코 사람 위의 것이고 싶지 않더라
개마고원
묵은 짐승으로 마루턱 어슬렁 올라서서
오래 개마더기 바라보고 싶어라
삼가 구름 일어나지 못하고
삼가 저 건너
작은 짐승들
찍소리 한 낱도 없이
오로지 들쭉열매 익어가는 동안
추위에 잔 터럭 일어니며
먼 곳
입 다물고 바라보고 싶더라
오늘도
내일도

아 무어라고 지껄이는 자 극형에 처함이여

시집 『남과 북』에 실린 시 「개마고원」 전문이다. 개마고원 마루턱에 올라서서 태곳적 인간, 아니 자연의 짐승이 돼가고 있는 시다. 태초의 기운을 온몸으로 예민하게 받아들이고 있는 시다.

그런 시인에게 무슨 시공의 분별이나 나뉨이 있겠는가. 멀고 아득한 시공이 들쭉열매 익어가는 동안, 추위에 잔 터럭 일어나는 이 순간의 찰나에 다 들어있지 않은가.

그런 태곳적 시공이 펼쳐지고 있는 개마고원에서 무엇을 말할 수 있겠는가. 그 기운 온전히 받아들이기 위해서는 입 다물어야 할 것을. 분단이 어떻고 통일이 어떻고 등 이념이나 정치, 아니면 풍경에 대한 찬탄의 말들마저 다 태고의 동정을 깨트리는 언사일 뿐일 것.

이렇듯 시인은 북한을 여행하며 통일의 당위성 등만을 노래하지는 않는다. 대신 그곳에서 민족이 지향할 보편적이며 근원적인 이상향을 그려내고 있다. 그 이상향은 이념이나 통일의 당위성에서 나오는 것이 아니라 시인의 깊은 시관에서 나온 세상이다.

이대로 가다가는
아웅
다웅
이대로 가다가는

아주
아주
지워져버리고 말겠다

통일이라는 낙서

「무제 시편 104」 전문이다. 통일을 생각하는 마음에서 그냥 자연스레 터져 나온 시처럼 보인다. 당위이고 이념이고 생각이고 등 통일에 대한 복잡다단한 마음이 무장해제 당한 채 그냥 불쑥 터져 나온 이 시가, 분단 현실의 양상을 그대로 보여주며 다시 영점에서 통일을 생각하게 하고 있다.

치사한 것들
아주
아주
못나 목적으로 사는 것들

이제 그런 것 없이
가 봐

88세, 미수米壽를 맞아 발표한 「남북한 떠돌면서」 전문이다. 짧지만 많은 것을 묻고, 떠올리게 하는 시다. 미주알고주알 긴 시에 비해 짧은 시들은 잔잔한 호수에 돌멩이 하나 던져 파문을 일으키듯 화두話頭, 물음만 던져놓지 않던가.

"이제 그런 것 없이/ 가 봐"라며 시인의 마음속에, 독자들에게 돌멩이 하나 던지고 있는 시다. 그러면서도 남북 왕래 체험에서 나온 현실적인 시로 읽을 수도 있다. 남북정상회담 때 평양 만찬장에서 김대중 대통령과 김정일 국방위원장 사이에서 축배를 들었을 정도로 남북을 왕래하며 남북 교류에 힘쓴 시인이다.

그런 시인이 이제 그런 목적 없이 그냥 가 보자 한다. '정치나 이데올로기 등의 아주 못난 목적 없이' 순수해야 하나가 될 수 있다는, 아주 현실적으로 읽힐 수 있는 시이기도 하다.

유년의 고향 원시공동체,
두두물물頭頭物物 지복至福의 사유

남 고자질하는 사람이 없는 들녘
허술한 장사치인들
허술한 나그네인들
먹을 양식 싸가지고 가지 않아도 되는 들녘
떠날 제비 드높이 있고
가을은 왜 그다지도 마음 가득한지
그곳을 경부선 호남선이 지나간다
지나갈 뿐
한 번도 그곳에 내려 본 적 없이
죄스러워라

조치원역 정년퇴직 앞둔 금테모자 역장이
맨드라미 화단의 플랫폼에 서있다

시집 『남과 북』에 실린 시 「조치원」 전문이다. 조치원은 시에 나와 있듯 경부선과 호남선이 지나가는 교통의 요지. 해서 예부터 상인이나 여행자를 위한 여관이나 주막이 많이 들어찬 가촌街村으로 발달해왔다.

그런 조치원과 역을 기차 타고 지나며 시인은 시간을 감지하고 있다. 철새인 제비는 봄에 떠나왔던 따뜻한 고향 강남으로 가려 드높이 날고 있고 정년을 앞둔 역장은 플랫폼에 깃대처럼 서 있는 가을 풍경에 시간이 담겨 있다.

"지나갈 뿐/ 한 번도 그곳에 내려 본 적 없이/ 죄스러워라"하는 시인의 심사에도 머물지 않고 지나가는 시간, 그런 시간을 자유로이 타며 머물러 한번 향유하지 못한 회한도 서려 있다.

한편으론 기차 타고 지나며 펼쳐지는 농촌 들녘을 보며 후덕한 인심의 공동체를 떠올리고 있다. 논밭 일 하며 새참 때, 지나는 길손이 보이면 기어코 불러서 막걸리 잔과 요기를 나누던, 6.25 이전까지 고향에서 흔히 보던 풍경도 떠올리고 있다.

벼 익은 들녘

할아버지
아버지
아버지
아버지
아버지

아버지
광주리 점심 이고 오는
어머니

「무제 시편 32」 전문이다. 할아버지, 아버지를 부르며 수직으로 쭉 내려오다 어머니로 끝나고 있는 시다. 그런 시의 형태에서 농촌체험이 있는 독자라면 누구든 누대로 내려오고 있는 고향, 씨족부락 혈통의 정겨운 풍경을 쉽게 떠올릴 수 있을 것이다.

지금은 추수하는 아버지와 광주리에 점심 이고 오는 어머니의 벼 익는 들녘 풍경 모습은 흔치 않을 것이다. 대신 벼 제 혼자 누렇게 익어가는 황금 들녘이나 농기계로 수확하는 모습을 보았을 것이다. 그럼에도 시인은 고향 원시의 옛 풍경을 봐내고 있다.

친구여 농부의 사유思惟를 아는가
옛 농부의
그 깊숙한
그 으늑한 생각들의 무명無名을 아는가
(중략)
지상의 경륜이거나
하늘의 운행이거나
그런 것들이
그 문자 없는 혼백에 담기는
그런 소 눈망울 같은
그런 한밤중 외양간 소 워낭 소리 한두 번 같은
사유를 아는가
(중략)
그런 농부로 내 장인을 삼은
내 지복至福의 사유를 아는가

친구여
옛 농한기가 또한 춘궁기 앞이었음을
그 무서운 삶에 앞서
밥 한 그릇
물 한 그릇하고 함께이던 사유의 두두물물頭頭物物을 아는가

나 이후의 나인 친구여

「무제 시편 316」 부분 부분이다. 옛 농부의 마음을 빌어 시인의 "지복의 사유"를 조근조근 말해주고 있는 시다. "친구여"라 부르며 친구에게 말해주고 있는 것 같지만 예전에도 그렇고 앞으로도, 시인 이후에도 그렇게 해야 할 영원한 지복의 사유를 확인, 다짐하고 있는 시다.

그런 지복의 사유는 깊숙하고 으늑한 "생각들의 무명"의 사유다. 뭐라 언어로 이름 붙이거나 설명하면 반의반에도 못 미치거나 금방 사라져버릴 깊고도 안온한 마음이다. 문자로는 도저히 담을 수 없는, 평생 몸으로 실감한 경륜이거나 하늘의 운행의 도, 섭리다.

춘궁기, 그 배고프고도 넘기기 힘든 무서운 삶, 현실의 위기 앞에서도 여유롭게, 넉넉하게 주위 삼라만상 뭇 생령 두루두루 헤아려보는 "사유의 두두물물"이다. 그런 지복의 사유는 사유나 관념이나 생각이 아니라 우주에 미만한 기운이며 실감이라는 시인의 우주관과 시관을 옛 농부의 마음을 빌어 잘 보여주고 있는 시다.

대통령이 없기를
국회의원이 없기를

그런 것 없는 작은 마을이기를
아기 젖 먹인 엄마가
머릿수건 벗고 쉬는 마을이기를
밤새도록
세길 우물물 가득 차는 마을이기를

시집 『초혼』에 실린 『작은 노래 14』 전문이다. 정치적 이데올로기와 무관했던 동정童貞의 고향 시절, 그 원시공동체를 그립게 떠올리고 있는 시다. 생각과 관념의 지향점으로 강팍하게 뭉친 이념 없이 '사유의 두두물물'로 지복을 누리는 삶을 북한과 남한 각지를 여행하며 시인은 꿈꾸고 있다. 국내뿐 아니라 이런 태곳적 삶과 원시공동체를 오대양 육대주를 누비며 시인은 봐내고 있다.

오대양 육대주를 떠돌며 만난 자아와 우주적 풍정

나의 해외 긍지 30년

나는
어떤 나라에서도 나였다
나는
어떤 권위 앞에서도 나였다

그들은 모두 내 뜨거운 친구

그러나 돌아오는 길
나는 고독한 상공上空이다 내 밑으로 바이깔이 있다

「무제 시편 351」 전문이다. 첫 행부터 한 연으로 잡아 무게감을 주며 "나의 해외 긍지 30년"을 말하고 있는 시다. 시집이 해외에 번역돼 세계 독자와 만나고, 또 해외로 나가 세계 유수의 시인들과 시 낭송과 강연을 통해 교류해 오고 있는 30년을, 중간 점검해보는 시로 읽힐 수도 있다.

위 시에서 '나'가 끊임없이 반복돼 나오며, 나의 정체성을 확인해 보고 있다. "어떤 권위 앞에서도 나였다"는 정치·사회적 권력은 물론, 사상이나 학문의 기성적 권위 등 어떤 권위 앞에서도 당당하게 맞서는 자아, 영점의 폐허 위의 자아일 것이다.

“어떤 나라에서도 나였다”는 서로 문화가 다른 나라에서도 한결같은 자아였다는 것이다. 그런 자아로 “그들은 모두 뜨거운 내 친구”라며 세계, 세상과 소통하고 껴안았다는 것일 게다.

그러나, 그렇게 해외의 모든 것과 뜨겁게 소통하고 돌아오는 비행기 상공의 마지막 연에서, 시인은 “나는 고독한 상공이다”며 그런 지상의 자아와 결별하고 있다. 세상의 모든 물이 모여들고 또 새로 내보내는, 물의 어머니 같은 바이칼 호수를 내려다보는 고독한 상공 같은 초월적 자아를, 비행기 안에서 내려 보고 있는 시다.

고도성장의 아시아
어느 나라의 밤
인어 가수의 밤
나노의 밤
성형의 밤
카지노의 밤
삼성과 애플의 밤
원전의 휘황찬란한 네온싸인의 밤
캘리포니아 영어의 밤
저 캄캄한 북핵의 밤

나는 동북아시아 바닷가의 모래알이고 중앙아시아의 모래알이다
징징 우는 애비 없는 모래알이다

「무제 시편 33」 부분이다. 한반도 남한의 밤 일상의 행태가 쭉 나열되고 있다. 고도성장한 나라답게 최첨단 문명과 문화가 네온사인

처럼 휘황찬란하게 번쩍이고 있다. 대조적으로 핵무기에 모든 걸 쏟아 붓고 있는 북한의 밤은 캄캄하다. 지금 한반도 밤의 풍경을 있는 그대로 그리고 있다.

그러면서 시인은 "동북아시아 바닷가의 모래알이고 중앙아시아 모래알이다"고 밝히고 있다. 정신 못 차릴 정도로 고도성장 하면서도 분단의 모순은 그대로 지니고 있는 나라의 현실주의적 시인이면서도 중앙아시아에 가면 그곳 사막의 모래알이 되는 자아. 그런 자아를 시인은 "징징 우는 애비 없는 모래알이다"고 하고 있다.

정사正史는 단조로운 질서이다
야사野史는 불온한 일탈이다

야사와 정사는 서로 만나기를 저어한다

정사는 종교
야사는 미신

유럽 여행 지겹다
지겨운 교회
지겨운 광장
지겨운 해석이었다 미신이 없다

어서 떠나
남태평양의 오래된 해류 위에 맞지 않는 예언으로 떠 있으리라

「무제 시편 86」 전문이다. 시인의 심사를 그대로 진술하고 있어 뜻이 어렵지 않게 그대로 전해지는 시다. 정사에 비해 야사는 불온한

일탈의 미신이라면서도 그런 야사, 미신 쪽을 택하겠다는 것이다.

광장의 정사적 해석만 있어 이데올로기화된 유럽의 교회, 기독교는 지겹고 숨 막힌다. 그래 그런 곳을 벗어나 남태평양 어느 오지, 태초의 시공에서 최초의 예언, 시를 쓰겠다는 각오다. 그런 예언이 이미 기득권화된 정사나 종교에 맞을 리 없다. 그래 "불온한 일탈이다".

마다가스카르
바오밥나무 꽃처럼
긴 꽃술의 꽃처럼
그대 석양의 그림자 차라리 긴 꽃이더라

그 그림자에 설레어 그림자꽃에 설레어
그 긴 그림자 향기에 내 콧속마저 설레어
해지는 것
안타깝더라
해 진 뒤
더 안타깝더라

「무제 시편 324」 전문이다. 하늘을 떠받치고 있는 듯한 바오밥나무가 즐비한 인도양의 섬나라 마다가스카르를 여행하며 "그대 석양의 그림자"를 보며 쓴 시다. 관념이나 이념은 그림자도 찾아볼 수 없게 온몸의 즉물적인 감각으로만 쓴 시, 참 아름답다. 안타까운 그리움마저 물질적으로 만져지는 듯하다.

그러면서 인생을 일장춘몽이라거나, 본질은 못 보아내는 우리네 무명의 삶 자체를 그림자로 비유하는 동양적, 불교적인 관념적 사고를 실감의 이미지로 보여주고 있는 시이기도 하다. "그림자 향기에 내 콧속마저 설레어"라는 시각이며 후각, 촉각 등 온몸의 감각이 잡아낸 공감각적 이미지를 보시라. 얼마나 실감 나는 삶이며 그리움이며 안타까움인가.

누가
다시 태어날 곳 다 없애버렸다

인도양이 끝났다
대서양이 끝났다

일체 허망

아프리카 남쪽 끄트머리
누구의 80년인 희망봉
누구의 미래가 없어졌다

또한 그 누구의 과거도 없어졌다

「무제 시편 122」 전문이다. "일체 허망"을 80년의 생체험으로 토로하고 있는 시다. 특히 인도양이며 대서양, 아프리카 등 오대양 육대주를 누빈 해외여행 경험으로 말하고 있는 시다.

불교, 선禪의 소의경전所依經典인 『금강경』에서는 "모든 우리의 삶은 꿈과 같고, 환상과 같고, 물거품 같고, 그림자와 같고, 이슬과 또 우레와 같다"고 설하고 있다. 이런 일체 무아無我, 공空을 잘 살펴 일체의 번민을 끊고 해탈하라는 것이다.

원효는 장례를 치러주며 "태어나지 말지이다/ 죽기가 괴로우니/ 죽지 말지이다/ 이 세상 다시 태어나기 괴로우니"라는 '회소곡'을 불렀다고 전해진다. 일체가 허망이요 고해이니, 몸 바꾸어 유전流轉하는 윤회를 끊고 해탈, 열반하라는 것이다.

위 시에서도 "누가"그 윤회의 끈을 끊어버렸다 하고 있다. 그 '누가'는 누구일 것인가. 원효일 것인가, 부처일 것인가, 아니며 또 다른 누구일 것인가. 타자他者인 그 '누구'는 그러한 타인들은 물론 우주 삼라만상을 다 포함하면서도, 무엇보다 시인 자신일 것이다. 시인은 항시 시공을 아득히 아우르는 자아를 주장해 왔고 또 그런 자아로서 시를 써왔으니까.

그러나 아프리카 최남단 희망봉에 이르러, 그런 시방삼세를 아우르는 자아마저 놓아버리고 있다. "일체 허망"이라며 그런 것을 일체 멸해버리는 적멸寂滅의 희망을 희망봉에서 예감하고 있다.

세계인들의 감흥을 불러일으키는 영점·부정의 시학

운다
이 멸망 같은 적도 인도양 복판을 벗어나며
지난 오십 년을 운다

칠천 톤 참치 배 뱃머리로 운다

엉엉 울음 끝
먼 마다가스카르 수평선을 본다

어느새
시뻘건 일몰

어서어서 앞과 뒤 캄캄하거라

등단 50년을 맞아 쓴 시 「인도양」 전문이다. 시력 50년을 회고하며 울고 있다. 바람도 죽고 파도도 죽은 인도양 한복판, 적도 무풍지대를 벗어나며 울고 있다.

감정이 격앙돼 신명이 났을 때, 고 시인은 곧잘 "운다"고 한다. 적도 무풍지대에서 "멸망" 같은 열반의 희열을 시인은 울고 있는 것일까. 파도를 깨부수고 나가는 "칠천 톤 참치 배 뱃머리"의 그 둔중한 쇳소리의 물질로 짐승처럼 운다.

먼 수평선 일몰로 시뻘겋게 물들어오는 바다의 피눈물로 울고 있다. 그러면서 "어서어서"라며 "앞과 뒤 캄캄"한 칠흑 같은 순도 100%의 어둠이, 적멸이 오기를 바라고 있다.

이렇듯 시인에게는 멸망이며 열반이며 적멸까지도 역동적이다. "운다"는 신명의 행위로써 그런 파천황破天荒의 지경을 시도 때도 없이 넘나들고 있다.

앉으면 부처 죽인다 에미 죽인다
앉지 말라
서지 말라
5대양 6대주
아니
밝은 달 계수나무
여기도 저기도 뜨거운 솥뚜껑이라
발 디딜 데 없다
어쩔거냐

시집 『뭐냐: 고은 선시』에 실린 시 「좌선」 전문이다. 표제로 내건 선시禪詩답게 백척간두百尺竿頭에서 은산철벽銀山鐵壁 깨뜨리고 득도하려 용맹정진 하는 선을 그대로 드러내고 있는 시다. 마지막 행에선 "어쩔거냐"며 화두도 던지고 있다.

부모미생전父母未生前의 참 나, 진여眞如를 제 스스로 찾으려 부처도 죽이고 조사도 죽이고 에미도 죽이는 선의 부정과 파괴의 문법을 따르고 있다. 해서 대선사가 선승들에게 내린 게송쯤으로 읽어도 좋을 시다.

그럼에도 시가 무척 역동적이다. 오대양 육대주 너머 저 우주의

"밝은 달 계수나무"에까지 공간이 확대돼 치닫고 있으나, 앉을 데도 설 데도 발붙일 데도 없다. "뜨거운 솥뚜껑"에 꽁무니 데인 듯 안주安住하지 않고 치닫고 있는, 누가 봐도 고 시인 특유의 시다.

10년 뒤에도
또 그러나로부터 시작하고 싶었다
내 청소년은 진화론이 아니다
그것만은 창조론이다

또 그러나로부터 시작하고 싶었다
때가 왔다고 벌떡 일어나서
그러나
그러나
그러나로 시작하고 싶었다
(중략)
그러나라고
나무 잎새들 중의 누군가가
풀잎들 중의 누군가가
바람을 불러들여
흔들거렸다
수군거렸다

그러나
그러나라고
그 바람이 빠져나가
먼 곳의 무언無言에 닿았다

태풍의 시작이었다

그러나
그러나

「무제 시편 46」 부분이다. '그러나'의 부정의 시관이 잘 드러나고 있는 시다. 시인에겐 과거 인자因子로 인해 변모, 진화해가는 진화론은 애초부터 없었다. 과거와 기성이 초토화된 폐허, 영점에서부터 항상 출발했다.

그러기 위해 시인은 항상 '그러나'로 부정할 수밖에 없다. 역逆이나, 비非이나로 항상 부정해야 했다. '그러나'가 '연然이나' 등으로 순치順置되려 할 때면 또 '그러나'로 처단하며 항상 영점에서 출발하고 있다.

그래 '그러나'의 한 줄기 바람이 태풍의 대세가 되려하면 또 "그러나/ 그러나"로 부정, 또 부정하며 그곳을 떠나고 있다. 그러니 시인에겐 "여기도 저기도 뜨거운 솥뚜껑"일 수밖에.

허어
단군 일가도
어디서 굴러온 길손이었느니라

무릇 세상은 낯선 자 받아들이는
만년의 내방신화來訪神話로 살아왔느니라

오늘 한 낯선 자가 어슬렁거린다
스파이인가

아니면
아직 오지 않은
천년 뒤의 공룡알인가

「무제 시편 108」 마지막 부분이다. 앞 대목에서 "신이란 신은 다 어디서 굴러들어 온 낯모르는 길손이니라"며 세계의 모든 지역의 신화는 다 다른 지역서 길손으로 들어온 자들을 조상신으로 섬기는 거라며 "길손", "낯선 자"의 창조를 내세우고 있다.

그러므로 오늘 세계를 어슬렁거리는 한 낯선 자는 바로 시인일 것이며 그런 시인이 "아직 오지 않은 천년 뒤의" 세계를 창조하리라는 것이다. 시인의 '그러나'의 영점의 시학이 도저하게 깔려 있는 시다.

그 중편 속
그 단편 속
그 사 연짜리 서정시 속
반드시 오자誤字가 계십니다
하나 또는 둘
또는 셋이나 계시기도 합니다

허나
그 외톨
그 사랑받을 수 없는 외톨

그로 하여금
흐르는 강물의 춤
느닷없이 숨막혀버립니다

어이하리오
하늘 속 들녘
불어가던 바람도 삐끗
어긋나버립니다

오호라 그 외톨이야말로 일찍이 나의 꿈 아니더뇨
돌아보매
어느 시러베아들놈의
오자 한 자도 없는
가야산 해인사 고려대장경판 오천일백이십만 자의 판각 십육만 면 그 천년 불행이시여

인쇄된 책에 잘못 들어간 글자, 오자를 빌어 자신의 시관을 실감나게 전하고 있는 시 「오자노래(誤字引)」 전문이다. 정자正字들 사이의 그 오자를 개밥의 도토리 같은 "외톨이"라며, 시인 자신과 동일시하고 있다. 아니 "일찍이 나의 꿈 아니더뇨"라며 이상시하고 있다.

그런 삐끗 어긋나버린 오자가 있어, 일상은 느닷없이 숨 막히며 아연 새롭게 보인다. 해서 여느 시인은 그 오자가 있는 시편을 그대로 정본定本으로 삼아 자신의 답답한 시세계에 신선한 충격을 주기도 한다. 그래 시인도 오자를 "계시기도 합니다"라는 존칭으로 섬기고 있다. 이 오자의 시학 역시 시인의 '그러나'의 시학의 한 갈래일 것이다.

고별합니다
모든 이전의 모순이여 가라

내 미래에 쌓일 유산이야말로
이제 나 자신입니다
다시 고별합니다
모든 이전의 야만이여 가라
천년의 원근법을 벗어나
여기 우리의 숭고한 미지를 동경합니다
'그러나'로부터
그 미지의 시대가 얼마나 찬란한가를
청춘의 애욕으로
맹목의 예지로 예감합니다

나를 씻어냅니다
역사를 씻어냅니다
행여나
나의 꿈조차 오염된 묵은 원소元素가 아닌지 몰라
꿈조차 씻어냅니다

아흐 하나하나가 자신의 정신이 되고
하나하나가 자신의 지고至高의 물질이 되는
그날의 하늘을 우러르며
오늘에 닿아 있는 칠십 년을 보냅니다
오늘을 떠나는 칠십 년을 맞이합니다
어느 칠백 년의 기원紀元을 향해 출항합니다

'그러나'의 미지의 파도 소리가 우리의 수평선입니다 우리의 노래입니다

2015년 파리 유네스코 본부에서 열린 유네스코 창설 70주년 기념 '고은 시인 시 낭송회 및 음악가 양방언의 공연' 마지막에 발표된 시 「'그러나'의 노래」 마지막 부분이다. 유네스코에 헌정하는 평화의 시로 온몸에서 울려 나오는 육성으로 이 시가 낭송되자, 5백여 청중들도 온몸으로 감동하기 시작했다.

그렇게 세계 청중들을 감동시킨 위 시에도, 시인 특유의 부정과 저항 의식을 '그러나'라는 역접 접속사로 그대로 드러내고 있다. '그러나'로 모든 기성을 부정하고 영점에서 새로운 기원을 시작하자는 것이다.

"청춘의 애욕"과 "맹목의 예지" 등에 의해 예감되는 "미지의 시대가 얼마나 찬란한가"라고 감탄하고 있다. 그런 순도 높은 청춘과 예지로 야만의 역사는 물론 거기에 오염됐을지 모를 꿈조차 말끔히 씻어내자는 것이다.

그리하여 어떤 이념이나 사상에도 오염되지 않은 물질의 원소로서의 정신, 정신의 원소로서의 물질인 지고한 영육일치靈肉一致의 시대를 새로 열자는 것이다. 이런 지고지순하면서도 도저한 영점의, 부정의 시학이 세계인들에게 감동을 불러일으키고 있는 것이다.

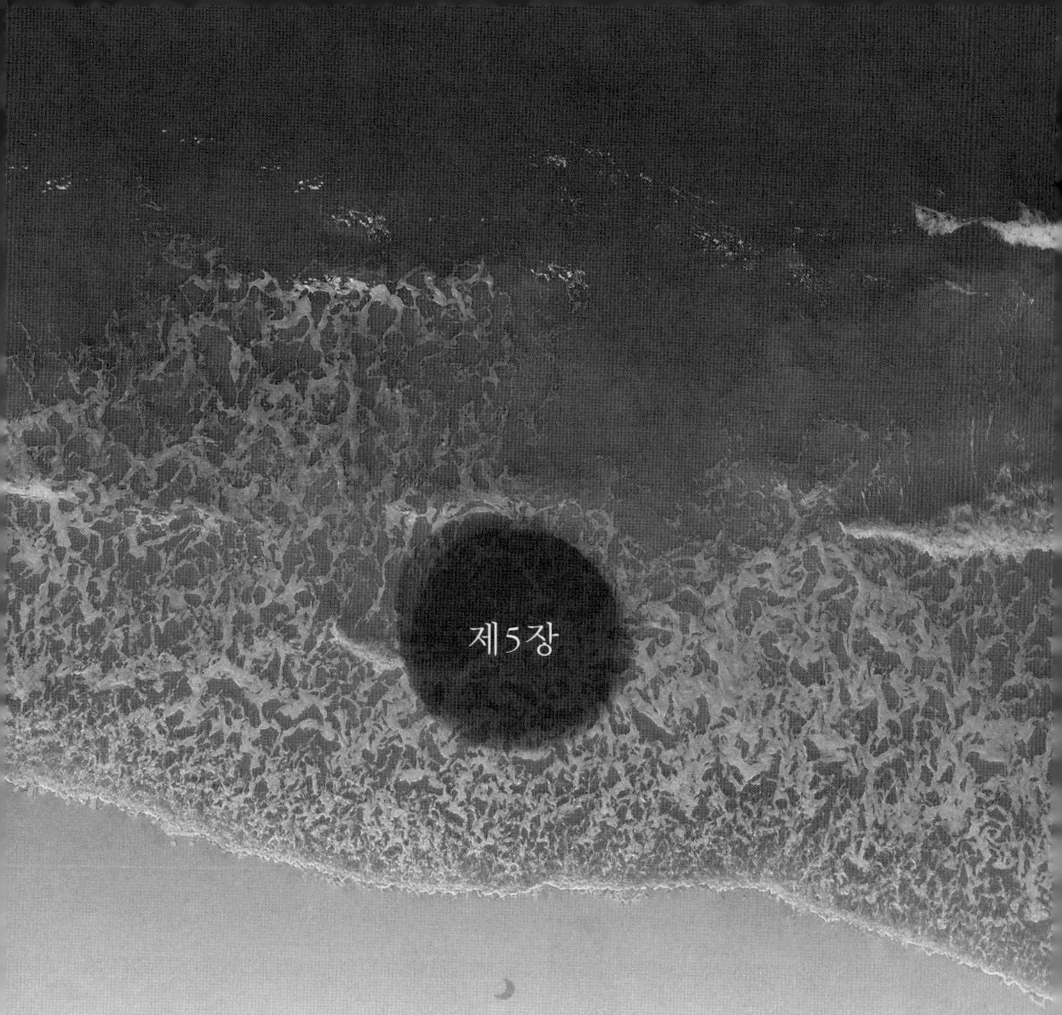

제5장

벅찬 감동으로 삼천대천세계를 감응시키는 시

어쩌나

봄비에 눈썹 젖는데

아흔 찰나가 한 생각
한순간이 스무 생각 아니랴

어쩌나
어쩌나

옷깃 여며
누구에게는 살다가 말 세상
누구에게는 다 살고 갈 세상 아니랴

어쩌나

늦가을비에 그대 어스름 가슴 젖는데

—「옷깃」 전문

유년에서 아득히 울려오는
노랫소리와 종소리

내 고향 앞바다에는
아주 궁금하게
여기저기 섬들이 잠겨 있습니다
그 가운데 자그마하게
노래섬이 잠겨있습니다

서해 난바다 큰바람이 닥쳐오면
으레 그 섬 둘레에서는
어김없이
노랫소리가 들렸습니다

먼 예로부터
큰바람에 죽은 고기잡이 혼령들이
큰바람 때마다 어김없이 나와
부르는 노래였습니다
며칠이고 밤낮으로 부르는 노래였습니다

그런 노래섬을 바라보며
자라난 나에게도
황공하올 혼령이 늘어붙어
오늘에 이르도록 노래하는 떠돌이가 되었습니다

그동안 간혹 숙연한 세월임에도
어설프게
어설프게만 노래하는 떠돌이가 되었습니다

1998년에 펴낸 신작 시집 『속삭임』에 실린 시 「노래섬」 전문이다. 왜 시인이 되었느냐는 질문에 아주 솔직하게, 공손하게 답하고 있는 시로 읽어도 좋을 것이다.

항구도시 군산에서 태어난 시인은 어려서부터 바다와 섬을 많이 봐왔다. 조수 간만이 심할 때 가까운 섬에 들어갔다 밀물에 빠져나오지 못할 뻔한 적도 많았다. 그런 섬 중에 무인도인 노래섬, 가도歌島도 있다.

큰바람이 불어오면 섬의 송림松林이 내는 소리와 파도 소리가 겹쳐져, 마치 큰바람에 배가 뒤집혀 죽은 어부들의 혼령이 우는, 노래하는 소리 같아 이름을 노래섬이라 부른다는 것이다.

시인은 그 "황공하올 혼령들이 늘어붙어" 시인이 돼 이날 이때까지 왔다는 것이다. 어릴 적 그 무서웠던 뭇 혼령들을 받아들인 것을 황공스럽게 영광으로 여기며 기회 있을 때마다 노래섬을 이야기해오고 있다. "노래섬이야말로 나를 시인이 되게 한 내 시의 씨앗 섬"이라고.

"세노야 세노야/산과 바다에 우리가 살고/산과 바다에 우리가 가네"로 시작되는 시 「세노야」도 노래섬이 잉태한 시다. 가수 양희은이 해맑으면서도 한스러운 음색으로 불러 대중에게도 낯익은 이 시는, 혼령이 된 바다 어부들의 노동요에서 나왔기 때문이다.

「노래섬」을 표제시로 하여 2009년 이탈리아에서 시인의 두 번째 시선집이 번역 출간됐다. 이 시선집 등으로 시인은 이탈리아에서 2014년 노르드수드상, 2017년 로마재단의 국제시인상을 잇달아 수상하기도 했다.

5천 년 전 황하 하류
누가 처음으로 종을 쳤다
종에 새겨 넣은
무늬들이 울렸다

그 종소리 5천년 뒤
내가 종소리를 듣는다
아내와 함께
저녁 종소리를 듣는다

무엇을 말하랴
무엇을 말하지 않으랴

이런 충만의 하루 어디에 또 있으랴

「무제 시편 405」 전문이다. 단 하루에만도 5천 년이 들어있으니 어이 충만하지 않으랴. 같이 소리를 소재로 한 시이면서도, 「노래섬」에서는 시인의 시 속에 들어있는 수많은 혼령들을 볼 수 있다면, 「무제 시편 405」에서는 시인의 수많은 시간을 볼 수 있다.

시인은 "충만의 하루"에 충실한다. 언제든 오늘, 지금 이 순간을 살고 있다. 그러나 그 찰나에는 태초와 최후 그 이전과 이후의 무궁무진한 시간이 실감으로 들어있다. 5천 년 전 종소리와 지금 아내와 함께 듣고 있는 종소리에는 또 시인이 처음으로 혼을 울리며 들었던 징소리의 실감이 들어있다.

"나는 그 징소리의 긴 울림과 그 울림의 소장消長을 따라가며 그 소리의 한없는 수행자가 되었어. 뒷날 산중의 황종조黃鐘調의 범종 소리가 산중을 가득하게 채우는 그 소리 장엄과는 또 다른 소리의 비극성이 내 서정의 체질에 닿아 있던 것인지 몰라. 징소리에는 지하 용암의 음성이 들어 있어."

후배 시인과의 대담에서 이렇게 밝힌 것처럼, 어릴 때 들었던 징소리가 소리의 원체험으로 들어있다. 농촌공동체는 물론 삼라만상의 우주공동체까지 감동으로 소통시키던 그 징소리의 실감이 5천 년 전 문명 시작의 종소리로, 그리고 지금 동네에서 듣는 종소리로 울리고 있는 것이다.

오늘, 이 현실에서 아득한 연대의 지층을 뚫고 솟구치는 시

나의 이름 '은'은
죽어도
은隱을 뜻할 수 없노라

저 중세 말기
목은牧隱
도은陶隱
야은冶隱
그리고 포은圃隱
거기 더부살이로 둔촌遁村

그런 나머지
서울 근교에 둔촌리도 있노라

나의 '은'은
죽어도
또 죽어도
혼자 숨어 있는 신념의 수절守節을 거절한다
혼자 자랑하는 안빈安貧도
수신修身도
독야청청도 경멸한다
혼자만의 그 치사한 이익을 저주한다

나는 대낮 태풍 속의 바래고 바랜 은빛 음향이고저
한밤중 해일 속의 얼빠진 은빛 광채이고저

나는 땅속 천 길 은광銀鑛 속 그 암흑이고저

시인의 외자 이름 '은'을 빌어 뜻을 펴고 있는 「무제 시편 196」 전문이다. '숨을 은隱'자는 아니라는 것이다. 망해가는 고려에 죽어가며, 혹은 숨어서 충절을 지킨 여말오은麗末五隱 등과 같이 "혼자 숨어 있는 신념의 수절"을 거부한다는 것이다.

선비의 덕목인 안빈安貧도 수신修身도 독야청청獨也靑靑도 경멸한다는 것이다. 물론 시 문면에 드러나 있지는 않지만 홀로 산중 토굴에 갇혀 깨닫고 사는 소승小乘적 삶도 경멸한다. "혼자만의 그 치사한 이익을 저주한다"고 힘주어 말하고 있다.

그렇담 시인의 이름 '은'자는, 아니 이름과 같은 사람인 시인 자신은 무엇을 뜻하고 바라는가. "대낮 태풍 속 바래고 바랜 은빛 음향"이고 "한밤중 해일 속의 얼빠진 은빛 광채"이길 바라고 있다.

바래고 바랜 은빛 음향에서는 시인의 혼을 최초로 울린 징소리와 문명이 막 시작되던 5천 년 전의 종소리가 들려오는 것 같고, 얼빠진 은빛 광채에서는 한밤중 해일 속을 떠도는 무수한 혼령들이 파도의 윤슬처럼 보이는 듯도 하다.

대낮에 듣는 은빛 음향과 한밤중에 보는 은빛 광채에는 수없는 세월의 소리와 혼령이 깃들어 있다. '대낮'과 '한밤중'이라는 지금 이 순간에는 과거와 현재와 미래라는 시간 흐름이 구분도 없이 혼재돼 있는 것이다.

그리하여 한 행으로 독립된 마지막 연에서 시인은 "나는 땅속 천

길 은광 속 그 암흑이고저"라며 태초의 은광이길 바라고 있다. 이처럼 시인은, 시인의 시는 태초부터 지금까지 살아냈던 무수한 혼령들과 함께, 그들이 살아낸 시간과 함께 태초로 가고 있다.

아니 우주를 낳은 태초 이전의 카오스, 암흑으로 가고 있다. 시인 자신이 태초로 온몸과 혼으로 접한 원체험의 그 실감과 함께. 태초의 실감을 위해 언어의 의미는 물론, 켜켜이 축적된 역사나 지식 등은 소거되게 마련이다.

오늘도 내 발밑에서
고생대 화성암 층층의 억센 함구로 캄캄할 것
오늘도 내 서성거리는 발밑에서
바스라져
바스라져
쌓여 울부짖다 퇴적암의 굳은 포효로 캄캄할 것
어찌 이뿐이랴
오늘도
그것들의 길고 긴 변성암의 밤으로 지새울 줄 모르고 캄캄할 것

이토록 지엄한 암석의 하세월로부터
내 고뇌가 와야 한다
가버린 저쪽
내 고생대의 한 조각 화석으로부터
그 화석의 깊으나 깊은 잠의 수렁으로부터
절망으로
절망의 절망인 희망으로 깨어나
내 고뇌의 새벽이 오싹오싹 와야 한다

최소한 저 1960년대 10년의 밤들
그 불면으로 엎드린 밤들
울다
울다
울음 하나 남은 것 없던
내 가뭄의 갈비뼈 불질러 와야 한다

저 1970년대 10년의 날들
그 싸움 기슭
내 맹목의 살점들 지글지글 타던
모두의 숨찬 넋들로 새로이 와야 한다

이 모독의 지상 여기저기
내 석탄의 고뇌가 와야 한다

꽃 져라 잎새들 져라
바야흐로 나는 그런 날의 쓰린 빈속으로 태백행 밤기차를 탄다
추전에 간다

『내 변방은 어디 갔나』에 실린 시 「태백으로 간다」 전문이다. 바로 위에서 살핀 「무제 시편 196」에서 시인이, 시인의 시가 바라던 "땅속 천 길 은광 속 그 암흑"이 '태백의 탄광'으로 좀 더 구체화 돼 드러나고 있는 시다. 그러면서 시인의 시가 태어나는 근저를 들여다볼 수 있게 하는 시다.

첫 연에서는 태백탄광이 저 고생대부터 형성되어 내려오고 있는 내력을 지질학적으로 드러내고 있다. 그러면서 탄광의 그 검은색으로 "캄캄할 것"을 반복해 주문하고 있다. 주문이 아니라 시인 자신의

결의이기도 하다. 억센 함구로도, 굳은 포효로도 캄캄하리라는 것을.

고생대로부터 형성된 탄광을 말하면서도 그 캄캄한 하세월은 오늘 서성거리는 시인의 발밑에 있다. 오늘, 시인이 있기에 고생대 탄광도 그 하세월도 있는 것이다. 시인의 오늘, 한순간은 이렇게 긴 세월을 늘 발밑에 깔고 있다.

유사 이전으로 단박에 거슬러 오르는 시인의 시간은 캄캄하다. 습득된 역사며 지식 등은 억센 함구와 굳은 포효로 날려버려 캄캄하다. 그런 캄캄한 태초와 만나려 시인은 태백으로 간다.

둘째 연에서는 그런 태초의 암흑으로부터 "내 고뇌가 와야 한다"고 단정, 다짐하고 있다. 어중간하게가 아니라 깊고 깊은 수렁, 절망의 그 바닥을 차고 희망과 고뇌가 솟구쳐 와야 한다고 하고 있다.

여기서 '고뇌'를 시인의 시의 씨앗으로 읽어도 좋을 것이다. 그런 고뇌는 "오싹오싹 와야" 한다. 온몸이 오싹오싹 전율하는 떨림으로 와야 한다. 책상머리 앞의 머리나 추상이 아니라 구체적인 실감으로 와야 한다는 것이다.

3, 4연에서는 허무주의에 빠져 울부짖었던 1960년대와, 독재정권과 맞서 싸웠던 1970년대 시인 자신과 시를 환기하고 있다. "최소한 저 1960년대 10년의 밤들"에서는 허무주의자로 최소한 10년을 살았음을 드러내면서도, 영겁의 세월을 가지고 노는 시인의 최소한의 시간 단위는 10년쯤은 돼야함으로 읽힐 수도 있다.

10년이라는 그런 최소한의 시간 단위들도 단순한 과거가 아닌 "내 가뭄의 갈비뼈 불 질러", "내 맹목의 살점들 지글지글 타던" 그 실감으로 와야 한다는 것이다. 그런 실감도 단순한 재생이 아니라 "새로이 와야" 한다.

5연에서는 그렇게 "내 석탄의 고뇌가 와야 한다"고 거듭 밝히고 있다. 지난 고생대의 캄캄한 석탄층이 아니라 지금 "이 모독의 지상 여기저기"에서 고뇌가 살아있는 실감으로 매양 새롭게 와야 한다는 것이다.

마지막 연에서는 그런 고뇌, 그런 시를 위해 시인은 언제나 쓰린 빈속, 태초를 향한 허기진 시혼으로 태백으로 가고 있다. 그때서야 바야흐로 고생대로부터 켜켜이 쌓인 연대의 캄캄한 지층을 뚫고, 새로운 고뇌, 시는 새롭게 솟아오를 것이다. 시인의 시편들은 이렇게 오늘 이 한순간에 태초로부터 켜켜이 쌓인 하세월의 캄캄한 지층을 뚫고 솟구쳐 오르고 있다.

승화나 초월이 아니라
현실에 굳건히 뿌리내린 시

아직도 그곳에는
수수께끼의 숲이 있었습니다
바람도 가본 적 없는
바람 소리도 가본 적 없는 숲이 있었습니다

천고의 신록도 미칠 수 없었습니다

아직도 그 시절에는
수수께끼의 가을이 와 있었습니다
다시는 바람이 온 적 없는
가을 이후가 와 있었습니다

만국의 단풍이 돌아서고 말았습니다

모든 세상의 고통들 무거움들 다 마치고
모든 세상 밖의 공허가 와서
새로 돋아나는 어린 잎새이거나
욕망의 기억 없는 낙엽이거나
아직도 내가 살지 못한 삶의 알이
거기 묻혀 있었습니다

여기는 그것이 아닙니다
가장 막중한 현실

가장 위중한 진실

너무 오랜 승화昇華 사절입니다

참 아름다우면서도 결기가 배어있는 시「무제 시편 251」전문이다. 총 7연으로 구성된 이 시는 앞 다섯 개 연과 뒤 두 개 연의 전반, 후반부로 확연히 나뉘고 있다. 전반부에서는 "그곳에는"이라며 과거시제로 나가고 있다. 후반부에서는 "여기는"이라며 현재시제로 나가고 있다.

첫 연과 둘째 연에서는 '그곳'을 그리고 있다. 예부터 아무도, 바람도 가본 적이 없는 천고만고千古萬古 때 묻지 않은 숲을 그려놓고 있다.

셋째 연과 넷째 연에서는 '그 시절'을 그리고 있다. 가을과 가을 이후가 여전한 시절을 말하고 있다. 하여 만고에 때 묻지 않는, 여여한 시공을 아름답게 제시해 놓고 있다. '수수께끼'같은 미지의 아름다운 시공으로.

다섯째 연에서는 그 수수께끼 같은 시공이 '공허'로 드러나고 있다. "모든 세상의 고통들 무거움들 다 마치고"난 시공, "욕망의 기억"조차 다 털어 내버린, 열반이며 낙원의 세계가 그려지고 있다. "아직도 내가 살지 못한 삶의 알이 거기 묻혀있었습니다"라며 시인과 시의 고향이 하여지향何如之鄕처럼 그려지고 있다.

이렇듯 시 전반부에서는 과거시제로 시인이 쓰고 싶은 시, 시간과 공간을 아득히 초월한 수수께끼 같은, 미지의 세계를 아름답게 펼쳐놓고 있다. '삶의 알'이 묻혀 있는 곳이라고 시의 고향 세계를 펼쳐놓은 것이다.

해서 전반부는 어느 좋은 목가시를 보는 것처럼 편안하고 그윽하다. 예이츠의 잘 알려진 시 「이니스프리 호수 섬」을 읽는 듯하면서도 삶과 시공의 범상치 않은 깊이까지 보여주고 있다.

그러나 후반부로 오면 아니다. 전반부 '그곳', '그 시절'에서 끝내도 참 좋을 시를 "여기는 그것이 아닙니다"라고 부정해버린다. 앞서 살핀 시 「태백으로 간다」에서 "이 모독의 지상 여기저기/ 내 석탄의 고뇌가 와야 한다"고 했듯 '여기'는 현실과 진실이 막중하고 위중한 세상이다.

해서 마지막 연에서 "너무 오랜 승화 사절입니다"라고 단언하고 있다. 이렇듯 시인은 시공을 저 태고 너머에서 종말 이후까지, 티끌로부터 저 은하 너머까지 실감으로 신축자재하게 운용하면서도, 승화나 초월 같은 것은 사절하고 있다. 시인이 지금 거처하는 시공, 발 딛고 선 현실을 결코 외면하지 않고 있다.

초월이야말로 악이다
지렁이의 하루를 모독하는
네 단상壇上의 초월론은 죄악이다

땅끝까지 가
초월을 쏴라
초월을 목 잘라라
고금의 초월론을 모조리 불 질러라

이 황량한 저차원低次元의 땅이
내 목적지이다
그토록 찾아 헤맨
1.4후퇴 때
헤어진 금순이다

거칠게 내뱉고 있는 듯한 시 「무제 시편 250」 전문이다. 동서고금의 모든 초월론을 부정하고 있다. 아니 최악의 적으로 보며 처단하고 있다. 어떤 승화昇華도 단호히 거절하며 "이 황량한 저차원의 땅이/내 목적지이다"라고 분명히 밝히고 있다.

돌아왔다
쓰레기
꽃처럼 피어 있는 곳
여기가 그렇게도 그리웠던 세상

돌아왔다
증오가 덕지덕지
똥처럼 말라붙은 곳
여기가 그렇게도 그리웠던 세상

흐린 하늘에 대고
침 뱉어 저주하는 곳
양아치들이
깡패들이
득실거리며
밤새 소리치는 곳

돌아왔다
녹색 무청 같은 어설픈 몸 팔아
계집들은 깔깔대고
우뚝 선 깃대에
깃발도 휘날릴 줄 모르는 곳

여기가 그렇게도 그리웠던 세상

시집 『어느 기념비』에 실린 시 「귀향」 전문이다. 제목처럼 고향에 돌아와서 쓴 시로 읽어도 좋을 시다. 좋아 떠났든, 싫어 떠났든, 누구에게나 고향은 "그렇게도 그리웠던 세상"이니까.

시인은 태어난 군산에서 혈족 같은 농촌공동체의 따뜻하고 안온했던 삶을 원체험으로 간직하고 있다. 그런 원시공동체를 6.25 동족상쟁이 여지없이 깨뜨려버린 것도 목격하고 방황했다.

그래 고향을 "증오가 덕지덕지/ 똥처럼 말라붙은 곳"이라 했을 것이다. 양아치며 깡패들이 득실거리고 어린 계집들까지 몸을 파는 고향의 선창이 그대로 그려지고 있어, 고향을 그린 귀향의 시로 그대로 읽을 수 있다.

그러면서 막중하고 위중한 현실 의식 시의 한 본보기도 보여주고 있다. '황량한 저차원의 땅'의 모습을 잘 드러내고 있지 않은가. 해서 시인의 시의 고향을 그린 시로 봐도 좋을 것이다. 시인의 시의 하여 지향은 저 멀고도 높은 승화나 초월의 추상이나 고차원이 아니라 이렇게 황량한 저차원의 땅이다.

가장 최근에 나온 신작 시집 『무의 노래』 말미에 실린 해설 「지금 여기 그리고 넓은 우주」에서 문학평론가 김우창은 "고은 시인의 작품들은 처음부터 경험의 세계를 떠난 일이 없다. 전이나 지금이나 그의 시들은 대체로 인간의 경험 세계에 가까이 있었고, 그것이 그의 시의 특징이다"고 했다.

의미나 관념, 추상이 아니라 구체적인 실감의 시

한번 산중에 들어올진대
이 육신의 일 마치고
푸른 연기 한 오리일 때까지
이 산중 내려가지 않겠거든
어서 들어오너라

한번 산중에 들어와 앉을진대
십 년 세월 따위 수유須臾로 삼아
허리 벼랑져
천 길 낭떠러지 거기 앉아 있겠거든
어서 들어오너라

역대 조사 얼쩡거리면
그 조사를 때려 죽여버리고
에미가 찾아오거든
돌팔매 던져 쫓아내겠거든
어서 들어오너라

한번 산중에 들어올진대
삼천 번 허리 굽혀
땅에 늘어붙고
하늘을 뚫어

일만 번 허리 굽혀
십만 번 허리 굽혀
그대 생사 에잇! 내치겠거든
어서 들어오너라

당신은 이렇게 소리치는 대장부입니다
성철대종사
그러나 저 아래 범부들을 아시나요?
성철 대종사

시집 『독도』에 실린 시 「성철 스님 각령으로부터」 전문이다. 1993년에 입적한 우리 시대의 고승 성철 스님을 추모한 시다. 각령覺靈, 크게 깨달은 성철 스님 혼령의 입을 빌어 어떻게 하면 깨달음에 이를 수 있나를 쉽게 쉽게 전하고 있다.

다섯 개 연으로 이뤄진 이 시에서 4연까지는 매연을 "어서 들어오너라"는 스님의 말씀을 반복해 마치고 있다. 첫 연에서는 죽을 때까지 산중 불문佛門을 떠나지 말라는 것이다.

둘째 연에서는 백척간두百尺竿頭에서 용맹정진勇猛精進하라는 것이고, 셋째 연에서는 기성의 지식과 속세의 인연을 결단코 끊으라는 것이다. 넷째 연에서는 생사의 분별도 내치라는 것이다. 우리 일반에게도 잘 알려진 선승들의 참다운 수행의 자세를 각 연에 열거한 것이다.

성철 스님은 그렇게 산중에서 용맹정진해 각령이 됐다. 그래 절집은 물론 일반에게도 우리 시대의 대장부였다. 시인은 이렇게 추도시를 써 스님의 열반을 추모한 것이다.

그리고 2013년 열반 20주기 추모식에서 사부대중이 모인 가운데 시인은 이 시를 낭송했다. 이어진 추모 강연에서 "성철 큰스님은 수많은 책을 탐독한 대강백이었지만 오히려 문자 지식의 알음알이를 벗어 던졌으며 그러한 삶 속에서 쓴 게송들은 한결같이 문자를 떠난 세계의 가치를 그대로 담고 있다"고 스님의 게송偈頌들을 떠올렸다.

그러면서 "시는 동양 문학의 진수다. 직관과 함축, 응집이라는 시의 특징은 그대로 선禪적"이라며 "성철 스님의 게송은 그대로 선시禪詩이며 부처님의 가르침과 상통한다"고 밝혔다.

성철 스님의 게송에 대한 말이지만 시인의 시세계 또한 그렇다. 문자를 떠난 세계의 가치를 담고 있다. 그러면서도 현실과 절연絕緣한 고승들의 초연한 세계가 아니라, 오감칠정五感七情의 범부의 세계다.

그래 이 추도시 마지막에서도 시인은 "그러나 저 아래 범부들을 아시나요?"라 물으며 시인 특유의 '그러나'의 부정의 시학을 덧붙일 수밖에 없었을 것이다.

얼씨구 가야산
돈오頓悟 이데올로기로다
얼씨구 절씨구 가야산 아래에서는
점수漸修 이데올로기로다

그러지들 마
게으른 놈은 돈오
서두르는 년에게 점수로다

그도 아니라면
응애응애

태어남이 돈오이고
세월아 네월
사는 것이 점수 아니리

제군들! 무엇 때문에 실컷 속을 줄 몰라?

1998년에 펴낸 신작 시집 『속삭임』에 실린 시 「가야산」 전문이다. 가야산은 해인사를 품고 있는 산이다. 성철 스님이 주석했고 팔만대장경을 보관하고 있는 법보종찰法寶宗刹이 해인사다.

'돈오'와 '점수'는 불교 수행의 두 가지 방법. 생이지지生而知之하니 부처님이나 역대조사, 불경이나 그 어떤 가르침 없이 단박에 위없는 깨달음에 이른다는 게 돈오요, 가르침을 받아 차례차례 깨달아야 한다는 게 점수다. 돈오는 선종禪宗, 점수는 교종敎宗으로, 불교를 양분할 정도의 이데올로기가 돈오며 점수다.

그런 불교 최대의 불법이며 이데올로기를 가지고 얼씨구절씨구 하며 놀고 있는 시가 「가야산」이다. 아니 산중의 최고 화두를 산 아래 사람들의 삶으로 쉽게 쉽게 가르쳐주고 있는 시다.

게으른 놈도 불현듯 어느 때고 깨달을 수 있는 게 돈오요, 서두르는 년에겐 차분히 깨달아라 하는 게 점수라고. 이 세상에 아무 뜻 없이 '응애응애' 초성을 지르며 태어나는 것이 돈오요, 세월아 네월아 사는 게 점수라고.

그런데도 무엇 때문에 이데올로기의 지엄함에 속아 나락으로 떨어지느냐 물으며 화두를 다시 던지고 있는 시가 「가야산」이다. 이데올로기의 관념의 나락에 빠지지 말고 실감의 세계로 돌아오란 시로 내겐 읽힌다.

설산 북쪽 어느 고원에는
몸집 작은 학들이 살고 있습니다
날아다니는 일도 별로 없고
먹는 일도 별로 없습니다

때가 왔습니다
그것을 누구보다 잘 아는 그네들입니다

며칠씩 굶어
더 가벼운 몸집이 되고
숨도 아끼고 아껴 아주 느리게 내쉬었습니다

이윽고 하늘 속으로 혼백처럼 솟아올라
설산 상공의 기류에 몸을 실었습니다
두둥실 두둥실 떠내려갔습니다
그렇게 설산 넘어
북인도 비하루 주의 초원에 내려앉았습니다
전생의 세상이었고
금생의 세상이었습니다

2000년에 펴낸 신작 시집 『히말라야 시편』에 실린 시 「설산학雪山鶴」 전문이다. 히말라야 고원지대에서 한철을 보내다 겨울이 오기 전 따뜻한 남쪽 인도 강가강 초원으로 날아가는 철새인 히말라야 학의 생태를 사실적으로 그리고 있는 시다.

"때가 왔습니다/ 그것을 누구보다 잘 아는 그네들입니다"라며 학, 그네들을 그리고 있는 이 시에도 시인의 실감이 그대로 들어있다. "며칠씩 굶어/ 더 가벼운 몸짓이 되고/ 숨도 아끼고 아껴 아주 느리게 내쉬었습니다"라는 대목에선 학과 시인이 분간 없이 한 몸이 돼가고 있다.

시인도 그렇게 히말라야에 있는 수미산, 카일라스 산이며 이곳저곳 분지를 돌아다니며 며칠씩 굶고 고원지대 산소부족으로 숨도 제대로 못 쉬어 깡마른 몸으로 돌아온 적이 있다. 그 체험이 그대로 설산학에 묻어나고 있다.

그런 시인의 체험과 설산학의 생태가 마지막 연에 와서는 '혼백처럼' 전생과 금생으로 초월하고 있다. 설산의 상승기류에 몸을 실어 두둥실두둥실 히말라야의 전생과 강가강의 금생을 오가고 있다.

그때의 히말라야 여행을 다룬 한 글에서 시인은 "설산학의 철새 여행을 통해 어떤 사람은 전생과 내생 골짝인 이 세상의 무상신속을 문득 깨달을 수도 있다"고 했다. 선방禪房에서 '생사사대生死事大 무상신속無常迅速'이라 내걸린 문자를 볼 수도 있을 것이다. 모든 것은 순간순간 신속하게 변하니 생사를 넘나드는 큰일처럼 매 순간을 경계하라는 것일 게다.

그런 선방의 가르침, 문구에 비해 이 시는 그 얼마나 생사와 전생과 금생, 그리고 내생까지를 사실적으로, 자연스럽게 오가고 있는가. 선처럼 추상의 극한, 고차원적이 아니라 이 세상의 실감으로 보여주고 있지 않은가.

우주를 낳은 태초의 빅뱅과 하나인 삶과 시

거울 속의 내가
나를 본다

내가 거울 속의 나를 본다
한 생애는 두 생애이다

어젯밤
그 두 생애가
거울을 깨버렸다

어둠이야말로 미래의 거울이다

거기에
내 얼굴 몇천 개 들어 있어라 영광 있어라

한 생애가 몇천 생애가 된다

「무제 시편 75」 전문이다. 전,후반으로 나뉠 수 있는 이 시에서 전반부에서는 거울을 보며 거울 속에 비친 자신과 서로 마주 보고 있는 형국을 그리고 있다. 그러면서 삶은 자신과 자신의 영상의 두 생애임을 보여주고 있다.

'거울'하면 "거울속의나는참나와는반대요마는또꽤닮았오"라는 이상의 시 「거울」이 떠오른다. 우리 근현대 최고의 전위적 문제 시인으로 거울을 통해 분열 의식으로서의 자아를 탐구하는 시 정도로 학창 시절에 배웠던 시 말이다.

근현대 초창기 우리 시에서 이런 분열된, 2중의 자아의식은 21세기 접어들며 소위 '타자他者'로 대체되고 있다. 자신 안에 꼭꼭 감춰두고 부정하고 싶었던 타자들이 시의 전면에 당당하게 떠오르고 있는 것이다.

그러나 고 시인의 거울은 그런 분열이나 타자의 심리적 기제를 드러내기 위한 것이 아니다. 그런 기제를 딛고 있으면서도 단박에 넘어서고 있다. 거울을 깨버리는 솔직한 행위로 심리학이나 문학의 흐름 등은 소거시키면서 더 넓고 깊고 원초적으로 나가고 있다.

"어둠이야말로 미래의 거울이다"며 기존의 모든 자기 자신은 물론 지식 등 습득한 모든 걸 캄캄한 어둠 속으로 몰아넣는다. 그리고 그 캄캄한 어둠 속, 영점에서 다시 태어나 또다시 몇천 개의 자신, 몇천 개의 생애를 살아가고 있다.

쉿!

나는 둘이 된 적이 있어
셋이 된 적도 있어

언젠가
나는 아홉이 된 적도 있었을 거야
그때
나는 누가 나인지 몰랐을 거야

나는 하나로는 비겁해
하나로는 치사해
하나의 확신으로는 추악해

나는 죽도록 하나가 싫어

하나라니
하나라니
하나라니
하나는 8만일 거야 8만4천일 거야
포플러나무 잎새들일 거야 술 먹은 되새 떼일 거야

「무제 시편 49」 전문이다. 첫 행에서부터 "쉿!" 한 자를 한 행 한 연으로 잡아 입 다물고 주의할 것을 강조하고 있다. 털어놓고 싶지 않은 것, 깊이 감춰둔 부정적인 사실을 들려줄 테니 누구에게 전하지 말고 입 다물라는 것일 게다.

일심一心이며, 일편단심一片丹心이며, 항심恒心과 절개 등등, 한결같은 마음과 그런 사람을 존중하는 세상에서 그렇지 못한 자신과 마음을 솔직히 털어놓을 테니 입 다물라는 것을 "쉿!"이란 행위형, 명령형 명사는 함축하고 있다.

그러면서 자신은 둘이 된 적도 있고, 셋이 된 적도 있고, 아홉이 된 적도 있었을 거라 과거를 털어놓는다. 그때는 "나는 누가 나인지 몰랐을 거야"고 솔직히 토로하고 있다.

그렇다. 누구든 자아 형성기에, 아니면 지금도 그런 2중, 다중 인격에 한 번씩은 괴로워했을 것이다. 그러면서 자신의 인격, 성격을 들여다보며 반성도 하고 교정도 해나가고 있을 것이다.

그러나 시인은 이제 그런 태도 자체를 아예 부정해 버린다. 유치하고 비겁하고 치사하고 추악하다고. 그러면서 한 행 한 연으로 "나는 죽도록 하나가 싫어"를 확신에 차 강조하고 있다.

그러면서 하나의 자신을 거듭거듭 타령조로 부정하며, 자신을 부처님 말씀만큼 많은 8만이며 8만4천일 거라 한다. 아니 셀 수 없이 무수한 포플러나무 잎사귀거나 되새 떼일 거라 한다. 그냥 되새 떼가 아니라 술 취해 제각각 난삽하게, 시끄럽게 날아오르는 되새 떼 제각각이 자신일 거란다.

이렇듯 시인에게는 「노래섬」에서 고향 바다에 빠져 죽은 어부들의 뭇 혼령을 비롯해 창세기로부터 모든 인간들의 혼령이 들어와 살고 있다. 인간뿐 아니라 우주 삼라만상이 그 우주적 시공을 지금 이 순간 여기에 모아 다이내믹하게 살고 있다.

나는 삼라만상이었다
나는 무당벌레였고
암소였고
불개미의 하나였고
야차였고
참나무였고
참나무벌레였다
나는 풍뎅이였고
죽어
바람에 흔들리는 거미줄 풍뎅이 껍질 두고 떠나
돌아오지 않는 연어였고
우렁이였고

7월의 독사였다 독사의 허물은 거룩하였다

2002년에 펴낸 신작 시집 『늦은 노래』에 실린 시 「나」 앞 대목이다. 첫 행부터 당당하게 "나는 삼라만상이었다"고 밝히고 있다. 그러면서 삼라만상을 자유연상처럼 불러오고 있다.

나는 너무 많이
이 세상의 곳곳에 있었다
이 세상의
여러 시대에 있었다
나는 현대이고 고대이고 역사 이전 선사이다
나는 세계의 동서남북이었다

나야말로 올데갈데없는 중음中陰으로 돌아가야 한다
내일부터 당장

「무제 시편 254」 후반부다. 우주적 시간과 공간이 자신의 삶과 시의 무대임을 밝히고 있다. 한 곳, 한 시대에 머물지 않고 영겁, 폐허에서 끊임없이 전전하고 있다. 이승도 아니고 저승도 아닌 중음에서 항시 새로 다른 시대와 장소와 캐릭터로 태어날 것임을 다짐하고 있다.

나는 단 한 번도 개체가 아니었다
세포 60조!
나는 전체로 살고 있다
갈지자 지랄하네
술 취한 세포 60조!

시집 『뭐냐: 고은 선시』에 실린 「주정뱅이」 전문이다. 더도 덜도 없이 누가 보아도 고은 시인의 시다. 술주정을 빌어 복수, 몸 전체로 사는 삶을 그대로 토로하고 있다.

우리 몸을 구성하는 최소 단위가 세포. 60조라는 헤아릴 수조차 없는 세포들이 모여 한 사람을 이룬다. 그 많은 세포 각각이 한 캐릭터를 이뤄 살고 있는 게 시인이란다. 술 취해 갈지자로 하는 말이 아니라, 시인은 늘상 그렇게 살고 시를 쓰고 있다고 당당하게 밝혀오고 있다.

"시인은 수많은 다른 운명을 가질 수 있는 존재입니다. 한 시인의 생애 가운데서도 여러 시인의 얼굴이 들어있는 시인의 경우가 있습니다. 나의 경우 나는 내 20대의 시인이 아니고, 40대의 시인으로만 고착될 수 없으며, 내 80대에 나는 이로부터 또 다른 시의 세계에 들어가 있을 것입니다.

하나는 영구분화永久分化하고 여럿은 하나를 그리워하지요, 우주처럼 말입니다."

라민과의 대담에서 밝힌 말이다. 우주 삼라만상을 낳은 태초 빅뱅의 광선 입자처럼 자신은 영구분화하고 있다고. 그러면서 "내 시가 천체물리학적인 정서와 입자 물리학적인 의식과의 총화總和와도 동행하게 됐다"고 밝혔다.

폭포처럼 떨어져 산화하는 온몸의 시학

폭포 앞에서
나는 폭포 소리를 잊어먹었다 하

폭포 소리 복판에서
나는 폭포를 잊어먹었다 하

언제 내가 이토록 열심히
혼자인 적이 있었더냐

오늘 폭포 앞에서
몇십 년 만에 나 혼자였다 하

시집 『독도』에 실린 시 「폭포」 전문이다. 폭포 앞에서 우레 같은 폭포 소리를 들으며 폭포와 폭포 소리를 잊어먹었다며 감탄하고 있는 시다. '하'라며 스스로 생각하기에도 의심스러우면서도 대견한 감탄을 절로 터뜨리며.

전·후반으로 나뉠 수 있는 이 시 전반부에서, 시인은 힘차게 떨어지는 폭포의 위용과 천지를 진동하는 폭포 소리에 정작 그 폭포와 소리는 잊어먹고, 온몸과 혼으로 폭포와 하나가 되고 있다. 폭포라는 언어나 생각 등 어떤 것의 중재 없이 시인과 폭포와 그 소리는 원초적으로 교감하고 있다.

그러면서 후반부에서는 "언제 내가 이토록 열심히/혼자인 적이 있었더냐" 묻고 있다. 앞서 살폈듯 시인은 뭇사람들과 혼령들과 삼라만상과 시공 구분 없이 하나로 살아온 실감에서 당연히 나올 물음이다.

마지막 행에서도 그래서 "몇십 년 만에 나 혼자였다 하"라고 단언하면서도 의아해하고 있다. 그 '나 혼자'임을.

『주역』에서도, 하나에서 음양이 나오고 음양이 결합해 64괘로 나뉘어 무한대를 낳다, 다시 하나로 돌아간다고 했다. 자신이 곧 삼라만상이라는 시인도 주역의 이런 우주운항의 섭리에 따라 "하나는 영구분화하고 여럿은 하나를 그리워한다"고 했다.

때문에 시인의 '나 혼자'임은 그런 영구분화 속에서도 그 모든 것의 총화로서 다시 하나 됨일 것이다. 그러면서도 유아독존唯我獨尊, 자신만의 정체성으로 태초의 삼라만상과 원초적으로, 실감으로 만나는 '나 혼자'임일 것이다.

제목이 같아서인가. 천진스럽게 절로 터져 나온 듯한 이 시가 좋아서 읽고 또 읽으면, 김수영의 시 「폭포」가 자연스레 떠올라 비교해 읽어보고 싶다.

폭포는 곧은 절벽을 무서운 기색도 없이 떨어진다

규정할 수 없는 물결이
무엇을 향하여 떨어진다는 의미도 없이
계절과 주야를 가리지 않고
고매한 정신처럼 쉴 사이 없이 떨어진다

금잔화도 인가人家도 보이지 않는 밤이 되면
폭포는 곧은 소리를 내며 떨어진다

곧은 소리는 소리이다
곧은 소리는 곧은
소리를 부른다

번개와 같이 떨어지는 물방울은
취할 순간조차 마음에 주지 않고
나타懶惰와 안정安定을 뒤집어놓은 듯이
높이도 폭도 없이
떨어진다

많은 평자들이 김수영 시인의 대표시로 「풀」을 꼽지만 나는 이 「폭포」 전문을 꼽고 싶다. 기존 서정에 안주하려는 나태한 자세, 자꾸 곁가지만 치려는 장식적 자세를 벋어나 시의 본질, 곧은 소리를 위해 온몸으로 밀고나간 김수영 시인의 시세계를 잘 보여주고 있기 때문이다.

김수영은 「폭포」에서 규정할 수도 없고 의미도 없다고 하면서도 폭포를 보며 자꾸 규정하고 의미화하려 하고 있다. 고매한 정신으로, 곧은 소리를 부르는 곧은 소리 등으로. “취할 순간조차 마음에 주지 않는다”면서도 폭포와의 즉물적인 교감 대신 자꾸 곧고 올바른 무엇을 읽어내려 하고 있다.

이에 비해 고 시인의 「폭포」는 규정짓거나 의미화하려 하지 않는다. 그냥 맨몸으로 폭포에 취해 들어가고 있다. 뭇 혼과 삼라만상의 나 혼자로서 폭포와 맞서며 교감, 동화돼 가고 있다. ‘하’라는 원초의,

미지의 감탄으로. 마치 바로 위 연대 선배인 김수영의 「폭포」와 맞서고 있는 것처럼 보인다.

김수영이 어떤 시인인가. 우리 현대시의 비조격으로 추앙되고 있는 시인 아닌가. 현실참여와 민중, 자유와 지성의 원조로 김수영을 내세우고 있고, 시인 중 가장 많은 박사학위 논문을 배출한 시인 아닌가.

> 통일도 중립도 개좆이다
> 은밀도 심오도 학구도 체면도 인습도 치안국으로 가라
> (중략)
> 일본영사관, 대한민국관리,
> 아이스크림은 미국놈 좆대강이나 빨아라
> (중략)
> 제3인도교의 물속에 박은 철근기둥도 내가 내 땅에
> 박는 거대한 뿌리에 비하면 좀벌레의 솜털
> 내가 내 땅에 박는 거대한 뿌리에 비하면

1964년 시 「거대한 뿌리」에서 김수영은 이렇게 후련하게 잘못된 시대와 세태를 욕했다. 이 속되고 거친 직설화법의 시어는 한국의 기존 시단에 대한 전례 없는 불온한 도전이면서, 시사적으로 볼 때 그 자체로 새로운 시학, '반시反詩' 탄생의 선언과 다름없었다.

고등학교 시절 시를 배우고 습작하던 때 제일 먼저 내가 주체적으로 사본 시집이 『거대한 뿌리』였다. 김수영은 그렇게 1970년대부터 이미 우리 시단에 거대한 뿌리를 내리고 있었다.

2008년 김수영 40주기를 맞아 재조명 작업이 활발히 일었는데, 그

에게 '채무'를 지고 있는 후배 문인들의 추모의 성격이 짙었다. 창비의 백낙청, 문지의 김병익 문학평론가가 그 축사를 동시에 한 것은, 현실참여와 민중, 자유와 지성의 원조로 김수영을 내세우고 있기 때문일 것이다.

그때 나온 많은 글 가운데 문학평론가 황현산의 평문 「김수영의 현대성 또는 현재성」(『창작과비평』, 2008년 여름호)이 돋보였다. 황현산은 긍정하든 부정하든 김수영의 존재는 무겁다고 했다. "우리에게 시가 무엇인지, 혹은 어떤 시가 좋은 시인지 묻는 논의에서 김수영을 인사치레로라도 거론하지 않은 수 없었던 저간의 사정" 때문에 무겁다는 것이다.

황현산은 "한국 현대시의 역사가 '왜곡된' 근본 원인이, 적어도 자신들이 문단 생활에서 부당하게 겪어야 했던 온갖 불운의 일차적 책임이, 김수영에게 있음을, '이론이 딸려서 공론을 펼 수 없지만, 확신하고 있다'고 고백하는 사람들이 의외로 많다"고 밝혔다.

나 역시 문단 사석에서 이 같은 말을 많이 들어오고 있다. 소위 4.19세대, 진보적 이념과 자유, 참여와 지성을 내세운 문인들이 지난 60여 년 간 문단의 권력, 문화의 정부 노릇을 해오게 길 터 준 시인이 김수영 아닌가, 미화하고 신화화시켜 그런 시인들만 양산시키는 김수영 장사로 문단 권력을 공고히 하며 문학을 왜곡시켜오지 않았는가, 김수영 시 텍스트 자체를 왜곡, 과대평가해오지 않았느냐는 것이 내가 들어온 김수영을 둘러싼 항변의 요지다.

폭포에 대해서 말한다

인용하지 말라

폭포는 폭포 이전도
폭포 이후도 모른다

오직 몸 던져
떨어지며
일어서며
일어서며
떨어져 죽으며

몸의 바깥을
잘게
잘게
부수어내는
그 포말들의 분노로
인용引用과
정의定義를 꾸짖는다
어제의 진리들을
다 찢어버린다

세계 최악의 것인
이데올로기들을
종교를
다 쫓아버린다

겨우 떨어져 산화해버린
물속 웅덩이
바위 발우鉢盂에
시시한 물 한사발

담가두고 있다

폭포는
폭포가 아니다
그러므로
폭포는
폭포이다 역설이다

결코 사상이지 말라 토속이거라
썩어라
폭포야
썩을 줄 모르는 폭포야

「무제 시편 105」 전문이다. 첫 행 첫 연부터 "폭포에 대해 말한다"고 해 위 같은 김수영 시의 맥락으로 인해 또다시 「폭포」가 떠오르지 않을 수 없다.

그 폭포는 인용과 정의를 꾸짖고 있다. 그런데도 이데올로기화하고 종교화하고 있다. 그런 것을 인용하면 물론 시는 죽는다. 삶과 시대의 생생함도 죽는다.

특히 이전 이후의 시간을 다 아우르면서도 어느 것에도 영향받지 않고 캄캄한 어둠, 영점에서 시작하는 고 시인 시세계에서 인용이며 정의며 사상이며 이데올로기며 종교는 최악의 세계다.

그러므로 폭포는 이제 부정해야 다시 본디의 폭포일 수 있다. 썩어야 한다. 썩어 죽어 산화해 중 밥사발 같이 뚫은 바위 웅덩이에 고인 물일 때, 폭포는 다시 만물과 영감을 목축이게 하는 폭포로 살아날 것이다.

"시작詩作은 '머리'로 하는 것이 아니고, '심장'으로 하는 것도 아니고, '몸'으로 하는 것이다. 온몸으로 밀고 나가는 것이다. 정확하게 말하면, 온몸으로 동시에 밀고 나가는 것이다. (중략) 중요한 것은 시의 예술성은 무의식적이라는 것이다. 시인은 자기가 시인이라는 것을 모른다. 자기가 시의 기교에 정통하고 있다는 것을 모른다."

김수영의 시론이랄 수 있는 「시詩여 침을 뱉어라」 한 대목이다. 모든 물방울들이 모여 온몸으로 동시에 밀고 나가다 곧게 떨어져 산화하는 폭포처럼 '온몸의 시학'을 밝히고 있다. 시는 머리도 아니고 심장도 아니고 몸으로 하는 것이라며.

고 시인의 시세계 역시 이런 온몸의 시학으로 펼쳐진다. 그러나 머리는 아닐지언정 심장을 중히 여겨 심장으로, 펄펄 뛰는 생명의 교감과 다이내믹으로 시를 쓰는 시인이다.

학문과 사상과 종교를 다 아우르는 현전의 실감

가슴 열었다 허파가 나왔다 뜨끈뜨끈한 염통이 나와버렸다
숨은 천년 전의 미래
꼭꼭 숨은
천년 후의 과거
이것들이 뭉게뭉게 뭉쳐
오늘의 맨 얼굴을 만들어냈다
아지랑이 아지랑이 암컷아

발제 그리고 빈약한 토론

2000년은 20세기인가 21세기인가
2000년 첫 여름
경주 인공호수 한 켠
호텔 식당에서
나는 벚나무 사이로 물을 보고 있었다
물은 너무 많은 허위에
에워싸여 있었다

이제부터 아메리카 제국주의와 싸우기 위해서
함께 뭉치자고
피에르 부르디외가 나에게 말했다
그는 나보다 세 살 위

나보다 더 소년
나도 덩달아 소년이었다

물은 물속의 삶과 죽음들을
모르는 척 하고 있었다

프랑스의 과거와
한국의 현재가 뭉쳐
오늘의 얼굴을 만들었다

오 우연의 절대
그때 통유리창 밖으로
박새 한 마리가 날아갔다
(참새가 아니라 박새일 것이다)
내 눈길은
뜨거운 제국주의를 그냥 놔두고
그 새
그 새의 찰나에 사로잡혔다

부르디외가 물었다
지금 너에게 시가 왔느냐, 라고
(새가 지나갔으니 틀림없이 너에게 시가 왔을 것이다)

나는 창밖의 물속에서
방금 솟아올라
오래 참았던 숨을 터뜨렸다
나는 젖은 장님으로 말했다
그렇다 시가 왔다, 라고

둘은 뭉쳐 껄걸 웃었다
웃을 때
하나는 얼굴과 목 주름이 너무 많았고
하나는 아예 눈이 없었다

부르디외는 그 길로 일본에 건너가
후지와라 쇼탱 주최의 기념강연을 하고 빠리로 돌아갔다
얼마 뒤 세상 떠났다
나는 후지와라판版 부르디외 라이브러리 14권을
이것저것 넘겨보았다
그런 뒤
데리다와 사이드의 조사弔辭를 읽어 보았다

가만히 또 시가 왔다

2006년에 펴낸 신작 시집 『부끄러움 가득』에 실린 시 「너에게 시가 왔느냐」 전문이다. 프랑스 출신의 세계적 지성 피에르 부르디외와의 만남을 세밀하게 서술하며 나가고 있는 시다. 부르디외는 사회사상가로 자본주의는 문화·사회·정치 속에 '문화자본'·'사회자본'·'상징자본' 등으로 배어들어 그 세력장 안에서 살아가는 사람들의 행동과 성격과 관습 등은 물론 문학과 예술작품 등에 그대로 드러난다고 자본주의를 분석, 비판한 학자로 유명하다.

2000년 대산문화재단은 그런 부르디외를 비롯해 세계와 국내의 문인과 학자 등을 초청해 서울과 경주 등지에서 '경계를 넘어 글쓰기'란 주제로 국제문학포럼을 열었다. 그 포럼 중, 경주에서 시인은 부르디외와의 만남을 드러내고 있는 시다.

부르디외가 시인에게 물은 "너에게 시가 왔느냐"는 말을 그대로 제목으로 삼은 이 시 첫 연은 독립해 놓더라도 참 좋은 한 편의 시다. 1천 년 전 천년의 신라와 1천 년 후 현재가 과거 현재 미래라는 시제를 뭉뚱그려 지금 이 순간 아지랑이처럼, 그리운 암컷처럼 아른아른 시로 오고 있지 않은가.

그런 순간의 시를, 시인은 온몸을 열어 뜨끈뜨끈한 염통 심장과 허파로 맞이하고 있다. 시인과 대상인 1천 년 전 경주와 오늘의 인공 관광단지인 경주 보문단지의 총화가 "오늘의 맨 얼굴"로 처음으로 만나고 있다.

다음 연들에서도 부르디외의 만남과 그가 퍼뜨려 세계적으로 연구, 인용되고 있는 용어 '아비투스', 문화자본에 의해 형성된 집단적 성향이나 반제국주의 등 개념이나 사상과 이념 등을 참조하면서도 그런 것들과는 별개로 시가 독자적으로 어떻게 오나를 보여주고 있다.

괄호까지 쳐가며 아주 세심하게 시의 독자성, 사상이나 이념 등을 너끈히 포괄하면서도 더 높은 경지를 향하는 시의 위의威儀를 보여주고 있다. '아비투스', 사회 제 세력의 '장場'을 아우르면서도 위 시는 '물'과 '새'의 원초적이고 우주적 세계의 장으로 나가고 있지 않은가. 세계적인 석학과 동지애로 어우러지면서도 시와 시인의 우위를 당당하게 드러내고 있는 시가 「너에게 시가 왔느냐」로 내겐 읽힌다.

"부르디외 교수의 분석에 따르면, 현실의 체험적 절대성은 존재하지 않는다. 그러면서도 그에 기초한 심미적 표현의 독자성의 문제를 고민 속에 받아들인다. 위에서 말한 바와 같이, 날아가는 새 한 마리도 현존의 생생함을 그리고 시를 유발할 수 있다. 미국의 철학자 마사 녀스바움을 빌려 말한다면, 사랑과 같은 주관적 체험의 독특함은 거의 절대적인 '확신감의 각인'이 될 수 있다. 심미적 체험이 그 아름다움을 현재의 시간에 인각하는 것이다. 철저한 사회철학자 부르디외도 심미적 체험의 독특함은 완전히 부정하지는 못한다. 그것은 고은 시인의 경우에도 마찬가지이다. 새가 나는 것을 보면, 시가 올 수가 있다. 그렇다고 자본주의 사회와 문화에 대한 비판은 그 타당성을 잃지는 않는다."

한국의 석학이자 문학평론가인 김우창의 「문학과 사회-일치와 차이」 마지막 대목이다. 2000년 국제문학포럼에 참석했던 김씨는 20여년이 훌쩍 지난 2021년 9월호 『문학의 집』에 이 글을 발표했다.

위 대목에서도 드러나듯, 고 시인의 「너에게 시가 왔느냐」 등의 시편과 부르디외의 이론을 살피며, 사회와 문화와 자본의 세력장을 벗어난 심미적 표현의 독자성을 받아들이고 있다. 그런 시의 독자성을 부르디외 앞에 당당히 펼쳐 보이기 위해 아주 세심하게 쓴 시가 「너에게 시가 왔느냐」로 나는 읽고 싶다.

유물론적 관념론자로서 반영론, 즉 모방론을 내세운 헤겔도 시의 독자성, 자율성만큼은 부정하지 않았다. 시인은 외부 세계, 사회를 치지도외置之度外할 수 없지만 "자체 폐쇄된 주체로서 주관적으로 완성시킨 세계를 스스로 주장 한다"고 했다.

헤겔도 시인이 대상에 대해 느낀 마음을 표상한 것을 시라 했다. 이때 '느낌'과 결합하여 현재의 세계를 자기 속으로 끌어들이는 '성찰의 순간'도 들어가 있다. 이 성찰의 순간, 내면의 시적 주체성과 외부의 대상 세계의 중재가 이루어지고 있음을 헤겔도 통찰해 낸 것이다. 이런 시의 성찰의 순간과 독자성 등으로 인해 고 시인은 시는 물론 문학의 경계를 넘어서려하고 있다.

"나는 문학 장르에서 시를 아예 독립시킴으로써 문학 이상의 새로운 의미를 시에 부여하고 싶다는 생각을 갖고 있습니다. 그렇게 함으로써 가장 오래된 인류 유산인 예술 전반의 메타예술로서의 시적 위상을 확립하고 싶고 소설이 지배하고 논픽션이 범람하는 이 시대를 초극하고 싶습니다.

말하자면 시를 오지奧地에서 새로운 차원으로 이끌어 내어 시의 광의廣義를 강조하고 싶은 것입니다. 5천 년 전 시가 전부였던 것처럼 말입니다. 여기에서는 시와 과학, 시와 철학 사이의 긴밀한 친화親和의 가능성도 찾을 수 있을 것입니다."

라민과의 대담에서 밝힌 것처럼 5천 년 전 춤과 노래와 그림 등 모든 예술을 하나로 이끌었던 종합예술로서의 시로 시의 위상을 끌어올리겠다는 것이다. 천체물리학 등의 과학과 사상과 철학을 포괄하면서도 그것들의 새로운 맹아를 품은 시, 그런 시를 시인은 꿈꾸고 있다.

옛사람 시를 지志라 했거늘
나는 그것을 의意라 함
지는 술잔이고
의는 술이라 함

내일 모래쯤
누가 있어 시를 무어라 하기를 학수고대함

그래야 함
한 번으로 정하지 말고
몇 번으로

몇백 번으로 정하고 또 정해야 함

달 사라질 때 그때까지

시집 『무제 시편』에 실린 시 「시론」 전문이다. '시론詩論'이란 제목답게 시에 대한 정의를 내리고 있는 시다. 옛사람들은 '지志', 파자해보면 선비 마음의 심지 같은 뜻을 중시했지만, 자신은 그것을 '의意', 생각과 정신의 모든 것을 포괄하는 뜻으로 보겠다는 것이다.

술잔, 정형의 그릇이 아니라 거기에 담겨 삼라만상 뭇 생령들을 신명나게 취하게 하는 무정형의 술을 시로 보겠다는 것이다. 그러면서도 시는 영원히 뭐라 한마디로 정의될 수 없는 것이라 확신하고 있다.

동서고금 모든 문화의 정수요 정체성인 서정시에 대한 분분한 논의를 점검하기 위해, 1982년 캐나다 토론토대학에서 서구 현대시 이론가들이 모여 '서정시와 신비평을 넘어' 세미나를 열었다. 그 세미나에서 시의 시성詩性, 서정시에 대한 합의점에 도달한 것은 "길이가 짧아야 한다"는 것뿐이었다. 그렇다. 우리네 가없는 삶과 그리움과 꿈의 알파요 오메가인 시를 뭐라 함부로 정의할 수 있을 것인가.

몇백 년 전의 씨앗이
화석으로
무엇으로 있다가 나와
몇백 년 후의 연꽃 한 송이로 호롱같이 피어나왔네그려

나의 평생 다음

내가 가지고 갈 무슨 씨앗 한 톨 없네그려

오로지 눈앞뿐이었네그려 석 자 코앞이었네그려 빈 손금들이었네그려

「무제 시편 493」전문이다. 경남 함안에서 7백년 전 고려시대 연꽃 씨앗이 꽃을 피워 '아라홍련'이라 부르는데 그 연꽃을 보며 쓴 시 같다. 그 시공을 호기롭게, 아릅답게 오가지 못하고 이 시에서는 그만 회한에 빠져들고 있다.

내 코가 석 자라고 오로지 눈앞의 이익에만 몰두해 살다 먼 훗날 남길 것 없는 빈손을 반성하고 반성케 하는 시로 읽힐 수 있다. 그러나 나는 그런 숨길 것 없는 회한과 솔직한 반성에서 되레 시인의 악착같은 현전의 시세계를 읽고 싶다.

수수만년의 세월과 동서남북을 다 아우르면서도, 그런 토대 위에서 시인은 항상 지금 여기 이 순간을 살아오고 시를 써 오고 있다. 시작도 없고 끝도 없이, 아니 시작인 듯 끝인 듯 쓰고 있다. 먼 훗날, 역사에 남을 시와 시인에 대한 마음은 애초부터 내지 않았다.

쓴 시들은 모두 불태워버리고 날려버리고 잊어버리고 매양 새롭게 시작하며 쓰는 시인이다. 전생과 이생, 이생과 후생, 그 사이에서 매양 새롭게 태어나 시를 쓰며 시의 폭과 깊이를 끝 간 데 없이 넓히고 있는 시인이 고 시인 아니던가.

삶과 세계를 태초로 통합해내는 시편에 대한 세계의 찬탄

좀 느린 걸음이면 된다
갑자기 비가 오면
그게 그대 옛 친구이니
푹 젖어보아라

가는 것만이 아름답다
한 군데서
몇 군데서 살기에는
너무 큰 세상

해질녘까지
가고 가거라
그대 단짝
느린 그림자와 함께
흐린 날이면
그것 없이도
그냥 가거라

시집 『히말라야 시편』에 실린 시 「그대 순례」 전문이다. 이 시에서도 "가고 가거라"며 '가거라'가 반복해 나오고 있다. 한 군데 머물러 살기에는 세상이 너무 크니 여기저기 순례하며 살라는 것이다. 시인 특유의 동사형 삶이 쉽게 쉽게 드러나고 있는 시다.

스위스 화가이자 조각가인 노트 비탈은, 영어판 『히말라야 시편』을 읽은 후에 감동 받아 위 시를 비롯해 세 편을 그의 모국어인 로만쉬어로 번역해, 시인의 허락을 받고 자신의 시집에 넣었다. 그와 함께 자신이 소유하고 있는 1천년 된 스위스 고성古城 안뜰에 시비詩碑 조각을 만들어 세웠다. 이처럼 시인의 시편들은 전 세계적으로 널리 알려지고 사랑받고 있다.

1993년 김영삼 정부에서 사면 복권돼 정식 여권을 발급받으면서 시인은 국제문학축제나 대학의 초청을 받아 세계에 본격적으로 나가기 시작했다. 한 해의 반 정도는 해외에 머물 정도로 해외 문학 교류에 활발히 나섰다.

그러면서 시인의 작품 번역도 활발히 이뤄져 전 세계 30여 개 언어로 80여 종의 번역서가 나왔다. 국내 문인 중 단연 가장 많은 나라에 소개된 시인이 고 시인이다. 시인의 시에 담긴 다이내믹한 우주적, 통합적 상상력에 반해 오랜 기간 여러 장소에서 시인과 긴 대화를 나누며 대담집을 펴낸 라민은 이렇게 말했다.

"그의 시는 한국어로 썼지만 인류의 것이었다. 그의 시는 세계의 심장박동으로 우리 인간의 운명의 백지白紙를 두들기고 있다. 번역으로 읽어도 유럽인, 아프리카인, 또는 서아시아인을 위해 썼다고 느껴진다. 모든 위대한 시인들은 보편의 언어로 말한다. 바로 그 때문에 고은은 그렇게도 세계의 많은 시인과 작가들, 문학평론가들로부터 기림을 받는 것"이라고.

라민의 이 말대로 시인의 시를 읽고 국제문학행사에서 친분을 나눈 여러 시인, 작가, 평론가들은 물론 부르디외 같은 세계적 석학들이 앞 다퉈 시인의 시세계를 높이 사오고 있다. 그중 몇 개만 인용해 보기로 한다.

"그의 경험에 대한 굶주린 듯한 식욕, 그것을 통합하는 신속성, 리듬이 갖는 과민한 에너지 등 이 모든 것은 지나가는 매 순간에 거주하면서 그러나 그 모든 순간들이 중단 없이 서로에게 흘러 들어가는 것을 보는 것에 특별한 관심을 가진 이 시인의 전형적인 특질이다." 영국의 계관시인 앤드류 모션의 평가다.

"그 순결성, 그 긴장된 명료함, 그리고 그 연민의 마음 때문에 그의 시들은 '한국적'일 뿐만 아니라 세계에 속하는 것이다. 고은은 한국문화 전체의 한 중요한 대변자일 뿐만 아니라 또한 이 행성 지구 유역流域을 대변하는 하나의 목소리이기도 하다." 미국의 저명한 시인 개리 스나이더의 평가다.

"그는 마침내 귀신에 이끌린 한국시의 보살이다. 생동하며, 민중적이고, 풍성하며, 시 창작에 사로잡혀 있다. 고은은 장려한 시인이며, 불교인 감정가와 열정적인 정치적 자유의지론자 그리고 박물학자의 결합체다." 미국 시인 앨런 긴즈버그의 평이다.

"고은은 휘트먼이나 네루다처럼, 민족적 과제에 자기 자신과 자신의 예술적 역정歷程을 바치는 일에 전혀 미학적 어려움을 가지고 있지 않았던 듯하다. 고은은 놀라운 시인이며 이 후반 세기 인간의 자유를 위해 싸웠던 영웅 중 한 사람이자 종교적 시인으로 우연히 현대사의 끔찍한 사건들에 얽히게 된 시인이다. 그러나 그는 그 일을 훌륭히 감당했던 대단한 인물로 그것은 인간들 가운데서 이룬 위업이 아닐 수 없다." 미국 시인 로버트 하스의 평이다.

"고도의 복잡미묘함, 인간적 깊이, 그리고 내적 힘이라는 면에서 고은은 런던이나 서울에 속해 있는 것처럼 뉴욕에도 속해 있다. 그는 많은 세계에 속해 있다. 영적인 세계에도 또한 컴퓨터와 농업과 비행기의 세계에도 속해 있다. 자신의 깊이와 무수한 마음을 고은처럼 명료하게 보여주는 작가는 거의 없다." 미국 시인 마이클 먹클루어의 평이다.

"고은의 시에는 수많은 조성調聲과 울림, 기교와 표현, 풍자와 역설, 거대한 비전과 깊이 있는 서정미가 담겨 있다. 그 속에는 뛰어난 통찰력을 가진 시인이 있다. 고은, 그는 보편적인 시인이며 그 자체로 휴머니즘이라는 보편성을 가진 시인이다." 스페인 시인 안토니오 콜리나스의 평이다.

이처럼 외국 시인들의 평에는 고 시인의 승려나 민주화 투쟁의 삶에 대한 평도 들어있다. 그러면서 한 생애가 아닌 박물학적인 생애와 모든 삶과 세계를 하나의 태초로 통합하려는 원초적이면서도 굶주린 의지의 시세계에 찬탄을 보내고 있는 것이다.

이런 평에 대해 시인은 "나는 어느 시든 그 시가 나올 때의 '처음,' 그 '태초의 찰나'를 의식합니다. 무無에서든 아니든, 어떤 모호한 예감에서든, 아니 에드가 앨런 포의 주장대로 정밀한 조직에 의한 언어 구성에서든, 나는 시가 나오는 그 찰나가 바로 우주의 원초임을 자각합니다"라고 우주적 태초성, 원초성을 말한다.

"나는 한국의 시인으로 태어나 한국어로 시를 쓰고 있는 운명을 한없이 사랑합니다. 미국의 앨런 긴즈버그와 게리 스나이더, 또는 영국의 앤드류 모션 등 시인들과의 형제적 친교를 이루는 시적 우애가 가능했던 것은 내가 한국 시인이었기 때문이지요. 그들과의 우정은 거의 씨족적입니다."

세계적 시인들에게 그런 호평을 받은 것은 의례적, 허사적 차원이 아니다. 시인의 말대로 1백여 차례 훌쩍 넘게 국제문학행사에 참여하며 그들과 나눈 씨족적, 형제적 우정의 실감에서 나온 평들이다.

세계적 시인들의 이런 호평과 여러 언어로 번역돼 세계적으로 읽히는 시인이 되며, 고 시인은 2002년 처음으로 노벨문학상 유력후보로 오르기 시작했다. 2000년도 김대중 전대통령이 노벨평화상을 수상하면서 이제 문학에서도 수상자가 나오길 바라는 국민적 열망과 함께 시인도 후보 반열에 해마다 오르고 있는 것이다.

지금 내가 생각하고 있는 것은
세계의 어디선가
누가 생각했던 것
울지마라

지금 내가 생각하고 있는 것은
세계의 어디선가
누가 생각하고 있는 것
울지마라

지금 내가 생각하고 있는 것은
세계의 어디선가
누가 막 생각하려는 것
울지마라

얼마나 기쁜 일인가
이 세계에서
이 세계의 어디에서

나는 수많은 나로 이루어졌다
얼마나 기쁜 일인가
나는 수많은 남과 남으로 이루어졌다
울지마라

1993년에 펴낸 신작 시집 『아직 가지 않은 길』에 실린 시 「어떤 기쁨」 전문이다. 시공을 자유롭게 넘나들며 수많은 혼들이 쓰고 있는 시인의 시를 잘 드러내고 있는 시다.

20015년 라르스 다니엘손 주한스웨덴 대사는 시인에게 한국을 떠나며 마음에 새길 시 1편을 꼽아달라고 했다. 다니엘손 대사는 다른 나라 대사들과 더불어 '서울문학회'를 결성해 한국 문인을 초청한 세미나를 열며 한국문학을 널리 알린 사람으로 유명하다.

한국을 더 잘 알기 위해 매일 고 시인의 시편들을 읽어왔다는 대사의 부탁에 시인은 "시를 쓰고 나면 곧 잊어버리고 말아 나도 내 시에 대해 잘 기억하지 못한다"면서도 와인 몇 잔을 나누며 천거해준 시가 이 「어떤 기쁨」이다. 국적을 초월해 시와 마음의 우정을 나누기에 딱 좋은 시 아닌가.

안성에서 수원으로 이사한 팔순, 더 젊고 깊어지는 시

아침 여섯시 반 일어났다
새소리가 없다

80세의 긍정 사절할 것
체념 전무
80세의 타락 축출할 것
감히 치열할 것

서서
소리칠 수 없으면
누워서 소리칠 것

죽어서 소리칠 것

새소리가 있다

시집 『무제 시편』에 실린 「최근의 일기」 전문이다. '일기'라는 제목처럼 새벽 6시 반에 일어나 잠깐 사이의 주위와 생각을 그대로 옮긴 시다. 나이 80을 맞은 시인의 일상과 각오를 들여다볼 수 있는 시다.

해뜨기 전 새소리도 없는 새벽에 일어나 시인은 다시 한번 시인의 삶에 다짐하고 있다. 계속 '긍정'과 '타락'은 사절하고 축출하리라고. 만족에 의한 안주安住는 자신의 삶이 아니라고. 그렇다고 체념 같은 것은 결코 하지 말고 모든 안주의 것들을 부정하며 치열하게 살리라 다짐하고 있다.

기운이 다해 서서 소리칠 수 없으면 누워서 소리칠 것이라고. 여기서 '소리치는' 행위는 삶이며 시 쓰기다. 20세기 세기적 지휘자 카라얀도 힘이 다해 의자에 앉아서까지 지휘하다 가지 않았던가.

그런 경지까지 넘어서 죽어서도 소리칠 것을 다짐하고 있다. 사후까지도 시로써 전력 질주하겠다는 것이다. 각오가 거기까지 이르렀을 때 일찍 일어난 새들도 화답하고 있다. 이생에 왔으면 후생으로 갈 때까지 전력 질주하는 게 섭리이기 때문일 것이다.

하나의 밤을 온전히 지새운 아침 이슬을 밟는다
갖은 지상의 욕망들을 재운 뒤
저 혼자 남겨진
아픈 그리움으로
혹은
아픈 외로움으로 정화될 대로 정화된 대기 속에
나의 숨결을 내보낸다

삶의 벅찬 날들아
여기 들어와
그대 무릎 위 손을 얹고 쉬어라
쉬었다
다시 일어나
전혀 새로운 오르막길 솔바람 속을
한발
한발 내디디어

대지의 덕을 깨울 때
또 하나의 삶이
그대의 설레는 가슴을 맞이하리라

이로부터 태양은
성난 기쁨의 청년으로 중천에 불타리라
이로부터 외진 눈썹의 넋인
그대의 초승달은
저 잉잉 울부짖는 고요로 눈부시리라

여기 들어와
나는 내가 아니고
짐짓 그대는 그대 아닌
또다른 그대와 나이리라

시집 『무제 시편』 맨 끝에 실린 시 「광교에 들어와서」 전문이다. 시 본문 끝에 "2013년 8월 수원 이거 다음 날 나온 작품임"이란 각주를 달고 있는 시다. 80세를 맞는 해 시인은 30여 년의 충일한 안성의 삶을 마감하고 수원 광교산으로 이사했다.

이사해서 하룻밤을 지새고 맞은 새벽에 나온 시여서 그런가. 시가 힘차면서도 낭만적이다. "성난 기쁨"이며 "울부짖는 고요" 등 기쁨이며 고요마저도 동사화 되어 질풍노도하고 있다. 어조도 시인 특유의 호방함을 더욱 빛나게 하고 있고.

거기에 "저 혼자 남겨진/ 아픈 그리움"이거나 "아픔 외로움으로 정화될 대로 정화된 대기"에서는 또 얼마나 가슴 시린 서정에 세세히 호소하고 있는가. 나이 팔순에 이러한 서정에 이러한 호방함이 독자들을 시 속으로 여전히 끌어들이는 힘이다.

그런 그리움과 태초를 향한 힘 있는 서정이 또 시인의 숨결과 우주의 대기를 하나로 섞고 있지 않은가. 성난 기쁨으로 불타는 태양과 외로움의 고요로 잉잉 울부짖는 초승달을, 시인의 심장과 눈썹 등으로 하나 되게 하고 있지 않은가.

그러면서 팔순의 시인을 다시 청년으로, "젖비린내 나는 어린 삶"으로 다시 태어나게 하고 있다. 짐짓 모든 삶과 생애를 전혀 새로운 것으로 만들며 "나는 내가 아니고" "그대는 그대 아닌/ 또다른 그대와 나"가 되고 있지 않은가.

비 맞는구나
비 맞는구나
수원 광교산이
빚 갚고
온통 비 맞는구나

내 알몸도 나와서
함께 비 맞는구나
내 마음도 나와서
공으로
비 맞는구나

이로부터 광교산과 나 밤마다 서로 단골이구나

시집 『무제 시편』에 실린 시 「광교의 날 2」 전문이다. 수원 광교산자락에 새 거처를 마련한 시인이 내리는 비가 하도 좋아 철부지같이 뜰로 뛰쳐나와 맨몸 맨 마음으로 비를 흠뻑 맞으며 좋아라 하는 모습이 절로 떠오르는 시다.

그렇게 광교산에 비가 내리는 날이었던가, 아니면 눈이 내리는 날이었던가. 시인은 좋아라 내게 전화도 하곤 했다. 비가 술처럼 내린다고, 눈이 온다고 뭐하냐고 묻곤 했다.

"옛날 외상술이 그리웠다// 누구하고 짠 듯/ 구름이 인다// 구름이란 무슨 탈 없는 혼령의 갖은 희로애락 그것이리라"(「광교의 날 1」 부분).

어디 장안문 안 주점에 가 그리운 외상술 긋고 한잔 하자고 부르는 것만 같았다. 그렇게 시인은 광교산과 한 몸이 된 듯, 수원 장안의 술집 단골이 된 듯 부지런히 시를 써가며 광교의 날들을 열어갔다.

삶과 선禪을 한 쾌로 꿰며 자연스레 도통道通해 가는 시편

무겁지 말라 한다
어렵지 말라 한다
깊다니
높다니
괜히
드넓지 말라 한다

굳이 굳이 외우지 말라 한다
하나에서 열 몰라도
다 있다 한다
억도 조도 있다 한다

보지 말라 한다
찰칵
찰칵
찍기만 하라 한다
찍어두고
잊어버리라 한다

나 자신이지 말라 한다
누구

누구로 바꾸라 한다
누구
누구 얼굴로 고치고 고치라 한다

뜨겁지 말라 한다
고뇌라니
오뇌라니
만나도
헤어져도 그만
슬픔이라니
슬픈 할머니가 되지 말라 한다

읽지 말라 한다 생각하지 말라 한다

「무제 시편 501」 전문이다. 광교산은 빚이라도 갚고 비를 맞는데, 시인은 공짜로 비 맞으며 삼라만상과 한 몸이 되었나. 광교산 산신령이 됐나. 무위자연無爲自然 본디가 돼가고 있는 시다.

무겁고 어렵지 말란다. 높고 깊고 넓지도 말란다. 외우지도 말고 숫자 몰라도 억조까지 다 안단다. 원시인처럼 그냥 맨몸으로, 자연으로 살라는 것이다.

보고 듣고 읽지도 말고 가슴에 쌓아두지도 말란다. 그러면 고뇌도 오뇌도 아예 없을 것이다. 만남도 이별도 슬픔도 없을 것이다. 그래 삶과 죽음이 매한가지, 여래일 것이다.

그런 '여래'며 '무위자연'이라는 깨달음, 도道의 최고경지를 아주 쉽게 쉽게 풀어쓰고 있는 시다. '-한다'는 어미로 누구에게 들은 이야기를 전하는 듯하고 있으나 시인의 속에서 자연히 들려오는 소리다. 광교산에 살며 시인은 이렇듯 자연스레 도통道通해가고 있다.

누이야
내가 여기저기서 내치는 아라비아 이슬람에
남몰래 반해버리는 건
그 이들의
그 하루의 처음이 저녁이기 때문일 거야

벌써 조각달 나와 있는
저녁이
애저녁이 내 시작이고 내 뉘우친 출발이기 때문일 거야

메카 쪽 메디나 쪽
일몰 기도 알마그립의 그 아잔 때문일 거야
멀리멀리
조금씩 식어가는 사막 서쪽으로 들려가는
지친 가슴 후련해지는 마흔 살쯤의 갈색 목소리 그 아잔 때문일 거야

시집 『무제 시편』에 실려 있는 시 「무제 시편 502」 전문이다. 이슬람 사원에서 들려오는 일몰 기도 소리를 소재로 하고 있는 시다. 나도 이슬람권을 여행하며 애저녁에 애잔하게 멀리멀리 펴져나가는 그 기도 소리를 듣곤 했다. 그 소리가 귀소본능을 불러일으키며 집으로 돌아가고픈 마음을 부추겼는데.

이 시에서 시인도 '처음', '시작', '출발'로 돌아가고픈 서정을 내비치고 있다. 첫 시집부터 막연한 그리움이 집약된 이름 "누이야"를 부

르면서. 그러면서 또 황혼녘이 삶의 새로운 출발임도 다시금 환기하고 있다.

서방세계에 대한 테러와 종교 근본주의에 의해 세계에서 내치고 있는 이슬람. 그러나 그런 일몰 기도 소리를 들으면 누구든 애잔하면서도 편안해지는 느낌이 들것이다. 특히 "내치는"이란 시어가 시인 특유의 반서구, 반문명 정서를 대변하고 또 억압받고 스러져가는 것들의 편에 서는 자비심을 그대로 떠오르게도 한다.

알아두어라
진리란
얼마나 터무니없는 것인가

오랜만에 남색 치마 입은 어머니의 아들이
여기에 왔다
술 만 병
시집 백 권
여행 몇십 개 나라
몇백 도시
꿈 몇만 개
이것으로
그대의 생과 말년
재 한 줌이 전부이리라 알아두어라

「무제 시편 504」 전문이다. 일제 치하에서 어머니 남색 치맛자락 부여잡고 다니던 아들이 해방되고 6.25 전쟁의 폐허에서 산문에 들어 승려도 되었다. 시인이 돼 하산해 민주화투쟁으로 옥살이도 하고 민주화된 세상에서 세계 각처를 돌아다니며 세계적 시인이 됐다.

그러나 결국 "재 한 줌이 전부"로 돌아갈 것이란 걸 다시금 새기고 있는 시다. 어쩔 수 없이 초기 시부터 지배해오던 허무, 불교적 무상이 배어있는 시다. 아무런 꾸밈도 없이, 높고 낮음도 없이 그냥. 본디의 삶이 이리 무상하고 터무니없을 진데 그 위에 세운 진리란 또 얼마나 터무니없을 것인가.

두루미 수컷 춤 잘 추어야
두루미 암컷 만나지
춤 못 추면
그리운 암컷 영영 못 만나지

여기 나의 춤 8만4천 번인데 아직껏 못 만나지
진여眞如도
똥 한 무더기도

2020년에 시인이 '선시禪詩-단구短句'로 묶어 발표한 26편의 시 중 「춤」 전문이다. 이 시에서 '춤'은 시력詩歷만 환갑을 훌쩍 넘는 시인과 그의 시로 봐도 무방할 것이다. 선승禪僧의 수행으로 봐도 될 것이고.

그동안 발표한 시인의 수천수만 편의 시 속엔 8만4천 불경이 다 들어 있다. 그런데도 "그리운 암컷"도, "진여"도, "똥 한 무더기"도 못 만나고 있다고 실토하고 있다.

우리네 삶과 시와 모든 예술의 알파요 오메가인 '그리움'과 불교의 요체인 '진여', 그리고 그리움이며 진여의 굴레마저 벗어던지고 우리 눈앞에 여여如如하게 펼쳐진 현전現前이며 선의 메타포 '똥 한 무더기'를 한 쾌로 보고 있는 시다. 그렇게 선과 시와 우리네 삶과 현실을 온몸으로 숨 가쁘게 춤춰온 시인이 고은이고 그의 시세계다.

이후를 생각하지 않는 순간의 극명한 삶과 시

석주
아직껏
나는 진부하게시리
삼거리에서 쭉 못쓰고 있네 그 언제까지나 이토록 진부할 따름이네

진눈깨비 아니고는
오도 가도 못하고 있네
화투 같은 것
여섯 끗
일곱 끗 아니고는 그냥 죽치고 있네

하기사
외길이야 한곳으로만 쪼르르 가면 되네
허나
이놈의 가슴 떨리는 삼거리에서는
가던 길을
문득 바꿔버릴 수 없네

필연이 있다면
어디 그뿐이랴
필연보다
우연이 훨씬 요염하네

아니
나 또한 오지 않는 임종 같은 지긋지긋한 나이거니
후딱
누구의 의붓아비 되고도 남네
삼거리 술집
술 석 잔
나그네 몸속에서
몸보다
맘속에서 먼저 취한 미몽의 노래 나오고 마네

더구나
나는 나 아니라
찬란한 내년 봄날
그 누구라네
그 누구의 귀신이라네

삼거리 술집에서
나는야 죽고
나는야 사네
천만다행 다른 길로 가네

2016년에 펴낸 신작 시집 『초혼招魂』에 실린 시 「삼거리」 전문이다. 친한 친구나 후배 제자에게 이야기하듯, 편지 쓰듯 쓴 이 시 참 인간적이다. 더할 것도 뺄 것도 없이 시인의 현재 심경을 술술 잘 드러내고 있는 시다.

외길을 가다가 삼거리를 만나면 장삼이사張三李四 누구든 느낄 수 있는 심사. '이리 갈까 저리 갈까 차라리 돌아갈까'하는, 오도 가도 못하는 보편적이면서도 진부한 마음으로 시를 써나가고 있어 잘 읽힌다. 거기에 "쫙 못쓰고 있네" 등에서 볼 수 있듯 시정잡배의 표현과 '화투끗발'에서 서민의 삶이 물씬 묻어나고 있다.

그러면서도 술 몇 잔에 몸보다 마음이 먼저 취해 "미몽의 노래"가 먼저 나오는 시인. 나는 내가 아니라 그 누구의 귀신이고, 죽고 사는 길이 한 길이고, "필연보다/ 우연이 훨씬 요염하네" 등에서는 시인의 이름을 지우더라도 고 시인의 시임을 누구든 알 수 있는 시인만의 특장이 잘 드러난 시다.

『초혼』에는 『무제 시편』 이후 나온 신작시 102편과 장편 굿시 「초혼」을 실었다. 신작 시편들에선 무수한 혼으로 시공을 넘나드는 시인의 예의 우주적 삶과 시의 면모를 잘 들여다볼 수 있다. 총 1073행, 2백자 원고지 130장 분량의 장시 「초혼」은 우리 반만년 역사 속의 원혼들을 불러 원을 풀어주는 해원解冤굿시다.

"옛 월명 오늘 소월 화신으로/ 이 지상에 내려와/ 이 지상 무진세계 화신으로/ 피 토하는 득음공부 소리공부 다 바쳐/ 삼가 올리오니 / 천만 원한 이제 고를 풀어"라는 한 대목처럼 귀신도 감동해 울게 하는 시인들의 모든 시 공부 다 바쳐, 우리 역사 속 억울한 혼령들을 위무하고 있는 시가 「초혼」이다.

"나를 시에서 떼어놓지 못하는 나와 시에서 떠난 지 오래여서 시가 무엇인지 모르는 내가 어쩌다가 만나는 날에 이 세상의 무사분주無事奔走를 놓을 것이다. 다음을 기약하지 않는다. 그토록 숨찰 것도 없지 않은가."

『초혼』을 펴내며 시집 말미에서 한 '시인의 말' 한 대목이다. 60년 넘게 시를 써오면서도, 해서 세계적 시인이 됐으면서도 시가 뭔지 모른다는 영점에서 시를 쓰는, 시인의 여실한 시 쓰기 자세를 드러낸 말이다. '무사분주'면서도 '다음을 기약하지 않는다'는 말에는 어쩔 수 없는 나이도 드러나고 있어 씁쓸하다.

몇번쯤은 천년의 성벽이 무너진 듯 극명할 것
이렇게
오끼나와로 비바람치는 날에는
이렇게
사무치게
못 사무치게 비바람 치는 날에는
그냥 팔다리 늘어뜨려
느런히 느런히 누워버린 내가 밉다

이렇게
개마고원으로 눈보라 치는 날에는
이렇게
아프게
아픈 줄도 모르게 눈보라 치는 날에는
심사숙고라든가
삼매라든가
그런 갖가지 핑계로
한나절이나 반나절 내내 주저앉은 내가 아주 밉다

나 대신
누가 책을 던지는가

쨍그랑
누가 술잔을 던지는가
나 대신
누가 누대의 권력을 빈 잔으로 내던지는가

늦었다
벼랑으로 솟구쳐
저놈의 비바람 속에 서야겠다
저놈의 눈보라 속 두 다리 부들부들 떨리는 썩은 분노로
기어이 기어이 달려가야겠다

남은 세상
이렇게 비바람 쳐
이렇게 눈보라 쳐
어쩌자고 다 뚝 그친 밤
히말라야 상공 팔천 개 별빛의 무지몽매로
눈 감아야겠다

그 뒤에야 미풍이거나 나비의 요절이거나 말거나

시집 『초혼』에 실린 시 「만년」 전문이다. 만년晩年에도 극명하게 행동하고픈 시인의 심사가 그대로 드러난 시다. "천년의 성벽이 무너진 듯" 일체의 기성旣成과 안주安住 다 무너뜨려버리고, 매양 새롭고 극명하게 동사형으로 행위하며 살다 어느 날 죽음과 함께 뚝 그쳐버리고픈 결기를 드러내고 있는 시다.

만년에도 시인은 세계 여행을 계속했다. 한 해면 십여 군데에서 들어오는 해외 초청에 가급적 응하려 몸을 아끼지 않았다. 오끼나와

에서 비바람 치는 날에는 그런 일기를 핑계로 누워버린 날도 있었다. 개마고원에서 눈보라 치는 날에는 명상과 집필을 핑계로 주저앉은 적도 있었다.

"이렇게"를 반복하며 그 현장의 행위를 강조하면서도 몸이 안 따라주던 날을 아프게, 사무치게 반성하고 있다. 그런 "내가 아주 밉다"며. 그러면서 비바람 치고 눈보라 치는 백척간두 삶의 벼랑에 서서 계속 긴장된 삶을 살겠다는 의지를 밝히고 있다.

그렇게 기어이 살다 마침내 "히말라야 상공 팔천 개 별빛의 무지몽매"로 돌아가겠다는 것이다. 별에서 태어나 별의 혈족으로 살다 별로, 반짝반짝 빛나는 별의 이상이나 추상이 아니라 '별빛의 무지몽매'한 물질로 돌아가겠다는 것이다. 아니 오늘 지금의 삶의 행위 이후, 그 뒤의 일은 생각지도 않겠다는 것이다. 오로지 오늘 지금의 삶, 그 현전만 중시해 온 시인의 세계를 다시금 펼치며 만년을 다짐하고 있는 시다.

어차피 무슨 독한 이데올로기 아니거든
아는 척
모르는 척
그대로 두라

갈매기는 안다
독한 넋이면
다음 세상 따위는 없다

여수 돌산도 낭떠러지

거기
완전무결의 동백꽃 모가지 째 직선으로 떨어지는
죽음 아니거든
이번 세상
파도 소리 따위도 없다

꽉 찬 바다 단 하나

시집 『초혼』에 실린 시 「동백」 전문이다. 여수 앞바다 돌산도 그 유명한 동백꽃을 소재로 한 시인데도, 나는 시인의 오도송悟道頌으로도 읽고 싶다. 수도를 많이 한 고승들이 문득 깨달아 지은 시 말이다.

동백꽃은 눈 속에서 피어오를 때 눈의 흰색에 대비되는 그 극명한 붉은 색도 좋지만 질 때도 벚꽃처럼 꽃 이파리 한 잎 한 잎 하르르 지는 게 아니라 모가지째 극명하게 지는 게 일품이다. 그래 많은 시인들이 동백꽃의 그런 낙화를 보고 죽음의 개결한 미학을 읊어오고 있다.

갈매기도 날고 파도 소리도 들리는 바다는, 해벽海壁 낭떠러지에서 동백꽃 한 송이 송이째 수직으로 떨어지며 꽉 찬다. 그렇게 완전무결하게 된 바다의 현전과 시인이 맞장 뜨며 죽음 따위의 종말이나 생사의 미학을 아는 척 모르는 척 그대로 넘어서고 있는 시가 「동백」이다. 그렇게 "꽉 찬 바다 단 하나"의 삶과 시를 시인은 살고 쓰고 있는 것이다.

아쉬움이나 정한情恨의 서정도 동사형으로 달리는 삶과 시

기껏 암자 하나
암자 밑
들리다 말다 하는
개울물 소리 하나

그런 곳에
두고 온 것 혹여 있더라니

가보아

시집 『초혼』에 실린 「작은 노래 6」 전문이다. 총 세 연, 일곱 행의 짧은 시인데도 참 맑고 울림이 잔잔하면서도 길다. 『초혼』에는 이렇게 짧은 시 26편을 '작은 노래 여럿'이란 제목 아래 묶어 일련번호를 매겨 싣고 있다.

"봄날 아침/ 쉬엄쉬엄 연두 오른다/ 가을 저녁/ 느릿느릿 단풍 내린다// 나 만고역적으로 급하구나 급하구나"(「작은 노래 25」 전문)에서 볼 수 있듯 항상 급히 다른 데로 서둘러 떠나고 있는 시인이 고 시인이다.

자연은 쉬엄쉬엄, 느릿느릿 오고 가는 데도 만고역적으로 급한 시인이다. 어디 한 시절, 한 세상 한군데에 안주하지 않고, 꽁지에 불붙은 듯 서둘러 떠나고 또 떠나는 시인이다. 그런 시인이 미련에 찜찜해 하지는 않을 것이다.

그런데 위 시 「작은 노래 6」에서는 "두고 온 것 혹여 있더라니"라며 뭔가 두고 온 것을 아쉬워하고 있다. 하잘것없는 암자 밑, 들리다 말다 하는 개울물 소리 하나에 두고 온 그 무엇을 아쉬워하고 있다.

'암자'라는 시어에서 혹여 젊은 시절 승려 생활의 한때를 아쉬워하는 것으로 볼 수도 있다. 그러나 고 시인의 기질상 그런 회고조만은 아닐 것이다. '기껏'이나 '혹여'라는 낮추고 확신에 차지 않은 말랑말랑한 시어들이, 되레 초라한 암자와 들리다 말다 하는 개울물 소리를 더 크고 맑게 보고 듣게 한다.

아무 뜻이나 미련도 없이 그런 하나의 맑은 세계에도 초대하고 있다. 인류, 아니 우주의 허정한 보편적 심성에서 울려오는 그리움으로 "가보아"라며 시인의 꽉 찬 시세계에 여백, 숨통을 터주고 있는 시다.

어쩌나

봄비에 눈썹 젖는데

아흔 찰나가 한 생각
한순간이 스무 생각 아니랴

어쩌나
어쩌나

옷깃 여며
누구에게는 살다가 말 세상
누구에게는 다 살고 갈 세상 아니랴

어쩌나

늦가을비에 그대 어스름 가슴 젖는데

시집 『무제 시편』에 실린 시 「옷깃」 전문이다. '어쩌나'로 시작해 '어쩌나'를 반복하고 있는 시, 참 아쉬움이 많이 남는 시다. "아흔 찰나가 한 생각"이라니 인생무상이 밀려오는 시다.

그러나 노령의 여느 시처럼 정적인 회한이 아니다. 시인의 시에서는 아쉬움마저, '어쩌나'라는 탄식마저 반복, 또 반복되며 동사형으로 뛰고 있다. 그렇게 뜀박질해 온 '어쩌나'라는 아쉬움의 탄식이 독자들 가슴을, "그대 어스름 가슴"을 늦가을비처럼 젖게 한다.

삼라만상을 벅찬 감동의 실감으로 울리고픈 시의 꿈

해방 직후
조선어 국어교과서 육사 「광야」를 만났어
처음이었어
시 만나기
생전 처음이었어
학교 미술반에서 돌아오는 저녁 길 가녘
한하운이 내 문둥이를 생모生母인 듯 기다려주었어

죽은 고향 어이할꼬

나는 집 나갔어
배고프며
배 아프며 다녔어
엿장수 엿목판이다가 거지 그림자였어
녹슨 철로가 달빛에 빛났어

이윽고 내 허무의 1950년대가 이슥했어
방선放禪 십년
조주趙州 무無를 던졌어

1958년이었어
허깨비 같은

도깨비 같은 나에게도 오는 시절 아닐 올 수 없었던지
오십년 전
1908년 「해에게서 소년에게」를 알 바 없이
나의 시절이 왔어
한국시인협회 창립 기념
『현대시』 창간호 신인작품으로 나섰어
그 해 『현대문학』 11월호
3회 추천을 단회 추천으로 때려잡고 나왔어
시 세 편
죄지은 듯이 원고료를 받았어 아닌 철에 이마에 땀띠 났어

이 시절에 사연 둘이 있어야 했어
하나는
내 고향의 추상화가 나병재가
어쩌다가
내 시 한 편 지니고 있다가
신문에 난 기사 보고
눈 감고 투고한 것이
회장 조지훈의 눈에 들어 뽑혔던 것
하나는
내가 산중에서 서울로 와
조계종 비구승대회 후기 대변인 노릇으로
신문 창간
잡지 창간을 서투르게 진행하는데
편집 빈칸 메운 내 글을 본 신도 하나이
며칠 뒤 나를 무작정 끌고

마포 공덕동 미당한테 갔어
시 다섯 편 중 세 편을 보자마자
현대문학사에 즉시 보냈던 것

그 뒤 해인사에서
4월 혁명 만났어 단식정진 중에 현대사가 멀고 멀었어
5월 군사 쿠데타 만났어
1961년 5월 어느 날
서울 선학원 선승이던 나는
내 시 최초의 독자였던
천주교의 구상과 함께
제주도 가려고
광화문 대한국민항사 사무실에 갔어
계엄령으로 막혔어
거리의 전파상회에서
'절망과 기아선상에서…'의 혁명공약을 듣고 들었어

1960년대 후반
전봉건이
서울 서대문 우체국 뒤
거기 비탈진 단칸방 얻어
『현대시학』을 낼 때도
시 쓰는 환희 그것으로
이미 톡톡히 보상 받았노라고
시의 무상성無償性을 외쳐댔어
받아라
안 받는다

받아라
안 받는다 하다가
그 특집 원고료로 나만 대낮 배갈에 취해버렸어
전봉건은 그 굵은 목소리에 가느다란 입술로
곱빼기 아닌 짜장면 한그릇뿐이었어
나더러
현대시학상을 준다는 것도
시의 무상성 운운으로 괜히 열렬 사절이었어

시로 돈 받다니
시로 돈 받다니
이러구러
시인 노릇 건달 노릇 뜨내기 노릇 십 년 이십 년
어언 오십 년 월떡 넘겨
한 편당 몇만 원 받고도
어느 행사시로는
한 편당 몇백만 원도 덜컥 받고도
심드렁해지고 마는
내 철면피한 자취 그칠 줄 모르고 있어 상도 주면 다 받았어

호젓이
시의 무기수라는 천벌 감수하며
내 조국을
내 조국 밖을 유배의 세월로 삼아왔어

내가 한국시단에 오른 앞뒤로는
시인 고작 일백여 명이어서

어느 시인 겨드랑이 터럭이 몇 개인지도
빤하게 알아맞히는 시절이었어
이런 인구 희박의 우애 또한 각별하여
푸짐한 가난에
푸짐한 정情 낭창거렸어
속주머니 한 푼 없이도
통금시간 임박 때까지
1차 2차 3차로 코가 삐뚤어지고 말았어
코피도 터졌어

이제 시인 일만 명 이상
아니로세
시인 오만 명 이상
누가 누군지
누가 누구 아닌지
세상 각처마다 시가 죽었다는데
하기사
나 태어나 한 살인 그해
시의 죽음을 말한 적이 있었고
그 뒤로
뜨문뜨문 그 소리 거듭된 나머지
이제 언제건 어디서건
시의 시대 가버렸다는데
한반도 남한에는 시와 시인이 기하급수로 증가하고 있어
어쩔거나
어쩔거나

어쩔거나
나부터 이 단말마를 작파해버릴거나

이쯤이련만
오늘은 누구네 감회 깊은 잔칫날이니
반공半空에 입 대고
헛소리나 한 두 마디 사뢰는 바

이제 막 시에 눈뜨는 소년
이제 막 시단에 오른 청년
그네들의 처음에 경배하며
시의 불멸을 거꾸로 부르짖는 나의 밤새워
아뢰는 바

가도 가도
본디 그곳 아닌가
와도 와도
본디 그곳 아닌가
나 어쩔 줄 몰라
시 하느님이시여
시 화냥년이시여
시 만고역적이시여 시 달가는 빠른 구름이시여
굳이 모자 씌울 것도
잘라낸 꼬리
불쌍하게 혀 찰 것도 아니거니와

한술 더 떠보니
하도 오지랖이 커지고 말았어

소월 이상 그 이래 어쩌고저쩌고 그러다가
우연은 넓어
저 미친 횔덜린과 바람난 릴케에 이르러
삶이 시이고
시가 삶이던 것
이십 년이나 시 그만둔 세월 뒤
다시 시를 쓰는 뽈 발레리가
파도소리 먹으며 누워 있는
그 처갓집 데릴사위 무덤 속 발레리가
내 바깥사돈에서 안사돈으로 바뀌어
바야흐로 세상천지는 시들어가는 꽃 한 송이였어

본질은 가버렸어
애당초 없는 것을 있다 있다 한 것은 아닌지
술 몇 잔 알딸딸해지면
시 붙들지 마
놔주어
놔주어
벼랑에 지는 궁녀들 그 치마 뒤집어쓴 뮤즈를 좀 보아

시 죽고 죽어야 겠어 훗날 시 어렴풋이 살아야 겠어
창천蒼天같이 어이없는 필연같이
압록강 중강진 밤중같이

시집 『초혼』에 실린 시 「시 옆에서—나의 시생활 몇십 년으로 하여금」 부분이다. 시집에 열네 쪽을 꽉 채울 정도로 긴 이 시에서 시인은 부제처럼 자신의 시단 데뷔 시절부터 반세기 훌쩍 넘는 시단 생활을 타령조로 고하고 있다. 시인이 아니라 살고 보아온 시단의 삶 자체가 화자가 돼, 고 시인과 시단과 시에 대해 솔직하게 털어놓고 있다.

해방 직후 초등학교 교과서에서 이육사의 「광야」를 보고 그 광대무변한 태초의 상상력에 홀려 시를 알게 됐다. 중학 시절 한하운의 시집을 하굣길에 주워 미술에서 시로 진로를 바꿨다.

6.25 동족상잔으로 농촌공동체 고향이 무너지는 것을 보고 그때부터 고향을 잃어버리고 가출을 밥 먹듯 했다. 그러다 입산해 10년 선 수행한 이야기와 1958년 등단한 사정도 자세히 밝혀놓고 있다.

최초의 근현대시인 최남선의 「해에게서 소년에게」가 나온 지 오십 년이 되는 해를 밝힘으로써 등단과 함께 시사적인 시인이 될 것임도 암시하고 있는 듯하다. 그리고 4.19, 5.16이라는 역사적 사건을 승려로서 무심히 비껴갔음도 밝히고 있다.

등단 무렵 1백여 명의 시단과 우애를 말하고 있고 특히 시의 무상성無償性에 대해 실감 나게 전하고 있다. 그러면서 시인이 태어날 무렵부터 세상은 '시가 죽은 시대'라고 떠들어댔지만 시는 여전히 많이 쓰이고 있고 특히 우리나라에서는 시인이 기하급수적으로 폭발하고 있음도 전하고 있다.

그러면서 "이제 막 시에 눈뜨는 소년/ 이제 막 시단에 오른 청년/ 그네들의 처음에 경배"하고 있다. 항상 시의 초심으로 돌아가란 것이다. 기성의 시들을 죽이고 또 죽여야 시는 다시 산다는 자신의 시관을 털어놓은 것이다.

"본질은 가버렸어/ 애당초 없는 것을 있다 있다 한 것은 아닌지"라는 대목은 고 시인의 세계관과 시관의 핵심이다. 가버린 본질을 다시금 이 고해의 세상에서 찾으려는 것이 시의 서정적, 낭만적 유토피아 아니던가. "벼랑에 지는 궁녀들 그 치마 뒤집어쓴 뮤즈"가 시이고 시의 운명 아닐 것인가.

바람에게 물어봐

나는 간다가 아니라
간다 나는

—「어느 날 2」 전문

내 가난을 고백한다
언제부턴가
나에게는 팔만대장경이 없다
신약 구약도 없다

다스 카피탈도 없다

어제나
오늘이나
석양머리 술 석 잔에 방금 낳은 메추리 알 한 개

—「어느 날 77」 전문

아지랑이 업신여기지 마

저런 것으로
네 고향이지

내 타향살이 70년이지

—「어느 날 118」

이 세상 구석구석
벅찬 감동이여

너도
너도
너도
살아
잠 못 자는 심장으로
죽어
휑한 해골 눈구멍으로 감동을 먹어

—「어느 날 124」 전문

예쁜 어린애더러
부디
어른이 되지 말라고 타이르고 싶은 날 있다

병아리가 중병아리가 되는 것 싫은 날 있다
연초록이
초록
진초록 되는 것 아주 싫은 날 있다

이 주제에
내 단꿈이 남아있다

—「어느 날 215」 전문

일상에서 절로 솟아오른 단상들을 그대로 쓴 단시들을 '어느 날'이란 제목 아래 일련번호를 217번까지 매겨 2017년 말에 펴낸 신작 시집 『어느 날』에서 발췌해본 시편들이다. 짧은 편, 편들에 고 시인이 성정性情과 시세계가 고스란히 들어있다.

시인은 '나는 간다'가 아니라 '간다 나는'이라며 주어보다 동사를 앞세우며 살아왔고, 그런 동사형 시를 써왔다. 왜? 바람처럼 존재는 무상無常한 것이고 행위만 있을 뿐이니.

시인은 팔만대장경의 불경도, 성경도 없다. 종교며 사상이며 이념이며 지성 등 기성의 아무것도 없는 폐허, 영점에서 새롭게 세계를 창조하며 시를 썼다. 물론 세간의 화제가 됐던 전 대통령의 '다스 카피탈'로 대표되는 사회적 부나 명성도 다 헛것으로 돌리고 오로지 술 마시고 시만 써왔다.

시인은 '아지랑이'같이 피어오르는 서정이며 낭만의 시의 뮤즈를 잃어버린 고향으로 여기며 살아온 서정주의자며 로맨티스트다. 그래 모든 걸 부정하고 깨부수는 혁명주의자이면서도 아지랑이 같은 서정과 낭만이 깃든 낭만적 혁명주의자이고 그런 시를 써왔다.

시인은 영원한 어린애다. 어른이기를 한사코 거부하고 철들기를 죽도록 싫어하는 철부지 떠돌이다. 세상을 처음 대하는 어린애 눈이어야 벅찬 감동이 나올 것 아닌가. 그런 시여야 휑한 눈구멍의 해골에도 벅찬 감동을 먹일 것 아니겠는가.

시집 『어느 날』을 펴내며 시인은 '서문'에서 "솥뚜껑 위의 참깨인양 튀어 오르기도 하고 두메 샘물로 넘쳐나기도 한다"며 끊임없이 솟구쳐오르는 시상을 말했다. 그런 시상 때문에 시인의 메모지는 장편서사시, 장시, 단시 등의 메모로 꽉 차 있다.

앙가주망 그만두고

가지 않는 곳
그곳의 그리움으로 간다
어느 곳
어느 곳 너머
숨찬 파미르 그곳

하나 하나 나 버린다

도시의 저녁들
풍경들
살풍경들 버린다

멍한 새로움으로

가지 않는 곳
그곳에 간다
두서없는 그림자로 간다

누가 가다 죽은 곳
누가 가서
기어코 돌아오지 않은 곳에 간다

가지 않은 곳
간 곳
그토록 하나인 그곳에 간다

아프가니스탄 이전

2022년 말에 펴낸 시집 『무의 노래』에 실린 시 「그곳」 전문이다. 이 시에서도 시인은 여전히 가고 또 가고 있다. 동사형으로 누구도 가지 않는 곳, 아직 가지 않은 곳으로 가고 있다.

"그곳의 그리움" 하나로 "숨찬 파미르", "기어코 돌아오지 않은" 저 타클라마칸 사막, "아프가니스탄 이전" 등으로 가고 있다. 시공을 넘어 시인 속에 들어와 살고 있는 기존의 뭇 생령들을 하나 하나 다 버리고 모두가 다 "그토록 하나인 그곳에 간다". 가고 옴, 삶과 죽음, 너와 나 등 모든 분별이 사라진 태초의 그곳으로 그리움, 새로움으로 항상 가고 있는 게 시인이고 시인의 시 아니던가.

구순을 맞아서도 항상 그곳으로 가고 있는 시인에게 그런 미답未踏의 새로운 시집들도 차례차례 나올 것이다. 세상 구석구석, 시인의 마음 구석구석의 벅찬 감동의 시편들은 독자들과 우주 삼라만상 태초의 벅찬 감동이 되어 울릴 것이다. "이 주제에/ 내 단꿈이 남아 있다"며 "가지 않는 곳/ 그곳의 그리움으로 간다"고 시인은 밝히고 있으니.

| 후기 |

고은 시인은 작품의 양은 물론 수준에서 반만년 우리 민족사에서 최대, 최고의 시인입니다. 문학평론가 김윤식은 "백 년에 한 번 날까 말까 한 우리 시대의 시인"이라 했고 동료 시인 신경림은 "우리 문학이 도달한 가장 높은 봉우리의 하나"라 했습니다. 소설가 이문구는 "천고千古의 역사가 그 한 몸에 모여 있는 문화박물관"으로 봤고 미국 시인 앨런 긴즈버그는 "한국시의 귀신 들씌운 보살"로 고은 시인을 보았습니다.

그런 시인의 구순을 맞아 시대와 아울러 삶과 시를 전체적으로 둘러보기 위해 이 책을 기획했습니다. 고은 시인은 감격과 감동의 시인입니다. 자신의 삶과 시대, 세상에 감격하며 살아오고 있습니다. 세상에 처음 나온 어린애처럼 우주 삼라만상과 매양 최초의 벅찬 감동으로 만나고 있습니다.

젊은 시절 6.25 동족상잔의 폐허에서의 허무도 감격으로 맞았으며, 죽음에 이르는 수없는 자살도 황홀한 감격으로 시도했습니다. 독재에 온몸으로 맞서는 울분과 투쟁 의지도 감격에서 터져 나왔습니다.

고은 시인의 수만 편에 이르는 시편들은 그런 감격의 언어로 써졌습니다. 그런 시편들은 머리 아플 것 하나 없이 가슴으로 직격해 들어옵니다. 그래서 세계의 독자들은 물론 우주 삼라만상의 속내까지 감동으로 소통하게 합니다.

저는 30여 년 전부터 일간지 문학 담당 기자와 문예지 편집자로서 시인과 자주 만나왔습니다. 민주화 시대 최루탄 가루 뒤집어쓴 시위 현장서, 밤늦은 인사동 주점과 자택에서 만나, 시와 시대에 대해 많은 이야기를 나눠오고 있습니다.

그런 친교와 실감을 바탕으로 고은 시인의 시를 좋아하고 사랑하는 독자들을 위해 시를 고르고 감상하고 해석했습니다. 평론이나 연구같이 시와 시인에 대한 판단이나 평가, 종합은 가급적 자제하려 애썼습니다.

고은 시인은 누구보다 활발히 시작 활동을 벌이고 있는 현역 시인입니다. 가슴 속에는 어서 꺼내달라는 시로 가득 차 앞으로도 수십 수백 권의 시집은 더 나올 것입니다. 그런 시집들이 다 나온 후 좀 더 체계적이고 종합적인 책으로 펴내려 하니 독자 여러분의 많은 양해와 지도를 부탁드립니다.

2023년 여름이 오는 아리랑고개에서

이경철

고은의 세계를 걷다
허무의 꽃

초판 1쇄 인쇄일 2023년 5월 18일
초판 1쇄 발행일 2023년 5월 22일

지은이 이경철
펴낸이 김형균
펴낸곳 동쪽나라
등 록 1988년 6월 20일 등록 제2-599호
주 소 서울시 강동구 고덕동 62길 55 3003호
전 화 02) 441-4384

값 18,000원
ISBN 978-89-8441-289-7 03800